Isabell May

Shadow Tales – Das Licht der fünf Monde

Weitere Titel der Autorin:

Close to you
Titel auch als E-Book erhältlich

Über die Autorin:

Isabell May, geb. 1985 in Österreich, studierte Germanistik, Bibliothekswesen und einige Semester Journalismus und PR. Es vergeht kein Tag, an dem sie nicht schreibt: Schon als Kind hat sie begonnen, Kurzgeschichten und ganze Romane zu schreiben. Die SHADOW TALES-Dilogie ist ihr Fantasydebüt bei ONE. Die Autorin lebt in der Nähe von Aachen.

ISABELL MAY

SHADOW

DAS LICHT DER FÜNF MONDE

TALES

Dieser Titel ist auch als E-Book erschienen

Originalausgabe

Copyright © 2020 by Bastei Lübbe AG, Köln

Textredaktion: Annika Grave
Kartenillustrationen: © Markus Weber, Guter Punkt München
Umschlaggestaltung: Sandra Taufer, München
Einbandmotiv: © RIRF Stock / shutterstock; faestock / shutterstock; photomaster / shutterstock; Yuriy Mazur / shutterstock; Thampapon / shutterstock; Vangelis_Vassalakis / shutterstock; HS_PHOTOGRAPHY / shutterstock
Satz: 3w+p GmbH, Rimpar
Gesetzt aus der Caslon
Druck und Einband: GGP Media GmbH, Pößneck

Printed in Germany
ISBN 978-3-8466-0096-2

5 4 3 2 1

Sie finden uns im Internet unter: www.one-verlag.de
Bitte beachten Sie auch www.luebbe.de

Für meine alberne Muse.
Für die lieben Menschen, die hinter mir stehen und standen,
während ich meinen unvernünftigen Traum lebe, statt einen
seriösen Beruf zu ergreifen.
Und für dich, weil du dieses Buch in deinen Händen hältst.

Prolog

Er ist und atmet Schatten, wandelt in ihnen, ist Teil von ihnen. Sein Fuß berührt kaum den Boden. Fackeln an den Schlossmauern werfen ihr flackerndes Licht auf weißschimmernden Marmor, tanzend und zuckend, aber mehr noch als das werfen sie Schatten, die er nutzt, um sich ungesehen und unbemerkt durch Korridore und Säle zu bewegen.

Wachen in schimmernden Rüstungen flankieren die Türen, bereit, jeden Eindringling aufzuhalten, doch ihn bemerken sie nicht, für sie ist er unsichtbar. Tief atmet er die Schatten ein, die sich verdichten, tiefer werden, wie lebendige Wesen auf ihn reagieren und ihn ganz durchdringen. Schwarzen Schwaden gleich kriechen sie in Ecken entlang an den Wächtern vorbei, unter Türen hindurch, durch Schlüssellöcher, und kein Winkel, den sie erreichen, bleibt dem Schattengänger verschlossen.

Dieser Bereich des Schlosses ist am strengsten bewacht, die wenigsten Menschen setzen je einen Fuß hierher, und niemand tut es ohne Einladung. Niemand, außer ihm, für den Schlösser und Türen kein Hindernis darstellen.

Der Marmor an Böden und Wänden ist spiegelglatt, silbrige Schlieren durchziehen das Weiß. Mondsichelförmige Ornamente zieren die Kronleuchter und schweren Möbel, Mondsteine sind in Kerzenständer und Deckenfresken eingelassen. All der Prunk und Protz, diese Zurschaustellung von Macht, befremdet ihn immer noch, wenngleich er schon lange hier ist, so fern seiner Heimat. Hier gilt er als Exot, doch ihm erscheinen dieses Schloss, dieses Land und die Menschen darin exotisch.

Durch die dicken Mauern, selbst hier im Herzen des Westflügels, hört er das Rauschen des Ozeans, der unermüdlich gegen das Schloss anstürmt, als wollte er es niederreißen. Jenseits dieses Ozeans befindet sich seine Heimat, und diesen Ozean musste er überqueren, um an den Ort zu gelangen, an dem er sich nun befindet – nicht aus freien Stücken, sondern um zu sühnen für das schwerste aller Verbrechen, das er beging: eine Lüge.

Vor ihm liegen die Gemächer der Lady: private Räumlichkeiten, der intime Rückzugsort der öffentlichsten Person des Reichs, die Gemächer, in denen sie sich sicher fühlt. Doch vor *ihm* ist sie nicht sicher, niemand ist das.

Wie dunkle, immaterielle Finger kriechen die Schatten an Boden und Wänden entlang, strecken sich der Tür entgegen, wispern von Tod und Vernichtung. Er gibt sich ihnen hin, gleitet mit ihnen, überwindet das letzte Hindernis: die letzte, mehrfach verschlossene Flügeltür.

Er hört ihre Stimmen, bevor er sie sieht: eine Frau und ein Mann, die sich ernst miteinander unterhalten, doch dann nimmt seine Stimme einen neckenden Tonfall an, und ihr Lachen ist sanft und leise wie der Abendwind. Der Schattengänger versteht die Worte nicht, wenngleich er die Sprache gut beherrscht – er *will* nicht zuhören und verstehen, sondern die Distanz wahren.

Sie sehen ihn nicht, als er sich in den dunklen Winkeln und

Ecken des Raumes nähert, aber er kann sie sehen. So zart und blutjung ist die Frau, dass man kaum glauben mag, welche Verantwortung in ihren schmalen Händen liegt. Ein Geschöpf mit milchweißer Haut, schön wie eine Lilie, die in der Dunkelheit blüht. Die Haare, die sie bei Tage in kompliziert geflochtenen Zöpfen um ihr Haupt gelegt trägt, fallen nun offen, gleich einem Vorhang aus Seide, über ihre Schultern und ihren Rücken.

Er sieht ihr Gesicht nur im Profil, ihre schmalen Züge, etwas zu kantig, um wirklich hübsch zu sein, aber doch unbestreitbar schön. Dann lächelt sie, und ein weicher Ausdruck legt sich auf ihr Antlitz und glättet die Sorgenfalten, die sich wegen ihrer verantwortungsvollen Position schon in jungen Jahren in ihre Stirn gegraben haben.

Sie blickt den Mann an, der etwas zu ihr sagt und sich dabei mit der Hand über den Hinterkopf streicht, durch sein bernsteinfarbenes Haar, welches er der aktuellen Mode entsprechend bis zum Kinn trägt. Die schmucke Uniform in Blau und Silber weist ihn als hohen Offizier aus, doch der Schattengänger weiß, dass er mehr ist als das: einer der fünf Mondlords, der höchsten Adeligen und engsten Berater der High Lady. Auf seinem jungenhaft glatten Gesicht zeichnet sich Zärtlichkeit ab, als er die Hand der Frau an seine Lippen führt, sie sanft küsst und dann auf seine Brust legt, genau dorthin, wo sich sein Herz befindet.

Einen Moment lang wirkt das Paar so glücklich und innig, als gäbe es nur sie auf der Welt und als könnte nichts und niemand diese Harmonie zerstören. Doch dann sagt sie etwas, verzieht kummervoll das Gesicht und wendet den Blick ab. Sie entzieht dem Lord ihre Hand und entfernt sich von ihm. Aber er tritt hinter sie, legt die Arme von hinten um ihre Schultern und lehnt seinen Kopf gegen ihren.

Aber der Schattengänger ist nicht gekommen, um zu beobachten, er hat einen Auftrag auszuführen. Er tut es nicht gerne, es bereitet ihm keinerlei Freude, doch es ist sein Schicksal, und nur Narren und kleine Kinder stellen Dinge infrage, die unausweichlich sind.

Er tritt aus den Schatten auf sie zu. Sobald die Frau ihn bemerkt, erkennt er in ihrem Blick, dass sie weiß, dass ihr Schicksal besiegelt ist, und doch ist ihre Haltung bewundernswert. Wenngleich er ihr ansieht, dass Qual und Trauer ihr Herz in tausend Scherben brechen, erwidert sie seinen Blick hocherhobenen Hauptes. Die tiefblauen Augen sehen ihn mit einer Intensität an, die sogar jemanden wie ihn frösteln lässt, doch niemand hält den Schattengänger davon ab, seinen Auftrag zu erfüllen, nicht einmal sie.

Als er das Schloss später verlässt, ist er nicht alleine, sondern hat etwas bei sich – und das Land, das er zurücklässt, ist nicht mehr, wie es zuvor war. Unsichtbare Ketten, die ihn gebunden hatten, lösen sich. Nun ist er frei, doch niemals wird er es vergessen können. Und doch wird er nach Kuraigan zurückkehren und in der Heimat genau das versuchen: die Dinge, die er getan hat und die Narben in seiner Seele hinterlassen haben, aus seinem Gedächtnis zu löschen.

Niemand hält ihn zurück. Als er noch ein letztes Mal zurückblickt, sieht er, dass der gesamte Westflügel lichterloh in Flammen steht – eine blutende Wunde in der weißen Mauer, die sich auf dem Ozean spiegelt und ihn in ein gewaltiges Flammenmeer verwandelt.

Kapitel 1
Dämmerkatze

Das Mondlicht tauchte meine Haut in flüssiges Silber. Es rief nach mir, zog mich an unsichtbaren Fäden, und ich wehrte mich nicht gegen seinen Sog.

In Nächten, in denen die Monde so hoch am Himmel standen, war an Schlaf nicht zu denken. Ich schwang die Beine aus dem Bett, mit wenigen Schritten war ich am Fenster und kletterte auf den Sims. Tief atmete ich die Nachtluft ein, die nach Sommer und Freiheit schmeckte.

Meine Augen weiteten sich, als ich die fünf Monde sah: die Zwillingsmonde Lua und Mar wie immer nah beisammen, Lagan im Westen, Dalon im Osten, der große Umbra überstrahlte die anderen groß und bleich. Doch heute war etwas anders als sonst, der Nachthimmel hatte etwas Besonderes an sich. Das sah ich nicht nur, ich spürte es mit jeder Faser meines Körpers, wie ein seltsames Kribbeln, das mir keine Ruhe ließ. Eine Gänsehaut zog sich über meine Unterarme und meinen Nacken.

Beinahe standen die Monde in einer geraden Reihe, mit jedem vergehenden Augenblick näherten sie sich dieser perfekten Stellung weiter an. Nicht mehr lange, dann würden sie eine schnurgerade Linie am Nachthimmel bilden. Eine solche Konstellation hatte ich noch nie gesehen, und dass, obwohl ich jeden Abend in den Himmel starrte wie eine liebeskranke Wölfin, wie mein bester Freund Haze wenig schmeichelhaft zu sagen pflegte.

Ich wusste, ich sollte nachts nicht rausgehen. Ich sah förmlich Aphras hochgezogene Augenbrauen vor mir, wenn sie mich aufforderte, in der Hütte zu bleiben und zu schlafen wie jeder normale Mensch. Doch wie hätte ich das tun sollen, wenn die Monde nach mir riefen? Mein Körper handelte wie von selbst, als hätte ich keinen eigenen Willen mehr. Ich zog einen dicken, dunkelgrauen Wollumhang über mein Nachthemd, schlüpfte in weiche Lederstiefel, setzte mich aufs Fensterbrett, schwang die Beine hinaus und ließ mich sachte auf die Wiese fallen.

Das hohe Gras der Lichtung dämpfte meine Schritte, der kühle Nachtwind spielte mit meinen schwarzen Haaren und umfing mich wie eine Umarmung. Die Blumen des Tages hatten ihre Blüten längst geschlossen, aber die Finsterlilien blühten knochenweiß im Mondlicht und verströmten ihren betörend süßen Duft. Wie Sterne leuchteten sie aus der Wiese empor.

Mit raschen Schritten überquerte ich die Lichtung, auf der Aphras Holzhütte stand, und hielt auf den höchsten Baum zu, eine uralte Eiche.

Das Klettern fiel mir so leicht wie ein Spaziergang. Aus dem Stand sprang ich hoch, bekam den untersten Ast zu fassen, zog mich daran hoch und langte sofort mit der Hand nach dem nächsten. Instinktiv spürte ich, welche Äste stark genug waren, um mich zu tragen, und welche nachgeben würden, wenn ich mein Gewicht darauf verlagerte. Das Silberamulett, das ich schon mein ganzes Leben tagtäglich trug, klimperte leise an seiner feingeschmiedeten Kette hin und her. Der Wind fuhr raschelnd durch die Blätter und sang mir ein Lied, dessen Worte ich nicht verstand. Flink kletterte ich weiter, bis ich so hoch war, dass die Äste und Zweige bei jeder Bewegung schaukelten und schwankten. Hier suchte ich nach sicherem Halt, machte es mir gemütlich und schaute aus großen Augen zu den Monden, die ich noch nie so voll und leuchtend erlebt hatte.

Plötzlich merkte ich, dass ich nicht alleine war. Ich spürte seine Anwesenheit immer, noch bevor ich ihn sah – ich wusste einfach, dass er da war, so als änderte sich etwas in der Atmosphäre. Er trat aus dem Schatten der Bäume auf die Lichtung, blickte hoch zu mir, entdeckte mich zwischen den dichten Blättern sofort, und ein breites Grinsen trat auf sein Gesicht.

»Wenn ich dich nicht kennen würde, hätte ich dich glatt mit einer Dämmerkatze verwechselt«, spottete er.

Ich verzog das Gesicht. Die Wildkatzen mit den runden gelben Augen konnten jeden Baum erklimmen und lebten in den höchsten Wipfeln, waren mit ihrem struppigen schwarzen Fell aber wahrlich keine Schönheiten.

»Deine Komplimente werden von Tag zu Tag reizender«, maulte ich.

»Komplimente kann ich. Eine meiner vielen, unzähligen Stärken.« Haze strich sich die widerspenstigen schwarzen Haare aus der Stirn, seine dunklen Augen funkelten vergnügt.

Als er mit geschmeidigen Schritten über die Lichtung lief und sich meinem Baum näherte, sah ich den Bogen in seiner Hand und einen Köcher voll Pfeile, den er sich umgeschnallt hatte. Nicht weiter verwunderlich: Haze war der Sohn des Jägers. Was ihn nachts in die Wälder trieb, war nicht der herrli-

13

che Anblick der Monde, sondern die Jagd auf Wildschweine, Dämmerkatzen und Rasselböcke.

Er kletterte zu mir hinauf, etwas weniger geschickt als ich, aber fast genauso schnell. Haze war in den Wäldern zu Hause, das merkte man jeder seiner Bewegungen an. Als er mich erreicht hatte und vorsichtig auf einem Ast knapp unter meinem Platz nahm, stieg mir der Duft von Tannennadeln, Moos und Leder in die Nase, der meinem besten Freund stets anhaftete.

»Was treibt dich so spät nachts hier raus?« Dann schüttelte er den Kopf über sich selbst, wieder blitzte sein Grinsen auf. »Warum frage ich eigentlich? Du starrst wie üblich den Nachthimmel an.«

Ich zuckte mit den Schultern und sagte leise: »Sieh sie dir nur an. Aufgereiht in einer perfekten Geraden.« Ich kniff die Augen zusammen, um besser sehen zu können, und korrigierte mich: »Zumindest beinahe. Noch stehen sie ein winziges bisschen unregelmäßig, aber es dauert bestimmt keine Stunde mehr, bis sie die perfekte Konstellation erreicht haben.«

»So besessen, wie du von den Monden bist, würde es mich nicht wundern, wenn du eine Magierin wärst.«

Ich musste lachen. »Ja, klar. Dann würde ich wohl kaum in einer kleinen Holzhütte abseits des Dorfs wohnen und für eine Kräuterfrau arbeiten. Dann wäre ich eine elegante Lady in einem Schloss, würde den lieben langen Tag feine Häppchen essen und mit noch feineren Lords turteln. Wer weiß, vielleicht hätte ich sogar eine einflussreiche Position bei Hof oder würde als Magistra unterrichten.«

Das war glatt gelogen. Selbst wenn ich mit einer magischen Begabung geboren worden wäre und die Kräfte der Monde nutzen könnte, würde ich ziemlich sicher weiterhin bei Aphra leben und sie unterstützen. Ihr verdankte ich *alles*. Sie hatte mich großgezogen wie eine eigene Tochter, nachdem ich als Baby ausgesetzt worden war. Mondmagier waren in den höchsten gesellschaftlichen Rängen zu finden, nicht zuletzt auf dem Thron, aber darüber musste ich mir nicht den Kopf zerbrechen: Solche Kräfte zeigten sich schon in frühester Kindheit. Meine Talente beschränkten sich aufs Kräutersammeln, Baumklettern und Fröschefangen.

»Besser so. Als Lady wärst du eine glatte Fehlbesetzung.« Haze streckte die Hand nach mir aus, bekam eine meiner Haarsträhnen zu fassen und zog sanft daran. »Mit den zerzausten Rabenhaaren und diesem – was bei allen fünf Monden ist das eigentlich? Ein Nachthemd? Damit würdest du bei all den feinen Lords eher für Albträume sorgen.«

Erbost knibbelte ich ein paar Rindenstücke vom Ast und schnipste sie Haze ins Gesicht.

»Womit du meine Theorie soeben untermauert hast«, meinte er trocken.

Ich verdrehte die Augen. »Mit der Eleganz deiner hochwohlgeborenen Lady Tulip kann ich selbstverständlich nicht mithalten. Was macht eigentlich eure Romanze? Wann geht ihr den Bund ein? Vielleicht seid ihr ja auch bald schon mit Kindern gesegnet?«, schoss ich zurück.

»Autsch, Lelani, mitten ins Herz.« Er legte sich beide Hände auf die Brust und verzog theatralisch das Gesicht. »Aber was nicht ist, kann ja noch werden.«

Natürlich war er Lady Tulip noch nie von Angesicht zu Angesicht begegnet, immerhin war sie die Tochter des einflussreichen Lord Heathorn Umbra und lebte ein prunkvolles Leben bei Hof, während Haze als Jägerssohn vermutlich nie einen Fuß dorthin setzen würde. Doch er würde wohl niemals vergessen, dass er sie einst auf einer großen, vom Mondlord organisierten Treibjagd gesehen hatte, bei der sie wie eine perfekt ausstaffierte Porzellanpuppe auf einer Tribüne gesessen und den wackeren Jägern alle Gunst der Monde gewünscht hatte.

Kein Wort hatte er mit ihr gewechselt, er war ein gesichtsloser Teil der Menge gewesen, nur einer von vielen, die bewundernd zu ihr emporsahen und ihren Worten lauschten: So nah, dass er beinahe ihr Goldhaar hätte berühren können, wenn er die Hand danach ausgestreckt hätte, und doch unerreichbar fern. So hatte er es mir geschildert. Sie hatte den jungen Jäger mit den Glutaugen und dem widerspenstigen Haar wohl nicht einmal wahrgenommen, doch das hinderte ihn nicht daran, die junge Lady, die als die Schönste in ganz Vael bekannt war, aus der Ferne anzuhimmeln und von einer rosigen gemeinsamen Zukunft mit ihr zu träumen.

Ich kletterte tiefer hinab auf seinen Ast, testete vorsichtig, ob er uns beide trug, und suchte eine halbwegs bequeme Position, aus der ich nicht in die Tiefe stürzte. Jetzt konnte ich Haze besser sehen, sein kantiges Kinn, seine breiten Schultern, das dunkle Lederwams über dem Leinenhemd, die starken Hände, die scharf geschnittene Habichtsnase, die dunkelbraunen Augen, die jetzt fast schwarz wirkten.

»Was willst du überhaupt mit ihr anfangen? Auf die Jagd kann sie dich bestimmt nicht begleiten. Die Leute erzählen, ihre seidigen goldenen Haare seien so lang, dass sie eine Zofe braucht, die ihre Haarpracht wie eine Schleppe hinter ihr herträgt.« Bei der Vorstellung musste ich grinsen. Die Leute erzählten viel, wenn der Tag lang war, aber in dem Fall glaubte ich dem Geschwätz.

Haze prustete los. »Ausgeschlossen. Mit den wunderschönen Haaren würde sie in den Zweigen hängenbleiben, sich vielleicht strangulieren.« Sein Blick nahm einen versonnenen

Ausdruck an. »Aber mit dem Wald und der Jagd wäre es dann vorbei. Meinst du, ich könnte mir nichts Besseres vorstellen, als nachts und bei Sturm und Regen durch die Wälder zu streifen, damit die Leute im Dorf genug zu essen haben? Vielleicht hält das Leben mehr für mich bereit.«

Kritisch sah ich ihn an. »Du magst die Jagd. Du bist gut darin.«

Er zuckte mit den Schultern. »Ich denke, ich wäre auch gut darin, den ganzen Tag mit meinem Hintern auf Seidenkissen zu sitzen, mit wichtigen Leuten zu plaudern, mit meiner goldhaarigen Lady zu turteln und Häppchen zu essen, bis ich dick und rund bin.«

»Das klingt in der Tat so, als käme es deinen Talenten entgegen.«

»Aber das Leben ist leider nicht fair.« Plötzlich war alle Leichtigkeit aus seiner Stimme verschwunden, Bitterkeit stahl sich in seinen Tonfall. Seine Augen wurden noch dunkler, erinnerten im schwachen Mondlicht an Kohlestücke, in denen es noch ganz schwach und kaum erkennbar glomm. »Nicht alle Menschen haben die gleichen Chancen. Manche werden mit dem Goldlöffel im Mund geboren, andere müssen um jeden Strohhalm kämpfen.«

Sein Seufzen wurde zu meinem. Ich hätte ihm gerne gesagt, dass er zufrieden sein sollte mit dem, was er hatte. Doch die Wahrheit war, ich konnte ihn nur allzu gut verstehen. Ich sehnte mich nicht nach Wohlstand, funkelnden Juwelen, seidenen Kissen und Kleidern, Einfluss und Macht, aber auch ich hatte das Gefühl, dass das Leben mehr für mich zu bieten hatte – dieses unbestimmte Streben nach *mehr*, ohne zu wissen, wonach genau. Da war ein schwacher Sog, der an meiner Seele zupfte und mich in die Welt hinauszog, fort von allem, was ich

17

kannte. War das undankbar von mir? Vermutlich. Das schlechte Gewissen versetzte mir einen Stich, aber ich konnte mich nicht gegen meine Empfindung wehren.

Ich presste eine Hand flach auf die Brust, als könnte ich so meine tiefe Sehnsucht stillen, und starrte in die Ferne. Zartbunte Funken tanzten in den nächtlichen Wäldern, pfingstrosenrosa, fliederfarben, mintgrün und kobaltblau: Pixies, die sich einen Spaß daraus machten, arglose Wanderer vom sicheren Weg abzubringen. Aus der Ferne schienen sie nicht viel mehr als Glühwürmchen zu sein, aber einmal war es mir gelungen, eines zu fangen und aus der Nähe zu betrachten: eine winzige feenhafte Gestalt, nicht größer als mein Daumennagel, die empört zirpend davongeflattert war, sobald ich sie losließ. Manchmal sehnte ich mich danach, den Pixies zu folgen und mich von ihnen leiten zu lassen, so weit meine Füße mich trugen, ohne zu wissen, wo ich landen würde.

»He da, Dämmerkatze.« Haze riss mich aus meinen Gedanken. »Für dich.«

Er warf mir etwas zu, das ich instinktiv auffing, ohne auf dem schaukelnden Ast das Gleichgewicht zu verlieren: ein mit dickem Tuch umwickeltes Bündel, in dem ich etwas Hartes erfühlen konnte.

Fragend sah ich ihn an, doch er verdrehte nur die Augen. »Nun mach es schon auf. Es ist ein Geburtstagsgeschenk.«

Der achtzehnte Geburtstag war etwas Besonderes, denn seit heute galt ich als erwachsen. Aphra hatte mir einen wunderbaren nachthimmelblauen Umhang geschenkt, der sie bestimmt ein halbes Vermögen gekostet hatte. Das war zu viel, hatte ich gesagt, doch darüber schüttelte sie nur grinsend den Kopf und gab mir einen Kuss auf die Stirn. Von Haze jedoch erwartete ich nichts, er hatte mir noch nie etwas geschenkt.

Mit fliegenden Fingern löste ich das Lederband und sog scharf die Luft ein, als meine Hände auf kaltes Metall trafen. Staunend hob ich es hoch und betrachtete die Dolchklinge, auf der sich das Mondlicht wie silbernes Wasser spiegelte.

»Für mich?«, flüsterte ich ungläubig.

»Manchmal bist du echt etwas schwer von Begriff«, teilte er mir freundlich mit.

Meine Fingerspitzen wanderten über den Dolchgriff und die scharfe Schneide. Die Waffe lag gut in der Hand, und ein Sichelmond zierte den Knauf. Ein Lächeln trat auf mein Gesicht.

»Ein Wurfdolch«, erklärte er mir. »Ich kann dir beibringen, wie man damit umgeht.«

Vorsichtig, um nicht vom Ast zu fallen, schob ich mich näher an Haze heran und umarmte ihn. Seine wuscheligen Haare kitzelten meine Wange, sein vertrauter Duft ließ mich lächeln. »Danke. Das ist ein sehr elegantes Geschenk für eine Lady.« Die Beschwerde war nicht ernst gemeint, das Geschenk war mir lieber als Gold und Juwelen es je sein würden. Der Dolch würde mir mit Sicherheit zugutekommen, und sei es nur, um für Aphra Misteln und Kräuter zu schneiden.

Sein Grinsen reichte von einem Ohr bis zum anderen. »Du bist nun mal keine Lady. Aber eine Katze braucht Klauen, dachte ich.«

Weil ich sonst noch nicht viel damit anzufangen wusste, nutzte ich mein Geschenk für das Erste, was mir einfiel: Ich versuchte, mit der Spitze meines Dolches unter den Silberrand des Amuletts zu gelangen. Suchte nach einer Schwachstelle, um das Schmuckstück aufzuhebeln. Nichts, was ich nicht schon unzählige Male versucht hatte, und auch diesmal hatte ich keinen Erfolg. Was auch immer für ein Mechanismus das

Amulett verschloss: Weder ich, noch irgendjemand, den ich kannte, hatte es bisher öffnen können.

Aphra hatte mir von klein auf eingebläut, gut darauf aufzupassen und es immer bei mir zu tragen. Das hätte ich ohnehin getan, immerhin war es das Einzige, was mich mit meiner ungewissen Herkunft verband, aber ich hatte das vage Gefühl, dass Aphra mehr wusste, als sie preisgab. Ich sollte schließlich nicht nur aus sentimentalen Gründen auf mein Amulett achtgeben. Aber wenn ich sie danach fragte, konnte meine sonst so gesprächige Ziehmutter plötzlich verschlossen wie eine Auster sein. Sie schüttelte dann nur lachend den Kopf, sodass ihr dicker grauer Flechtzopf über ihren Rücken schwang, und wechselte das Thema.

»Ich kann noch einmal versuchen, es aufzubrechen«, bot Haze an. »Oder du gibst es dem Hufschmied, der demnächst wieder ins Dorf kommt. Ein gezielter Schlag mit dem schweren Hammer, und du siehst, was sich im Inneren verbirgt.«

Ich riss die Augen auf, schloss die Hand um das Amulett und drückte es schützend an mich. Es hätte sich nicht richtig angefühlt, sein Geheimnis mit Gewalt zu ergründen, und irgendetwas sagte mir, dass dieses filigran verarbeitete Silber sogar dem massivsten Schmiedehammer widerstanden hätte.

Haze zuckte mit den Schultern. »Nur ein Angebot, du entscheidest«, sagte er, doch sein Blick, der zu dem verborgenen Schatz in meiner Hand huschte, verriet, wie neugierig er auf das Geheimnis im Inneren des Amuletts war.

Gedankenverloren betrachtete ich erneut den Anhänger und ließ ihn durch meine Finger gleiten. Ich kannte ihn so genau, dass ich jedes kleinste Detail aus meiner Erinnerung hätte zeichnen können. Er war kreisrund wie ein voller Mond, verziert mit einer zierlichen eingelassenen Sichel. Ein Geflecht aus

Linien, die sich über das Rund spannten und sich scheinbar willkürlich kreuzten, bildete ein faszinierendes Muster. Vielleicht symbolisierten sie eine bestimmte Konstellation der Himmelskörper, doch dazu reichte mein Wissen um die Welt dort oben nicht aus. Es frustrierte mich, dass das Rätsel direkt vor meiner Nase, die Lösung aber so unerreichbar fern lag.

»Vielleicht werde ich es nie öffnen können«, murmelte ich. »Das ist mir aber immer noch lieber, als es zu zerstören.«

Der klagende, schrille Schrei einer Dämmerkatze hallte durch die Nacht, und mir lief ein Schauer über den Rücken. Wieder wanderte mein Blick hoch zum Himmel. Beinahe hatten die Monde ihre endgültige Position erreicht, nur noch wenige Augenblicke, dann würden sie in einer perfekten Linie stehen. Wie gebannt starrte ich empor. Nichts hätte mich jetzt noch davon ablenken können, weder Haze noch irgendjemand anderes. Unwillkürlich hielt ich den Atem an, jede Faser meines Körpers war gespannt und fieberte dem Moment entgegen, in dem die Monde jene Konstellation erreichten, von der ich instinktiv spürte, dass sie bedeutsam war.

Nur noch ein winziger Augenblick, dann war es soweit. Wie auf einer straff gespannten Perlenkette waren die Monde aufgereiht, standen in einer perfekten Linie.

Der Anblick der blass leuchtenden Scheiben vor dem Schwarzblau des Himmels war überwältigend schön, das Vollkommenste, was ich je gesehen hatte – und das leise Klacken vor meiner Brust am Ende der zarten Silberkette schien ohrenbetäubend laut zu sein.

Ich zuckte zusammen, schnappte nach Luft, griff nach meinem Amulett, riss es hoch, sah es an. Langsam begann sich die eingelassene Mondsichel vor meinem ungläubigen Gesicht zu drehen, die leisen Klicktöne verrieten, dass ein verborgener Mechanismus in Gang gesetzt worden war.

»Mach es auf.« Haze' Stimme klang rau.

Meine Finger zitterten, als ich den Nagel des Zeigefingers unter den Rand schob, an dem sich plötzlich eine schmale Rille aufgetan hatte, und ihn hochdrückte.

Ein Mondstein.

Ich erkannte ihn sofort, obwohl ich so etwas erst ein einziges Mal gesehen hatte. Damals hatte der Bürgermeister ein solches Mineral für seine Frau erworben und in einen Ring einsetzen lassen, doch das war kaum mehr als ein winziger Splitter gewesen – dieser hier war wesentlich größer. Ein kugelrund geschliffener Stein lag in das Silber eingebettet, dessen milchiger Glanz seine Nuance veränderte, als ich den Anhänger langsam hin und her drehte: muschelweiß und wasserblau, blassrosa und das zarteste Lila, das ich je gesehen hatte. Der geheimnisvolle Schimmer zog mich in seinen Bann, füllte mein ganzes Sichtfeld aus und alles ringsumher verblasste. Die Welt schien kleiner zu werden, immer enger, bis es nur noch mich und den wunderschönen Stein in meiner Hand gab, der das Licht aller Monde in sich aufsaugte und stärker glomm als sämtliche Himmelskörper vereint.

Auf einmal bemerkte ich ein leichtes, kaum wahrnehmbares Pulsieren, welches aus ihm hervorging – und mein Herz antwortete ihm. Das dumpfe Pochen in meiner Brust passte sich jenem in meiner Hand an, bis ich nicht mehr wusste, wo mein eigener Herzschlag endete und die mysteriöse Kraft des Mondsteins begann.

Ich *musste* ihn berühren. Mein Zeigefinger tippte leicht gegen die kühle, glatte Oberfläche – und mit einem Mal war die Welt nicht mehr, wie sie vorher war.

Kapitel 2
Rabenflügel

Eine Schockwelle aus purer Energie entlud sich aus dem Stein und rollte über mich hinweg. Sie raubte mir den Atem, und ein wildes Prickeln durchfuhr meinen ganzen Körper bis in die Fingerspitzen. Gleißendes Licht explodierte hinter meinen Augenlidern. Mein Herz schlug immer schneller, raste, galoppierte, bis ich glaubte, es müsste zerbersten. Es war angefüllt mit fremdartigen Empfindungen, die ich nicht begriff. Ich rang nach Luft, doch meine Kehle und meine Brust waren wie zugeschnürt.

Auf einmal tauchten Bilder aus dem gleißenden Weiß auf und formten sich in meinem Kopf. Ich sah eine Frau mit sanften Gesichtszügen. Ihre großen Augen waren tiefblau wie der Abendhimmel, die langen Haare schwarz schimmernd wie das Gefieder eines Raben, abgesehen von einer silberblonden Strähne, die ihr Gesicht umschmeichelte. Sie war Nachtwind und Sommerduft, Rabenflügel und Finsterlilie – und ich kannte sie.

Schlagartig wusste ich es mit absoluter Bestimmtheit, obwohl ich mich nicht daran erinnern konnte, ihr je begegnet zu sein. Da war dieses Gefühl von Vertrautheit, so als seien wir einander nicht fremd, obwohl ich sie noch nie gesehen hatte.

Die Frau sah mich an, ihr Blick bohrte sich in meinen, und dann sprach sie mit mir, ohne ein einziges Wort zu sagen. Ich hörte in meinem Kopf, was sie mir mitteilen wollte und las die Gedanken, die sie mir sandte.

Das Gefühl eines fremden Bewusstseins in mir ließ mich erschaudern. Obwohl ich keine Ahnung hatte, was da gerade geschah, verstand ich die Frau problemlos: Sie wollte, dass ich nach ihr suchte und zu ihr kam. Das Mondstein-Amulett würde mich leiten.

Sie deutete auf mich, streckte mir ihre Hand entgegen, und plötzlich war es, als löste sich eine Eisenklammer, die mein Herz schon mein ganzes Leben lang eingeschnürt hatte, ohne dass es mir bewusst gewesen wäre. Ich meinte sogar das Klirren zerspringenden Metalls zu hören, obwohl das natürlich nichts weiter als ein Produkt meiner Fantasie war. Mein Herz schlug höher, meine Atmung ging freier, so als sei ich erst jetzt wirklich und wahrhaftig ich selbst.

Und dann war es so schnell vorbei, wie es begonnen hatte. Das gleißende Licht verschwand, ebenso wie das Bild der Frau mit dem Rabenhaar im meinem Kopf, das ich verzweifelt festzuhalten versuchte. Ich landete so abrupt in der Realität, dass ich einen Moment brauchte, um zu begreifen, wo ich war.

Meine Füße baumelten im Leeren. Vor meinen Augen flimmerten Punkte, aus denen sich nach und nach Konturen schälten. Im schwachen Licht der Monde sah ich den Boden schwindelerregend tief unter mir. Etwas Schmales, Hartes lag schmerzhaft fest um meinen Bauch.

»Nun mach schon«, presste Haze zwischen zusammengebissenen Zähnen hervor. »Du musst ein bisschen mithelfen, wenn du an deinem Leben hängst.«

Sein Arm, den er fest um mich gelegt hatte, war das Einzige, das mich davor bewahrte, in die Tiefe zu stürzen – denn ich hing unterhalb des Astes in der Luft. Benommen blickte ich mich um, wandte den Kopf und sah hoch zu Haze. Mit dem anderen Arm klammerte er sich an den Baum, zitternd vor Anstrengung. Sein Kiefer war verkrampft, und an seiner Stirn trat eine Ader hervor.

»Jetzt«, krächzte er.

Ein Herzschlag reichte aus, um meine Fassung wiederzufinden, dann setzte mein Selbsterhaltungstrieb ein. Meine Hände angelten nach dem nächsten Ast, hielten sich daran fest, sodass ich die Beine nachziehen konnte. Als Haze mich schließlich losließ, war ich wieder in der Lage, mich selbst zu halten. Zitternd und steifbeinig kletterte ich hinab, dicht gefolgt von meinem besten Freund. Sobald ich wieder festen Boden unter den Füßen hatte, ließ ich mich schweratmend ins taunasse Gras fallen, den Rücken an den rauen Stamm gelehnt, und fragte mich benommen, was bei allen Monden das gerade gewesen war.

Haze saß mir gegenüber, ließ mich nicht aus den Augen und gab mir einen Moment, um mich zu sammeln. Eine unheimliche Ruhe hatte sich über die Lichtung gelegt. Das Einzige, was ich hörte, war mein eigener, gegen meine Brust trommelnder Herzschlag. Als ich mich umsah, fiel mir auf, dass sämtliche Pixies verschwunden waren.

»Danke«, war schließlich das Erste, was ich zwischen zwei Atemzügen hervorbrachte. »Du hast mir das Leben gerettet.«

Haze machte eine wegwerfende Handbewegung, als sei das gerade überhaupt nicht von Bedeutung. »Was um alles in der Welt war das?« Seine Stimme war mühsam beherrscht, jedes Wort sorgsam artikuliert.

»Du hast es auch gespürt«, flüsterte ich. Es war nicht nur in meinem Kopf gewesen, keine bloße Fantasie. Ich verlor nicht den Verstand.

Sein Gesicht hatte alle Farbe verloren, die Sonnenbräune wirkte aschfahl. »Ich habe … *etwas* gespürt«, gab er vorsichtig zurück. »Und gesehen. Irgendetwas ist passiert. Lelani, was hast du gemacht?«

Ich konnte nicht antworten. Mein Mund öffnete und schloss sich, doch ich brachte keinen Ton hervor. In mir drehte sich alles, und der Boden unter mir schien leicht zu schwanken.

Ich kauerte mich zusammen und umschlang meinen Oberkörper fest mit den Armen, um mich selbst davor zu bewahren, in unzählige Einzelstücke zu zersplittern. Etwas war anders als zuvor, etwas *in* mir.

Haze beugte sich vor und griff nach meinen Händen. Ich konzentrierte mich auf die Wärme seiner Haut, bis das Donnern meines Herzens nachließ.

»Diese Frau«, stammelte ich. »Du hast sie gesehen?«

Verwirrt schüttelte er den Kopf. »Eine Frau? Lelani, hier ist niemand außer uns beiden.«

»Nein, nein, sie war nicht wirklich hier. Aber …« Wie sollte ich etwas beschreiben, was ich selbst nicht begriff? »Aber ich habe sie gesehen, in meinem Kopf. Sie hat mit mir gesprochen, aber nicht in Worten, sondern in Bildern.« Obwohl ich die Worte selbst aussprach, fiel es mir schwer, sie zu glauben. Alles was ich sagte, klang einfach so verrückt! Aber ich hatte es erlebt, es war da gewesen, und es hatte mich überwältigt. Meine Hände zitterten.

Ratlos sah er mich an, sein Blick war eine einzige Frage. »Licht habe ich gesehen. Dein Amulett ist aufgegangen und hat geleuchtet. Und dann … Ich weiß auch nicht genau, was das war. Ein starker Windstoß vielleicht, der sich in alle Richtungen ausgebreitet hat. Sogar dort hinten haben die Blätter geraschelt.« Er deutete in die Ferne. »Aber dann bist du auf einmal ganz starr geworden, und deine Augen …« Er hielt inne, zuckte ratlos mit den Schultern. »Sie waren auf einmal ganz hell, milchig, fast wie das Licht der Monde. So etwas habe ich noch nie gesehen.«

»Ich habe sie gehört und gesehen«, sagte ich leise. »Diese Frau. Sie hat mit mir gesprochen.«

Haze wirkte ebenso ratlos wie ich. »Sie hat Kontakt zu dir aufgenommen?«

Ich dachte nach, bevor ich antwortete. »Ich weiß nicht genau«, gab ich zögerlich zu. »Es war nicht so, als würde sie direkt mit mir sprechen. Vielleicht so, als hätte sie die Dinge, die sie mir mitteilen wollte, vor langer Zeit ausgesprochen und in diesem Amulett verwahrt.«

»Das klingt nur mittelmäßig sinnvoll.«

Er hatte recht, und doch war es so. Es fiel mir schwer, die Dinge, die ich gefühlt hatte, in Worte zu fassen, aber das machte sie nicht weniger real. Die Frau mit dem Rabenhaar musste diese Nachricht irgendwie für mich vorbereitet haben, in der Absicht, dass ich eines Tages darauf stieß. War es die Mondkonstellation, die das Amulett und die Botschaft enthüllt hatte? Oder mein achtzehnter Geburtstag? Das waren Fragen, die ich ihr gerne gestellt hätte, aber es gab noch so viel mehr, das mir auf der Seele brannte. Doch um Antworten zu bekommen, musste ich wohl die Rabenfrau finden.

Das Amulett sollte mich leiten, hatte sie gesagt, doch nun blieb es stumm und kalt. Ich hielt es in beiden Händen, konzentrierte mich darauf – und sog scharf die Luft ein, als das fremdartige Gefühl mit voller Wucht in mir aufflammte.

»Etwas stimmt nicht mit mir.« Meine Worte klangen rau und abgehackt.

Hilflos sah er mich an. »Was? Was ist denn?«, bedrängte er mich.

Doch ich konnte es ihm nicht sagen, mir fehlten die Worte dafür. Nur *ein* Mensch konnte mir jetzt weiterhelfen, das spürte ich einfach: Aphra. Meine Ziehmutter hatte bislang fast immer die richtigen Antworten auf meine Fragen gefunden.

»Morgen. Ich … ich muss nach Hause.« Meine Stimme war kaum mehr als ein Hauch.

Haze gab sich keine Mühe, seine Enttäuschung zu verbergen, und es tat mir weh, dass ich ihn jetzt nicht näher an mich heranlassen konnte. Doch die merkwürdigen Empfindungen in Worte zu fassen, hier, im Licht der fünf vollen Monde, hätte sie noch realer gemacht. Als ich mit raschen Schritten zurück zu Aphras Hütte ging, wurde mir etwas bewusst: Die Lichtung, das kleine Holzhaus, der Nachthimmel – alles wirkte verändert. *Ich* war verändert.

Kapitel 3
Der Ruf

Ihre Augen weiteten sich, als ihr Herz von einem Augenblick auf den anderen beinahe explodierte. Das war die einzige Reaktion, die ihr Gesicht zeigte, als die Welle aus geballter Energie durch sie hindurchfloss und ihr fast die Besinnung raubte. Sie verzog keine Miene, schnappte nicht nach Luft, krümmte sich nicht einmal, obwohl ihr Körper genau das tun wollte. Nach außen hin blieb sie standhaft, doch sie verstummte mitten im Satz und hatte vergessen, was sie gerade sagen wollte.

»High Lady Serpia, stimmt etwas nicht?« Eine Männerstimme wie fließende Seide drang durch ihre Benommenheit und riss sie aus ihrer Starre.

Sofort war sie wieder im Hier und Jetzt. Ihr Blick schweifte über die fünf Männer, die sich mit ihr zu einer nächtlichen Besprechung um den runden Tisch versammelt hatten: die Mondlords, welche die fünf Provinzen verwalteten, in die Vael untergliedert war und die nach den Monden benannt waren. Umbra, Dalon, Lagan, Lua und Mar.

Die Blicke der Lords waren aufmerksam auf sie gerichtet. Das dünne Lächeln der Lady war nicht mehr als bloße Höflichkeit, als sie sich an Lord Heathorn Umbra wandte und kühl auf seine Frage antwortete: »Das wird sich zeigen. Die Besprechung ist für heute beendet.«

Sie schenkte ihnen keinerlei Beachtung mehr, sondern wandte sich einfach ab. Ihr Kleid umfloss sie wie schwarzer Nebel, und ihre Schritte hallten über den weiß schimmernden Marmorboden, als sie auf die offene Galerie hinaustrat, die um das gesamte Schloss herumführte. Der Nachtwind empfing sie wie eine eisige Umarmung.

Tief unter ihr lag die Hauptstadt, deren Straßen zu dieser Zeit nur von einigen Laternen erhellt waren, die in der Finsternis glommen. Den endlosen Ozean konnte die Lady von hier aus nicht sehen, er lag auf der anderen Seite des Schlosses. Doch sie hörte sein Rauschen, roch den herben Salzduft und wusste, dass er unermüdlich und tosend gegen die Klippe anstürmte, auf der das Schloss stand.

Sie war überrascht. Sie wusste nicht, wann es das letzte Mal vorgekommen war, dass etwas sie so aus der Fassung gebracht und ihre kühle Ruhe durchdrungen hatte, wenn auch nur für einen winzigen Moment. Dass sie zu solchen Empfindungen überhaupt noch fähig war, hatte sie nicht erwartet. Auch jetzt noch spürte sie tiefe Unruhe in sich.

»High Lady. Was ist geschehen und wie lauten Eure Befehle?« Die Stimme von Lord Heathorn Umbra war leise und wohlartikuliert.

Lautlos wie ein Schatten war er neben sie getreten. In seinem schlichten grauen Mantel verschmolz der hochgewachsene Mann mit den asketischen Zügen beinahe mit der Dunkelheit. Im Gegensatz zu den anderen Lords und den meisten anderen Adeligen, die die Lady kannte – und sie kannte sie alle – legte er keinerlei Wert auf Prunk und Geschmeide. Wer ihn zum ersten Mal traf, hätte kaum geahnt, dass er zu den einflussreichsten Männern Vaels zählte.

Zu den Dingen, die sie an ihm schätzte, zählte, dass er sich aufs Wesentliche konzentrierte. Ein weiterer seiner Vorzüge war, dass er schwieg, wenn sie in Ruhe nachdenken wollte. So sagte er auch jetzt kein Wort, während sie ihren Blick über all das schweifen ließ, was ihr gehörte: die Häuser, Straßen und Menschen der Hauptstadt Navalona, die Wälder und Wiesen, über die die Monde nun ihr silbriges Licht ergossen. Die Ländereien, die sich so weit erstreckten, wie das Auge reichte, und noch viel weiter darüber hinaus.

Ihre Atemzüge wurden noch ruhiger und langsamer. Sie verbannte jeden Gedanken aus ihrem Kopf, den sie gerade nicht benötigte, und leerte ihren Geist, bis ihr Verstand klar und scharf wie geschliffener Kristall war. Sogar ihre Haut wurde kühler, bis sich der eisige Nachtwind auf ihren Unterarmen und ihrem Gesicht seltsam warm anfühlte.

Die Welt um sie schien stiller und dunkler zu werden, doch sie brauchte ihre Augen nicht, um zu sehen. Ihr Blick blieb starr auf das Straßengewirr Navalonas gerichtet, das so chaotisch und unperfekt wie alles auf der Welt war, doch in ihrem Geist herrschte perfekte Ordnung.

Sie spürte das Mondlicht. Es floss über ihre Haut, durch sie hindurch und diente ihr als Instrument. Vor ihrem inneren Auge formte sie es zu Fäden und Pfaden, die sich schließlich als formvollendetes Netz vor ihr erstreckten. Diesen Wegen folgte sie und versuchte dem Hall der magischen Welle nachzuspüren, die über das Land gerauscht war.

Das, was sie gefühlt hatte, war ein unerklärliches Phänomen gewesen, doch nichts in ihrem Reich durfte unerklärbar bleiben. Wollte sie alle Fäden in der Hand behalten, musste sie ergründen, was geschehen war. Die Lady spielte auf der Magie wie auf einem Instrument, das sie meisterlich beherrschte.

Sie war selten überrascht, und noch seltener wirklich beunruhigt, doch nun gruben sich Sorgenfalten in ihre sonst so glatte Stirn. Sofort trat der Lord einen Schritt näher.

»Meine Regentin«, sagte er leise.

»Eine Entladung von Magie, mächtiger Mondmagie, die einer Schockwelle gleich über das Land gerollt ist. Ein komplexes Muster, meinem eigenen allzu ähnlich. Ich kenne nur eine Person, die ihre Zauber auf genau diese Weise wirkt und solche feinen Muster zeichnet.« Die Lady staunte selbst über die Worte, die aus ihrem eigenen Mund strömten, denn sie schienen keinen Sinn zu ergeben. Und doch war sie sich dessen sicher. »Meine Schwester.«

Der Lord verzog kaum eine Miene, doch ihr entging die Irritation in seinem Blick nicht. »Eure Schwester ist sicher verwahrt. Es ist unmöglich.«

»Und doch habe ich es gespürt.« Ihr Blick war ein scharfer Tadel. »Ich bin den Linien gefolgt. Die Monde und Sterne zeigten mir, wo die Quelle dieser Entladung lag.«

Nachdenklich faltete er seine blassen Hände und verschränkte die langen Finger ineinander. »Im Turm?«

Sie schüttelte den Kopf. »Nicht im Turm. Und trotzdem scheint es mit meiner Schwester zu tun zu haben.«

Noch einmal wanderte ihr Blick in die Ferne. Dort draußen in der Dunkelheit, zu weit entfernt, um es mit bloßem Auge erkennen zu können, lag jener Punkt, an dem sich etwas ereignet hatte – etwas Großes und Bedeutsames. Nun galt es herauszufinden, was genau geschehen war.

Er zögerte nicht. »Ich sende einen Trupp los, um der Sache auf den Grund zu gehen.«

Erneutes Kopfschütteln. »Lasst mein Pferd satteln, unverzüglich. Und schickt Euren Sohn zu mir.«

»Mondmagie«, sagte Aphra schlicht.

Im gleißenden Sonnenlicht glichen die Ereignisse der vergangenen Nacht einem fernen Traum. Ich griff nach dem Amulett, um mich daran zu erinnern, was geschehen war. Kühl und glatt lag das Metall in meiner Hand, fühlte sich ganz so an wie immer und hielt mich wie ein sicherer Anker in der Realität.

»Magie?«, wiederholte ich leise. Mein Schmuckstück, das ich schon so lange bei mir trug, sollte ein verzaubertes Artefakt sein, ohne dass mir das bisher aufgefallen war? Die Vorstellung war verrückt, aber nicht unmöglich, und die Ereignisse der letzten Nacht sprachen Bände. Sofern ich nicht geträumt, halluziniert oder den Verstand verloren hatte, musste Magie im Spiel sein. »Du könntest recht haben. Irgendetwas … irgendetwas ist daran merkwürdig.«

Merkwürdig? Das war noch weit untertrieben. Seit letzter Nacht fühlte sich das Medaillon verändert an, obwohl ich kaum in Worte fassen konnte, was genau es war. Es schien mir, als hätte sich etwas in der Luft rundherum verändert, als sei sie seltsam aufgeladen, wie kurz vor einem tosenden Gewitter. Der Sog, den das Medaillon auf mich ausübte, fühlte sich ein wenig an wie jener, den ich angesichts der Monde verspürte – und doch zog es mich nicht *zu* dem Medaillon hin, sondern in die Ferne, auf irgendeinen unbekannten Punkt zu. Ich spürte ein Sehnen, ein Drängen, als zupfte etwas mit unsichtbaren Fäden an meiner Seele und das Amulett sei dazu da, mir wie ein Kompass die Richtung zu weisen.

Als ich den Blick wieder von meinem Schmuckstück löste und Aphra ansah, erschrak ich. Soweit mein Gedächtnis zurückreichte, konnte ich die Situationen an einer Hand abzählen, in denen das verschmitzte Lächeln ihr Gesicht verließ und die hellbraunen Augen einen besorgten Ausdruck annahmen. Das letzte Mal war das passiert, als der Sohn des Bürgermeisters von einem Baum gefallen und vier Tage lang nicht aufgewacht war. Diesen ernsten Blick jetzt wiederzusehen, jagte mir eine Gänsehaut über den Rücken.

»Aphra?«, flüsterte ich. »Was ist denn los?«

Statt einer Antwort wirbelte sie herum, gab sich beschäftigt, pflückte scheinbar willkürlich Kräuter, die in dicken Sträußen zum Trocknen von den offenen Dachbalken hingen, und zermalmte sie im Mörser.

»*Aphra.*«

Sie reagierte nicht, fügte etwas Öl zu den gemahlenen Kräutern hinzu und bearbeitete sie weiter mit dem Stößel, bis sich eine dicke Paste bildete.

Seufzend setzte ich mich im Schneidersitz auf eine Decke und sah ihr schweigend zu. Ich hätte ihr gern geholfen, aber ich kannte sie gut genug, um zu wissen, dass ich ihr jetzt nur im Weg gewesen wäre.

Sie bewegte sich mit der Geschmeidigkeit einer sehr viel jüngeren Frau durch die winzige Hütte, jeder ihrer Handgriffe saß. Der intensive Geruch der Paste stieg mir in die Nase und verband sich mit dem allgegenwärtigen Duft der Kräuter, Tinkturen, Öle und Salben zu einer wilden Komposition: frisch und herb, beißend und mild, süßlich und würzig. Die Luft in der Hütte war zum Schneiden dick, bei jedem Atemzug schmeckte ich sie auf meiner Zunge. Die Ritzen zwischen den geschlossenen Fensterläden ließen nur gedämpftes Licht ins Innere und sorgten für eine gemütliche Atmosphäre. Wohin man auch blickte, sah man im Halbdunkel Gläser und Flaschen mit geheimnisvollem Inhalt, Kräuterbündel, kleine Tontöpfe und gewaltige Kupferkessel.

Das war Aphras kleines Reich, hier war sie ganz in ihrem Element. Sie war vertraut mit den Wirkungen und Nebenwirkungen eines jeden Krauts und jeder Blüte, wusste genau, wie man sie verarbeitete, damit sie ihre natürlichen Kräfte entfalteten, und kannte die verborgenen Orte, an denen man jene finden konnte, die nicht im üppigen Kräutergarten rund um die Hütte gediehen.

»Aphra, bitte«, sagte ich leise, als ich das Gefühl bekam, die Fragen würden einfach aus meiner Brust explodieren, wenn sie keine Antworten fanden.

Sie fuhr zu mir herum und sah mich einen Moment lang reglos an. Ein Sonnenstrahl, der durch die Fensterläden fiel und die Düsternis der Hütte durchschnitt, ließ das helle Braun ihrer Augen gelb wie die einer Dämmerkatze leuchten.

»Ist womöglich nicht nur das Amulett.« Ihre Stimme war kühl und sachlich. »Womöglich, Lelani, bist's auch du selbst.«

Das ungläubige Lachen blieb mir fast in der Kehle stecken. »Ich selbst!«, krächzte ich dann. »Das ... das ist ...«

»Überraschend. Aber nicht unmöglich«, vervollständigte sie meinen Satz ganz anders, als ich es getan hätte.

Ich schüttelte den Kopf und suchte nach Worten, um auszudrücken, wie absurd dieser Gedanke war. »Magier haben ihre Gabe von Geburt an. Meinst du nicht, das wäre mir in den letzten achtzehn Jahren aufgefallen? Magier kennen ihre Begabung.«

»Im Allgemeinen.«

»Immer!«

»Das weißt du, mein Stern? Woher? Weil du mit jedem von ihnen gesprochen hast?«

Ihre Augen, im Licht nun katzengelb leuchtend, folgten mir unaufhörlich, während ich aufstand und unruhig durch die

Hütte tigerte, soweit die beengten Verhältnisse es zuließen: drei Schritte hin, drei zurück. Als ich gerade wieder kehrtmachen wollte, umfingen mich ihre schmalen, drahtigen Arme. Der vertraute Geruch von Rinde, Wurzeln und Erde, der ihr anhaftete, stieg mir in die Nase und verdrängte sogar den intensiven Kräuterduft in der Luft. Obwohl ich mittlerweile größer war als sie, barg ich mein Gesicht an ihrer Schulter wie ein trostsuchendes Kind und gab mich der Umarmung hin, die mich vor allem Unheil der Welt schützte.

Ich hielt mich an ihr fest und hätte am liebsten meine Augen und Ohren verschlossen, denn sie hatte recht, und diese Tatsache ließ mich zittern. Ich hatte es gefühlt, hatte *etwas* gefühlt, tief in mir. Etwas war erwacht, war entfesselt worden, leuchtete auf, in dem Moment, als sich das Amulett öffnete. Und es war immer noch da, saß tief in mir. Wie eine fremdartige Lebensform floss es durch meine Adern.

»Nein«, flüsterte ich, obwohl ich es besser wusste.

Aphra wiegte mich sanft hin und her. »Doch«, lautete ihre schlichte Antwort.

Vermutlich hätte ich noch ewig so dagestanden und mich mit aller Macht gegen die Wahrheit gewehrt, die viel zu groß für mich war, mich an meine Ziehmutter geklammert und die Realität verleugnet, doch Aphra kannte kein Erbarmen. Sie schob mich mit sanfter Gewalt von sich, drückte mir ein scharfes, sichelförmig gebogenes Messer in die Hand und schnalzte leise mit der Zunge. »Sei so gut, mein Stern. Elsbeeren und Arnika brauche ich.«

Unausgesprochene Worte hingen zwischen uns in der Luft, doch mit einem Blick und einem Nicken verständigten wir uns darauf, sie noch für einen Moment ruhen zu lassen. Allerdings nicht für immer, denn es gab Schreckgespenster, die nicht einfach verschwanden, wenn man die Augen vor ihnen verschloss.

*

Als ich hinaus ins Freie trat, hatte ich das Gefühl, wieder richtig atmen zu können. Ich liebte die gemütliche kleine Hütte, doch jetzt gerade verursachte mir die Enge Beklommenheit, und ich brauchte den offenen Himmel über meinem Kopf, um angesichts der Neuigkeiten einen klaren Verstand zu bewahren.

Aphras Garten sah aus, als hätte die Natur dieses Stückchen Land erobert und sei drauf und dran, das winzige, von Menschenhand geschaffene Gebäude zu verschlingen. Ranken kletterten an den Wänden empor und krochen auf den nahegelegenen Waldrand zu, mannshohe Königskerzen wiegten ihre gelben Blüten im Wind und schienen über die Hütte hinauswachsen zu wollen, den Boden bedeckte ein Gewirr aus dunklen Blättern und tiefbunten Blüten. Die Wildnis schien sich völlig willkürlich ausgebreitet zu haben, doch in der Realität war nichts dem Zufall überlassen worden. Mit akribischer Sorgfalt pflegte Aphra die Pflanzen, die sie benötigte, um Arzneien herzustellen. Sie wusste genau, wo sie welches Gewächs finden konnte, und jene, die hier nicht gediehen, fand sie zielsicher im umliegenden Wald.

Während ich nun in der weichen Erde kniete, mit den Fingerspitzen über zarte Blätter und Triebe strich und die Kräuter erntete, um die Aphra mich gebeten hatte, rief ich mir die wenigen Dinge ins Gedächtnis, die ich über Magie wusste. Ich war weder dumm noch ungebildet: Natürlich wusste ich, dass manche Menschen in der Lage waren, das Licht der Monde zu kanalisieren und damit Wunder zu wirken.

Magier existierten, natürlich taten sie das, aber für mich waren sie vergleichbar mit Adeligen in juwelenbesetzten Gewändern oder imposanten Wasserwesen, die in den Tiefen der Ozeane hausten: Es gab sie, irgendwo da draußen in der Welt, aber nicht hier. Nicht in meinem Leben, das sich auf Aphras Hütte, das Dorf und ein paar Meilen des Waldes ringsumher beschränkte. Nie war ich so weit fortgegangen, dass ich nicht am Abend desselben Tages wieder zu Hause gewesen wäre. Und nie hatte ich geglaubt, dass ein solches Thema den Weg in mein beschauliches Leben finden würde. Hier im Dorf ging es darum, genug Holz zu sammeln, bevor der Winter hereinbrach, genug Wild zu pökeln und die Ernte rechtzeitig einzubringen. Nicht darum, hoch in den Nachthimmel zu starren und übernatürliche Dinge zu wirken.

Und nun glaubte der Mensch, auf dessen Meinung ich mehr Wert legte als auf die jedes anderen, da sei etwas in mir, etwas Fremdartiges, was ich nicht begriff und was mir deswegen eine Heidenangst einjagte. Konnte es denn stimmen? Am liebsten hätte ich Aphras Worte als Unsinn abgetan, aber ich hatte doch selbst gespürt, dass sich etwas in mir geregt hatte. Diese Empfindung konnte ich nicht vergessen, so gerne ich das auch wollte.

Der Moment, als die Frau ihre Hand nach mir ausgestreckt hatte, veränderte etwas. Sie hatte eine Klammer um mein Herz gelöst, einen Damm gebrochen, etwas in mir befreit – etwas, was ich jetzt in meiner Brust und meinem ganzen Körper fühlen konnte.

Noch nie hatte ich davon gehört, dass eine solche Gabe in einem erwachsenen Menschen erwacht war: Magier war man von Geburt an, oder eben nicht. Andererseits hatte Aphra ganz recht, ich war noch nie einem Zauberkundigen persönlich begegnet, den ich hätte befragen können. Menschen, die ein so machtvolles Talent besaßen, verbrachten ihre Zeit nicht damit, durch entlegene kleine Dörfer wie unseres zu flanieren. Sie hatten hohe Positionen inne, viele besetzten Ämter bei Hofe oder lehrten an Akademien. Die High Lady selbst, die über unser Reich regierte, war eine überaus mächtige Mondmagierin. Was wusste ich schon vom Leben dieser Leute?

Während ich weiter in der Erde nach Wurzeln grub, brannte die Sonne glühend heiß auf meinen Kopf und Rücken. Unter meinen langen schwarzen Haaren, die mir wie eine Decke über Nacken und Schultern fielen, geriet ich ins Schwitzen. Der herb-frische Duft von feuchter Erde, saftigem Grün und honigsüßen Blüten erfüllte die Luft, das Summen von Bienen und Hummeln klang einschläfernd eintönig. Je länger ich in der weichen Erde kniete, den Kopf gesenkt und ganz auf die Pflanzen konzentriert, desto ruhiger wurde ich. Als Aphras Schuhspitzen in meinem Blickfeld auftauchten, war ich bereit für ein weiteres Gespräch. Mit einer Gelenkigkeit, für die manch junges Mädchen sie beneidet hätte, ließ sich meine Ziehmutter inmitten der wildwachsenden Kräuter nieder, die Beine übereinandergeschlagen, den langen grauen Zopf über die Schulter nach vorne gelegt. Ihr zierliches Gesicht, dessen spitze Züge mich stets ein wenig an die eines Vogels erinnerten, wandte sich mir zu, und wachsam musterten mich die schmalen Augen. Ihre Miene war freundlich, doch ich wusste genau, dass ihr keine meiner Regungen entging und sie mir jede Emotion von der Nasenspitze ablesen konnte.

»Bist ein gutes Mädchen«, sagte sie ruhig. »Bist es immer schon gewesen, vom ersten Tag an. Aber auch was Besonderes, das merkte ich. Nicht die Art von Mädchen, die ihr ganzes Leben in einem Dorf damit verbringt, einer alten Frau beim Kräuterpflücken zu helfen.«

Energisch schüttelte ich den Kopf. »Ich helfe dir gerne, Aphra! Ich würde nirgends lieber leben als hier bei dir.«

Ihr Blick war so intensiv, dass ich nicht wegschauen konnte. Als sie den Kopf leicht schief legte, wechselten ihre Augen durch das Sonnenlicht erneut von Hellbraun zu ihrem katzenhaftes Gelb. »Die Art von Mädchen, die für etwas Größeres bestimmt ist.«

Ich wollte widersprechen und versichern, dass ich keine Ambitionen hatte, die über dieses Leben hinausgingen, doch wäre das nicht eine Lüge gewesen? Starrte ich nicht Nacht für Nacht zu den Monden hinauf und wünschte mir verzweifelt, ihre Geheimnisse ergründen zu können? Folgte ich den Pixies nicht mit sehnsüchtigen Blicken, frustriert darüber, mich nicht einfach von ihnen in die Irre leiten zu lassen, ohne Rücksicht auf Konsequenzen? Träumte ich nicht von Abenteuern, die ich mir gemeinsam mit Haze ausdachte?

Und spürte ich nicht seit letzter Nacht einen unheimlichen Sog, der mich in eine Richtung zerrte, die das Amulett vorgab – wohin auch immer, aber in jedem Falle fort von hier?

Ich schloss die Hand um den Anhänger, als könnte ich seine Wirkung so ersticken, biss mir auf die Unterlippe und senkte den Blick.

»Was weißt du über Magie?«, fragte ich leise.

Sie zuckte mit den Schultern. »Was man so weiß. Wird vererbt, so wie die Farbe der Augen oder der Haare. Ist trotzdem schwer, sie zu beherrschen. Denk an das Mondlicht, mein Stern: kühl, klar, ruhig. So muss ein Magier sein, um die Kraft der Monde zu nutzen, um Dinge zu ändern, zu formen, zu verzaubern.«

»Kühl, klar, ruhig«, wiederholte ich murmelnd. »Klingt einfacher, als es ist.«

Noch ein Schulterzucken. »Meditation soll helfen, sagen die Leute. Magier versenken sich ganz in sich selbst, lassen ihre Gedanken und ihren Geist zu Ruhe kommen.«

Zweifelnd sah ich sie an. »Und das hilft ihnen, das Mondlicht … einzusetzen?«

Aphra schnalzte mit der Zunge. »Was weiß ich? Das erzählen die Leute.«

Meditation also. Das sollte mein einziger Anhaltspunkt sein, um herauszufinden, was um alles in der Welt in mir erwacht war? Wenn das so war, malte ich mir meine Zukunft in den düstersten Farben aus. Aber noch etwas anderes beschäftigte mich. Wenn ich wirklich magisch begabt sein sollte, musste mindestens eines meiner Elternteile dieses Talent ebenfalls gehabt haben.

»Wenn ich nur mehr über meine Eltern wüsste«, murmelte ich frustriert.

Aphra zuckte kaum merklich zusammen, ihre Miene veränderte sich. Immer schon hatte ich das Gefühl gehabt, sie wüsste mehr, als sie preisgab, doch bisher war es mir nicht gelungen, ihr Informationen zu entlocken. Jetzt ging ihr Blick auf einmal in die Ferne, als sähe sie nicht mich, nicht den Kräutergarten und die Lichtung, sondern etwas, das einst gewesen war und jetzt in der Vergangenheit lag.

»Ein Mann war's.« Ihre Stimme war wie der Wind, der durch trockenes Laub fuhr. »Ein Mann mit schwarzen Augen, schwarzen Kleidern und einem Baby auf dem Arm. Vor meiner Tür stand er und sagte die Worte, nach denen mein Leben nicht mehr so war wie zuvor. Sollte mich um das Kind kümmern, um dich kümmern. Achtzehn Jahre ist's her, aber ich sehe ihn vor mir, als wär's gestern gewesen.«

Mein Herz schlug flach und schnell. »Mein Vater?«, brachte ich hervor.

Sie wiegte den Kopf hin und her und erinnerte mich in diesem Moment noch stärker als sonst an einen kleinen Vogel. »Nein, mein Stern. Glaube nicht. Hat gesagt, du hast keine Eltern mehr, die sich um dich kümmern können und brauchst jemanden, der für dich sorgt. Bin davon ausgegangen, dass du ein Waisenkind bist. Hab ihn gefragt, wie deine Eltern ums Leben gekommen sind, aber kein Wort hat er verraten. Und dann ist er verschwunden. Hab darüber nachgedacht, ihn zu suchen, aber er war wie vom Erdboden verschluckt.«

»Du hast mir nie von ihm erzählt. Gar nichts hast du mir darüber erzählt, wie ich zu dir gekommen bin, in all den Jahren nicht.«

Ein Schatten huschte über ihr Gesicht, so schnell, dass ich nicht sicher war, ob ich ihn mir nur eingebildet hatte. »Da war etwas seltsam an ihm.« Sie blickte mich nicht an, als sie das sagte. »Beunruhigend. Eine Dunkelheit, die ihn umgab. Eine Dunkelheit, die ich nicht in deinem Leben wollte. Mein Mädchen sollte im Licht aufwachsen.«

Enttäuscht seufzte ich. Für einen Moment war in mir die Hoffnung aufgekeimt, mehr über meine Herkunft zu erfahren, ja, vielleicht sogar meinen Vater zu finden, aber der geheimnisvolle Mann brachte mich offensichtlich nicht weiter.

Wieder griff ich nach meinem Amulett, das sich nur während meiner Vision geöffnet und direkt danach wieder geschlossen hatte. Mehrmals hatte ich heute versucht, es zu öffnen, indem ich an der Mondsichel herumdrehte, aber nichts tat sich. Es war so fest verschlossen wie eh und je, und wenn Haze nicht dabei gewesen wäre und den bunt-schillernden Mondstein darin gesehen hätte – ich hätte meinen eigenen Erinnerungen misstraut.

»Aphra, ich muss dir etwas sagen«, platzte ich heraus. Mir war egal, wie abstrus das jetzt klang, ich musste die Gedanken, die mich quälten, einfach mit jemandem teilen. »Die Frau, die ich vor mir gesehen habe, als sich das Amulett geöffnet hat – ich kenne sie. Ich glaube, ich weiß, wer sie ist.«

Aphra fragte nicht nach. Sie sah mich nur an, und irgendetwas an ihrer Miene verriet mir, dass sie bereits ahnte, was ich sagen wollte.

Ich brauchte einen Augenblick, um die Worte zu formen, die ich selbst kaum glauben konnte und von denen ich doch tief in mir fühlte, dass sie wahr waren. »Sie ist meine Mutter.«

Kapitel 4

Ein Abenteuer

Wie Fledermausschwingen bauschte sich ihr Umhang im Wind.
Die Haare trug sie offen und ungezähmt, das Silberblond war frei
von zierlichen Schmucknadeln, Juwelen oder Goldkettchen. Sie trug
auch kein Collier und keine Armreife. Ihr einziger Schmuck war
das filigrane Mondsteindiadem, das ihr Haupt zierte und sie als
das auswies, was sie war.

Die donnernden Hufschläge der Pferde trommelten in einem
Rhythmus, auf den sie sich unbewusst konzentrierte. Sie beugte sich
tiefer über den Rücken und Hals ihres Schimmels und trieb das
Tier zu noch höherer Geschwindigkeit an, bis es förmlich dahinflog.
Seine Hufe schienen kaum mehr den Boden zu berühren.

Die Gardisten, die sie begleiteten, versuchten mit ihr mitzuhal-
ten, fielen aber immer weiter zurück. Kaum jemand konnte es auf
dem Pferderücken mit ihr aufnehmen, und das lag nicht etwa dar-
an, dass ihr Tier so viel schneller gewesen wäre – sondern daran,
dass sie nicht zögerte. Niemals.

Der Turm war keinen Tagesritt vom Schloss entfernt und
schien doch das Ende der Welt zu markieren, einsam und stolz wie
er dastand und den Wellen trotzte, die unermüdlich gegen sein
Fundament schlugen. Die Kreaturen des Ozeans flohen, als High
Lady Serpia vom Rücken ihres Pferdes sprang, ohne sich von den

herankeuchenden Gardisten helfen zu lassen. Die Flut hatte einge-
setzt, kalte Wellen umspülten ihre schlichten, schwarzen Lederstie-
fel, die ihr bis zu den Oberschenkeln reichten, während sie die letz-
ten paar Meter zum Turm mit raschen Schritten überwand.

Flach legte sich ihre Hand auf den glatten Stein. Das Lied, das
aus dem Inneren des Gemäuers erklang, schwoll an und ab – wie
die Gezeiten des Meeres. Die melodische Stimme war der High
Lady so vertraut wie ihr eigener Herzschlag.

Sie schloss die Augen, aktivierte den Mechanismus und lauschte
dem Scharren und Schaben von Stein auf Stein.

Keiner der Gardisten begleitete sie in die Finsternis des Turms,
sie betrat das Gebäude allein. Hohl echoten ihre Schritte über toten
Fels, Stufe um Stufe.

Ihre Mimik zeigte keine Regung und verriet kein Gefühl, doch
sie nickte zufrieden, als sie die schmale Gestalt sah und sich ihr ein
blasses Gesicht zuwandte. Die Lady war bereits davon ausgegan-
gen, hatte sich jedoch mit ihren eigenen Augen davon vergewissern
müssen, um jegliche Zweifel auszuschließen: Die Gefangene war
noch hier, und hier würde sie bleiben. Bis ans Ende ihrer Tage.

*

»Kühl, klar und ruhig«, murmelte ich übellaunig und schleuderte einen Stein so fest gegen einen Baumstamm, dass ein Ei-
chelhäher empört meckernd aus den Ästen flog.

Seit einer gefühlten Ewigkeit saß ich draußen und versuchte
vergeblich, einen Zustand der absoluten geistigen Ruhe zu erreichen. Je mehr ich versuchte, an nichts zu denken, desto
mehr drehte sich alles in meinem Kopf und desto nervöser
wurde ich.

Ich versuchte, mich an das alles überrollende Gefühl zu erinnern, als sich das Amulett geöffnet hatte, und es wieder hervorzurufen. Aber wie sollte ich das bitte anstellen? Ich kniff die Augen zusammen, bis flirrende Punkte hinter meinen Lidern tanzten und atmete ganz tief ein und aus. Ich gab mir redliche Mühe, sämtliche Gedanken aus meinem Kopf zu vertreiben, was so gründlich in die Hose ging, dass ich mir schließlich sogar vorstellte, wie der Schmied halbnackt um ein Lagerfeuer tanzte.

»Gar nichts denken«, presste ich zwischen zusammengebissenen Zähnen hervor, aber mein Verstand spielte lieber lustige Spielchen mit mir als zu gehorchen.

Hart prallte etwas gegen meinen Hinterkopf, ließ mich erschrocken japsen und zusammenzucken. Ich fuhr herum, bereit, mich gegen einen Angreifer zur Wehr zu setzen, tastete nach dem Dolch, den Haze mir geschenkt hatte, und konnte einer weiteren heranfliegenden Eichel gerade noch so ausweichen.

»Haze!«, rief ich genervt und rieb mir den schmerzenden Hinterkopf. »Siehst du nicht, dass ich hier gerade beschäftigt bin?«

Seine dunklen Augen funkelten belustigt. »Was bei allen fünf Monden tust du da auf dem Boden? Ist das ein Versuch, zur Statue zu erstarren? Brütest du ein Ei aus? Oder verlierst du einfach nur den Verstand?«

»Ich meditiere«, brummte ich. »Für Ruhe und Frieden in meinem Geist. Sieht man doch.«

»Oh, gut. Für mich sahst du nämlich gerade so aus, als wolltest du am liebsten jemanden umbringen, du ruhiges und friedliches Geschöpf.«

Seufzend streckte ich meine Beine aus, die von der unbequemen Sitzposition allmählich schmerzten. »Warum ist es bloß so schwer, an gar nichts zu denken?«, jammerte ich. »Das müsste doch eigentlich das Einfachste auf der Welt sein.«

»Ich hätte auch gedacht, dass gerade *dir* das leichtfallen müsste.«

Das entrüstete Schnauben konnte ich mir nicht verkneifen. »Charmant und nützlich wie immer. Hast du nicht irgendwo irgendetwas anderes zu tun?«

Eine weitere Eichel traf mich, diesmal an der Schulter. Ich wusste, dass Haze mit der Schleuder zielsicher genug war, um mir ein Auge auszuschießen, wenn er es darauf angelegt hätte.

»Du bist ein grausames Monster«, beschwerte ich mich, hob das Geschoss auf und schleuderte es zurück, wobei ich Haze verfehlte. »Wenn du schon hier herumlungern und mir auf die Nerven gehen musst, hilf mir wenigstens.«

»Auf keinen Fall«, verkündete er fröhlich. »Nicht, ehe du mir verrätst, was das überhaupt soll.«

Ich schwieg und starrte düster vor mich hin, während er sich neben mich auf die Wiese fallen ließ, die langen Beine ausstreckte und ein Stück Holz sowie ein Schnitzmesser hervorholte. Span für Span blätterten Holzstücke unter seinen geduldigen Händen ab und landeten im hohen Gras.

Die Sommersonne glühte vom Azurhimmel herab, als wollte sie uns verbrennen. Die Hitze hatte etwas Schweres, Drückendes an sich, es wehte kein Wind. Das Summen der Insekten schwoll an zu einem tosenden Konzert – so ähnlich stellte ich mir das Rauschen des Meeres vor, von dem Reisende und fahrende Händler erzählten. Trotz des klaren, wolkenlosen Blaus des Himmels spürte ich, dass sich ein Gewitter näherte.

Die schwarzen Haare fielen Haze ins Gesicht, als er sich konzentriert über seine Schnitzarbeit beugte. Bei diesem Wetter verzichtete er auf sein Lederwams über dem hellen Leinenhemd, dessen lockerer Halsausschnitt den Blick auf seine gebräunte Brust freigab. Ich konnte mich noch gut daran erinnern, wie er vor einigen Jahren ausgesehen hatte. Aus dem schlaksigen Jungen, dessen Arme und Beine viel zu lang für seinen Körper gewirkt hatten, war ein breitschultriger junger Mann geworden, den die Mädchen im Dorf anhimmelten.

»Was ist das?« fragte ich, obwohl ich die Antwort bereits kannte.

Das Holz in seiner Hand hatte schon längst eine grobe Form angenommen: eine weibliche Gestalt in anmutiger Pose, deren langes Haar wie ein Schleier über ihren Rücken fiel und sich um ihre Füße ringelte.

»Lady Tulip.« Zärtlich strich er mit dem Daumen über die kleine Holzfigur, bevor er sie in seiner ledernen Gürteltasche verstaute. Sein Blick bohrte sich in meinen. »Also?«

Ein leichter Wind kam auf und streichelte über die Gräser, sodass sie sich wellenförmig wie die Oberfläche eines grünen Sees bewegten.

Ich schloss die Augen, um meinem besten Freund nicht ins Gesicht blicken zu müssen, als ich meine Antwort in den Wind flüsterte. »Ich gehe fort.«

Seine Atmung beschleunigte sich, seine Stimme war rau. »Fort?«

Ich öffnete die Augen, sah in sein Gesicht und beugte mich zu ihm vor, bis meine Lippen beinahe sein Ohr berührten.

Der Duft von Moos und Leder in meiner Nase.

Ganz leise, kaum lauter als der Wind, erzählte ich ihm alles. Alles, was ich wusste oder zu wissen glaubte.

Ich sprach von der Magie in meinem Amulett.

Von dem magischen Funken, der in mir erwacht war und zu dem ich keinen Zugang fand, weil ich ihn nicht begriff.

Von meiner Mutter, die mich durch das Medaillon erreicht hatte und auf mich wartete, irgendwo da draußen, wenn sie denn tatsächlich noch am Leben war.

Erste Regentropfen trafen meine Stirn und Haze' Wangen, doch keiner von uns rührte sich und machte Anstalten, aufzustehen. Das ferne Donnergrollen durchbrach schließlich das Schweigen, welches auf meine Worte gefolgt war. Und es klang wie eine Warnung vor drohenden Gefahren.

»Also gehst du«, stellte Haze schließlich noch einmal fest, als müsste er die Worte erneut aussprechen, um zu ergründen, wie er darüber dachte.

»Ich muss. Was, wenn meine Mutter wirklich irgendwo da draußen ist und darauf wartet, dass ich sie finde? Das Medaillon gibt mir eine Richtung vor, Haze, und ich glaube, es zieht mich zu ihr. Ich *muss* herausfinden, ob sie lebt, woher ich stamme, *wer ich bin.*«

Es war seltsam: Seit ich denken konnte, hatte sich ein Teil von mir nach der Ferne, dem Unbekannten und Abenteuern gesehnt, aber nun, da all das in greifbare Nähe gerückt war, machte mir die Vorstellung plötzlich Angst. Es war leicht, großen Träumen nachzuhängen, solange man zu Hause im sicheren Bett lag, umgeben von Menschen, die man kannte, und wohlig entspannt in der Gewissheit, dass der nächste Tag ganz ähnlich wie der letzte und alle anderen davor sein würde. Mein Alltag, bestehend aus dem Zusammenleben mit Aphra, dem Kräutersammeln in Wald und Garten, den Spaziergängen ins Dorf, den freundschaftlichen Neckereien mit Haze – all das hatte mich einer schützenden Decke gleich eingehüllt.

Sollte ich diese Sicherheit wirklich verlassen, um einem Ruf zu folgen, den ich nicht einmal verstand? Wäre es nicht klüger, abzuwarten und hier in Ruhe herauszufinden, ob dieser warme

Funke, den ich in mir spürte, wirklich Magie war? Aber irgendetwas sagte mir, dass ich keine Zeit verlieren und ins kalte Wasser springen sollte.

Ein weiterer Donnerschlag ließ uns beide zusammenzucken, tiefdunkle Wolken hatten sich vor das Blau des Himmels geschoben. Aus den einzelnen Wassertropfen wurde schlagartig strömender Regen, als hätte der Himmel über uns seine Schleusen geöffnet. Es dauerte nur wenige Augenblicke, dann war ich bis auf die Haut durchnässt, aber ich konnte jetzt nicht gehen und Unterschlupf suchen. Immer noch saßen wir auf der Wiese und sahen einander an.

»Ich komme mit«, lautete seine schlichte Antwort.

Meine Augen weiteten sich. »Sei nicht verrückt, du wirst hier gebraucht.«

»Nicht mehr als du auch. Und weißt du, wer mich besonders braucht? Die zerzauste Dämmerkatze, die keine Ahnung von der Welt hat und blindlings drauflos laufen will, in eine Richtung, von der sie glaubt, ein verzaubertes Amulett würde sie dorthin lenken.«

»Dich brauchen? Das hättest du wohl gerne«, meckerte ich und boxte gegen seinen Oberarm, war ihm aber gleichzeitig noch nie so dankbar gewesen. Leiser fügte ich hinzu: »Du musst das nicht tun, ehrlich. Ich komme schon zurecht.«

»Vielleicht. Aber denkst du, das lasse ich mir entgehen?« Ein Funkeln trat in seine dunklen Augen. »Der Moment, als sich dein Amulett plötzlich geöffnet hat – Lelani! Das war das Aufregendste, was hier seit Jahren passiert ist. Meinst du, ich wäre nicht gespannt, was sich hinter alldem verbirgt? Glaubst du, ich würde dir dieses Abenteuer ganz allein überlassen?«

Die Wiese, auf der wir saßen, verwandelte sich unter dem strömenden Regen in ein Sumpfgebiet, mittlerweile saß ich in kaltem Matsch. Langsam stand ich auf und lächelte Haze an, der es mir gleichtat.

»Ein Abenteuer für uns«, sagte ich und streckte ihm die Hand entgegen.

Er ergriff sie, seine Berührung war sicher und fest. »Ein Abenteuer.«

Meine Hand in seiner, sein Blick in meinem, und ich fühlte mich so unendlich frei und stark mit ihm, als könnte mir an seiner Seite nichts und niemand etwas anhaben.

Ohne einander loszulassen, liefen wir los, flohen vor dem Regen, obwohl wir nicht nasser hätten werden können. In meine Angst mischte sich Vorfreude, eine atemlose, vibrierende Aufregung. Ich würde meine Heimat verlassen, ohne zu wissen, was mich erwartete und welche Geheimnisse ich sowohl in der Ferne als auch in mir selbst ergründen würde. Vielleicht würde ich dem Ruf des Mondstein-Amuletts vergeblich folgen und schon bald frustriert heimkehren, möglicherweise war das alles ein einziger Fehlschlag. Aber was auch immer auf mich warten mochte: Ich hatte Haze an meiner Seite.

*

Banner und Wimpel mit dem Mondwappen flatterten im Wind und spiegelten sich in den Pfützen des gestrigen Regens, doch nicht für lange. Schon einen Augenblick später stapften Pferdehufe durchs Wasser, wirbelten es auf, das blausilberne Spiegelbild wich braunem Schlamm. Gelächter lag in der Luft, derbe Scherze flogen hin und her. Das Hufgetrappel der Pferde grollte über den Boden, als die Reiter sie zu einem rasanten Galopp antrieben.

Die Pferde schäumten vor Energie, seit sie ihrem engen Pferch auf dem Schiff entkommen waren. Sie genossen ihre wiedergefun-

dene Freiheit, ihre Bewegungen waren raumgreifend, Muskeln be-
wegten sich unter glänzendem Fell, als sie tänzelten, stampften, die
Köpfe hochwarfen. Mähnen und Schweife glänzten wie Seide im
Sonnenlicht.

Die Männer und Frauen waren kaum weniger ausgelassen,
manche von ihnen waren sichtlich froh, den strengen Konventionen
des Hoflebens für einige Tage entflohen zu sein. Ihr Auftrag war
von größter Wichtigkeit, dennoch erinnerten ihre breit grinsenden
Gesichter an einen Haufen wilder Plünderer, die weder Pflichten
noch Regeln kannten.

Das mochte daran liegen, dass der junge Lord den Erkundungs-
trupp nach seinen eigenen Vorlieben und Vorstellungen zusammen-
gestellt hatte. Auf seinem Sommerrappen preschte er voran und
führte die Reiter, die Soldaten und die beiden Magier. Wie gesponnenes Gold glänzte sein überschulterlanges Haar, das er im Nacken
mit einem Band zusammengebunden hatte und mit dessen Strähnen der Wind spielte. Seine Augen leuchteten klar wie geschliffenes
grünes Glas, und sein unbeschwertes Lachen war das eines Helden
aus alten Mythen, der keine Ängste kannte.

Auf all das konnte die High Lady im Wasser einen verschwommenen Blick erhaschen, wie ein Widerhall der Geschehnisse.

Je ruhiger ihre Atemzüge wurden, desto klarer wurde das Bild,
das sich ihr im kreisrunden Wasserbecken im säulenumkränzten Innenhof offenbarte. Sie bewegte die schmale Hand darüber, das Bild
veränderte sich und das schwache Echo kürzlich vergangener Bilder
machte der Gegenwart Platz. Ihr eigenes Gesicht blickte ihr aus
dem Wasser entgegen wie aus einem Spiegel. Mit einer Fingerspit-
ze berührte sie die Oberfläche, kleine Kräuselwellen breiteten sich
aus, wurden größer und größer und durchbrachen die reglose Glät-
te, sodass sie ihre durchscheinend helle Haut, die blassblauen Augen
und die Silberhaare nicht mehr sehen konnte.

»Kyran«, flüsterte sie, ihre Stimme so glatt wie der schneeweiße Marmor des Wasserrunds und der Säulen.

Als sich die aufgewühlte Oberfläche beruhigte, war ihr Spiegelbild einem anderen Gesicht gewichen: Sie sah den jungen Lord, der eben noch an der Spitze des Trupps durch den Wald galoppiert war, und wusste, dass er sich gerade über eine wassergefüllte Silberschale beugte, um mit ihr sprechen zu können.

»Meine High Lady«, sagte er ehrerbietig.

Mit einer Geste forderte sie ihn auf, Bericht zu erstatten.

»Wir haben nichts gefunden, meine High Lady. Nichts, was die magische Entladung erklärt. Es ist hier irgendwo geschehen, zweifellos, die beiden Magier spüren das Echo immer noch. Es liegt in der Luft, sie können es fühlen, riechen und sogar schmecken, doch es lässt sich nicht zuordnen oder näher eingrenzen. Was auch geschehen ist, es ist vorbei und nur noch ein schwacher Widerhall erinnert daran, dass es überhaupt geschehen ist.«

Unzufrieden schnalzte sie mit der Zunge. »Sucht weiter.«

Er seufzte, in die glasgrünen Augen trat ein ungeduldiger Ausdruck. »Hier ist nichts. Und wenn ich sage ›nichts‹, meine ich das so. Unmengen Bäume, Steine, Schlamm, kaum eine Menschenseele. Das Dorf ist ein Witz, es hat nicht einmal einen Namen! Die Leute hier nennen es einfach nur ›das Dorf‹, kann man sich das vorstellen? Das ist gewiss nicht der Ort, an dem man bahnbrechende magische Phänomene entdeckt.«

Die wenigsten Menschen durften es sich erlauben, ihr zu widersprechen, doch immer wieder ertappte sie sich dabei, Lord Kyran gegenüber Nachsicht zu zeigen. Es lag nicht an seinem unbeschwerten Charme, dem man sich schwer entziehen konnte, und auch nicht daran, dass er Lord Heathorn Umbras Sohn war. Vielleicht lag der Grund für ihre Milde darin, dass er sie in gewisser Weise an sie selbst erinnerte, als sie jünger gewesen war – auch sie hatte *diese Ungeduld in sich getragen, diesen unstillbaren Hunger nach Leben, nach* mehr.

Darum tadelte sie ihn nicht, sondern forderte schlicht: »Dreht jeden Stein um.«

Er senkte den Blick. »Ja, meine High Lady.«

Eine weitere Berührung der Wasseroberfläche vertrieb sein Bild. Als die Lady aufblickte, bemerkte sie Lord Heathorn, der lautlos wie ein Schatten neben sie getreten war. Er bot ihr den Arm an, Seite an Seite schritten sie zwischen den marmornen Säulen hindurch, die den Innenhof einrahmten. Sobald sie aus dem Sonnenschein in den Schatten trat, ließ das unangenehme Stechen und Zerren nach. Das direkte Sonnenlicht schwächte sie, in einem kleinen, aber stetigen Rinnsal entzog es ihr ihre Magie, weswegen sie schon vor vielen Jahren dazu übergegangen war, die Säle und Gemächer hauptsächlich nachts zu verlassen. Manchmal wusste sie selbst nicht genau, warum sie von Zeit zu Zeit dennoch darauf bestand, ihre Magie auch tagsüber zu wirken – vermutlich aus Trotz, um der Sonne selbst zu beweisen, dass sie stark genug dafür war.

»Euer Sohn ist aufmüpfig«, merkte sie an.

Sofort senkte er das Haupt. »Ich werde mit ihm sprechen.«

Sie blieb stehen, sah ihn an und eine ihrer silberblonden Augenbrauen zog sich kaum merklich hoch. »Ich muss Euch nicht erklären, dass der Auftrag, mit dem ich ihn betraut habe, von höchster Wichtigkeit ist. Die magische Entladung war ungewöhnlich, sogar beunruhigend. Weder im Turm, noch an dem Ort, von dem die Welle ausging, lassen sich Hinweise finden.«

Immer noch war sein Kopf respektvoll gesenkt. »Wenn sich dort etwas nachweisen lässt, wird mein Sohn es finden. Die Magier, die er für den Einsatz gewählt hat, sind geübt im Aufspüren solcher

Fährten, und Kyran ist sich darüber im Klaren, wie bedeutsam die Mission ist.«

»Das will ich hoffen«, sagte sie kühl.

Die Position des jungen Lords als einer ihrer wichtigsten Günstlinge war nur zum Teil der Tatsache geschuldet, dass Lord Heathorn selbst darum gebeten und für seinen Sohn vorgesprochen hatte. Er hatte sich bisher als fähig erwiesen, war tatkräftig und nicht zuletzt auf charmante Weise unterhaltsam. Doch die Privilegien, die er sich verdient hatte, konnte er augenblicklich verlieren, wenn er sie enttäuschte. In der Gewissheit, dass ihre Warnung bei Mondlord Heathorn Umbra angekommen war, ließ sie ihn einfach stehen und verließ den Innenhof mit großen Schritten.

Kapitel 5

Flirrendes Gold

Große, von borstigen Haaren umgebene Nüstern schnupperten an meiner Hand und kräuselten sich unwillig, als gefiele ihnen nicht, was sie rochen. Ich hätte schwören können, dass mich die schwarzen Augen, deren linkes von einem milchigen Schleier getrübt wurde, mit unverhohlenem Misstrauen anblickten. Wer hätte gedacht, dass das schlichte Zucken eines langen Ohrs so unwirsch wirken konnte?

»Was ist das?«, fragte ich fassungslos.

Haze, der an einer Hand ein geschecktes Pony an einem Strick führte, an der anderen Hand das Wesen, das mich gerade so verdrossen inspizierte, zuckte mit den Schultern. »Unsere Reittiere.«

»Ja, aber … *Was ist das?*«

Ich deutete auf mein vierbeiniges Gegenüber und riss die Hand dann zur Sicherheit rasch zurück, als es die Oberlippe hochzog und damit große, gelbliche Zähne entblößte. Ein Pferd war es nicht, ein Esel auch nicht. Vielleicht ein Muli oder Maulesel – aber solche Tiere hatte ich schon öfter gesehen, und keines von ihnen war so *skurril* gewesen.

Stumpfes Apfelschimmelfell spannte sich über die Schulterblätter, der Bauch war rund und prall, die Beine hingegen spin-

56

deldürr und krumm. Der Kopf war lang und grobknochig, Mähne und Schweif bestanden aus einigen spärlichen Strähnen in glanzlosem Grau. Fusseliger Flaum wuchs an den langen Ohren, die immer wieder hektisch zuckten.

»Ein Maulesel?« Haze klang, als sei er sich seiner Sache selbst nicht ganz sicher.

»Das ist aber eine optimistische Vermutung.« Ich gab mir gar keine Mühe, meine Skepsis zu verhehlen, ebenso wenig wie das Kichern, das mir der Anblick des Tieres entlockte.

Das braun gescheckte Pony schnaubte friedlich und senkte den Kopf, um an ein paar Grashalmen zu zupfen, während mich der Maulesel weiterhin übellaunig fixierte.

Haze war sichtlich eingeschnappt. »Verzeih, dass ich keine edlen Schlachtrösser für die elegante Dame erworben habe, aber der Händler hatte gerade keine dabei. Und für die beiden Tiere hier sind die paar Münzen draufgegangen, die ich letztes Jahr bekommen habe, als mein Vater und ich Dörrfleisch und Felle auf dem großen Markt verkauft haben.«

Das Kichern blieb mir im Hals stecken, und ich legte meine Hand auf seinen Unterarm. Ich wusste, wie hart Haze gearbeitet hatte und wie strikt er sparte, in der Hoffnung, eines Tages ein kleines bisschen Wohlstand zu erreichen. Und nun hatte er alles ausgegeben, um mich zu unterstützen.

»Das hättest du nicht tun sollen«, sagte ich leise. »Wir wären doch auch zu Fuß zurechtgekommen.«

»Vielleicht. Aber wir haben keine Ahnung, wie lange wir unterwegs sein werden, also wäre es weise, sich auf die Reise vorzubereiten.«

Ich war so gerührt, dass ich gar nicht wusste, was ich sagen sollte. Meine Hand, die gerade noch auf seinem Arm geruht hatte, zupfte am Leinenstoff seines Ärmels.

»Seit wann bist du denn weise? Da stimmt doch etwas nicht«, murmelte ich verlegen. »Und … Haze? Danke.«

Er schenkte mir sein breitestes Grinsen. »Schon gut. Du kannst dich um den Rest kümmern. Wir brauchen etwas Proviant, praktische Kleidung, feste Stiefel.«

Ich ließ den Blick schweifen, während ich mir die Sachen, die er genannt hatte, einprägte. Wir standen auf dem festgetrampelten Rund des Dorfplatzes, wo regelmäßig der Markt stattfand und jedermann seine Waren zum Tausch oder gegen Münzen anbot: Haze und sein Vater brachten Fleisch und Felle, ich bot Aphras Tinkturen an und tauschte sie gegen duftendes Brot, Schafswolle, frische Milch und manchmal sogar Käse. Gelegentlich kamen fahrende Händler ins Dorf und brachten Salz und andere Gewürze, schöne Stoffe und allerlei Schnickschnack. Aber vor allem erzählten sie Geschichten aus dem übrigen Reich, die wir alle gierig einsogen, weil sie uns das Gefühl gaben, ein Teil dieser Welt und nicht nur ein entlegenes winziges Nest zu sein, abgeschnitten vom gesamten Rest des Landes. Wir wollten erfahren, worüber in anderen Dörfern gesprochen wurde, was sich bei Hofe tat, was für ein Kleid die High Lady auf dem letzten Empfang getragen hatte und welcher Lord vergeblich um die Hand der betörenden Lady Tulip angehalten hatte. Wir betrachteten kunstvolle Bilder und stümperhafte Kritzeleien, die bekannte Persönlichkeiten oder ferne Orte abbildeten, und gaben uns der Illusion hin, an Dingen teilhaben zu können, die über unser bescheidenes Leben hinausgingen – und vergaßen für einen Moment, dass die meisten von uns bestenfalls zwei oder drei nahegelegene Ortschaften kannten – oder unser Dorf überhaupt noch nie verlassen hatten.

Doch Haze und ich zählten zu denjenigen, die die kleinen

Häuser und Hütten hinter uns lassen würden, die sich so natürlich zwischen die sanft geschwungenen Hügel schmiegten, als seien sie seit jeher ein Teil der Landschaft. Es war eine seltsame Vorstellung und erfüllte mich mit Wehmut, nicht zu wissen, wie lange wir wegbleiben würden. Doch das stete sanfte Pulsieren des Amuletts erinnerte mich daran, wie wichtig es war, dass ich diesen Schritt ging.

Seufzend schüttelte ich die Grübeleien ab und wollte nach den Zügeln des Ponys greifen, doch Haze zog beide Augenbrauen hoch und grinste breit. »Ich fürchte, da unterliegst du einem schwerwiegenden Irrtum.«

Ich schluckte, mein Blick wanderte vom Pony zum Maulesel. »Das meinst du nicht so! Das würdest du mir nicht antun, oder?«

Doch ein Blick in seine dunklen Augen verriet, dass es sein Ernst war und ich gar nicht erst versuchen sollte, an seine Ritterlichkeit zu appellieren. Dafür kannten wir uns zu lange. Der Junge, der mich früher an den Zöpfen gezogen und den ich mit einem Besenstiel gejagt hatte, fand auch heute noch ein diebisches Vergnügen daran, mir das Leben schwerzumachen. Meine Gesichtszüge entgleisten, als ich mir vorstellte, auf dem Maulesel durchs Land reiten zu müssen. Als hätte das Tier meine Gedanken gelesen, schenkte es mir einen eindeutig vernichtenden Blick.

»Sieh es nur an! Vom ersten Augenblick an hat es beschlossen, mich zu verabscheuen. Ich bin sicher, sobald es eine Chance wittert, mich heimtückisch aus dem Weg zu räumen, wird es das tun«, versuchte ich wider besseres Wissen mein Glück, doch mein kläglicher Tonfall erweichte das Herz meines besten Freundes nicht.

»Ich kann es kaum erwarten, mitanzusehen, wie du den

Maulesel des Grauens zähmst«, flötete er schadenfroh. »Das wird ein schönes Spektakel!«

Ich versuchte mich dem Maulesel von der Seite zu nähern, doch ohne den Kopf zu bewegen, folgte mir sein Blick, bis man das Weiße in seinen Augen sah. Sobald ich die Hand vorsichtig nach ihm ausstreckte, begann er unruhig zu stampfen und zu schnauben.

»Er hasst mich«, jammerte ich.

Ungerührt zuckte Haze mit den Schultern. »Ich denke, er mag Menschen im Allgemeinen nicht sonderlich gerne. Der Händler sagte, er ist ein bisschen stur, aber wenn man etwas Geduld hat, kommt man ganz gut mit ihm zurecht.«

Ich schnitt eine Grimasse und unternahm einen letzten Versuch. »Ein Wettrennen«, schlug ich vor. Das war eine Disziplin, in der ich eine Chance hatte, ihn zu schlagen. »Wer zuerst die alte Eiche an der Felswand erreicht, bekommt das Pony.«

Seine Augen wurden schmal, als er über meinen Vorschlag nachdachte. »In Ordnung«, sagte er dann grinsend, drückte mir die Zügel beider Tiere in die Hand und sprintete einfach los.

Einen Herzschlag lang starrte ich ihm hinterher, erbost und perplex über so viel Dreistigkeit. »Beim Schatten der fünf Monde«, knurrte ich dann, band die Reittiere hastig an den nächstbesten Holzpfosten und hetzte Haze hinterher, so schnell mich meine Beine trugen.

*

Das Wechselspiel aus Licht und Schatten flackerte vor meinen Augen, als ich den Waldrand erreichte und zwischen die Bäume eintauchte. Der weiche Boden federte bei jedem Schritt unter meinen Füßen, kräftig stieß ich mich ab und stellte mir vor, ich hätte Flügel. Der frische Duft von Tannen, Harz und Moos stieg mir in die Nase, kühle Luft strömte bei jedem Atemzug in meine Lunge.

Mein Blick war nach vorne auf Haze gerichtet, den ich fast eingeholt hatte, zu dem ich aber nicht ganz aufschließen konnte. Ohne sich zu mir umzuschauen, hob er die Hand und winkte mir über die Schulter hinweg zu.

Ich biss die Zähne zusammen und verkniff mir das Schimpfwort, das mir auf der Zunge lag, denn meine Puste brauchte ich für den Wettlauf.

Mein Atem ging ruhig und gleichmäßig, meine Bewegungen waren kraftvoll und leichtfüßig. Mit dem übellaunigen Maulesel und Haze' süffisantem Grinsen vor Augen verdoppelte ich meine Anstrengungen, vergrößerte meine Schritte, und flog förmlich an den schlanken Baumstämmen vorbei. Eine Gruppe Rehe schreckte neben mir hoch und ein Stück weit sprangen die schlanken Tiere neben mir her, bevor sie plötzlich die Richtung wechselten und wie vom Erdboden verschluckt waren.

Die große Eiche tauchte vor mir auf, ein uralter, imposanter Baumriese, dessen Äste am Himmel zu kratzen schienen und dessen Stamm so mächtig war, dass Haze und ich ihn nicht umfassen konnten, wenn wir einander an den Händen hielten. Rauschend fuhr der Wind durch die Blätter und ließ die Zweige ächzend schwanken. Das Sonnenlicht, das zwischen dem Laub hindurchschien, flirrte und funkelte wie Gold. Dahinter erhob sich eine schroffe Felswand, so steil, dass ich mir vor ein paar Jahren das Bein gebrochen hatte bei dem vergeblichen Versuch, sie zu erklimmen.

Noch ein paar Schritte, dann waren Haze und ich gleichauf, rannten Seite an Seite. Kurz wandte er mir den Kopf zu, in seinen Augen blitzte es vergnügt, ein fröhliches Lachen perlte in meiner Kehle empor – und plötzlich schlug die Stimmung um.

Ich wusste im Nachhinein nicht mehr genau, was ich zuerst wahrnahm: das leise Knacken im Unterholz, den beißenden Raubtiergeruch oder Haze' Körperhaltung, die sich schlagartig änderte. Ich geriet aus dem Tritt, stolperte noch ein paar Schritte weiter, blieb stehen und sah mich erschrocken um.

Haze war einige Armlängen vor mir mitten in der Bewegung eingefroren, und wenn ich bis dahin nicht begriffen hätte, dass etwas nicht stimmte, wäre es mir spätestens jetzt klar geworden. Jede Faser seines Körpers war angespannt, seine gesamte Haltung verriet Wachsamkeit, sein Blick aus verengten Augen suchte die Bäume ringsumher ab. Langsam fuhr er mit der Hand zu seinem Gürtel, an dem sein Wurfdolch befestigt war, ähnlich jenem, den er mir geschenkt hatte. Ich biss mir auf die Unterlippe: Heute war er nicht zur Jagd aufgebrochen und trug deshalb Pfeile und Bogen nicht bei sich.

»Haze«, wisperte ich, doch mit einem knappen Kopfschütteln ließ er mich verstummen.

Angst breitete sich in meinem Inneren aus wie eiskaltes Wasser, das höher und höher stieg und mich zu ersticken drohte. Meine Kehle war wie zugeschnürt. Meine schmerzhaft rauen Atemzüge schienen keinerlei Luft in meine Lunge zu lassen. Aus aufgerissenen Augen blickte ich wild um mich und suchte im Licht- und Schattenspiel zwischen den Bäumen nach irgendetwas, was uns gefährlich werden konnte. Jetzt erst fiel mir auf, wie still es geworden war. Die Vögel hatten aufgehört zu zwitschern, die Rehe waren verschwunden, der ganze

Wald schien den Atem anzuhalten. Nur eines war zu hören. Ein dumpfes Pochen, das lauter und schneller wurde, bis mir bewusst wurde, dass es mein eigener Herzschlag war, der in meinen Ohren dröhnte.

Und als ich glaubte, die Anspannung nicht länger aushalten zu können, offenbarte er sich uns. Ein Blutwolf.

*

Die tiefroten Augen, die ihm den Namen verliehen, waren das Erste, was ich sah. Wie Rubine leuchteten sie aus den Schatten des Waldes hervor und zogen mich in ihren Bann, sodass ich den Blick kaum abwenden konnte. Die maskenartige schwarze Zeichnung, die sie umgab, verlieh seinem Gesicht Ähnlichkeit mit einem Totenschädel.

Er war so gigantisch, dass ich meinen Augen kaum traute, in etwa so groß wie der Braunbär, den ich einst im Wald gesehen hatte. Die riesigen Pfoten hinterließen Abdrücke im weichen Waldboden.

Trotz seiner Größe bewegte er sich fast lautlos, als er langsam hin und her schlich, ohne uns jedoch näherzukommen. Er war wie ein Schatten aus einem Albtraum, der ins echte Leben getreten war, um uns zu verschlingen. Grobes grauweißes Fell spannte sich über spitze Schulterblätter und hervorstechende Rippen.

Er war hungrig, schoss es mir durch den Kopf, und das leichte Hinken deutete darauf hin, dass sein rechtes Vorderbein verletzt war – und niemals waren solche Raubtiere gefährlicher als in jenen Zeiten, in denen sie hungrig oder verwundet waren.

Es war ungewöhnlich, dass er allein unterwegs war. Eine

schreckliche Befürchtung kam mir in den Sinn, hektisch blickte ich mich um und suchte den Waldrand nach weiteren Blutwölfen ab, doch das Tier schien tatsächlich ohne Rudel unterwegs zu sein.

Meine plötzliche Kopfbewegung erregte die Aufmerksamkeit des Raubtieres. Das dumpfe Grollen, das sich seiner Kehle entrang, war das bedrohlichste Geräusch, das ich je gehört hatte. Es fuhr mir durch Mark und Bein, ließ mein Herz einen Schlag aussetzen und meine Hände unkontrolliert zittern. Er zog die Lefzen ein Stückchen hoch und entblößte messerscharfe Reißzähne, von denen dickflüssiger Geifer tropfte.

Er war nur ein Tier, sagte ich mir, weder gut noch böse, kein blutrünstiges Monster aus einem alten Märchen.

Aber ein hungriges, entkräftetes Tier, eines, das auf der Suche nach leichter Beute war und sie jetzt gerade gefunden hatte – in Form von Haze und mir.

Ein Tier, das mir mit einem gezielten Biss die Kehle herausreißen oder das Genick brechen konnte, weil ich in seinen Augen nichts weiter als ein Beutetier war.

Es war ungewöhnlich und kam selten vor, dass sich ein Blutwolf so weit ins Tal herabwagte, noch dazu allein, vermutlich von seinem Rudel verstoßen. Erst ein einziges Mal hatte ich erlebt, dass ein Rudel die Berge mit ihren stets schneebedeckten Gipfeln verließ und in die Wälder um unser Dorf vorstieß – damals war es ein besonders harter Winter gewesen, so kalt, dass mir die Haarspitzen einfroren, wenn sie aus dem dicken Schal rutschten, in den ich mich hüllte, und dass einem Finger und Zehen absterben konnten, wenn man die feuergeheizte Hütte zu lange verließ. Es war eine kräftezehrende Zeit für uns gewesen. Das Feuerholz hatte mit Ach und Krach gereicht, und als wir geglaubt hatten, es könnte nicht mehr schlimmer werden, waren die Wölfe gekommen – ebenso ausgezehrt wie wir selbst.

Ich war damals noch ein kleines Mädchen gewesen, zu jung, um die Gefahr, in der wir Dorfbewohner alle schwebten, in ihrer ganzen Härte zu begreifen, doch noch heute erinnerte ich mich überdeutlich an die Angst, die in den Straßen und Häusern hing wie dichter, undurchdringlicher Nebel, der einem das Atmen erschwerte. Ich erinnerte mich an furchtsame Blicke, gedämpfte Stimmen und eindringliche Warnungen, bloß nicht alleine hinauszugehen, um nichts in der Welt.

Während der glühende Blick des Wolfs auf mir ruhte, flackerten düstere Bilder in meinem Gedächtnis auf, Bilder von Aphra, die sich mit einem Holzfällerbeil bewaffnete, mich aus geweiteten Augen ansah und mir einschärfte, so schnell zu laufen, wie ich konnte, ganz gleich, wie müde ich wurde und wie schlimm das Stechen in meiner Seite war. Dreimal musste ich ihr versprechen, weiterzulaufen, bis ich in Sicherheit war, sogar dann, wenn sie selbst es nicht schaffte. Bilder von ihrer Hand, die sich um meine schloss und sie so fest drückte, als wollte sie mir die Finger brechen. Noch immer spürte ich, wie sich ihre Fingernägel tief in meine Haut bohrten.

So waren wir losgerannt, Seite an Seite, und hatten uns nicht nach unserer Hütte umgesehen, nicht nach links und rechts geblickt, nicht angehalten, bis wir das Dorf erreichten, das uns größere Sicherheit versprach. Hier, im Kreise anderer Menschen, waren wir sicherer als ganz allein in einem kleinen, entlegenen Holzhaus am Waldrand. Erst als die Tür des Haupthauses hinter uns zufiel, in dem üblicherweise Besprechungen abgehalten wurden und in dem sich nun die meisten Dorfbewohner schutzsuchend zusammenscharten, atmete ich auf und erlaubte mir vor Angst zu weinen.

An diesem Tag hatten wir zwar keine Wölfe gesehen, doch wir wussten, dass sie da draußen waren, durch die Wälder und ums Dorf schlichen und nach Nahrung suchten, die sie zum Überleben brauchten. Als der Winter vorbei war und die Wölfe weiterzogen, war unser Dorf um drei Menschen ärmer.

Ein Gesicht kristallisierte sich aus Erinnerungsfragmenten heraus und schob sich in meiner Vorstellung vor das Totenkopfgesicht des Wolfs, der mich gerade ansah und mir so nah war, dass ich sein Hecheln hören konnte. Ein Kindergesicht, umgeben von haselnussbraunen Locken.

Milja.

Sie war meine Freundin gewesen. Wir hatten oft am Fluss mit Kieselsteinen gespielt und uns gegen Haze verbündet, wenn er uns triezte – ein sanftes Mädchen, das Angst bekam, wenn ich allzu wilde selbsterdachte Räubergeschichten erzählte und das lieber Blumen pflückte, als auf Bäume zu klettern. *Wie hatte ich sie nur vergessen können?* Hatte mein kindlicher Verstand damals verdrängt, was geschehen war, um den Vorfall verarbeiten zu können? Erst jetzt, im Angesicht des wilden Tieres, das unbewegt vor mir stand und mich fixierte, kehrten die Kindheitserinnerungen an Milja zurück.

Ein einziges Mal in ihrem Leben war sie leichtsinnig gewesen, hatte die Warnungen der Erwachsenen in den Wind geschlagen und die Hütte ihrer Mutter verlassen, nur für einen Moment, um von außen nach den Fensterläden zu sehen, die im Wind klapperten. Die Wölfe hatten zugeschlagen, bevor ihrer entsetzten Mutter aufgefallen war, dass sie sich zur Tür hinausgewagt hatte. Wochen später war ihr kirschrotes Strick-Schultertuch im Wald gefunden worden, sonst hatten die Tiere nichts von ihr übriggelassen.

Die feinen Härchen auf meinen Armen und im Nacken

stellten sich auf und ein bitterer Geschmack breitete sich in meinem Mund aus. Vielleicht würde es mir gleich so ergehen wie Milja damals, und es gab nichts, was ich tun konnte, um das zu verhindern. Ich machte mir keine Illusionen: Der gigantische Wolf war so viel schneller und stärker als ich, dass jeder Versuch, mich zu wehren, lächerlich gewesen wäre.

Verzweifelt blickte ich erst zu Haze und dann zur großen Eiche, die als rettungsverheißende Zuflucht gerade so weit entfernt war, dass ich unsicher war, ob wir sie erreichen konnten. Der Wolf registrierte die Bewegung meines Kopfes sofort und quittierte sie mit einem weiteren dumpfen Donnergrollen aus den Tiefen seiner Kehle, die Lefzen zogen sich noch höher und kräuselten sich, seine Zunge leckte über die langen Zähne. Er sträubte sein Fell und die blutroten Augen inmitten seines Gesichts verengten sich.

Alles in mir verwandelte sich zu Eis. Ich wagte nicht mehr, mich zu bewegen, nicht einmal mehr zu atmen. Ein schmerzhafter Druck breitete sich in meiner Brust aus, als ich die Luft anhielt. Mein Herz pochte so schnell und hektisch, dass ich glaubte, es müsste meilenweit zu hören sein und das Raubtier erst recht zu einem Angriff provozieren.

Ein leises Rascheln ein paar Meter von mir entfernt erregte meine Aufmerksamkeit. Ohne den Kopf zu drehen, schaute ich zu Haze, nur meine angstvoll aufgerissenen Augen blickten zu ihm. Er beachtete mich nicht, seine ganze Aufmerksamkeit war auf den Wolf gerichtet. Unendlich langsam hob er die Hand, in der er seinen Wurfdolch hielt.

Noch einen Moment lang gab ich mich der naiven Hoffnung hin, der Wolf würde uns verschonen, seiner Wege gehen und sich nach leichterer Beute umsehen, um seinen Hunger zu stillen – als er sich noch tiefer duckte und auf mich zu schlich.

Seine Bewegungen waren gefährlich langsam. Meine Beine waren wie versteinert, ich konnte mich vor Angst nicht rühren. Ein Wimmern bahnte sich den Weg aus meiner Kehle und verhallte in der Luft, die schlagartig alle Sonnenwärme verloren hatte.

Haze' Arm bewegte sich so schnell, dass die Bewegung, die ich aus den Augenwinkeln wahrnahm, vor meinem Blick verschwamm. Einem silbernen Pfeil gleich schnellte sein Dolch los, durchschnitt mit einem scharfen Sirren die Luft – und traf. Das schrille Winseln des Tieres ging in ein brüllendes Knurren über, als die Waffe seine Schulter traf und darin steckenblieb – *dann griff der Blutwolf an.*

»Lauf!«, brüllte Haze.

Endlich fiel die Starre von mir ab, ich warf mich herum und rannte auf den Baum zu. Ich rannte so schnell wie noch nie zuvor und war doch quälend langsam. Ein gewaltiger Satz, dann war der Wolf zwischen uns. Raues Fell streifte meine Haut, und ich strauchelte, um mein Gleichgewicht kämpfend. Rasant kam der Waldboden näher, und in letzter Sekunde riss ich die Arme hoch, um meinen Kopf zu schützen, bevor ich hart auf dem Boden aufschlug und mit dem Gesicht in Blättern und Zweigen landete.

Haze gab einen erstickten Laut von sich, machte einen Hechtsprung nach vorne und rollte sich über die Schulter ab. Schon war er wieder auf den Beinen und hetzte weiter, mit großen Schritten auf die Eiche zu. Meinen Sturz hatte er gar nicht bemerkt.

Ich stützte mich hoch – und blickte in blutrote Augen.

Das entsetzliche Klacken aufeinander schnappender Zähne.

Haarscharf verpassten mich die gewaltigen Kiefer, die direkt vor meinem Gesicht zusammenschlugen. Heißer, übelriechender Atem streifte meine Haut.

Mit einem erstickten Aufschrei warf ich mich nach hinten, fort vom Raubtier, rollte mich über die Schulter ab und kam auf die Beine. Entsetzt schnappte ich nach Luft, als ich sah, dass der Weg zum Baum verstellt war. Knurrend und geifernd stand das Tier zwischen mir und Haze, mir und dem rettenden Baum, mir und jeglicher Hoffnung. Wie geschliffene Rubine funkelten die verengten Augen aus dem Schwarz, seine Rute peitschte hin und her. Er war bereit für den Angriffssprung.

Das war es nun also.

Es war aussichtslos, ich war dem Wolf hilflos ausgeliefert. Meine Finger zitterten so sehr, dass ich den Wurfdolch kaum ergreifen und aus dem Gürtel ziehen konnte, den Haze mir geschenkt hatte. Wenn ich schon sterben musste, dann zumindest nicht kampflos.

»Lauf!«, brüllte Haze noch einmal.

Mein Kopf schnellte herum, ich blickte in sein entsetztes Gesicht und seine weit aufgerissenen Augen. Er hatte den Baum erreicht und sich auf einen der unteren, großen Äste gerettet. Jetzt streckte er hilflos die Hand in meine Richtung, als könnte er damit die vielen Meter, die zwischen uns lagen, überbrücken und mich einfach zu sich ziehen. Ich merkte ihm an, dass er fieberhaft darüber nachdachte, wie er mir helfen sollte, doch ich starrte ihn eindringlich an und schüttelte den Kopf – seinen sicheren Zufluchtsort zu verlassen wäre glatter Selbstmord gewesen.

Jeder Herzschlag donnerte wie ein Gewitter durch meinen ganzen Körper, meine Atemzüge klangen wie raues Schluchzen. Meine zitternde Hand schloss sich noch fester um den Dolch, doch mir war klar, dass ich keine Chance hatte.

In ohnmächtiger Wut suchte ich nach der Magie, die in mir steckte. Wozu sollte dieser seltsame Funke gut sein, wenn ich damit überhaupt nichts ausrichten konnte? Sollten Magier nicht mächtig und zu außergewöhnlichen Dingen fähig sein? Ich wusste nicht einmal, wie ich zu dem merkwürdigen Gefühl in meinen Adern durchdringen und es erwecken sollte! Ich wusste, es war da, doch es half mir kein Stück weiter. Ich ballte die Hände so fest zu Fäusten, dass sich die Nägel schmerzhaft in die Handballen bohrten. Angst und Verzweiflung ließen meinen ganzen Körper beben.

Unergründlich war der Blick des Blutwolfs auf mich gerichtet. Für ihn war ich keine ebenbürtige Gegnerin, ich war nur Nahrung, die er dringend brauchte. Als ich ihm in die Augen sah, wusste ich endgültig und mit unausweichlicher Sicherheit, dass er mich nicht verschonen würde – eine Entscheidung, die mich das Leben kosten würde.

Der Wolf setzte zum Sprung an, mein Herz hielt mitten im Schlag inne. Heiße Tränen brannten in meinen Augen, doch durch den verschwommenen Schleier hindurch starrte ich immer noch den Wolf an, den Dolch fest in der Hand und bereit, es ihm so schwer wie möglich zu machen.

»Dann komm«, sagte ich leise. »Wenn du es tun musst, tu es. Doch erwarte nicht, dass ich es dir leicht mache.«

Er setzte eine seiner gewaltigen Tatzen vor die andere – und hob plötzlich witternd den Kopf. Ehe ich einen klaren Gedanken fassen und mich fragen konnte, was los war, brach jemand wie eine Urgewalt aus dem Wald heraus.

Knackendes Unterholz, trommelnde Hufe, gleißende Sonne spiegelte sich auf Metall.

Erschrocken sog ich die Luft ein und starrte den Reiter an, der wie aus dem Nichts aufgetaucht war.

Das muss ein Traum sein, schoss es mir durch den Kopf. Ein alberner Kleinmädchentraum, inspiriert durch die romantischen Geschichten, die Aphra früher so oft erzählt hatte, weil ich nicht genug von ihnen bekommen konnte. Wie oft waren darin edle Ritter vorgekommen, die im letzten Moment auftauchten, um die Jungfer in Nöten zu retten? Aber das waren nichts als Geschichten, dazu erdacht, um naiven kleinen Mädchen die Zeit zu vertreiben. Die Wirklichkeit sah ganz anders aus, lernten wir das nicht alle früher oder später?

In der Realität tauchten Traumprinzen höchstens im Leben von Mädchen wie Lady Tulip auf, die mit dem Goldlöffel im Mund geboren waren, und alle anderen mussten zusehen, wie man im Leben zurechtkam und die eigenen Probleme löste.

Und doch war er hier, drängte den Wolf zurück und schirmte mich gegen die drohende Gefahr ab. Es war eine vollkommen surreale Situation, die mich an ein Bild aus einem Märchenbuch erinnerte. Für einen Moment vergaß ich sogar meine Angst, nur einen winzigen Herzschlag lang, und starrte wie gebannt auf die Person vor mir.

Gold war sein Haar, Silber sein Schwert. Das Fell des stolzen Rosses, auf dem er ritt, glänzte so schwarz wie die Tinte, die ich benutzte, um Salben und Tinkturen zu beschriften. Gekonnt führte er es mit einem sanften Zupfen am Zügel, einem leichten Schenkeldruck, sodass es vor dem Wolf hin und her tänzelte und ihm den Weg zu mir abschnitt. Kraftvoll stampften die Hufe über den Waldboden. Es warf den Kopf auf und ab, sodass die lange schwarze Mähne flog, und schnaubte. Irritiert zog sich der Wolf eine Armeslänge zurück, stieß wieder vor und duckte sich nervös, als die silbrig glänzende Klinge die Luft durchschnitt, um das Raubtier auf Abstand zu halten.

Der Mann zeigte keinerlei Furcht, er lachte sogar, als der

riesige Wolf zähnefletschend auf ihn zu setzte, einen Angriff antäuschte und sich im letzten Moment wieder zurückzog. Wie gebannt starrte ich ihn an, zu keiner Regung fähig, verfolgte jede seiner Bewegungen und fragte mich immer noch, ob ich träumte oder ob das gerade wirklich geschah. Kein Detail entging mir, nicht die Haarsträhnen, die sich aus seinem Zopf gelöst hatten und ihm in die Stirn fielen, nicht die funkelnden Verzierungen an seinem Gürtel und der Schwertscheide. Und als ich gerade glaubte, die Situation könnte nicht absurder werden, fand er sogar angesichts des geifernden Raubtiers die Zeit, zu mir zu blicken und mir ein Lächeln zu schenken – ein Lächeln, strahlend wie die Sonne, eines, das eine Geschichte von Mut und Abenteuern und Lebenslust erzählte.

»Das wäre nun ein passender Moment, um dich in Sicherheit zu bringen.« Hellgrüne Augen zwinkerten mir amüsiert zu, als sei das alles nur ein großes Spiel.

Diese Worte rissen mich unsanft aus meiner Starre, schlagartig war ich wieder im Hier und Jetzt. Ich schüttelte meine Benommenheit ab. Das hier war kein Traum, es war die Realität, und diese Gefahr war real! Wollte ich überleben, durfte ich nicht starren und staunen, ich musste handeln.

Mein Körper handelte wie von selbst. Ich ließ den Dolch einfach fallen und stürmte los, blindlings auf die Eiche zu. Mein Blickfeld war verengt und verschwomm an den Rändern, nur den Baum und Haze' ausgestreckte Hand sah ich klar und deutlich. Das Herz schlug mir donnernd bis zum Hals, meine Lunge brannte wie Feuer. Jeden Augenblick erwartete ich, heißen Atem in meinem Nacken zu spüren, und scharfe Zähne, die sich in mein Fleisch gruben.

Und dann war da Haze' Hand, endlich, und schloss sich warm und sicher um meine. Er war mir entgegengekommen und riss mich mit sich, ich taumelte hinter ihm her. Später wusste ich gar nicht mehr so genau, wie ich auf den Baum gelangt war – ob ich selbstständig geklettert war, oder ob Haze mich hochgezogen hatte – ich wusste nur, dass ich auf einem Ast hoch über dem Boden kauerte wie ein verängstigtes Eichhörnchen und den Blick nicht von dem Mann auf dem schwarzen Pferd abwenden konnte, der mir gerade das Leben gerettet hatte.

Der imposante Wolf umkreiste inzwischen den Reiter, schlich auf leisen Pfoten hin und her und suchte nach einer Schwachstelle. Doch der Mann wendete sein Pferd geschickt, ließ das Raubtier nicht aus dem Blick und ließ immer wieder das Schwert durch die Luft schwingen, um sein Gegenüber auf Abstand zu halten. Dabei fiel mir auf, dass er es gar nicht darauf anlegte, den Blutwolf zu erlegen oder zu verletzen, er versuchte ihn sich nur vom Leib zu halten.

Unwillkürlich hielt ich den Atem an, als der Wolf noch einmal frustriert in die Luft schnappte und schließlich aufgab. Mit großen Sprüngen verschwand er zwischen den Bäumen, sodass ihm mein Blick nicht folgen konnte.

Ich hatte tatsächlich überlebt, obwohl ich einen schrecklichen Moment lang geglaubt hatte, jede Hoffnung sei vergebens – und das hatte ich dem Mann zu verdanken, der sich gerade geschmeidig aus dem Sattel schwang, sich unter dem Baum aufbaute, in nachdenklicher Pose eine Hand unter sein Kinn legte und zu Haze und mir hochblickte.

»Kann ich beim Abstieg behilflich sein?«

Obwohl meine Beine wie Espenlaub zitterten und ich gerade die schlimmsten Ängste meines bisherigen Lebens ausgestanden hatte – der Tag, an dem ich nicht mehr in der Lage war, aus eigener Kraft von einem Baum herunterzukommen, war noch nicht gekommen. Kommentarlos und etwas steif in den Beinen kletterte ich in die Tiefe und landete auf dem weichen Boden, etwas weniger geschickt als sonst, aber wohlbehalten.

Der Fremde zog eine Augenbraue hoch, und seine Mundwinkel zuckten, als müsste er sich ein Grinsen verkneifen, während er Haze galant ritterlich die Hand entgegenstreckte. »Und braucht der Herr vielleicht Unterstützung?«

Haze schnaubte, er war eindeutig nicht zu Scherzen aufgelegt. Er sprang geschickt vom untersten Ast, stieß die ausgestreckte Hand grob beiseite, lehnte sich an den Baumstamm und musterte den Fremden misstrauisch. Seine Arme waren vor der Brust verschränkt, sein Blick finster.

»Wir brauchen keine Hilfe«, presste er hervor.

Der Fremde warf den Kopf in den Nacken und lachte unbeschwert. »Genau so sah es aus, als du wie ein panisches Wiesel auf den Baum geflüchtet bist und das Mädchen dem Wolf überlassen hast.«

Haze' Augen wurden vor Zorn noch dunkler, er biss die Zähne so fest zusammen, dass an seinem Hals eine Ader hervortrat. Er war kurz davor, sich auf ihn zu stürzen, und ich konnte es ihm nicht verübeln. Denn obwohl dieser Fremde mir gerade das Leben gerettet hatte, bezeichnete er gleichzeitig Haze als Feigling und wirkte dabei auch noch so fröhlich, als könnte er kein Wässerchen trüben.

Doch bevor Haze auf die Provokation reagieren konnte, wandte sich der Fremde mir zu, überraschte mich mit einer formvollendeten Verbeugung und die Worte, die ich mir gerade zu Haze' Verteidigung zurechtgelegt hatte, waren aus meinem Kopf verschwunden.

74

»Mylady, ich denke, ihr habt etwas verloren.« Er überreichte mir den Dolch, den ich hatte fallenlassen.

Fassungslos blickte ich ihn an und fragte mich, ob er sich gerade über mich lustig machte. Da war dieser Schwung um seine Mundwinkel, ähnlich dem Anflug eines Lächelns, das er sich mühsam verkneifen musste. Ein Ausdruck, der ihm etwas Verwegenes, aber auch etwas Spöttisches verlieh, und der mich verwirrte, weil ich ihn nicht einschätzen konnte.

Noch in seiner Verbeugung blickte er unter gesenkten Lidern zu mir hoch, und ich wünschte, er hätte es nicht getan, denn der Anblick seiner Augen raubte mir den Atem: Ein so helles, intensives Grün hatte ich nie gesehen, klar wie geschliffener, heller Turmalin, in dem sich das Sonnenlicht in Form von goldenen Sprenkeln spiegelte.

Mittlerweile bestand kein Zweifel mehr daran, dass er sich über mich amüsierte. Aus dem leichten Kräuseln seiner Mundwinkel war ein breites Grinsen geworden. Ich schluckte, räusperte mich verlegen und griff nach dem Dolch.

»Danke«, murmelte ich, obwohl dieses Wort viel zu wenig war, angesichts der Tatsache, was er für mich getan hatte. Ich war sicher, dass meine Konfrontation mit dem Blutwolf ohne das Eingreifen dieses Mannes weit weniger glimpflich ausgegangen wäre.

»Es war mir ein Vergnügen«, sagte er mit einem letzten umwerfenden Lächeln, schwang sich auf seinen Rappen und deutete noch eine Verbeugung an. Mit offenem Mund starrte ich ihm hinterher, als er davongaloppierte und zwischen den Bäumen verschwand, als sei er nie da gewesen.

*

»Ich hätte es getan«, murmelte Haze und kickte einen Stein vor sich her.

»Hm?« Ich schreckte aus meinen Gedanken hoch und sah ihn fragend an.

Seite an Seite und mit weichen Knien gingen wir zum Dorf zurück, um unsere Reittiere zu holen. Der Schreck steckte uns noch in den Knochen, jeder von uns war bisher ganz in eigene Grübeleien versunken gewesen und wir hatten uns angeschwiegen.

Von der Seite sah er mich an. »Dir geholfen. Ich war drauf und dran, vom Baum zu springen. Ich dachte erst, du wärst direkt hinter mir. Als ich dich mit dem Wolf gesehen habe, ist mein Herz fast stehengeblieben. Wenn dieser Kerl nicht genau in dem Moment aufgetaucht wäre, hätte ich dir geholfen.« Er hielt mich kurz an der Schulter fest, sodass ich stehenblieb und ihn ansah. Eindringlich fuhr er fort: »Nie im Leben hätte ich dich alleingelassen.«

»Ich weiß«, antwortete ich ehrlich. Haze hätte mich nie im Stich gelassen. Mir war bewusst, dass er mir zur Hilfe geeilt wäre, und ich war gleichzeitig froh darüber, dass es nicht notwendig gewesen war. Er war stark, geschickt und seit seiner Kindheit auf die Jagd vorbereitet worden, doch ein Blutwolf war kein Tier, das man mit den bloßen Händen erlegte.

Er sah mir forschend in die Augen und atmete auf, als er sah, dass ich es ernst meinte und nicht an seinem Mut zweifelte. Doch als wir weitergingen, merkte ich ihm deutlich an, dass ihn das Thema noch nicht gänzlich losließ.

»Diesen Lackaffen hätten wir nicht gebraucht«, knurrte er übellaunig vor sich hin.

Skeptisch legte ich den Kopf schief und beeilte mich, mit ihm Schritt zu halten.

»Wie kannst du das sagen?«, platzte es aus mir heraus. »Ohne ihn wären wir jetzt vielleicht beide nicht mehr am Leben. Hast du gesehen, wie geschickt er mit dem Schwert umgeht und was für ein exzellenter Reiter er ist? Ich bin sicher, der Blutwolf hätte den Kürzeren gezogen, wenn es wirklich zu einem Kampf gekommen wäre. Der Typ ist aufgetaucht wie ein … wie ein Held aus einem Märchen und hat uns gerettet!«

Haze' Augenbrauen zogen sich zusammen. »Wir hätten es ohne ihn geschafft«, beharrte er. Er erhob die Stimme nicht, aber mir entging nicht, dass ihm meine Worte gehörig gegen den Strich gingen.

»Vielleicht. Vielleicht hätten wir überlebt.« Ich reckte das Kinn vor und verdrehte die Augen, als Haze einfach weiterging. »Aber ich bezweifle es. Ich glaube, der Wolf hätte mich zerfleischt und du wärst beim Versuch, mir zu helfen, umgekommen. Wäre dieser Mann nicht im letzten Augenblick aufgetaucht …«

»Du bist ja völlig besessen von ihm! Du solltest dich einmal hören«, fiel er mir ins Wort, fuhr zu mir herum und funkelte mich an. »Wie du gerade von ihm geschwärmt hast! Das war doch nichts weiter als irgendein piekfeiner Höfling, der sich aufgespielt hat und Glück hatte, dass der Wolf so leicht aufgegeben hat.«

Ich stemmte die Hände in die Hüften. »Hast du überhaupt richtig hingesehen? Er wusste, was er da tat!«

Einen Moment lang sah Haze mich nur schweigend an, bevor er leise fragte: »Bist du sicher, dass er dich nicht nur deshalb so beeindruckt hat, weil er aussieht wie ein Prinz aus einer albernen Geschichte und zufällig zur richtigen Zeit am richtigen Ort war?«

Ich setzte zu einer empörten Antwort an und holte tief

Luft, ließ sie dann aber pfeifend entweichen, weil ich mich zu sehr ertappt fühlte, um meinen Worten die nötige Schärfe zu verleihen. Während wir unseren Weg wortlos fortsetzten, ärgerte ich mich darüber, dass Haze recht hatte: Wie eine naive Träumerin bekam ich große Augen, wenn ein edler Ritter zu meiner Rettung eilte – dabei hatte Aphra mir doch stets eingebläut, dass ein Mädchen gut daran tat, sich in jeder Lebenslage selbst retten zu können. Und reichten ein attraktives Gesicht und ein charmantes Lächeln wirklich aus, um meine Urteilskraft zu trüben?

In einer Sache war ich mir jedoch sicher: Der Fremde *hatte* uns gerettet, auch wenn Haze das in seinem gekränkten Stolz nicht wahrhaben wollte. Der einzige Grund, warum ich jetzt noch am Leben war, war dieser Kerl mit goldenem Haar auf seinem tintenschwarzen Pferd, der mir nicht einmal seinen Namen genannt hatte.

Kapitel 6
Ein Name
für einen Namen

Die Geräusche des Dorfs hüllten mich ein wie eine warme Decke: angeregte Gespräche, Gelächter, das Gackern der Hühner, die sich um die Hütten und auf den plattgetrampelten Wegen tummelten, das rhythmische Hämmern des Hufschmieds, der aus dem nächsten Ort gekommen war, um seine Dienste anzubieten. Ich hörte nicht auf einzelne Worte, sondern gab mich dem Stimmengewirr einfach hin, ließ mich treiben und sog die vertraute Geräuschkulisse ein. Erst jetzt, so kurz vor meinem Aufbruch, wurde mir richtig bewusst, wie wohl ich mich hier immer gefühlt hatte.

Der herrliche Duft frisch gebackener Pasteten stieg mir in die Nase, als ich die Backstube betrat. Obwohl die Tür der strohgedeckten Hütte immer offenstand, herrschte darin eine unglaubliche Hitze, die mir sofort den Schweiß auf die Stirn trieb. Ich schlich um den riesigen Ofen, der das Herzstück der Hütte bildete, und bekam beim Anblick der Backwaren große Augen.

»Apfelpasteten!« Beim Anblick der fruchtigen Gebäckstücke, lief mir das Wasser im Mund zusammen. Wie knusprig und verführerisch sie aussahen! Der Honig hatte dank der Hitze des Ofens eine sattgoldene Kruste auf den Pasteten gebildet.

»Mädchen, schön, dass du vorbeischaust. Was kann ich für dich tun?« Gretins Wangen waren rot wie zwei Äpfel, ihre schwarzen Augen musterten mich freundlich. Ich musste daran denken, wie Haze und ich ihr als Kinder manchmal süße Pasteten geklaut hatten – Gretin hatte es genau gewusst und uns gewähren lassen, manchmal hatte sie sogar zwei Beeren- oder Apfelküchlein wie zufällig im offenen Fenster stehenlassen und uns verschwörerisch zugezwinkert, wenn sie uns mit satten Bäuchen, glücklichen Gesichtern und fruchtverschmierten Mündern vorgefunden hatte.

»Ich brauche bitte vier große Laibe Brot«, antwortete ich, während mein Blick immer wieder zum duftenden Honiggebäck wanderte, ohne dass ich es wollte.

»Das ist eine Menge«, stellte sie fest.

Ich zuckte mit den Schultern. »Muss eine Weile reichen.«

Sie sprach die Fragen, die in ihrem Blick lagen, nicht aus, sondern holte die gewünschten Brote geschickt mit einer großen Schaufel aus der Glut. Ich hatte das Gefühl, wenn ich mich dem Ofen näherte, löste sich die Haut von meinem Gesicht, so heiß war es, doch Gretins starke Hände waren die Hitze gewohnt.

»Haze treibt sich neuerdings gern mit der jungen Gänsehirtin herum. Die beiden scheinen sich recht gut miteinander zu verstehen, nicht wahr? Da macht man sich ja schon so seine Gedanken darüber, da sie ja jetzt im heiratsfähigen Alter ist. Und er ist so ein hübscher Junge, manchmal etwas ernst, aber stark und zuverlässig. Ein Bursche, den sich eine junge Frau wie Adelin nur wünschen kann«, plapperte sie scheinbar arglos drauflos, doch ich wusste, dass sie meine Reaktion sehr genau beobachtete. Schon immer wurde im Dorf darüber gemunkelt, Haze und ich würden eines Tages ein Paar werden. Unsere Beteuerungen, wir seien nur Freunde, wurden bestenfalls milde belächelt. Früher oder später würde uns schon klarwerden, was wir aneinander hatten – das war schon damals in unserer Kindheit vorhergesagt worden.

Ich schenkte ihr ein strahlendes Lächeln, um zu beweisen, dass mich ihre Andeutung kein bisschen störte. Sein Herz gehörte ihm selbst, und er durfte es schenken, wem auch immer er wollte. »Das würde mich für die beiden sehr freuen. Allerdings hat Haze mir gegenüber mit keiner Silbe erwähnt, dass er plant, Adelin den Hof zu machen.«

»Warte«, sagte sie mit einem freundlichen Zwinkern, nachdem ich ihr ein paar Kupfermünzen für die Brote gegeben hatte, und steckte mir zwei Apfelpasteten zu. »Eine für dich, eine für Aphra. Noch einmal zum Dank für die Salbe gegen meine schmerzenden Füße.« Ich dachte, das Thema Haze sei hiermit beendet, doch als ich nach dem Gebäck griff, hielt sie plötzlich meine Hände fest und sah mich eindringlich an. »Manche Gelegenheiten im Leben sollte man ergreifen, weil sie sonst verstreichen und nicht wiederkommen«, sagte sie leise.

Verdattert nickte ich. Sprach sie etwa immer noch von Haze und mir? Begriff sie denn nicht, dass wir nur Freunde waren? Darüber dachte ich noch nach, als ich die Backstube verlassen hatte und über den Marktplatz schlenderte. Haze und ich? Wir waren nicht aus dem passenden Holz geschnitzt für eine große Romanze. Er war mein engster Freund, aber wir waren kein Liebespaar. Wieso begriffen das die Menschen nicht, die uns miteinander sahen?

Ich schüttelte unwillig den Kopf, um die Gedanken aus meinem Kopf zu vertreiben. Was spielte es für eine Rolle, was die Leute über uns tratschten? Im Moment zählten ganz andere Dinge, wie zum Beispiel die Reise, die in Zukunft auf uns wartete.

Jetzt gerade, bei strahlendem Sonnenschein, konnte mich der nahende Aufbruch nicht einschüchtern. Gut gelaunt biss ich in eine der Pasteten und genoss die knusprige Teighülle, unter der sich die honigsüße Fruchtfüllung verbarg. Ein breites Lächeln breitete sich auf meinem Gesicht aus, ich schloss für einen Moment die Augen und seufzte zufrieden. Dann ging ich im Kopf durch, was ich noch erledigen musste. Unsere Vorbereitungen machten große Fortschritte: Neben unseren Reittieren hatten wir Brot und Käse, Trockenfleisch und Wasserschläuche. Ich wollte mich gerade auf den Heimweg begeben, als mein Blick auf ein Gesicht fiel, das mir seit gestern unentwegt im Kopf herumspukte. Ich merkte kaum, dass mein Mund offen stehenblieb, als ich den Mann anstarrte, der mir das Leben gerettet hatte.

Er stand neben dem Brunnen und unterhielt sich mit ein paar Leuten: der Gänsehirtin Adelin, dem alten Bralin und Rose, die das Wirtshaus betrieb. Sie waren so ins Gespräch vertieft, dass ich die Gelegenheit nutzte, ihn verstohlen zu mustern.

Neugierig betrachtete ich jede seiner Bewegungen. Ich war zu weit entfernt, um seine Worte zu verstehen, doch seine Mimik und Gestik konnte ich sehen. Er war so unglaublich *anders* als alle Menschen, die ich kannte. Nicht so wie Haze, die Leute im Dorf, die fahrenden Händler, die auf mich immer weltmännisch gewirkt hatten, und sogar anders als Aphra, die als Sonderling galt und immer etwas außerhalb der Gesellschaft stand.

Ich versuchte zu verstehen, woran es lag: an seinem Äußeren? Der Art, wie er sich gab und wie er sprach? Er führte normalerweise ein Leben bei Hof, das sah man ihm deutlich an. Seine blonden Haare trug er nach der Mode, die in herrschaftlichen Kreisen beliebt war – lang und im Nacken mit einem Band zusammengefasst. Seine Reisekleidung war hochwertig gearbeitet, und obwohl er sie selbst womöglich für einfach halten mochte, weil er Eleganteres gewohnt war, wirkte sie auf mich in einigen Details beinahe protzig: die Rüschen an den Ärmeln, der funkelnde Saphir am Griff des Schwertes, das er auch jetzt an seiner Seite trug, die Stickereien an seinem rehbraunen Lederwams, die glänzende Gürtelschnalle. Seine weichen Lederstiefel, die bis zu den Knien reichten, waren vermutlich kostbarer als alle Kleider, die ich je besessen hatte. Einen Lackaffen hatte Haze ihn genannt, und obwohl bestimmt mindestens zur Hälfte der Neid aus meinem besten Freund gesprochen hatte, wusste ich doch, was er meinte.

Das Gesicht des Reisenden war hübscher als das der meisten Mädchen, die ich kannte. Ich wusste nicht, ob ich jemals so feine Gesichtszüge gesehen hatte – als hätte ein begnadeter Künstler seine Pinsel gezückt und eine Fantasie voll wilder Schönheit auf die Leinwand gebannt. Trotz der anmutigen Linien hatten seine Züge etwas Forsches, Maskulines an sich.

Um Adelin zu beeindrucken, reichte das jedenfalls aus, stellte ich mit hochgezogener Augenbraue fest und versuchte zu verdrängen, dass sein gutes Aussehen auch mich im ersten Moment überrumpelt hatte. Die Gänsehirtin schmachtete ihn offenkundig an. Wenn Gretin das sähe, würde sie ihre Meinung über Adelin und Haze vielleicht noch mal revidieren, dachte ich amüsiert.

Die Verbeugung, mit der der Blonde mich gestern überrascht hatte, war formvollendet gewesen. Er war kein Tölpel, der eine solche Geste im Scherz nachahmte – er hatte von klein auf gelernt, wie man sich benahm, wie man kämpfte und ritt.

Aber das war nicht alles. Da lag etwas in seiner Ausstrahlung, was ihn von den Menschen im Dorf abhob, etwas, was ich kaum in Worte fassen konnte und was mich doch faszinierte. In jedem seiner Blicke und jeder seiner Bewegungen lag ein unglaubliches Selbstbewusstsein. Der unbeschwerte, unerschütterliche Glaube daran, dass ihm nichts und niemand etwas anhaben konnte. Vielleicht war es das, was Menschen seiner Position wahrhaftig von Leuten wie mir unterschied: die Überzeugung, dass sie alles in der Welt nach ihren Vorstellungen formen und alle Hindernisse überwinden konnten, was auch immer geschehen mochte.

Diese Gedanken drängten sich mir auf, als ich ihn im Gespräch beobachtete, wobei ich vorsichtshalber hinter einem Heuwagen in Deckung ging, hinter dem ich neugierig hervorlugte, während ich mir selbst einzureden versuchte, mein Verhalten sei völlig nachvollziehbar und kein bisschen seltsam. Er hatte mir das Leben gerettet, war es da nicht ganz natürlich, dass ich mehr über ihn erfahren wollte? Außerdem war es das erste Mal, dass ich jemanden wie ihn sah, jemanden, der ein so vollständig anderes Leben führte und scheinbar aus einer ganz anderen Welt stammte, die ich mir nur vage vorstellen konnte. Zumindest versuchte ich, mir mein Verhalten so zu rechtfertigen.

Zufrieden mit den Theorien, die ich gerade gesponnen hatte, biss ich erneut in die himmlisch süße Pastete, genoss die fruchtig-süße Füllung, die in meinen Mund quoll – und schnappte erschrocken nach Luft, als sich ein Blick aus hellgrünen Augen in meinen bohrte. Als hätte er meine Gedanken gehört oder meine neugierigen Blicke gespürt, hatte der Fremde mir das Gesicht zugewandt. Mit einem breiten Grinsen kam er geradewegs auf mich zu, während ich mich redlich bemühte, nicht an der Apfelmasse zu ersticken, die ich gerade eingeatmet hatte.

»Mylady.« Wieder verbeugte er sich, wobei das Zucken um seine Mundwinkel zu meinem Verdruss nahelegte, dass er mich aus irgendeinem Grund erheiternd fand. »Ich freue mich, Euch wohlbehalten wiederzusehen. Umso mehr, da ich noch nicht einmal Euren Namen erfahren habe.«

Zu gern hätte ich ihm gesagt, dass ich ihm meinen Namen bereitwillig mitgeteilt hätte, wenn er nicht so überstürzt davongaloppiert wäre, doch ich war so sehr mit der Apfelpastete in meinen Atemwegen beschäftigt, dass ich kein Wort hervorbrachte. Tränen schossen mir in die Augen, während ich nach Luft rang.

Er zuckte mit den Schultern und ignorierte meinen erbosten, tränenverschleierten Blick, als er alle aufgesetzten Förmlichkeiten in den Wind schoss und beschloss: »Und auch jetzt sagst du mir nicht, wie du heißt? Dann nenne ich dich eben Rabenmädchen.« Er zupfte an einer meiner schwarzen Haarsträhnen, die mir ungezähmt über Schultern und Rücken bis zur Taille fielen.

Ich wich ruckartig einen Schritt zurück, sodass meine Haare seinen Fingern entglitten. Der Pastetenbissen gab den Kampf auf und ließ sich endlich hinunterschlucken.

»Einen Namen habe ich sehr wohl«, sagte ich klar und streckte das Kinn herausfordernd vor. »Aber warum sollte ich ihn verraten?«

Direkt nachdem ich die Worte ausgesprochen hatte, biss ich mir auf die Zunge und wünschte, ich könnte meine vorlaute Bemerkung zurücknehmen. So konnte ich vielleicht mit Haze sprechen, aber nicht mit einem Fremden, der gesellschaftlich mit Sicherheit weit über mir stand, einflussreich war und freche Widerworte vielleicht kaum kannte. Wer würde einen wie *ihn* daran hindern, ein patziges Dorfmädchen auf jede Art zurechtzuweisen, die ihm beliebte – auch mit Gewalt?

Er war beinahe einen Kopf größer als ich, und unwillkürlich kam mir das zischende Geräusch seines Schwertes in den Sinn. Ich musste mich zusammenreißen, um den kunstvoll verzierten Griff an seiner Seite nicht nervös anzusehen. Meine Wangen glühten förmlich.

Doch er war nicht erbost, höchstens überrascht. »Ich verstehe.« Ein feines, spöttisches Lächeln umspielte seine Mundwinkel. »In einem Dorf, das sogar zu klein und unbedeutend ist, um einen eigenen Namen zu haben, trifft man vermutlich selten auf Fremde, nicht wahr? Kein Wunder, dass man eben jene Fremden misstrauisch beäugt, wenn sie sich doch einmal hier in der Einöde blicken lassen.«

Unwillkürlich biss ich die Zähne fester zusammen. Es gefiel mir nicht, wie er über das Dorf und mich sprach. Überhaupt nicht.

»Diese Großspurigkeit steht dir nicht«, versetzte ich spitz und verzichtete dabei sogar auf die förmliche Anrede, die Edelleuten gegenüber angemessen wäre. Vielleicht war es dumm gewesen, meinen Gedanken so direkt auszusprechen, aber es war auch unsagbar befriedigend, ihm meine Meinung direkt in sein hübsches Gesicht zu sagen. Abrupt drehte ich mich um und stolzierte davon.

Siedend heiß spürte ich seinen Blick im Nacken. Keine drei Herzschläge, dann hatte er mich eingeholt, und ich rechnete halb damit, er würde eine Hand auf meine Schulter legen, um mich aufzuhalten, doch stattdessen stellte er sich mir in den

Weg. Er überragte mich, doch er schien kaum älter zu sein als ich selbst, vielleicht so alt wie Haze.

»Es tut mir leid, ich habe dich gekränkt. Das wollte ich nicht. Ich wollte dir nicht unterstellen, du hättest noch nichts von der Welt gesehen.«

Einen Moment lang standen wir uns gegenüber und sahen einander nur an, während der Trubel des Marktplatzes ringsumher verschwamm und die vielen Stimmen zu einem unbestimmten Summen verkamen. Sein spöttisches Lächeln war verschwunden, ebenso wie meine Wut, an der ich festhalten wollte, weil sie mich weniger verwirrte als diese unsagbare Neugier auf den Mann mit dem Goldhaar und den Turmalinaugen.

Ich wünschte, ich könnte wegschauen, doch das faszinierende Grün übte einen merkwürdigen Sog auf mich aus, ein wenig wie das nächtliche Spiel der Pixies, deren Anziehungskraft ich mich nur mit Mühe entziehen konnte. Die goldenen Sprenkel im klaren Grün schienen vor meinem Blick zu tanzen und zu flirren. Diesmal machte er sich nicht über mich lustig, das merkte ich ihm an, seine Entschuldigung war ernst gemeint.

»Aber du hast recht«, sagte ich leise. »Es ist ein kleines Dorf, und ich habe darüber hinaus noch nichts von der Welt gesehen. Für jemanden wie dich muss das trist klingen, gewiss ist dein Leben ein einziges Abenteuer, aber so ist es nun einmal.«

Er schüttelte leicht den Kopf. »Das wollte ich nicht andeuten.«

Ich hielt seinem Blick ohne Scheu stand. »Ob du es andeuten wolltest, oder nicht, ob du es gedacht hast, oder nicht, spielt keine Rolle. Es ist, wie es ist.« Ein Lächeln trat auf mein

Gesicht, als die Abenteuerlust kribbelnd durch meine Adern floss. »Aber nicht mehr lange. Bald bin ich weg.«

Fragend legte er den Kopf schief. »Weg?«

Er sah aus, als wollte er weiter nachfragen, aber obwohl er mein Leben gerettet hatte, war er ein Fremder, und es widerstrebte mir, ihm von den Dingen zu erzählen, die mich vor Kurzem erschüttert hatten. Was geschehen war, teilte ich nur mit den Menschen, dir mir am nächsten standen: Aphra und Haze.

»Eine Reise«, antwortete ich also schlicht. »Eine Reise, die mich in die Welt hinausführt.«

Da war es wieder, dieses breite Lächeln über sein ganzes Gesicht, als kannte er keinerlei Sorgen und Ängste. »Das klingt nach einem aufregenden Abenteuer.«

Mit Sicherheit das Größte, das ich je erlebt hatte, sofern es mich über die Grenzen des altbekannten Waldes hinausführte.

»Mal sehen«, entgegnete ich etwas zaghaft.

Als er gerade den Mund öffnen wollte, um zu antworten, traten Männer zwischen den Häuserfronten hervor auf den Marktplatz und nickten meinem Gegenüber knapp zu. Aus großen Augen betrachtete ich sie. Sie trugen schwere Stiefel, Waffen und Brustharnische, auf denen das silberne Mondwappen der High Lady im Sonnenlicht glänzte: Soldaten unserer Herrscherin? Aber was für eine Mission könnte sie hierher in unser entlegenes Nest führen?

Drei Soldaten zählte ich, nach ihnen trat noch ein weiterer Mann ins Licht. Ein gewachster Bart umrahmte sein schmales Kinn und zwirbelte sich über den Mundwinkeln hoch. Seine Kleider waren von erlesener Qualität, das sah ich sogar aus der Distanz. Sein leichtes, weiches Wams aus schwarzem Leder trug er über einem nachtblauen Seidenhemd. Die eng anliegende Hose verschwand ab den Knien in schwarzen Stiefelstulpen und auf dem Hut prangte eine kleine rote Feder.

Das Gesicht lag im Schatten, den die breite Krempe des Hutes warf, aber dennoch entging mir nicht, wie hell seine Haut war. Unbewusst fragte ich mich, ob das die noble Blässe war, die unter Adeligen angeblich so beliebt war. Während ich noch darüber nachgrübelte, trat zu meinem Erstaunen ein weiterer Mann neben ihn – nein, ein Junge, noch nicht ganz erwachsen – der einen schattenspendenden Schirm über ihn hielt und damit dienstbeflissen jedem seiner Schritte folgte.

Ich wünschte, ich hätte erfahren können, was diese Männer hier zu schaffen hatten. Beim besten Willen konnte ich mir nicht vorstellen, dass unser winziges Dorf für die High Lady von Relevanz war, doch warum sonst sollte sie einen kleinen Trupp hierherschicken? Möglicherweise waren sie nur auf der Durchreise, überlegte ich, und nutzten die Gelegenheit, um zu rasten und ihre Vorräte aufzufrischen.

Und mein Retter? Er zählte offensichtlich zu ihnen, kannte sie und erwiderte jetzt ihr grüßendes Nicken. Fragend sah ich ihn an, doch er seufzte nur schicksalsergeben.

»Es sieht so aus, als müsste ich weiter.« Diesmal deutete er die Verbeugung nur an, doch dann traf mich wieder dieser direkte Blick, viel zu intensiv und neugierig, um noch anständig zu sein. »Und noch immer weiß ich deinen Namen nicht.«

Ich atmete durch. »Du hast mir das Leben gerettet. Es wäre wohl ganz schön albern, dir dafür nicht einmal meinen Namen zu verraten, oder?«

Er zuckte mit den Schultern. »Ein Leben für einen Namen.«

»Lelani.«

Einen Herzschlag lang horchte er den Silben nach, die in

der Luft verhallten, dann wiederholte er sie. Aus seinem Mund klang mein Name seltsam fremd und so viel klangvoller, als ich ihn je gehört hatte.

Ungeduldig winkte ihn der Mann mit dem Federhut herbei. Als er sich abwandte, rief ich noch rasch: »Warte! Ich weiß deinen Namen noch nicht.«

Er blickte über die Schulter zu mir zurück und schenkte mir erneut sein unglaubliches Lächeln, und plötzlich fand ich es bedauerlich, dass ich ihn vermutlich nie wiedersehen würde. Denn bald schon würde ich abreisen, und auch er würde gewiss nicht viel Zeit an einem Ort wie diesem verbringen.

»Kyran«, sagte er, bevor er mit großen Schritten auf die Männer zuging.

Kapitel 7

Sonne und Monde

*Mit einem leisen Plätschern ergoss sich das Wasser in die Silber-
schale und füllte sie bis an den Rand. Seine Hand strich federleicht
über das kühle Metall, als er darauf wartete, dass sich die Oberfläche glättete, die vom Nachtwind in feine Wellenbewegungen ver-
setzt wurde.*

*Geheimnisvoll schimmerte das Silber im bleichen Mondlicht.
Wolken schoben sich vor die Monde, doch als der Wind sie weiter-
trieb, spiegelten sich alle fünf Himmelskörper im Wasser, sodass es
aussah, als sei die Schale mit flüssigem Licht gefüllt.*

*Sah man sie an oder berührte man sie, konnte man nicht um-
hin, zu bemerken, dass sie etwas Besonderes an sich hatte – etwas,
was aus ihr weit mehr als einen normalen Gegenstand machte. Er
selbst trug keinen magischen Funken in sich, doch diese flache
Schüssel, die man ihm anvertraut hatte, war verzaubert worden,
damit sie einen bestimmten Zweck erfüllen konnte. Damit er seinen Auftrag vollziehen konnte.*

*Der silbrige Schimmer in der Schale geriet in Bewegung, erst
kaum merklich, dann immer stärker. Schlieren und Strudel formten
sich im gespiegelten Licht, obwohl keine Erschütterung und keine
Brise die Oberfläche des Wassers trübte. Sein eigenes Spiegelbild*

verschwamm, ein anderes Gesicht manifestierte sich im schimmern-
den Wasser.

»Es gibt Neuigkeiten«, sagte er, nachdem er durch ein Kopfni-
cken dazu aufgefordert worden war. »Neuigkeiten von ihr. Sie
bricht auf, verlässt das Dorf.«

»Begleite sie. Bleib ihr nah. Lass sie nicht aus den Augen.« Die
Antwort aus dem Wasser war leise wie ein Windhauch, der durch
trockenes Laub strich.

Er nickte. »Ihr könnt Euch auf mich verlassen.«

*

»Kyran«, murmelte ich dem Nachtwind zu. Lautlos schienen
die funkelnden Sterne ein Echo zurückzuwerfen, immer wieder
diesen Namen, von dem ich nicht wusste, was ich von ihm halten sollte: Kyran.

Es war die letzte Nacht in meiner kleinen Kammer in Aphras Hütte, die letzte Nacht zu Hause, aber im Bett hielt ich es
nicht aus. Kribbelnde Aufregung erfüllte mich bis in die Fingerspitzen.

Ich kauerte vor dem weit geöffneten Fenster, die Unterarme
auf dem Sims abgelegt und das Kinn auf die verschränkten
Arme gestützt und betrachtete die Monde, die wie jede Nacht
ihr stummes Lied für mich sangen. Doch diesmal waren es
nicht nur die Himmelskörper, die mich wachhielten, sondern
auch die Männer der High Lady, die ich im Dorf gesehen hatte.

Es hatte nichts zu bedeuten, sagte ich mir immer wieder, sie
waren nur auf der Durchreise in entlegenere Provinzen. Keine
dringliche Angelegenheit konnte sie ausgerechnet in dieses ver-
schlafende Dorf geführt haben, in dem doch seit Jahren stets

alles seinen gewohnten Gang ging. Aber dennoch ließ sich dieses ungute Gefühl nicht verscheuchen, das sich wie ein kleines Tier auf kalten Pfoten in meine Magengrube geschlichen und dort eingenistet hatte, und das sich regte, wann immer ich an die Soldaten dachte.

Der Mann, der sich mir als Kyran vorgestellt hatte, gehörte zu ihnen, ohne wirklich einer von ihnen zu sein. Obwohl sie ihm nur kurz zugenickt hatten, war ich der Meinung, dass etwas Respektvolles in der Geste gelegen hatte, was wohl auch durchaus realistisch war, wenn Kyran tatsächlich von Adel war und somit gesellschaftlich über ihnen stand.

Nur allzu gerne hätte ich mehr über sie und ihre Motive erfahren – und auch, wenn ich es mir nicht gerne eingestand, war ich besonders neugierig auf den Kerl, der mir das Leben gerettet hatte: Kyran.

Mein Körper handelte, als hätte er einen eigenen Willen. Ohne darüber nachzudenken, stand ich auf und kletterte durch das Fenster hinaus. Als ich die Hütte nun von außen betrachtete, erschien sie mir noch winziger als jemals zuvor, ein zwergenhafter Zufluchtsort angesichts der gigantischen Welt, die es noch zu entdecken gab.

Eine Hand legte sich auf meine Schulter, schmal und fest, und mit einem erstickten Schreckenslaut fuhr ich herum. Aphras Bernsteinaugen wirkten in dem schwachen Licht dunkel und matt wie Baumrinde. Ich spürte, wie ich rot wurde und mich auf eine Standpauke gefasst machte, wie damals als kleines Mädchen, wenn sie mich dabei ertappt hatte, wie ich hinausschlich. Doch diese Zeiten waren vorbei, und das schlechte Gewissen war wie ein schwaches Echo aus der Vergangenheit. Ich war nicht mehr das Kind, das gescholten wurde, wenn es sich nicht an die Regeln hielt.

»Du kannst nicht schlafen.« Es war eine Feststellung, keine Frage.

Statt einer Antwort zuckte ich nur mit den Schultern. Aphra hatte immer schon instinktiv gespürt, wie ich mich fühlte, also war ihr gewiss auch jetzt gerade klar, wie es mir ging.

Sie griff nach meinem Medaillon und drehte es langsam in ihrer Hand. »Würde dir gern helfen, zu verstehen«, murmelte sie.

»Verstehst du es denn?«

In ihrer ganz eigenen Manier wiegte sie den Kopf hin und her. »Manches. Kannst es nicht nutzen, mein Stern, oder? Kannst es nicht steuern.«

Frustriert hob ich die Arme und ließ sie in einer hilflosen Geste fallen. »Vielleicht ist da ja einfach gar nichts. Vielleicht habe ich mich geirrt.« Aber ich wusste, dass das nicht stimmte, dass beim ersten Öffnen des Amuletts etwas in mir erwacht war, was ich nun die ganze Zeit tief in mir spürte, ohne es fassen zu können.

Aphra ließ sich einfach in einer fließenden Bewegung in den Schneidersitz hinab, ohne nach einer bequemen Sitzmöglichkeit zu suchen. Ich tat es ihr gleich, saß ihr gegenüber und sah sie erwartungsvoll an.

Sie bedeutete mir, nach dem Amulett zu greifen, und ich folgte ihrem Wink. Kühl und glatt lag das Metall in meiner Hand.

»Hast du es nachts versucht?«, wollte sie wissen. Und als ich den Kopf schüttelte, fuhr sie fort: »Könnte helfen. Mondlicht verstärkt Mondmagie. Sonnenlicht verstärkt Sonnenmagie. Ist nicht so, als könnte ein Mondmagier seine Kräfte bei Tag nicht einsetzen, doch es ist schwerer. Die Sonne schwächt, zieht die Kraft aus ihm heraus.«

Ich hätte mich ohrfeigen können, weil ich nicht von selbst auf diese Idee gekommen war. Bei strahlendem Sonnenschein hatte ich dagesessen und vergeblich meditiert, dabei spürte ich jetzt – bei Nacht, eingehüllt in Mondlicht – doch deutlich, dass das Pochen und Drängen in meiner Brust lauter zu mir sprach, dass das Kribbeln in meinen Adern sich verstärkte und der Sog in die Ferne, den ich durch das Amulett spürte, zunahm.

»Ich weiß nicht, was ich tun soll«, flüsterte ich. »Ich habe keine Ahnung, wie es geht.«

Sie zog ihren dicken, grauen Flechtzopf über die Schulter nach vorne und löste die Holzklammer, mit der die Haare zusammengehalten wurden. Ich nahm die Spange entgegen, die sie mir reichte, und legte fragend den Kopf schief.

Ein Lächeln umspielte ihre schmalen Lippen. »Sieh sie an, sieh sie dir ganz genau an. Präge sie dir ein, die Form, die Farbe.«

Ich fragte nicht nach, das hätte gar nichts gebracht, sondern folgte stillschweigend ihren Anweisungen. Aphra würde ihre Gründe haben, die hatte sie immer. Ich ließ den Blick über die Haarspange schweifen und meine Fingerspitzen über das Holz gleiten, drehte sie in meiner Hand, spürte ihr Gewicht. Ich bemerkte die Maserung des Holzes und die leicht geschwungene Form, die angenehm in der Hand lag. Je länger ich mich darauf konzentrierte, desto ruhiger wurde ich. Aphras Atemzüge waren langsam und gleichmäßig, und ich merkte, dass sich meine daran anpassten.

»Nun verändere sie«, flüsterte Aphra.

Sie verändern.

Als hätte ich die geringste Ahnung, wie ich das tun sollte! Ein Teil von mir wünschte, ich könnte einfach in meine Brust hineingreifen, in der ich den magischen Funken spürte, ihn gewaltsam herauszerren und zwingen, mir zu gehorchen. Doch unter Aphras ruhigem Blick senkte ich erneut den Kopf, blickte auf die Holzspange hinab und überlegte, was ich ändern würde, wenn ich die Macht dazu besäße.

Die sanft geschwungene Maserung hatte etwas Hypnotisches an sich, ich studierte das Wechselspiel aus hell und dunkel. Das Muster wirkte fließend, ein wenig wie Wasser, das gemächlich in Richtung Tal floss. Silbriges, stetes Wasser.

Und ohne zu wissen, was ich tat, *tat ich es einfach.*

Ein helles Schimmern bildete sich am Rand der Spange, breitete sich darauf aus, floss geschmeidig in kleinste Rillen und durchdrang das Holz. Die hellen Bereiche der Maserung begannen zu leuchten, die Spange war mit einem Mal von rätselhaftem Leben erfüllt.

Und auch *in mir* ging eine Veränderung vor sich. Der Funke in meinem Inneren glomm stärker, ich spürte die Magie wie einen kühlenden, erfrischenden Fluss in meinen Adern. Ich atmete tiefer ein und aus und spürte, wie mein Herzschlag sich verlangsamte. Das dumpfe Pochen meines Herzens, das in meinen Ohren widerhallte und das ich überall in mir spürte, wurde ruhiger, die Abstände wurden größer.

Ich spürte eine Verbindung, die ich nicht greifen konnte und die doch eindeutig existent war, so, als flösse pure Magie mit jedem Atemzug und jedem Herzschlag aus meinem Körper und bilde einen Strom, der in Aphras Haarspange mündete. Die glänzenden Schlieren, die das Holz nun durchzogen, bewegten sich wie Wellen im Wind.

»Fließe«, flüsterte ich und staunte darüber, wie die Bilder aus meinem Kopf ihren Weg in die Realität fanden: Die Holzspange verlor ihre Form, bog sich erst leicht um meine Finger und sickerte plötzlich zwischen ihnen hindurch wie silberglänzendes Wasser.

Wie benommen starrte ich die schimmernde Pfütze auf dem Boden an, die nun im Rasen versickerte. Was auch immer da gerade geschehen war: Ich selbst hatte es bewerkstelligt, mit der mir gegebenen Mondmagie.

»Aphra«, krächzte ich überwältigt.

Sie lächelte. »Du bist stark, mein Stern. Spürst du, was du alles bewirken kannst? Mondmagie wirkt besonders stark auf unbelebte Gegenstände, kann ihre Form und Eigenschaften verändern. Habe Legenden gehört, Legenden von starken magischen Artefakten, von mächtigen Magiern verzaubert. Dinge, die sich von selbst bewegen, sogar fliegen können. Dinge, in denen man Gerüche, Bilder, Worte aufbewahren kann. Dinge, durch die zwei Menschen miteinander reden können, selbst wenn sie weit voneinander entfernt sind, oder die einem Menschen besondere Kräfte verleihen, wenn er sie berührt.«

»Mein Amulett«, stellte ich leise fest. »Es wurde verzaubert.«

»Von der Frau, die du gesehen hast. Von deiner Mutter. Hat eine Nachricht für dich im Silber verschlossen. Aber nicht nur das, mein Stern. Du verstehst, nicht wahr? Du verstehst, dass sie deine magischen Kräfte in dir versiegelt hatte. Die Mondstellung an deinem Geburtstag war der Schlüssel zu beidem.«

Ich verstand, und doch verstand ich nicht. Mir war nicht klar, wieso meine Mutter das getan hatte, wie das alles möglich war und was ich selbst gerade zustande gebracht hatte. Doch das Glücksgefühl über meinen Erfolg war stärker als meine Verwirrung.

»Du weißt so viel über diese Dinge.« Ich blickte meine

Hände an, die auf einmal blasser wirkten als zuvor, hell und kühl wie Marmor. Lag das an der Magie? Spürte Aphra auch, dass es plötzlich kälter geworden war, oder ging es nur mir so? Eine Gänsehaut lag auf meinen Unterarmen.

Einen endlos scheinenden Moment lang sah sie mich reglos an, mit diesem seltsamen Blick, der sich in meinen bohrte und an meiner Seele zupfte.

»Wann soll ich es dir sagen, wenn nicht jetzt?«, fragte sie, mehr an sich selbst gerichtet, als an mich.

Ich wollte fragen, was sie meinte, doch ich brachte keinen Ton hervor, als ich die Veränderung bemerkte, die mit einem Mal vor sich ging. Ein warmer, goldener Glanz, der trotz der nächtlichen Dunkelheit zu erkennen war, trat in Aphras Augen – sie schienen von innen heraus zu leuchten, als glömmen winzige Sonnen in ihnen. Obwohl es völlig windstill war, schien eine leichte Brise ihre dicken, grauen Haarsträhnen zu bewegen, die sich ohne die Holzspange aus dem Flechtzopf lösten. Eine frische, jugendliche Röte stieg ihr in die Wangen.

Ungläubig sah ich zu, wie sie mit den Fingern durch die Gräser zwischen uns strich, sanft, beinahe zärtlich, und wie die Halme auf ihre Berührung reagierten. Raschelnd reckten sie sich ihrer Hand entgegen, begannen zu sprießen. Kleine weiße Blüten, die eigentlich erst im Spätsommer erblüht wären, erwuchsen aus zarten Knospen.

Ich wusste nicht, wie lange ich reglos dasaß und das Schauspiel fasziniert beobachtete. Es war, als führte Aphra ein stummes Gespräch mit den Pflanzen, wies sie an zu wachsen, und sie gehorchten.

»Das ist keine Mondmagie«, brachte ich rau hervor, als ich meine Sprache wiederfand.

»Ist es nicht.« Unergründlich ruhte ihr Blick auf mir.

»Es ist …« Die Worte wollten mir nicht über die Lippen kommen, obwohl ich eine vage Ahnung hatte. Es erschien mir einfach zu abwegig.

»Sonnenmagie«, vervollständigte sie meinen Satz.

Ich fuhr zurück, als hätte sie mir eine giftige Schlange vor die Füße geworfen. Das konnte nicht sein, es war ausgeschlossen, obwohl es exakt das war, was mir gerade durch den Kopf gegangen war.

»Sonnenmagie gibt es nicht mehr«, krächzte ich. »Schon lange nicht mehr!«

»Nein? Wohin soll sie denn verschwunden sein? Ganz plötzlich aus der Welt verschwunden?« Sie legte den Kopf schief und sah mich abwartend an.

Ich schluckte. Wenn ich eines über Sonnenmagie wusste, dann dass sie gefährlich war. Dass sie unglaubliche zerstörerische Macht besaß. Dass sie jene, die sie wirkten, auf Dauer in den Wahnsinn trieb, ihnen den Verstand vernebelte und sie unberechenbar machte.

»Sie wurde verboten«, fügte ich beinahe trotzig hinzu. »Seit …«

Ich musste nicht aussprechen, auf welchen Vorfall ich hinauswollte. Welches Ereignis die Sichtweise aller Menschen auf die Sonnenkräfte schlagartig verändert hatte. Jeder kannte die Geschichte, selbst in einem Dorf wie diesem, und obwohl es so viele Jahre zurücklag – ich selbst war damals noch ein Baby gewesen, hatte Aphra mir erzählt.

Zuvor schon war Sonnenmagie kritisch beäugt worden. Zu impulsiv war sie, zu unberechenbar, zu bedrohlich verglichen mit der starken, aber beständigen Mondmagie. Nicht ohne Grund waren im Land Stimmen laut geworden, die ein Verbot forderten, doch die damals amtierende High Lady Ashwind hatte gezögert, entsprechende Maßnahmen zu ergreifen. Gegen den Rat ihrer Schwester und der meisten Lords in ihrem engsten Zirkel hatte sie Milde walten lassen, im unbeirrbaren Glauben daran, beide Magieformen könnten harmonisch nebeneinander existieren.

Doch dieses Vertrauen war ihr zum Verhängnis geworden, als sich ausgerechnet Mondlord Rowan Dalon, der Verlobte ihrer eigenen Schwester, als Sonnenmagier entpuppte. Er war ein unbeherrschter, jähzorniger Sonnenmagier, dem seine wilden Kräfte seine Selbstbeherrschung geraubt hatten. Als er die High Lady völlig unerwartet und aus dem Nichts heraus angegriffen hatte, kannte das Entsetzen im Land keine Grenzen. Nicht nur die High Lady hatte bei dieser Entfesselung seiner Macht ihr Leben verloren, die verheerende Feuersbrunst hatte einen ganzen Flügel des Schlosses zerstört.

In tiefer Trauer hatte die Schwester der Regentin, High Lady Serpia, den Thron bestiegen und sich darangemacht, die Scherben zu kitten und Konsequenzen zu ziehen. Seitdem gab es keine Gnade im Umgang mit Sonnenmagiern. Der Vorfall hatte ein für alle Mal bewiesen, welches Risiko von dieser Macht ausging und wie wenig man jenen, die sie beherrschten, trauen konnte – wie wenig sie sich selbst trauen konnten.

Gerade mal einen halben Mondzyklus lang hatte man Sonnenmagiern zugestanden, um das Land zu verlassen, dann hatten die Verfolgungen begonnen. Viele von ihnen hatten sich aufgelehnt und waren hingerichtet worden, die meisten jedoch hatten freiwillig das Exil gewählt. Dass der Gebrauch solcher Kräfte streng verboten war, verstand sich von selbst.

Dieses dunkle Kapitel lag in der Vergangenheit, warf nun jedoch einen unheilvollen Schatten in die Gegenwart, als ich in die Katzenaugen meiner Ziehmutter blickte. Ich war immer davon ausgegangen, dass mittlerweile im gesamten Reich kein Funke Sonnenmagie mehr übrig wäre. Denn die Begabung zur Magie, ob es sich um Mond- oder Sonnenkräfte handelte, wurde stets vererbt. Und wie sollte hier ein sonnenmagisch begabtes Kind geboren werden, wenn keine Sonnenmagier da waren, um es zu zeugen? Menschen wie Aphra mussten die absolute Ausnahme sein, und ich wusste nicht, ob es mutig oder dumm von ihr war, sich in einem Land aufzuhalten, in dem ihre bloße Existenz gegen die Gesetze verstieß.

Eine Gänsehaut zog sich über meine Arme, als ich mir vor Augen hielt, was für Verwüstungen ein einzelner begabter Sonnenmagier verursacht hatte. Die Geschichten, die davon berichteten, sparten nicht an eindrucksvollen und furchteinflößenden Details, die Schilderungen des gewaltsamen Todes der damaligen High Lady taugten heute als Gruselgeschichten für Kinder. Man sagte, der zerstörte Flügel des Schlosses sei bis heute nicht wiederaufgebaut worden und diene als Mahnmal.

Und ausgerechnet Aphra sollte eine von ihnen sein? Meine liebe, etwas eigenwillige Aphra, die es sich zur Lebensaufgabe gemacht hatte, die Leiden der Menschen im Dorf mit ihren heilsamen Tinkturen zu lindern?

Immer noch lächelte sie unbeirrt. »Weiß, was du denkst, mein Stern. Doch nicht alles ist, wie es scheint. Magie wird nur zu einer Waffe, wenn sie als Waffe geführt wird, verstehst du? Sonnenmagie ist nicht nur Zerstörung, sie ist auch Leben.«

Wie zum Beweis strich sie noch einmal über die Pflanzen, die unter ihrer Berührung gediehen. »Sonnenlicht und Mondlicht sind wie zwei Seiten einer Medaille«, fuhr sie leise fort. »Sonnenmagie ist Gefühl, Mondmagie Verstand. Sonnenmagie heiß, Mondmagie kühl. Sie beide können nutzen, aber auch vernichten.«

Ich griff nach ihrer Hand, presste sie gegen meine Lippen und schloss die Augen. Mit wenigen Sätzen hatte der Mensch, den ich von allen am besten zu kennen geglaubt hatte, eine völlig andere Seite offenbart – eine Seite, die mich wider Willen mit Furcht erfüllte. Und doch war das immer noch Aphra, meine Aphra, die sich mein Leben lang um mich gekümmert hatte, und nichts und niemand auf der Welt hätte mich davon überzeugen können, sie sei böse. Ich kannte sie, kannte ihr Herz, wenngleich nicht ihre Kräfte, und ich wusste, dass dieses Herz mitfühlend und fürsorglich war.

Doch trotz ihrer weisen Worte wusste ich eines: Magie war nicht nur ein Werkzeug, das man nach Belieben einsetzen konnte, sie veränderte auch denjenigen, der sie wirkte.

Kapitel 8

Der Aufbruch

Spinnenzart wie durchscheinende Schleier hing Morgennebel über der Lichtung, kroch langsam über Hügel und Täler und griff mit geisterhaften Fingern nach den Gräsern und Sträuchern, um ihren sonst so kräftigen Farben einen ausgewaschenen, bleichen Ton zu verleihen. Raureif bedeckte die Spitzen der Grashalme und funkelte im Licht der Sonnenstrahlen wie winzige Kristalle. Es war so still, als hielte die Natur den Atem an, und ich tat es ihr gleich, als ich aus der Hütte trat.

Ich spürte die Aufregung als ein Kribbeln, das durch meinen Körper jagte, als ein leises Knistern in meinen Haaren, als ein Ziehen in meiner Magengrube, als eine Energie unter meinen Füßen, die mich vorantrieb. *Jetzt* war es so weit, nicht bald und auch nicht morgen.

Als ich einen Moment lang dastand und dem Echo der wilden Träume nachhorchte, die mich durch die Nacht begleitet hatten, trat Aphra neben mich und legte mir eine Hand auf die Schulter. Nachts hatte ich noch lange über sie nachgedacht und mich bemüht, das Bild von ihr in meinem Kopf mit jenem Fakt zu vereinen, dass sie eine illegale Sonnenmagierin war, und war letztlich zu dem Schluss gelangt, dass es schlicht und ergreifend keine Rolle spielte. Nicht wirklich. Was zählte, war nicht, was sie war, sondern wer sie war.

Manche Dinge, die ich nie hinterfragt, wohl aber registriert hatte, ergaben auf einmal mehr Sinn. Zum Beispiel, wie gut die Pflanzen rings um die Hütte gediehen, so viel besser als alle anderen in der Umgebung. Warum Aphra die Einsamkeit und Verschwiegenheit der Waldlichtung suchte, statt direkt ins Dorf zu ziehen, wo sie den neugierigen Blicken anderer Menschen ausgesetzt gewesen wäre. Dass sie beim Ernten oder Zubereiten der Pflanzen manchmal innehielt, wenn sie meinen Blick bemerkte, und das geheimnisvolle Lächeln, mit dem sie dann über meine Fragen hinwegging. Letzte Nacht, als wir beisammengesessen hatten, erzählte sie mir, dass ihre Sonnenkräfte nur schwach ausgeprägt seien, gerade genug, um ihr natürliches Talent für die Heilkunst zu unterstützen, und doch stark genug, um sie das Leben zu kosten, wenn jemand davon erfuhr.

»Wirst finden, was du suchst.«

Ich erwiderte ihr Lächeln. »Ich hoffe es.«

Denn was ich suchte, war vieles: nicht nur meine Mutter, sondern auch Wissen über mich selbst, über meine Vergangenheit und die Kräfte, die in mir verborgen waren.

Ein dunkelgrauer Schemen schälte sich aus dem Nebel, nahm immer mehr Gestalt an, je näher er kam, und wurde vor meinen Augen zu Haze, der unsere beiden Reittiere neben sich führte. Ebenso wie ich trug er feste Reisestiefel, dazu eine eng anliegende Lederhose und ein Wams, das ihn zwar wärmte, aber zugleich Schutz bot. Auch unter meinem Leinenkleid verbarg sich eine praktische Hose und das Schnürmieder, das ich auf dem Markt erworben hatte, hielt nicht nur das weite Kleid in Form, sondern gab mir durch sein stabiles Leder auch ein

Gefühl von Sicherheit. Nach meiner Begegnung mit dem Blutwolf wäre ich am liebsten von Kopf bis Fuß in eine Plattenrüstung gehüllt losgezogen, doch selbst wenn ich gewusst hätte, wie man an so etwas kam, wäre es wohl nicht die vernünftigste Idee gewesen, und der arme Maulesel wäre unter dem Gewicht des Metalls zusammengebrochen.

»Bist du bereit?«, fragte er.

War ich es? Eigentlich spielte es keine Rolle, denn der Moment, an dem ich aufbrechen musste, war gekommen, ob ich bereit war, oder nicht. Ich nickte.

Wortlos beluden wir das Pony und den Maulesel mit unserem Reiseproviant, weichen Decken und einem Bündel, in dem wir unsere Wechselkleidung verschnürt hatten. Ebenso wortlos sah Aphra uns zu, die Arme vor der Brust verschränkt, das Gesicht starr wie Baumrinde. Das Knirschen der reifbedeckten Grashalme unter unseren Füßen war das einzige Geräusch, das die tiefe Stille durchbrach, die über der Lichtung hing. Skeptisch musterte mich der Maulesel über seine Schulter hinweg und verfolgte jeden meiner Handgriffe durch seine trüben Augen, ließ mich aber gewähren, als ich seine Satteltaschen festzog.

Aphras und meine Umarmung dauerte ewig und war doch viel zu schnell vorbei. Ihre dünnen Arme schlangen sich so fest um mich, als wollte sie meine Rippen brechen, und der Erdgeruch ihrer Haare stieg mir in die Nase. Ich kämpfte gegen den Kloß in meiner Kehle an, hielt mir vor Augen, dass ich vermutlich in nicht allzu ferner Zukunft wieder hier sein würde, und drängte das beklemmende Gefühl beiseite, das über mir kreiste und wisperte, wir würden einander niemals wiedersehen.

Ich spürte Haze' Blick so deutlich in meinem Rücken, als

hätte er mir auf die Schulter getippt. Sein Gesicht lag im Schatten, das Braun seiner Augen erinnerte im schwachen Licht an schwarze Löcher. Leicht zog ich meine Mundwinkel hoch, er tat es mir gleich und als er dabei seinen Kopf ein wenig schief legte, verflog der unheimliche Eindruck.

»Lass uns aufbrechen.« Mein Flüstern hallte vernehmbar über die Lichtung.

Ich verdrehte die Augen und unterdrückte ein Seufzen, als der Maulesel stampfend auswich, sobald ich mich auf seinen Rücken schwingen wollte. Haze hatte kein Erbarmen mit mir. Er hatte die Eiche als Erster erreicht, ihm gebührte das Pony. Mit einem Fuß im Steigbügel hängend hüpfte ich dem Tier hinterher und warf ihm in Gedanken die schlimmsten Flüche an den Kopf, bis Aphra nach den Zügeln griff und mir so beim Aufsteigen half.

Ich rechnete fest mit heftiger Gegenwehr, doch das Tier beschränkte sich darauf, einmal nach meinem Bein zu schnappen, ehe es widerwillig auf meinen Schenkeldruck und das Zupfen am Zügel reagierte und sich in Bewegung setzte. Mein Herz war schwer und federleicht zugleich, beinahe körperlich schien es mich entzweizureißen: Ein Teil von mir wollte nichts lieber, als zu Hause zu bleiben, in der Sicherheit meiner vertrauten Umgebung. Ein anderer Teil konnte es kaum erwarten, in die Ferne zu ziehen.

Ich folgte dem Ruf des Abenteuers und dem des Mondstein-Amuletts, das zu meiner Seele sprach, als ich der aufgehenden Sonne den Rücken kehrte und an Haze' Seite gen Westen ritt.

*

»Weinst du etwa?«

Hastig wischte ich mir mit dem Ärmel des Kleides die Tränen von den Wangen und funkelte Haze an. »Natürlich nicht! Es ist nur …« Ich beugte mich vor, um den Hals des Maulesels zu tätscheln, unter dessen struppigem Fell es sofort hektisch zu zucken begann. »Es ist ein seltsames Gefühl, wegzugehen und nicht einmal zu wissen, wohin.«

Ich biss mir auf die Unterlippe und starrte geradeaus. Wir hatten den Bach erreicht, der für mich eine unsichtbare Grenze markierte, denn weiter als hierher war ich noch nie in diese Richtung vorgedrungen, ab hier war alles Neuland für mich. Das plätschernde Gewässer schien auf einmal unüberwindbar, doch unbarmherzig zog mich das Amulett um meinen Hals weiter voran.

Haze zog eine Augenbraue hoch, und ich fragte mich, ob er mich gleich auslachen würde, doch seine Stimme war weich, als er antwortete: »Ich weiß. Meinst du denn, mir geht es anders?«

»Dir?«

Er kramte kurz in seiner Satteltasche und warf mir ein Tuch zu, in das etwas eingewickelt war. Mit einer Hand hielt ich die Zügel fest, mit der anderen öffnete ich das Bündel und schluckte gerührt, als ich sah, was er für mich mitgenommen hatte: eine der Apfelpasteten, die ich so sehr liebte.

»Danke«, flüsterte ich und war einmal mehr unglaublich froh darüber, ihn meinen Freund nennen zu können.

Haze zuckte nur mit den Schultern, als sei es keine große Sache, schenkte mir aber ein Lächeln, als ich die Pastete entzweibrach und ihm eine Hälfte zurückgab. Das honigsüße Gebäck schenkte mir ein wenig Trost, und ich genoss jeden einzelnen Bissen.

»Ich war vielleicht etwas mehr unterwegs als du, habe manchmal Felle und Fleisch zu Märkten gebracht und mit meinem Vater weitere Strecken zurückgelegt, um kostbare Beute zu verfolgen.« Haze wischte sich Krümel und Honig vom Mund. »Aber von der Welt habe ich noch nicht viel gesehen. Und meinen Vater mit all der Arbeit alleinzulassen, fällt mir auch nicht gerade leicht.« Bevor ich mein schlechtes Gewissen zum Ausdruck bringen konnte, lachte er. »Nun schau nicht so, Dämmerkatze. Er kommt zurecht, das weiß ich genau, sonst würde ich nicht gehen.«

Zögerlich nickte ich, dann blickte ich wieder auf den Bach – ein sprudelndes Rinnsal, gerade zu breit, um es einfach zu überspringen, aber seicht genug, um hindurchzuwaten. Davor endete die Welt, die ich kannte, dahinter begann eine neue. Der Maulesel schien meine Unruhe zu spüren, mit einem Vorderhuf stampfte er auf die glatt geschliffenen Kieselsteine des Ufers.

»Weißt du, wie man einen Raukrapp fängt, um sein kostbares Gift aus seinen Stacheln zu melken, das man so teuer an Händler aus dem Süden verkaufen kann?« Haze holte sein Schnitzmesser und die begonnene Holzfigur von Lady Tulip aus seiner Tasche und begann, auf dem Rücken seines gescheckten Ponys sitzend, in aller Seelenruhe zu schnitzen. Winzige Holzspäne fielen auf seinen Sattel und zu Boden. »Man verfolgt ihn über viele Meilen, liest seine Spuren, lässt sich von keinem seiner Täuschungsmanöver blenden. Hat man es geschafft, ihn in die Enge zu treiben, beginnt die eigentliche Herausforderung, nicht bei seinem Anblick die Flucht zu ergreifen.«

Ich hatte keine Ahnung, warum er mir all das jetzt erzählte, doch ich lauschte seinen Worten, den Blick auf die hinabfallenden Holzspäne gerichtet.

»Der Raukrapp plustert sich auf das Doppelte seiner Körpergröße auf, bleckt seine langen Zähne, raschelt wild mit den Stacheln auf seinem Rücken. Seine Augen nehmen ein giftiges Grün an, die kahle Haut in seinem Gesicht wird urplötzlich tiefrot. Und diese Geräusche!« Haze schüttelte sich bei der Erinnerung. »Er faucht und knurrt wilder als jeder Berglöwe. Man glaubt, einem Ungeheuer, seinem schlimmsten Albtraum gegenüberzustehen. Als ich das erste Mal einen vor mir hatte, war ich drauf und dran, die Flucht zu ergreifen. Hätte sich mir mein Vater nicht in den Weg gestellt und so den Ausgang aus der Felshöhle versperrt, damit ich meine Lektion lerne, wäre ich vermutlich wirklich gerannt. Aber weißt du was? Der Raukrapp ist nicht halb so gefährlich, wie er einen glauben machen will. Man muss ihm fest in die Augen sehen und ihm tapfer entgegentreten, ohne zu zögern, dann stürzt sein ganzes Theater schlagartig in sich zusammen, und er knickt ein, denn er weiß genau, dass er einem entschlossenen Gegner nichts entgegenzusetzen hat. Sein Gift ist unangenehm, aber nicht tödlich. Wenn man sich ein Herz gefasst und die Angst besiegt hat, kann man ihn fangen, ihm das Gift abzapfen und ihn wieder freilassen, sodass er fauchend und keckernd im Wald verschwindet.«

Mir war klar, was er damit sagen wollte: Manche Gefahren waren halb so wild, wenn man sich ihnen stellte und seine Ängste bezwang. Dennoch war ich froh, als er das Pony noch einen Schritt näher zu mir trieb und mir seine Hand entgegenstreckte, sodass ich sie ergreifen konnte. Seine Haut war warm, fast heiß, und rau. Ich kannte diese Hand, seit ich denken konnte, sie hatte mich an den Zöpfen gezogen, mich in den

See geschubst und Schneebälle nach mir geworfen, aber jetzt verlieh sie mir Halt und Zuversicht.

Ich trieb den Maulesel mit einem Schnalzen und einem Schenkeldruck an, ritt an Haze' Seite los, während wir einander an den Händen hielten – doch unmittelbar, bevor die Hufe des Tieres ins Wasser eintauchten, hielt es so abrupt an, dass ich fast von seinem Rücken gefallen wäre. Sein Kopf fuhr ruckartig herum, die milchigen Augen weiteten sich, witternd zog es die Oberlippe hoch und entblößte seine langen, gelben Zähne.

Augenblicklich reagierte Haze und griff nach seinem Bogen, während ich mich im Sattel aufrichtete und herauszufinden versuchte, was der Maulesel wahrgenommen haben mochte.

»Still«, zischte Haze.

Ich tastete mit angehaltenem Atem nach dem kalten Metall meines Wurfdolchs und verschluckte vor Schreck beinahe meine eigene Zunge, als der markerschütternde, durchdringende Schrei des Maulesels die Stille zerriss.

»Misstönende Kreatur der Mondschatten«, stöhnte Haze, legte hastig einen Pfeil auf die Sehne und spannte den Bogen.

Jetzt hörte ich es auch: Hufgetrappel, gedämpft durch die weiche Wiese, das sich näherte. Alarmiert hob ich den Dolch, ohne genau zu wissen, was ich eigentlich befürchtete, und versuchte mit der anderen Hand, den Maulesel zu kontrollieren, der störrisch den Kopf hin und her warf und auf der Stelle stampfte.

Geblendet blinzelte ich in die Sonne, die uns bislang im Rücken gestanden hatte und aus deren gleißendem Schein sich jetzt eine scharfe, dunkle Silhouette herauskristallisierte: ein Rappe mit einem Reiter.

Ich hielt die Hände schützend über meine Augen, und meine Brauen hoben sich, als ich die Haare des Mannes sah, die im Sonnenlicht fast weiß leuchteten. Trotzdem glaubte ich es erst so ganz, als ich Kyrans Gesichtszüge erkannte.

»Der Lackaffe«, murmelte Haze, kein bisschen beruhigt durch die Tatsache, dass der Reiter kein gänzlich unbekannter war.

Und auch mich entspannte Kyrans Auftauchen nicht, denn konnte es Zufall sein, dass wir hier – bereits einige Stunden vom Dorf entfernt – schon wieder aufeinandertrafen? Bei unserer ersten Begegnung hatte der Wolf eine viel größere Gefahr dargestellt als der Mann, beim zweiten Treffen waren wir vom Trubel des Marktplatzes umringt gewesen. Jetzt aber war da niemand außer uns, nur Haze, ich und ein Fremder, über den und dessen Motive wir nichts wussten.

Ich hielt nach den Soldaten Ausschau, deren Auftauchen im Dorf mich mehr beunruhigt hatte, als ich mir selbst eingestehen wollte, doch er war alleine gekommen. Zumindest konnte ich niemand anderen mehr ausmachen. Langsam trabte er heran, die schwarze Mähne seines Pferdes wehte seidig im Wind, die Waffe an seiner Seite klimperte gegen den Steigbügel.

»Wohin des Wegs?«, rief Haze, ohne das Misstrauen in seiner Stimme zu verhehlen und ohne den gespannten Bogen zu senken.

»Na, na, was ist denn das für eine Begrüßung?«, tadelte Kyran belustigt. »Heißt Ihr so jeden willkommen?«

Er ritt unbeirrt weiter auf uns zu, geradewegs in Richtung von Haze' Pfeilspitze, so als ginge überhaupt keine Gefahr davon aus.

»Kein Willkommen, nur ein kurzer Gruß zwischen Reisenden, deren Wege sich für einen Moment kreuzen.«

Sie standen einander gegenüber, und selbst aus nächster Nähe richtete Haze noch seinen Pfeil auf Kyran, eine unverhohlen feindselige Geste. Doch dieser ließ sich nicht aus dem Konzept bringen, mit einem behandschuhten Zeigefinger schob er die Pfeilspitze einfach beiseite, sodass sie nicht mehr auf sein Gesicht gerichtet war. Sein Lächeln reichte von einem Ohr zum anderen und entblößte makellos weiße Zähne. Zum ersten Mal fiel mir auf, dass seine Eckzähne ein wenig spitz waren, was ihm einen leicht wölfischen Ausdruck verlieh. »Herzlichen Dank, zu freundlich. Und wer spricht davon, dass sich diese Wege nur kreuzen?«

Bevor Haze aufbrausen konnte, schaltete ich mich ein. »Es ist schön, dich wiederzusehen, Kyran.« Mein Lächeln musste ich nicht vortäuschen, denn wenngleich ich ihn nicht einzuschätzen vermochte, genoss ich seine Gegenwart doch irgendwie. Vielleicht lag es an seinem kultivierten Verhalten, den höfischen Gesten oder dem Seidenklang der wohlartikulierten Worte. »Aber ich fürchte, keiner von uns beiden begreift, was du meinst.«

»Kyran?« Haze' Kopf fuhr zu mir herum. Ich hatte ihm nicht von meinem zweiten Zusammentreffen mit Prinz Goldhaar erzählt.

Kyran wandte sich mir zu. »Das trifft sich gut. Ich freue mich auch, dein Gesicht wiederzusehen.« Seine Mundwinkel zuckten noch ein wenig höher. »Das wird unsere gemeinsame Weiterreise angenehmer gestalten.«

»Unsere … was?«

Unbeschwert zuckte er mit den Schultern. »Unsere Wege kreuzen sich nicht nur, sie verlaufen ein Stück weit parallel zueinander.«

Haze neben mir schnaubte, als er den Bogen sinken ließ.

Ich befürchtete, er würde aus der Haut fahren und vielleicht etwas sagen, was man einem Edelmann besser nicht an den Kopf werfen sollte, doch seine Stimme war beherrscht und ruhig, als er antwortete: »Das würde mich wundern. Wohin führt Euch Euer Weg, mein … Lord?«

Kyran ignorierte die implizierte Frage nach der korrekten Anrede und erwiderte fröhlich: »In etwa in dieselbe wie der Eure, wenn mich nicht alles täuscht – gen Westen. Zum Schloss von Navalona.«

»*Dem* Schloss? In der Hauptstadt?« Auf dem Pferderücken brauchte man angeblich kaum eine Woche dorthin, doch mir erschien dieser bedeutsame Ort unermesslich weit entfernt. Ich hatte das Schloss auf Bildern gesehen, und es musste so schön sein, als sei es nicht von dieser Welt.

»Kennst du noch eine andere Stadt, die so heißt?«

Haze zuckte mit den Schultern. »Und selbstverständlich ist das nicht unser Ziel, im Schloss der High Lady haben wir nichts zu suchen. Nach Euch, mein Lord.« Er lenkte sein Pony einen Schritt beiseite, um zu demonstrieren, dass der Weg frei war. »Wir wollen eure Weiterreise nicht behindern. Einen guten Ritt noch, mein Lord.«

»Unsere Ziele mögen sich unterscheiden, doch das soll uns nicht daran hindern, Reisegefährten zu sein.«

Haze und ich tauschten einen Blick aus, beide völlig überfordert mit der Situation und der Selbstverständlichkeit, mit der Kyran beschlossen hatte, wie die Reise weiterzugehen hatte.

»Die Männer, mit denen du reist, die Soldaten …«

Sobald ich diese Worte ausgesprochen hatte, spürte ich Haze' Blick siedend heiß auf mir. Er hatte wohl nichts von den Soldaten gewusst, die sich in der Nähe herumtrieben, oder zumindest hatte er nicht geahnt, dass ich von ihnen erfahren hatte. In Aphras einsam gelegener Hütte außerhalb des Dorfs war ich für gewöhnlich die Letzte, die von Neuigkeiten jedweder Art Wind bekam.

»Die haben denselben Rückweg eingeschlagen, auf dem wir angereist sind, und haben mittlerweile vermutlich die Schiffsanlegestelle erreicht. Aber nicht mit mir. Wenn ich noch weitere zwei Tage in eine Schiffskabine eingepfercht werde, komme ich vor Langeweile um, ganz abgesehen davon, dass meine Sylphie durch die Decke gehen würde.« Er tätschelte den Hals der Stute.

Seine Worte konnten meine Skepsis nicht verscheuchen. Langeweile? Seit wann war das ein sinnvolles Motiv, auf dessen Basis man Entscheidungen traf? Er musste einen triftigen Grund gehabt haben, gemeinsam mit den anderen Männern hierherzukommen, und gewiss führte ihn seine Pflicht nun wieder zurück, ebenso wie den Rest des Trupps. Der Seeweg war auf jeden Fall die schnellere Option, denn selbst auf einem ausdauernden Pferd war die Reise länger und beschwerlicher.

Aber was auch immer seine Motive sein mochten, ich konnte ihn schwerlich daran hindern, sich in unserer Nähe aufzuhalten, wenn wir weiterreisten – und wenn ich ganz ehrlich war, fand ich die Vorstellung eher aufregend als erschreckend. In den letzten Tagen hatten sich so viele Dinge getan, die mein Leben auf den Kopf stellten und durcheinanderwirbelten, und das Auftauchen dieses seltsamen Prinzen, der einer romantischen Geschichte entsprungen zu sein schien, zählte dazu.

»Ausgeschlossen, nur über meine Leiche«, knurrte Haze so leise, dass nur ich es hören konnte, nicht aber Kyran, dessen Pferd gerade locker weiter zum Bachufer trabte, wo er es trinken ließ.

114

Doch warum eigentlich nicht? Ich konnte gar nicht verstehen, warum Haze eine solche Abneigung gegen Kyran verspürte, immerhin hatte dieser uns vor dem Wolf gerettet und es deswegen verdient, anständig behandelt zu werden.

Die Abenteuerlust, die mich beflügelt hatte, war wieder da und erfüllte mich von Kopf bis Fuß. Konnte es denn schaden, einen weiteren Reisegefährten zu haben, der uns ein Stück des Weges begleitete, bis das Amulett mir mitteilte, dass unsere Pfade sich trennen mussten? Gemeinsam reiste es sich sicherer, zu dritt hatten wir Gefahren mehr entgegenzusetzen – der Blutwolf kam mir in den Sinn, und plötzlich war ich froh über Kyrans Auftauchen. Es war meine Reise, meine Suche nach meiner Mutter, und ich wollte, dass Kyran zumindest für eine kleine Zeit genauso an meiner Seite war wie Haze.

»In Ordnung. Ein Stück reisen wir gemeinsam, bis sich unsere Wege trennen.«

Kyrans Lächeln war ein Spiegelbild meines eigenen, er nickte mir und Haze zu und ritt los, gefolgt von meinem Maulesel, der sich einfach in Bewegung setzte und mich vorantrug, immer der schwarzen Stute hinterher. Haze verharrte einen Moment, wie zur Salzsäule erstarrt. Ich wagte nicht einmal, ihn direkt anzusehen, sondern nahm nur aus den Augenwinkeln wahr, dass er sein Pony schließlich auch antrieb. Wasser spritzte unter den Hufen unserer Reittiere hoch und legte sich als feiner, feuchter Schleier auf meine Haut. Und als mir erneut in den Sinn kam, dass der Bach die Grenze zwischen meiner bekannten und einer unbekannten Welt markierte, hatte ich ihn bereits überquert.

Kapitel 9
Lady Goldhaar

»*Euer Sohn tritt die Rückreise auf dem Landweg an.*«

Der Lord der Provinz Umbra deutete sein zurückhaltendes Nicken, bei dem man nie ganz sicher sein konnte, ob er von den Neuigkeiten, die ihm gerade mitgeteilt worden waren, bereits gewusst hatte, oder ob er zum ersten Mal davon hörte. Überraschungen schienen ihm fremd zu sein.

Die High Lady trat näher an die Brüstung, in der Tiefe rauschte der Ozean und stürmte gegen Felsen und Mauerwerk an, und streckte einen Arm aus. Der Rabe, der sich krächzend von den Winden tragen ließ und nun in einer Abwärtsspirale kreiselte, ließ sich schließlich auf ihre Hand nieder. Beiläufig strich sie über das blauschwarze Gefieder und löste die winzige Schriftrolle vom Bein des Tieres.

Einen Moment lang las sie schweigend die Botschaft, welche Lord Maycliff Dalon offenbar in Eile verfasst hatte, der nach der letzten Besprechung wieder in seine Provinz im Süden des Reichs zurückgekehrt war. Ihr Blick glitt über die verlaufene Tinte, und reglos wartete Lord Umbra, in seinen grauen Gewändern mit den Schatten verschmelzend, bis sie das Schriftstück an ihn weiterreichte.

»Die Angelegenheiten im Süden sind weiterhin angespannt, die

Unruhen an der Grenze scheinen sich zu verstärken. Unser Waffenstillstand mit dem Königreich Righa ist kaum mehr als ein brüchiges Konstrukt, das in letzter Zeit zunehmend gefährdet ist«, fasste er die Botschaft zusammen.

»Wir werden uns darum kümmern.« Sie warf den Raben in die Lüfte und gab ihm damit Schwung. Er stieß einen krächzenden Schrei aus, kreiste noch einmal über der Schlossmauer und verschwand dann unter der Brüstung. Sie wusste, er fand seinen Weg in die wellen- und sturmgepeitschte Falknerei am Fuße des Schlosses, wo er aufgepäppelt und dann erneut für die Überbringung von Nachrichten eingesetzt wurde. »Beruft die Versammlung ein.«

Das Protokoll verlangte, dass jede bedeutsame, die Zukunft des Landes betreffende Entscheidung im großen Rat mit den fünf Mondlords diskutiert und getroffen werden musste. Diese Regelung, festgelegt von ihrer Vorgängerin, ihrer eigenen Schwester Ashwind, sollte sicherstellen, dass niemals alle Macht des Reichs in einem einzigen Paar Hände lag, und war unumstößlich, wenngleich die High Lady diese elenden Verzögerungen leid war. Sie schätzte Lord Heathorn als Ratgeber, doch im Grunde genommen traf sie ihre Entscheidungen am liebsten schnell, eigenständig und kompromisslos.

Ein Teil von ihr wünschte, das Könighaus von Righa würde ihr einen Anlass bieten, den schwelenden Konflikten gewaltsam und mit einem einzigen, sauberen Schlag ein Ende zu setzen, doch es gab klügere Lösungen, und so zwang sie sich zur Ruhe. Eine Sache, die ihr in jüngeren Jahren unsagbar schwer gefallen war, die sie aber mittlerweile gut beherrschte.

»Sehr wohl.« Er senkte den Kopf. »Wenn ich einen Vorschlag unterbreiten darf… König Rhaol von Righa hat einen Sohn, der vor Kurzem die Volljährigkeit erreicht hat.«

Sie griff die Idee sofort bereitwillig auf. »Nichts festigt ein Friedensbündnis nachhaltiger als eine Heirat – zum Beispiel mit der Tochter eines der mächtigsten Männer des Landes.«

Während sie Seite an Seite zurück ins Gebäude traten und den Korridor entlangschritten, gab Lord Heathorn einem Bediensteten einen Wink, der daraufhin sofort loseilte. Es dauerte nur einen Augenblick, bis Lady Tulip aus einem der Salons trat, flankiert von zwei Edeldamen und gefolgt von einer Zofe, die eine golden schimmernde Schleppe sorgsam in den Händen trug: das Haar der jungen Lady. Man sagte, tausend Bürstenstriche seien Tag für Tag nötig, um die seidige Pracht zu pflegen, und das Flechten und Hochstecken der kunstvollen Zöpfe, die sich wie eine Krone um ihr Haupt wanden, nähme den ganzen Morgen in Anspruch.

High Lady Serpia wusste weder, ob die Mythen, die sich um Tulips Haarpflege rankten, der Wahrheit entsprachen, noch interessierte sie sich dafür, doch sie war eine starke Verfechterin der Ideologie, dass man Ressourcen nutzen sollte. Die Faszination, welche die Schönheit der goldhaarigen Lady auf viele Menschen ausübte, war eine solche Ressource.

Tulips Lippen waren rosig wie zwei Kirschblüten, das spitze Kinn verlieh ihrem Gesicht einen herzförmigen Eindruck. Lange Wimpern umkränzten die riesigen, tiefblauen Augen, die stets etwas erschrocken dreinblickten, als hätte man sie gerade aus einem tiefen Schlaf gerissen.

»Meine High Lady.« Tulips blütenweißes Seidenkleid raschelte, als sie erst vor ihrer Herrscherin einen anmutigen Knicks machte, dann vor dem Mondlord von Umbra. »Mein Vater.«

Der Lord legte seine langen Finger unter das Kinn seiner Tochter, hob ihr Gesicht an, drehte es im Licht hin und her und sah sie prüfend an. Als die High Lady zustimmend nickte, sagte er: »Du wirst dich vermählen, mein Kind.«

Ihre Haut war immer hell und ebenmäßig wie Milch, doch nun

schienen ihre Wangen sogar noch blasser zu werden. »Sehr wohl«, wisperte sie und blinzelte unter gesenkten Lidern empor. »Darf ich fragen ... mit wem?«

»Das wirst du zu gegebener Zeit erfahren«, lautete seine einzige Antwort, bevor er der High Lady, die einfach weiterging, folgte. Raben würden losgesandt werden, um die übrigen Mondlords zusammenzurufen. Die Versammlung des hohen Rats würde stattfinden, und doch war sie nicht mehr als eine bloße Formalität.

*

Zu Beginn war mir gar nicht aufgefallen, wie drastisch sich die Landschaft verändert hatte, so schleichend war dieser Wandel vor sich gegangen, doch je weiter wir nach Westen vordrangen, desto aufmerksamer betrachtete ich meine Umgebung. Ich sah Bäume mit seltsam glatten Stämmen und gezackten Blättern, die ich von zu Hause nicht kannte, und hüfthohe Blumen in den glühenden Farben der Sonne, die sich sachte im Sommerwind wiegten. Immer wieder durchschnitten Schluchten das Land und zwangen uns zu Umwegen, so scharf und tief, als hätte ein Riese die Erde mit einer gewaltigen Axt bearbeitet. Selbst die Luft roch anders, süßer, wilder, und ich genoss jeden Atemzug.

Mein Blick fiel auf Haze' dunklen und Kyrans blonden Haarschopf. Die beiden ritten vor mir, weil ich so in die Betrachtung der Landschaft versunken gewesen war, dass ich ein Stück zurückgefallen war, und schwiegen einander schon den ganzen Tag erbittert an. Ich biss mir auf die Unterlippe, um mir ein Schmunzeln zu verkneifen: So neidisch ich auch immer noch war, weil Haze das Pony ergattert hatte, das verglichen mit meinem Maulesel zweifellos die bessere Option darstellte, so lustig sah er damit neben Kyran auf seinem edlen Ross aus, welches das gescheckte Pony bei Weitem überragte.

Gerade, als ich das gedacht hatte, beugte sich Kyran zu Haze und teilte ihm gutmütig mit: »Wenn du im Trab die Bewegungen des Pferdes ausgleichst, statt wie ein nasser Sack im Sattel zu hängen, wird dein Hinterteil heute Abend nicht ganz so schlimm schmerzen.«

Sofort spannten sich Haze' Schultern an. »Ich danke Euch vielmals für den kostbaren Rat«, presste er zwischen zusammengebissenen Zähnen hervor.

Die Spannungen, die in der Luft lagen, waren förmlich greifbar. Kyran schien die Freundlichkeit in Person zu sein, doch all seine locker dahingesagten Scherze zielten darauf ab, Haze aus der Reserve zu locken und zu provozieren. Sie waren wie winzige spitze Pfeile, die aus der Deckung eines Lächelns heraus abgefeuert wurden und präzise ihr Ziel fanden. In manchen Momenten glaubte ich hinter seinem Lächeln etwas anderes zu erkennen, etwas Dunkleres, das aufblitzte und sich dann wieder hinter weißen Zähnen und gut gelaunten Worten verbarg.

Und Haze? Er bemühte sich zwar um oberflächliche Höflichkeit, gab sich aber keine Mühe, seine Abneigung zu vertuschen – eine Abneigung, die ich in dieser Intensität weder begriff, noch nachvollziehen konnte.

Ich versuchte, den Maulesel zu höherer Geschwindigkeit anzutreiben, doch er versteifte sich nur unter mir und zuckte unwillig mit den Ohren. Als es mir schlussendlich doch glückte, zwischen Haze und Kyran zu gelangen, bemühte ich mich um einen leichtherzigen Tonfall.

»Wir kommen gut voran, nicht wahr? Es ist, als hätten wir die gesamte Zeit Rückenwind, der uns vorantreibt.«

»Nicht mehr lange«, knurrte Haze und ließ mich hinter sich zurück. Ratlos starrte ich seinen Rücken und die breiten Schultern an.

»Nicht mehr lange?«, wiederholte ich leise.

»Er meint gewiss den Wald«, meinte Kyran.

Ich zuckte mit den Schultern. Ein Wäldchen hatten wir bereits hinter uns gelassen, eine Weile waren wir unter lichten Birken und Buchen geritten, was angesichts der Mittagshitze angenehm erfrischend gewesen war und Haze ganz bestimmt keinen Grund zu einem solch düsteren Tonfall bot.

»Der Gitterwald«, sagte Kyran so geduldig, als spräche er mit einem kleinen Kind.

Dieser Name war mir ein Begriff, er brachte etwas in meinem Kopf zum Klingeln, doch ich konnte ihn nicht genau zuordnen. Jemand hatte einen solchen Wald einst erwähnt, vielleicht Aphra oder Haze, aber in welchem Zusammenhang?

»Er wird so genannt, weil die Bäume an vielen Stellen so eng stehen, dass man sich wie in einer Gefängniszelle fühlt«, führte Kyran aus, dem mein fragender Blick nicht entging. »Verläuft man sich, wird der Wald zu einem Kerker, aus dem es kaum ein Entkommen gibt. So mancher Wanderer ist bereits darin verschwunden und niemals wieder aufgetaucht. Man kann tagelang, ja wochenlang, zwischen den dunklen, dichten Bäumen herumirren, zerkratzt von Dornen und mit dem unheimlichen Heulen wilder Tiere im Ohr, ohne einen Ausweg aus diesem Labyrinth zu finden. Alte Männer und leichtgläubige Weiber schwatzen gerne über die Schreie verirrter Wanderer, die im Wald verhungert und deren Seelen immer noch auf der verzweifelten Suche nach dem Waldrand sind.«

Obwohl die Spätnachmittagssonne aus voller Kraft schien, zog sich eine Gänsehaut über meine Unterarme, und verärgert versuchte ich, Kyran mit meinem Blick aufzuspießen. »Meinst du das ernst, oder versuchst du mir mit diesen Schauergeschichten nur Angst einzujagen?«

»Du bist kein leichtgläubiges Weib und ich kein alter Mann, nicht wahr? Aber Fakt ist, dass der Gitterwald vielen unvorsichtigen Reisenden das Leben gekostet hat. Und Fakt ist auch, dass man darin tagelang umherstreifen kann, ohne das Sonnenlicht zu sehen, weil die Baumkronen so dicht wachsen.«

Ich räusperte mich, um meine Stimme zu klären. »Und warum um alles in der Welt nehmen wir diesen Weg? Kann man den Wald nicht irgendwie … umgehen?«

Etwas blitzte im klaren Grün seiner Augen auf, ein Funke, von dem ich nicht sicher war, ob es sich um Mut, Leichtfertigkeit oder etwas Gefährlicheres handelte. Etwas, was mich einen Herzschlag lang an seinem klaren Verstand zweifeln ließ.

»Bist du denn nicht neugierig? Willst du es nicht mit eigenen Augen sehen, allen Gefahren zum Trotz? Das volle Leben spüren, in all seinen Facetten?«

Er hatte die Worte so heftig vorgebracht, dass ich irritiert die Stirn runzelte. »Da bin ich mir ehrlich gesagt nicht so sicher«, gab ich zu. Seinen Schilderungen zufolge klang die Aussicht darauf, alle Facetten des Gitterwaldes kennenzulernen und mit eigenen Augen zu sehen, nur bedingt reizvoll.

»Und außerdem gibt es einen Weg, der durch den Wald führt. Wir sollten nur nicht von ihm abweichen.« Da war es wieder, das Zucken um seine Mundwinkel, das sich verstärkte, als ich erleichtert aufatmete. Ein Weg, der verhindern würde, dass wir uns hoffnungslos verirrten! Das ließ die ganze Angelegenheit natürlich weit weniger bedrohlich erscheinen.

»Im Übrigen würde es einen gewaltigen Umweg bedeuten, den Wald zu umrunden«, fuhr er fort. »Er ist gigantisch, erstreckt sich bis tief in den Süden und weit gen Norden. Aber an manchen Stellen ist er recht schmal, sodass es wesentlich schneller ist, ihn zu durchqueren, als um den gesamten Wald herum zu reiten. Ich habe keine Lust auf unnötige Verzögerungen, du etwa?«

Ich schüttelte den Kopf. »Auf gar keinen Fall. Ich bin auch für den direkten Weg.« Unwillkürlich griff ich zu meinem Amulett, das mich stetig und ohne Umwege geradeaus leitete, dorthin, wo offensichtlich der Wald auf uns wartete. Als Kyrans Blick meiner Handbewegung folgte, ließ ich das Schmuckstück in meinem Kragen verschwinden und trieb mein Maultier an, das sich zu meiner Überraschung tatsächlich zu einem halbmotivierten Trab hinreißen ließ. So schloss ich zu Haze auf, der starr geradeaus blickte.

»Sag mal, was weißt du denn über diesen Wald, der vor uns liegt?«

»Dass er gefährlich ist«, antwortete er knapp, ohne mich eines Blickes zu würdigen.

»Oh. Ja, das habe ich mittlerweile auch schon vermutet«, seufzte ich. Dann senkte ich meine Stimme. »Haze … bist du wütend auf mich? Ich wollte doch …«

»Und ich weiß, dass wir ihn heute nicht mehr erreichen«, fuhr er laut fort, als hätte ich nichts gesagt. »Vielleicht morgen, vielleicht am Tag danach. Jetzt sollten wir unser Lager aufschlagen, bald wird es dunkel, und die Tierspuren lassen darauf schließen, dass wir bald eine Wasserstelle erreichen: vielleicht einen See, einen Bach oder zumindest einen Teich.«

Ich zuckte zusammen. Wenn ich bislang daran gezweifelt hatte, dass er mir böse war, wusste ich es spätestens jetzt mit Sicherheit. Doch das war nicht der richtige Moment, um das zu besprechen, nicht während wir ritten und ich versuchte, meinen Maulesel daran zu hindern, den Kopf zu senken und einfach Grasbüschel auszureißen, und auch nicht, während Kyran keine fünf Armlängen von uns entfernt war. Also verschob ich das Gespräch auf später, wenngleich es mich danach drängte, alle Unstimmigkeiten sofort aus der Welt zu schaffen, und konzentrierte mich vorerst auf das, was erledigt werden musste: einen Platz für unser Nachtlager zu finden.

Zwar sah ich keinerlei Tierspuren, doch was derlei Dinge betraf, vertraute ich Haze blind. Und das zurecht, denn kurz darauf wurde mein Maulesel unruhig, beschleunigte sein Tempo und verfiel einfach in einen holprigen Galopp, während ich hilflos an den Zügeln zerrte und mich im Sattel zu halten versuchte, und steuerte geradewegs auf ein paar Bäume zu, zwischen denen ich Wasser erspähte. Das Tier senkte den Kopf und begann gierig zu trinken, als sei ich überhaupt nicht da. Schicksalsergeben seufzend kletterte ich von seinem Rücken, streckte meine schmerzenden Beine, blickte Haze und Kyran entgegen und fragte mich, wie ich die Dinge zwischen mir und meinem besten Freund nur wieder geraderücken sollte.

*

Haze blickte nicht von dem Hasen auf, den er gerade häutete, obwohl er bemerkt haben musste, dass ich vor ihn getreten war und zögerlich an den Ärmeln meines Kleides herumzupfte.

Unstimmigkeiten zwischen uns machten mich krank. Ich konnte damit umgehen, wenn er mich ärgerte, wenn wir einander mit frechen Bemerkungen provozierten oder miteinander rauften, wenngleich das seit Jahren nicht mehr vorgekommen war. Aber dieses Schweigen verursachte mir Übelkeit und einen dicken Kloß im Hals.

»Haze«, sagte ich leise.

Nur an der Art, wie er die dunklen Augenbrauen zusammenzog, erkannte ich, dass er mich überhaupt gehört hatte, während er fachmännisch ein paar Schnitte mit seinem Jagdmesser setzte und das Hasenfell dann mit einer einzigen Bewegung abzog. Das Licht der untergehenden Sonne spiegelte sich auf der Klinge und verschmolz mit dem Rot des frischen Bluts.

Ich räusperte mich. »Haze! Willst du nicht zumindest mit mir reden?«

»Sag deinem Lackaffen, dass er sich selbst etwas zu essen beschaffen muss – vielleicht eine Zuckerpastete, falls er so etwas im Wald findet, oder was auch immer Kerle wie er essen«, ätzte er. »An dem Hasen ist nicht viel dran, das reicht nur für uns beide.«

»Er ist nicht *mein* Lackaffe.«

Er zuckte ungeduldig mit den Schultern. »Du hast ihn angeschleppt, nun kümmere dich darum, dass er nicht im Weg ist oder unsere Vorräte isst.«

Ich atmete tief durch. »Ich weiß, dass du wütend bist. Ich hätte das nicht über deinen Kopf hinweg entscheiden dürfen.«

»Nein, hättest du nicht.« Seine Stimme hätte Stahl schneiden können.

»Aber Haze, er war doch ohnehin fest entschlossen! Wie hätten wir ihn denn daran hindern sollen, uns zu begleiten und sich in unserer Nähe aufzuhalten? Du hast ihn doch gehört – er wäre nicht einfach weitergereist. Die Straßen gehören uns nicht.«

Endlich hielt er in seinem Tun inne, rammte das Messer kräftig in den Boden, wo es steckenblieb, stand auf und verschränkte die Arme vor der Brust. »Vielleicht hätte er ja doch einfach das Weite gesucht, wenn du nicht gleich eingeknickt wärst. Wenn wir ihm energisch klargemacht hätten, dass wir auf seine Gesellschaft keinen Wert legen.«

»Oder auch nicht. Vielleicht wäre er wütend geworden.« Aber das war nicht der wahre Grund, warum ich so schnell nachgegeben hatte. Die Wahrheit war, dass ich sehr wohl Wert auf Kyrans Gesellschaft legte, und an dem Blick, mit dem Haze mich jetzt maß, erkannte ich, dass er das ganz genau wusste.

»Ich begreife einfach nicht, warum du ihm so bereitwillig vertraust«, murmelte er. »Er ist irgendein Fremder, über den wir so gut wie nichts wissen.«

»Wir wissen, dass er uns vor einem Blutwolf gerettet hat.«

»Eigentlich scheinst du sogar einiges über ihn zu wissen.« Er trat einen Schritt zurück, die Arme immer noch vor der Brust verschränkt. »Seinen Namen. Und dass er mit irgendwelchen Soldaten unterwegs war. Ihr habt euch rasend schnell angefreundet, nicht wahr?«

Ich hielt seinem Blick stand. »Weißt du was? Du hast recht, wir wissen kaum etwas über ihn. Und nein, ich kann nicht ausschließen, dass er uns im Schlaf massakriert, oder was auch immer es sein mag, was du befürchtest. Er zählt nicht zu der Handvoll Menschen im Dorf, mit denen wir aufgewachsen sind, und ist somit ein Fremder. Aber wenn wir jedem Menschen so misstrauisch begegnen, der nicht aus dem Dorf stammt, haben wir eine harte Zeit vor uns.«

Einen Moment lang standen wir einander schweigend gegenüber, keiner von uns wandte den Blick ab, und nicht zum ersten Mal in meinem Leben wünschte ich, Haze wäre kein solcher Dickkopf. Dass er Fremden misstraute, überraschte mich nicht, doch ich wurde den Eindruck nicht los, dass mehr dahintersteckte. Ein Gedanke drängte sich mir auf: Verspürte

Haze womöglich Neid, weil ein Edelmann wie Kyran vermutlich genau die Art von Leben führte, von der er selbst nur sehnsüchtig träumen konnte?

Beklommen betrachtete ich sein versteinertes Gesicht, doch gerade als ich meinte, es nicht mehr aushalten zu können, kam er wieder einen Schritt auf mich zu, sodass er direkt vor mir aufragte und ich den Kopf in den Nacken legen musste, um zu ihm hochzuschauen. Nicht zum ersten Mal fiel mir auf, wie groß er geworden war, wie stark und stattlich. Er war mir so nah, dass ich seinen Atem auf meiner Stirn spürte und mir der Duft seiner Haut in die Nase stieg, und plötzlich wusste ich nicht mehr genau, was ich gerade noch gedacht hatte. Da war eine Seite an ihm, die ich nicht ganz begriff, die mir fremd war und die ich doch besser kennenlernen wollte. Der Blick aus seinen dunklen Augen war schwer zu deuten, und plötzlich fühlte ich eine seltsame Scheu in mir aufsteigen, ohne dass ich den Grund dafür so recht begriff.

Er hob eine Hand – und ehe ich mich fragen konnte, was er vorhatte, schnipste er mit dem Zeigefinger gegen meine Stirn.

Ich riss die Augen auf, meine Anspannung machte sich in einem prustenden Lachen Luft, ehe ich seine Hand beiseiteschlug und so tat, als wollte ich danach schnappen. Mit einer Hand auf meiner Stirn hielt er mich auf Abstand, damit ich ihn nicht beißen konnte, doch das bewahrte ihn nicht vor einem Fausthieb in die Seite, als ich mich unter seinem Griff hinwegduckte.

»Na hör mal, ist das das Betragen einer Lady? Struppiger Wildfang.«

Ich wischte mir die zerzausten Haare aus der Stirn. »Besser ein Wildfang als ein abscheuliches Monster.« Das Lachen perlte in meiner Kehle.

»Na schön.« Er grinste schief. »Wenn dein Lackaffe uns im Schlaf ermordet, mache ich dich persönlich dafür verantwortlich.«

Erleichtert atmete ich auf. »In Ordnung. Falls er das tun sollte, ist dir zumindest meine aufrichtige Entschuldigung sicher.«

Er kniete sich wieder hin, machte sich daran, das Feuer zu schüren, auf dem er den Hasen rösten wollte, und ehe ich meine Hilfe anbieten konnte, sagte er: »Übrigens wäre das die Gelegenheit, ein Bad zu nehmen. Wer weiß, wann wir das nächste Mal die Chance dazu haben. Ich werde später auch noch ins Wasser springen.«

Ich zog eine Augenbraue hoch. »Hast du mir gerade durch die Blume mitgeteilt, dass ich stinke?«

Sein Gelächter begleitete mich, als ich schmunzelnd zum Wasser lief, und erweckte in mir die Hoffnung, dass zwischen uns wieder alles in Ordnung war.

Kapitel 10
Spiegelndes Wasser

Es war kein See, nur ein Weiher, doch das Wasser war sauber und klar. Kleine Fische huschten vor meinen Füßen davon, als ich durch den schilfbewachsenen Uferbereich stakste und genussvoll seufzend ins Wasser eintauchte. Haze hatte ganz recht gehabt, ein Bad war eine vorzügliche Idee. Obwohl wir gerade mal seit einem Tag unterwegs waren, hatte das Leinenkleid an meiner sonnenwarmen, verschwitzten Haut geklebt, meine Muskeln waren von der ungewohnten Belastung verspannt und mein Hinterteil schmerzte.

Meine Kleidung hatte ich ausgezogen und am Ufer zurückgelassen, nur ein dünnes Leinenunterhemd, das bis zu meinen Oberschenkeln reichte, trug ich noch, und natürlich baumelte das Amulett nach wie vor um meinen Hals. Nachdem ich mich verstohlen umgeblickt hatte und zu dem Schluss gelangt war, dass mich niemand sehen konnte – Haze war immer noch mit der Zubereitung des Kaninchens beschäftigt, Kyran vermutlich unterwegs, um für sich selbst Nahrung zu beschaffen – wagte ich es kurzerhand, auch noch das Hemdchen auszuziehen und an Land zu werfen.

Wie kühle Seide umfing das Wasser meinen Körper, ein paar kraftvolle Schwimmzüge brachten mich weit auf den Weiher hinaus und die Anstrengungen des langen Ritts waren vergessen. Ich glitt durchs Wasser wie ein Fisch, tauchte unter und ließ mich eine Weile auf dem Rücken treiben, den Blick aus halb offenen Augen auf die vorbeiziehenden Wolken am Himmel gerichtet. Dann nutzte ich das verbleibende Licht, um im flacheren Wasser meine Haare zu waschen. Die Sonne ging gerade unter und tauchte den Himmel in einen sanften, rosa Schein, der sich auf dem Weiher spiegelte. Verzückt berührte ich die zartrosa Oberfläche, erfreute mich an den Kräuselwellen – und zuckte zusammen, als ich ein Platschen hörte, das ich nicht selbst verursacht hatte, so laut, als stammte es von einem größeren Tier, das gerade ins Wasser gegangen war – oder von einem Menschen.

Alarmiert sah ich mich um, automatisch rechnete ich mit einer Gefahr. War ich immer schon so ängstlich und vorsichtig gewesen, oder ließ ich mich von Haze' Paranoia anstecken? Oder hatten meine Instinkte recht, und Vorsicht war tatsächlich angebracht?

Ohne weiter über diese Fragen nachzudenken, wich ich ganz langsam zurück und vermied jede unnötige Bewegung, um keine Geräusche zu verursachen. Mein Kleiderbündel lag ganz nahe am Weiher, und ich wagte mich in geduckter Haltung gerade so weit aus dem Wasser, dass ich es erreichen und etwas Hartes, Kaltes aus dem Stoff schälen konnte: Haze' Geschenk. Federleicht lag der Wurfdolch in meiner Hand, als ich lautlos wieder ins Wasser eintauchte, wo ich besser vor Blicken geschützt war. Bis zum Kinn verbarg ich mich im kühlen Nass, indem ich ein wenig in die Knie ging, nur ein Teil meines Kopfes ragte heraus, meine Haare breiteten sich wie ein schwarzer Teppich um mich herum aus.

Da war es wieder, das Geräusch, ein Plätschern, dessen Verursacher ich nicht sah, weil ihn das hohe Schilf vor meinen Blicken verbarg. Wenn sich da wirklich ein gefährliches Tier befand, das am Weiher trank oder darin badete, wäre es vielleicht das Klügste gewesen, still und heimlich das Weite zu suchen, doch eine unvernünftige Neugier trieb mich voran. Ich wollte zumindest einen Blick darauf erhaschen, und so wagte ich mich langsam weiter vor, die Hand mit dem Dolch wurfbereit aus dem Wasser erhoben, bis ich am mannshohen Schilf vorbeiblicken konnte.

Kein wildes Tier, sondern ein Mann.

»Kyran«, formten meine Lippen stumm.

Bis zum Bauch stand er im Wasser und wusch sich. Die Haare, die er sonst im Nacken zusammengefasst trug, fielen offen wie gesponnenes Gold über seine Schultern. Sein Hemd hatte er ausgezogen, und unwillkürlich fragte ich mich, ob der Rest seines Körpers, der gerade unter Wasser lag, ebenso nackt war wie sein Oberkörper. Die Sonne tauchte nicht nur das Wasser in ihren warmen Schein, sondern auch Kyrans nackte Haut, und einen Moment lang konnte ich einfach nicht anders, als stehenzubleiben und hinzusehen. Ich wusste, es war nicht angebracht, ihn heimlich anzustarren, ich hätte mich diskret zurückziehen oder mich zumindest bemerkbar machen müssen, doch stattdessen verweilte ich, völlig außerstande, den Blick von ihm abzuwenden.

Weil er so schlank war, nicht zuletzt neben dem breitschultrigen Haze, hatte ich bisher nicht angenommen, er sei übermäßig stark, doch nun fiel mir auf, dass man ihn nicht unterschätzen sollte. Straffe Muskeln bewegten sich unter goldener Haut, man merkte ihm an, dass er sein Leben nicht auf seidenen Kissen in Adelsschlössern verbrachte. Doch eines zog meinen Blick mehr an als die Tatsache, wie durchtrainiert er war,

131

und das war die helle Narbe, die ich auf seinem Rücken sah, als er sich kurz umdrehte. Wie ein silberweißer Lichtstrahl zog sie sich von seinem Nacken ausgehend zwischen den Schulterblättern hindurch, wie eine kerzengerade Linie.

Er war schön, geradezu unwirklich schön, und diese Narbe trug sogar noch dazu bei. Ich hätte gerne die Geschichte dahinter erfahren, wäre einfach zu ihm gegangen und hätte ihn danach gefragt, hätte mit ihm gesprochen, hätte sogar diesen silbernen Streifen inmitten der goldenen Haut berührt – *und ich verlor ganz offensichtlich gerade den Verstand.*

Beschämt von meinen eigenen Gedanken, bei denen ich mich gerade ertappt hatte, tauchte ich noch tiefer in den Weiher ein. Trotz der Kälte des Wassers war mir warm, sogar heiß, und meine Wangen schienen zu glühen – ein Umstand, der einzig und allein auf meine Verlegenheit zurückzuführen war, keineswegs etwa darauf, dass mich der Anblick dieses Mannes durcheinanderbrachte.

Als hätte er meine Gedanken gehört oder meinen Blick gespürt, schaute er plötzlich zu mir, und sein Grinsen reichte von einem Ohr bis zum anderen. Ich hätte mich für meine Unvorsichtigkeit ohrfeigen können. Schon zum zweiten Mal hatte er mich dabei ertappt, wie ich ihn verstohlen beobachtete. Was musste er bloß über mich denken? Als ich spürte, dass mir die Röte in die Wangen stieg, war ich plötzlich froh, dass sich mein halber Kopf unter Wasser befand.

»Ich kann dich sehen, Rabenmädchen, auch wenn du bis zur Nase untertauchst«, gluckste er. »Es ist wohl eine schlechte Angewohnheit von dir und Haze, mit Waffen auf mich zu zielen.«

Rasch ließ ich den Dolch sinken, mit einem Platschen

tauchte meine Hand mitsamt Waffe ins Wasser ein. »Das war überhaupt nicht meine Absicht«, verteidigte ich mich schwach.

»Natürlich nicht. Deine Absicht war es ja schließlich, mir beim Baden aufzulauern und mich aus dem Hinterhalt zu beobachten, das habe ich schon begriffen.«

»Das ist doch Unsinn! Ich … ich habe nur ein Geräusch gehört und wollte herausfinden, was los ist.« Meine Empörung war größtenteils der Tatsache geschuldet, dass er voll und ganz richtiglag.

Unter seinem intensiven Blick wurde mir erst so richtig bewusst, dass ich ebenso nackt war wie er, und mit einem Mal fühlte ich mich schrecklich entblößt und verletzlich. Obwohl er bei den Lichtverhältnissen vermutlich überhaupt nicht erkennen konnte, was sich unter der spiegelnden Weiheroberfläche befand, verschränkte ich die Arme vor meinem Oberkörper und ließ mich noch tiefer ins Wasser sinken, bis ich beim Ausatmen Blubberblasen aufsteigen ließ. Kyran hingegen schien keine solche Scheu zu kennen, nach wie vor stand er mir aufrecht gegenüber, während das Wasser seinen flachen Bauch umspielte.

Plötzlich nahm sein Blick einen lauernden Ausdruck an. »Wirf nach mir.«

Verständnislos legte ich den Kopf schief. »Was bei allen fünf Monden meinst du?«

»Der Dolch. Du hast damit auf mich gezielt, als wolltest du mich ernsthaft treffen – dann tu es doch einfach. Wirf.«

»Hast du den Verstand verloren? Auf gar keinen Fall! Ich könnte dich verletzen.«

»Das bezweifle ich ernsthaft«, versetzte er trocken.

Ich schnaubte. »Wenn du nun also fertig bist mit schlechten Scherzen …«

Doch immer noch sah er mich auf diese seltsame, herausfordernde Weise an. »Kein Scherz, sondern mein Ernst. Tu es, Rabenmädchen. Oder traust du dich nicht?«

Es gefiel mir nicht, dass es ihm schon wieder geglückt war, mich durcheinanderzubringen. Was wollte er mit dieser unsinnigen Aufforderung erreichen? Was täte er wohl, wenn ich seinen Worten Folge leistete, den Dolch tatsächlich nach ihm schleuderte und sein selbstgefälliges Grinsen damit fortwischte?

»Ich habe keine Lust auf deine Spiele«, murmelte ich, wandte mich ab und bereitete mich auf den Rückzug vor.

»Wirf, Lelani.«

Sein Tonfall war so provokant, dass ich zu ihm herumfuhr, ehe ich einen klaren Gedanken fassen konnte, und die Hand mit der Klinge hochriss. Das Grinsen war aus seinem Gesicht verschwunden, er hatte die Arme lässig hinter dem Kopf verschränkt. Ich dachte nicht einmal darüber nach, dass das Wasser meinen Körper nicht mehr verbarg, als ich hochschnellte, ausholte und warf. Mein Schreckenslaut überholte den Dolch, bestürzt schlug ich mir die Hand vor den Mund und riss die Augen auf, doch die Waffe traf nicht. Nicht einmal fast. Mehrere Armeslängen von Kyran entfernt plumpste sie mit einem lauten Platschen ins Wasser und versank sofort wie ein Stein.

Kyrans schallendes Gelächter durchbrach die Stille, er hielt sich den Bauch und bog sich vor Lachen. »So in etwa habe ich mir das vorgestellt«, japste er.

Ich fand das überhaupt nicht zum Lachen. Schon war ich wieder bis zum Kinn untergetaucht und wartete darauf, dass sich mein rasender Puls beruhigte. »Und wenn ich dich getroffen hätte?«, fauchte ich. »Dann fändest du das gar nicht so komisch!«

Er machte eine wegwerfende Handgeste. »Ausgeschlossen. Bestenfalls durch einen gewaltigen Zufall, und auch das nur, wenn der Wind günstig gestanden hätte.«

»Und wenn dieser Zufall doch eingetreten wäre?« Verständnislos schüttelte ich den Kopf. »Hängst du denn nicht an deinem Leben?«

Es war eine rein rhetorische Frage gewesen, doch er schien wirklich kurz darüber nachzudenken, bevor er mit den Schultern zuckte. »Ein wenig schon. Aber nicht so sehr, dass ich mir diesen Spaß entgehen lassen würde, dich bei einem Wurfversuch zu sehen.«

Ich biss mir auf die Unterlippe, um mich selbst daran zu hindern, ihm eine Beschimpfung an den Kopf zu werfen. »Und jetzt ist mein Dolch weg.« Wieso um alles in der Welt hatte ich mich von ihm so sehr zur Weißglut treiben lassen?

Statt einer Antwort tauchte Kyran unter. Einen Moment lang starrte ich erschrocken auf die Wasseroberfläche, die im Licht der untergehenden Sonne langsam immer dunkler wurde, und unter der ich Kyran nicht sah. Ich hatte keine Ahnung, wo genau er sich befand, ob er sich mir näherte, und rechnete halb damit, dass er plötzlich nach mir greifen würde. Stattdessen tauchte er plötzlich wieder auf und hielt den Dolch triumphierend hoch, streckte ihn mir auffordernd entgegen. Nass und dunkel wie Algen klebten die Haare an seinem Kopf und seinen Schultern. Widerstrebend watete ich auf ihn zu, wobei ich penibel darauf achtete, nicht mehr als meine Schultern zu entblößen, und griff nach meiner Waffe.

»Gib mir das«, forderte ich, als ich nach dem Wurfdolch griff und er ihn nicht losließ.

Vorsichtig hielt er die Klinge zwischen den Fingern, während ich den Griff umfasste, und einen Moment lang standen

wir einander so gegenüber – er ließ sich sogar ebenso wie ich
bis zu den Schultern ins Wasser sinken, sodass er sich auf meiner Augenhöhe befand.

»Woher wusstest du es?«, fragte ich leise, während wir beide
den Dolch festhielten. »Warum warst du dir so sicher, dass ich
nicht treffe?«

»Die Art, wie du ihn gehalten hast, so als wüsstest du gar
nicht, was du da in der Hand hast. Es ist mir schon aufgefallen,
als du dem Blutwolf gegenüberstandest. Ich bezweifle ernsthaft, dass du damit irgendjemandem Schaden zufügen kannst.«

So gern ich auch widersprochen hätte, er hatte recht. Das
Leben im Dorf war so gut wie nie gefährlich gewesen, es hatte
nie die Notwendigkeit bestanden, mich selbst zu verteidigen.
Ich wusste nicht, wie man einen Dolch warf, einen Pfeil ab-
schoss, ein Schwert schwang. Das schärfste Instrument, dessen
Umgang mir vertraut war, war das kleine Sichelmesser, mit
dem mich Aphra manchmal losgeschickt hatte, um Heilpflan-
zen zu ernten. Jetzt jedoch, angesichts meiner Reise ins Ungewisse, wünschte ich, ich hätte etwas mehr Übung.

»Ich muss nicht mit Waffen umgehen können«, murmelte
ich in einem vergeblichen Versuch, mich selbst davon zu überzeugen. »Mir wird nichts geschehen.«

Kyran war ebenso wenig überzeugt wie ich selbst. »Das
wünsche ich dir.« Es klang aufrichtig.

Ich war mir seiner Nähe überdeutlich bewusst, blickte auf
unsere Hände, die sich beinahe berührten, glaubte sogar die
Wärme seines Körpers durch die Kälte des Wassers hindurch
zu spüren. Ich wusste nicht genau, wie lange wir so verharrten,
nur für einen kurzen Augenblick oder vielleicht doch viel länger, bis Kyran den Dolch losließ.

»Du zuerst«, murmelte ich, und diesmal machte er keine lästigen Scherze, sondern nickte.

Ich hielt den Blick gesenkt, während er den Weiher verließ. Ein Lächeln stahl sich auf meine Lippen, als mir auffiel, dass er vor sich hin pfiff, sodass ich wusste, dass er sich entfernte. Dennoch war ich froh über den Schutz der hereinbrechenden Dunkelheit, als ich selbst ans Ufer krabbelte und in meine Kleider schlüpfte wie in einen Schutzpanzer.

Kapitel 11
Gitterwald

Das Feuer, das wir zum Zubereiten unseres Essens genutzt hatten, prasselte immer noch leise vor sich hin – es sollte uns nicht nur in der Nacht wärmen, sondern auch wilde Tiere fernhalten, hatte Haze gesagt. Ich wünschte, er hätte die wilden Tiere gar nicht erwähnt, denn nun lauschte ich in die Dunkelheit und hoffte inständig, das Feuer würde nicht ausgehen.

Mit unseren Decken hatten wir uns auf den weichen Wiesenboden gelegt, so nah an die Glut, dass ich die Hitze auf meiner Haut spüren konnte. Rauchschwaden tanzten vor dem nachtblauen Sternenhimmel, zu dem ich emporblickte. Nie zuvor hatte die Weite des Himmelszeltes auf mich bedrückend gewirkt, doch jetzt fühlte ich mich winzig klein und unbedeutend. Jedes Knacken aus den Büschen ringsumher ließ mich zusammenzucken.

Es war nicht das erste Mal, dass ich unter freiem Himmel schlief, aber das erste Mal, dass ich mich dabei nicht unmittelbar neben Aphras Hütte oder dem Dorf befand, und auch das erste Mal, dass zwei Männer nur einige Meter entfernt von mir lagen.

Beschämt ließ ich den Vorfall am Weiher in Gedanken Revue passieren, Bilder von nackter Haut und einem spöttischen

138

Grinsen blitzten in meinem Kopf auf, und ich wünschte mir sehnlichst, ich könnte einen Schutzwall um meinen Verstand bauen, um Kyran daran zu hindern, darin Unheil zu stiften. Noch immer spürte ich diese seltsame Wärme in meinem Inneren, und etwas sagte mir mit absoluter Sicherheit, dass das nicht nur daran lag, dass ich mich so schrecklich schämte.

Die paar Mädchen im Dorf, die sich in meinem Alter befanden, tuschelten gerne über Männer, schauten den Holzfällerburschen verstohlen hinterher, die in leichten Hemden und mit schweren Äxten in den Wald gingen, und suchten auf dem Marktplatz ihre Gesellschaft. Früher oder später wollte man eine Familie gründen, pflegten sie zu sagen, und natürlich wollte man das nicht mit irgendeinem ungehobelten, unattraktiven Kerl tun. Ich verstand, was sie meinten, doch gleichzeitig schreckte ich vor solchen Gedanken zurück. Eine Familie gründen? Mein restliches Leben mit einem der jungen Männer verbringen, die im Wald, auf den Feldern oder im Dorf arbeiteten, ihm Kinder schenken und für diese kleine Familie sorgen? Das war gewiss ein gutes Leben, aber nicht für mich. Nicht, bevor ich mehr von der Welt gesehen hatte, und möglicherweise sogar niemals. Bei der bloßen Vorstellung fühlte sich meine Brust ganz eng an, als sei ich in einen viel zu kleinen Raum gesperrt, in dem die Luft allmählich knapp wurde.

Und keiner der Typen, die ich kannte, hatte mich je so verwirrt, wie Kyran es tat. Ich hatte nie so recht nachvollziehen können, warum jene Mädchen erröteten, wenn sie über einen Mann sprachen, der ihre Aufmerksamkeit gefesselt hatte, doch nun fühlten sich meine eigenen Wangen immer noch verdächtig warm an.

Es lag daran, dass er mir so fremdartig erschien, so ganz anders als die Leute, die ich sonst kannte. Und daran, dass ich

mich noch nie völlig unbekleidet einem Mann gegenüberge-
funden hatte. Wie könnte mich das nicht nervös machen? Sogar jetzt noch glaubte ich, die Nähe von Kyrans Körper zu spüren, so als strahlte er eine Hitze ab, die ich wahrnahm, obwohl
er auf der anderen Seite des Feuers schlief.

Was ich jedoch beinahe am Schlimmsten fand, war, dass ich
den Dolch tatsächlich nach ihm geworfen hatte. Ja, ich hatte
ihn verfehlt, und ja, das war recht wahrscheinlich gewesen, weil
ich nun einmal nicht mit der Waffe umgehen konnte, aber
dennoch war ich über mich selbst schockiert. Ich hatte immer
geglaubt, niemand könnte mich so sehr provozieren, dass ich
eine potenziell tödliche Klinge nach ihm schleuderte, doch Kyran hatte mich eines Besseren belehrt. Er brachte eine Seite in
mir zum Vorschein, die ich nicht begriff und die mich beunruhigte.

Seufzend gab ich mein Bestes, um ihn aus meinem Kopf zu
vertreiben, doch das, was mir stattdessen in den Sinn kam, half
mir auch nicht beim Einschlafen: Aphra fehlte mir unglaublich. Ohne sie, die immer in meiner Nähe gewesen war und in
jeder Lage einen Ratschlag für mich gehabt hatte, fühlte ich
mich verloren und haltlos in dieser Welt.

Ein Knacken im Unterholz ließ mich hochfahren, ich sah
schon die langen Zähne des Blutwolfs vor mir, doch Haze, der
noch wach war, saß entspannt vor dem Feuer und stocherte
mit einem Ast in der Glut.

»Marder«, formten seine Lippen, und beruhigt ließ ich
mich zurück auf meine Decke sinken: Wenn da irgendetwas
Gefährlicheres gewesen wäre, hätte er das auf jeden Fall bemerkt. Ich war zwar fern von zu Hause, aber ich war nicht alleine. Mit diesem Gedanken im Kopf und meinem Medaillon

in der Hand fand ich schließlich in einen tiefen, traumlosen Schlaf.

*

Je näher wir dem Gitterwald kamen, desto mehr wuchs meine Nervosität, aber auch meine Neugier. Kyrans Worte hatten in mir Bilder eines düsteren, gefährlichen, aber auch unsagbar interessanten Ortes heraufbeschworen, und so gern ich mich auch von den Gefahren, die dort lauerten, ferngehalten hätte, so sehr brannte ich auch darauf, in den Schatten der Bäume einzutauchen. Kyran hatte recht, auch ich wollte diesen Ort mit eigenen Augen sehen.

Noch war von imposanten Tannen und dichtem Gebüsch allerdings nichts zu sehen. Wir ritten über weite Wiesen, unser Weg führte uns stetig leicht bergauf. Das Amulett leitete mich so kontinuierlich geradeaus, als sei ein unsichtbarer Faden ganz straff zwischen meiner Brust und meinem Ziel gespannt, der mich vorwärtszog.

Haze hinterfragte nicht, welche Richtung ich einschlug – er wusste ja, dass der Mondstein die Richtung vorgab – und orientierte sich stumm an mir. Und Kyrans Ziel, das Schloss in Navalona, schien genau in derselben Richtung zu liegen, also hatte auch er keine Einwände gegen die Route.

Das war allerdings bedauerlicherweise das einzige Thema, in dem sich Haze und Kyran einig waren. Als die Sonne ihren höchsten Punkt überschritten hatte, hätte ich die beiden am liebsten gezwungen, sich die Hände zu reichen, so wie Aphra es von mir und Haze verlangt hatte, wenn wir als Kinder zankten.

»Nun sind wir schon seit gestern gemeinsam unterwegs,

und ihr habt mir euer Ziel noch nicht verraten«, meinte Kyran scheinbar beiläufig. »Ich will ja nicht neugierig sein, aber …«

»Dann ist ja gut.« Haze zuckte mit den Schultern. »Wir sind auch nicht neugierig. Dass wir eine Weile nebeneinanderher reiten, bedeutet schließlich noch lange nicht, dass wir unsere Geheimnisse miteinander teilen müssen.«

»Geheimnisse! Wie aufregend. Ich liebe ein gutes Geheimnis.« Die Geste, mit der Kyran seine Worte unterstrich, wirkte etwas geziert, und diesmal lag eine deutliche Aufforderung in seinem Tonfall.

Stoisch blickte ich auf die struppige Mähne des Maulesels hinab. Dass ich Kyran aus irgendeinem Grund gerne in meiner Nähe hatte, bedeutete noch lange nicht, dass ich ihm vorbehaltlos vertraute und ihm den Grund für meine Reise verraten wollte. Und dass er sich einen Spaß daraus machte, Haze zu ärgern, nervte mich zunehmend.

Eine Weile war nichts außer Hufgetrappel und Vogelgezwitscher zu hören, dann unternahm Kyran einen weiteren Versuch. Er lenkte seine Rappstute näher an meinen Maulesel heran, sodass sich unsere Beine beinahe berührten.

»Wenn ich es mir recht überlege, interessiert mich doch sehr, welches geheime Motiv zwei Dorfkinder wie euch in die große Welt hinaustreibt. Einen triftigen Grund werdet ihr wohl haben, wenn ihr zwei wehrlosen Hasen die Sicherheit eurer kleinen, beschaulichen Heimat verlasst.«

Ich brach mein Schweigen nicht, doch Haze hatte sich weniger gut unter Kontrolle. Als wehrlosen Hasen konnte man mich möglicherweise bezeichnen, ihn aber gewiss nicht, und es ging ihm sichtlich gegen den Strich, von Kyran auf diese Weise getriezt zu werden. »Genauso, wie ein verwöhnter Lackaffe gewiss einen Grund hat, sein seidentapeziertes Gemach in Vaters

142

Schloss zu verlassen und sich mit ländlichem Pöbel wie uns abzugeben. Aber wir kennen Eure Motive nicht, ebenso wenig wie Ihr unsere, und dabei sollten wir es besser belassen. Man muss keine Nähe erzwingen, wo keine sein sollte.«

Theatralisch legte sich Kyran eine Hand aufs Herz. »Mein guter Freund! Das klingt ja beinahe so, als könntest du mich nicht leiden. Wenn ich es nicht besser wüsste, wäre ich zutiefst verletzt.« Jedes Wort war ein winziger Pfeil im seidenweichen Kostüm, dazu gemacht, Haze zu piesacken, und das offensichtlich aus keinem anderem Grund als dem reinen Vergnügen.

Ich verdrehte die Augen gen Himmel. Was auch immer die spontane Antipathie zwischen den beiden hervorgerufen hatte: Früher oder später würde es mich in den Wahnsinn treiben. Warum Haze so empfindlich auf die Provokationen reagierte und einem Fremden misstraute, über den er kaum Informationen hatte, konnte ich noch halbwegs verstehen, wenngleich ich seinen Groll überzogen fand. Wieso Kyran Haze jedoch nicht einfach in Frieden ließ, war mir unbegreiflich, wo ihm dessen Abneigung doch schwerlich entgehen konnte.

Und als seien die beiden jungen Männer nicht anstrengend genug, schien der Maulesel es sich heute zum Ziel gesetzt haben, mir das Leben schwerzumachen. Immer wieder senkte er den Kopf so ruckartig, dass ich beinahe die Zügel losließ oder das Gleichgewicht verlor, vergrub das Maul in saftigen Grasbüscheln und war kaum zum Weitergehen zu bewegen. Wenn ich versuchte, ihn voranzutreiben, legte er schlagartig eine erstaunliche Gelenkigkeit an den Tag, verdrehte den knochigen Hals nach hinten und biss in meine guten Lederstiefel. Ich kämpfte, zerrte an den Zügeln und wischte mir Schweißperlen von der Stirn, doch allmählich sah ich ein, dass das Tier den längeren Atem hatte.

»Nun komm schon, Wolkenfell, wärst du so gut?«, flötete ich honigsüß.

Erst als der Wortwechsel zwischen Haze und Kyran verstummte und ich ihre Blicke spürte, fiel mir auf, dass ich die Worte laut ausgesprochen und nicht nur gedacht hatte.

»Wolkenfell«, wiederholte Kyran tonlos, doch um seine Mundwinkel zuckte es verdächtig.

Verständnislos starrte Haze den Maulesel an. »An Wolken denkst du bei diesem Anblick? Nicht etwa an die Farbe von … saurer Milch? Oder hellen Käse, auf dessen Oberfläche sich Schimmel gebildet hat? Hat das Monstrum nicht einen leichten Grünstich, wenn man genau hinsieht?«

So sehr ich mich auch über mein Reittier ärgerte, jetzt verspürte ich doch den drängenden Wunsch, seine Ehre und meine Namenswahl zu verteidigen. »Es ist auf den ersten Blick vielleicht keine große Schönheit, aber ich denke, ein bisschen Freundlichkeit hat es trotzdem verdient. Vielleicht ist es ja zugänglicher, wenn man ihm mit Wohlwollen begegnet«, murmelte ich.

Kyran schien zum ersten Mal seit ich ihn kannte, nicht sicher zu sein, ob er lachen sollte. »Abgesehen davon, dass dieses Untier auch auf den zweiten Blick keine Schönheit ist, weiß ich nicht, was mich mehr irritiert: die Tatsache, dass du versuchst, dich bei ihm einzuschmeicheln, oder dass du ihm zutraust, deine Worte zu verstehen.«

Wenn er das so ausdrückte, klang es wirklich ein wenig verrückt, aber ehe ich mir eine plausible Erklärung überlegen konnte, beschleunigte Wolkenfell plötzlich seine Schritte und verfiel in einen ruckeligen Galopp, der es mir schwermachte, mich im Sattel zu halten. Ich klammerte mich an den Sattelknauf und biss die Zähne zusammen, während wir eine Hügelkuppe erklommen, auf der das Tier wie vom Donner gerührt stehen blieb. Ich fragte mich entnervt, was nun wieder in seinem Sturkopf vorging, doch da sah ich selbst, was seine Aufmerksamkeit gefesselt hatte.

Wie ein dunkelgrüner Ozean breitete er sich im Tal vor uns aus, scheinbar endlos und undurchdringlich – bereit, jeden zu verschlingen, der einen Fuß in seine Untiefen setzte. Der Gitterwald.

*

Als hätte jemand eine scharfe Grenze gezogen, veränderte sich unsere Umgebung von einem Schritt auf den nächsten, sobald wir in den tiefen Schatten eintauchten. Die Nadel- und Laubbäume ragten so hoch empor, als wollten sie mit langen, schwarzen Fingern nach der Sonne greifen. Schlagartig war es so kühl, dass sich eine Gänsehaut über meinen ganzen Körper zog und ich nach meinem Umhang griff, der bisher locker über dem Sattel gelegen hatte.

Flechten hingen wie zotteliges Haar von gigantischen Ästen und schwankten sachte im Wind, Moos wucherte an Baumstämmen. Der Weg, von dem Kyran gesprochen hatte und der geradewegs durch den Wald in Richtung des Schlosses führen sollte, war an manchen Stellen so breit, dass wir alle drei nebeneinander reiten konnten. Dann wiederum wurde er zu einem schmalen Trampelpfad, den man kaum sah, weil er sich beinahe im Gewirr aus Blättern, Zweigen und knorrigen Wurzeln verlor. Es machte nicht den Eindruck, als seien viele Reisende hier unterwegs, denn jene mit einem klaren Verstand und ohne Zeitdruck wählten gewiss die längere Route um den Wald herum.

Der weiche Boden dämpfte die Hufschläge unserer Tiere und schluckte beinahe alle anderen Geräusche, was in mir die unheimliche Assoziation erweckte, mich tief unter Wasser zu befinden. Ich hörte kein Vogelgezwitscher, nur ein dumpfes, allgegenwärtiges Summen, das – wie ich erst nach einer Weile feststellte – von den pelzigen schwarzen Insekten stammte, die sich zwischen den Waldbrombeeren im Gebüsch zu beiden Seiten des Weges tummelten.

Schweigend ritten wir nebeneinanderher, niemand machte sich mehr über Wolkenfells Namen lustig, und Kyran verzichtete darauf, Haze zur Weißglut zu treiben. Sogar Wolkenfell war zu beschäftigt damit, mit geblähten Nüstern und zuckenden Ohren seine Umwelt wahrzunehmen, um die gelben Zähne in meinem Stiefel zu versenken.

Staunend blickte ich mich um, fasziniert und eingeschüchtert zugleich. Wie alt mochten diese Baumgiganten wohl sein? Ich war heilfroh über den Weg, an dem wir uns orientieren konnten, denn nur zu gut konnte ich mir vorstellen, dass unvorsichtige Wanderer hier tatsächlich verlorengingen und den kurzen Rest ihres Lebens damit verbrachten, verzweifelt nach einem Ausweg zu suchen, so wie Kyran es mir geschildert hatte.

Wir sahen nicht, dass die Sonne unterging, die Bäume versperrten uns die Sicht, doch gerade als es dunkler und noch kühler wurde, erreichten wir einen schmalen Bachlauf, dem der Pfad ein Stück weit folgte: ein guter Platz für unser Nachtlager, um Rast zu machen und unsere Wasservorräte aufzustocken.

»Nicht zu nah am Wasser, wir suchen uns eine verborgene Stelle etwas abseits«, beschloss Haze. »Wer weiß, was für nachtaktive Tiere sich hier herumtreiben und den Bach in der Dunkelheit aufsuchen, um zu trinken.«

Niemand widersprach, wenngleich mir die Vorstellung, auch nur ein paar Dutzend Meter vom Weg abzuweichen und tiefer in den Wald vorzudringen, unbehaglich war. Niemand erhob Einwände, als ich das schwindende Restlicht des sterbenden Tages für ein Bad nutzte, denn in völliger Dunkelheit hätte ich das nicht gewagt – nicht mit den Bildern wilder nachtaktiver Tiere im Kopf, die Haze mit seinen Worten heraufbeschworen hatte.

»Ich gehe kurz ans Wasser. *Alleine*«, betonte ich.

Nur einer von Kyrans Mundwinkeln zuckte hoch. »Alleine«, bestätigte er.

Haze, der gerade dabei gewesen war, seinem Pony den Sattel und die Taschen abzunehmen, blickte ruckartig zu mir, stellte aber keine Fragen, auch wenn ich mir denken konnte, dass er gerne gewusst hätte, worum es hier gerade ging.

Diesmal nahm ich mir nicht die Zeit für ein ausführliches Bad, ich hockte mich nur ans steinige Bachufer und wusch mit dem eiskalten Wasser den Schweiß von meiner Haut, wobei ich darauf achtete, dass meine Kleider nicht nass wurden, denn im Schatten des Waldes wären sie ewig nicht getrocknet. Bei jedem Rascheln und Knacken im Unterholz sah ich mich aufmerksam um und atmete erst erleichtert auf, als ich mich wieder bei Haze und Kyran befand.

Schweigsam verzehrten wir Brot aus unseren Vorräten und Brombeeren, die wir in den stacheligen Sträuchern gepflückt hatten. Keiner von uns war zu langen Gesprächen aufgelegt, und der Ritt hatte uns müde gemacht, sodass wir uns bald auf unsere Decken legten.

Es war ungewohnt, den Sternenhimmel und die Monde nicht sehen zu können, obwohl ich mich doch im Freien befand – nur hin und wieder blitzte ein ferner Lichtschein zwischen den schwarzen Silhouetten des Astgewirrs hindurch. Doch das bedeutete keineswegs, dass es ganz dunkel gewesen wäre – ich hatte nicht mit den Pixies gerechnet.

Niemals zuvor hatte ich so viele von ihnen an einem Ort gesehen und nur selten erlebt, dass sie sich so nah an Menschen heranwagten. Während Haze' und Kyrans Atemzüge tiefer wurden, beobachtete ich fasziniert das Spiel der regenbogenbunten Funken, die zwischen den Bäumen tanzten, das Lagerfeuer umkreisten und wild davonstoben, wenn die Holzscheite knackten. Wenn ich ganz leise war und den Atem anhielt, glaubte ich sogar ihre glockenhellen Stimmchen zu hören, die dem Fauchen der Flammen antworteten.

Je länger ich den Blick auf sie gerichtet hielt, desto mehr zogen sie mich in ihren Bann. Ich wusste genau, dass es gefährlich war, ihnen zu lange zuzusehen und waghalsig, ihnen zu folgen. Wer sich von ihnen locken ließ, war nicht selten hoffnungslos verloren, denn nichts bereitete den kleinen Kreaturen mehr Freude, als Menschen in die Irre zu leiten.

Mein ganzes bisheriges Leben lang hatte ich diese Warnungen beherzigt, aber lagen die Zeiten von Vernunft und Vorsicht nicht hinter mir? Seit ich die farbenfrohen Leuchtpunkte als Kind zum ersten Mal gesehen hatte, wünschte ein Teil von mir, ich könnte ihnen einfach folgen, ohne mir Gedanken über Risiken und Konsequenzen zu machen, und sehen, an welchen mysteriösen Ort sie mich führen würden.

Nie hatte ich gewagt, diesem Impuls nachzugeben, doch hier und heute schlug ich alle Warnungen in den Wind. Das Amulett hing plötzlich schwerer um meinen Hals, und als ich danach griff, schien es leicht zu pulsieren wie das Herz eines kleinen Lebewesens. Vielleicht wollte es mich davor warnen, etwas Unbedachtes zu tun, doch war nicht alles, was ich seit dem Erwachen meiner Magie getan hatte, in gewisser Weise unbedacht?

Leise erhob ich mich von meinem Lager, schlich an Haze und Kyran vorbei und näherte mich den wirbelnden Funken. Über meinem knielangen Leinenunterhemd hatte ich meinen Umhang geschlungen, um mich vor der Nachtkälte zu schützen. Warm spürte ich die Glut des Feuers auf meinem Gesicht, um das die Pixies tanzten: winzige, zierliche Gestalten mit Libellenflügeln, die sich im Flug so schnell bewegten, dass sie vor meinem Blick verschwammen, eingehüllt in einen strahlenden Lichtschein. Fast bis auf eine Armeslänge konnte ich mich ihnen nähern, doch wann immer ich eine Hand behutsam nach ihnen ausstreckte, wichen sie zurück, sodass es mir nicht gelang, sie zu berühren.

»Ich tue euch nichts«, flüsterte ich, doch die einzige Antwort war ein vielstimmiges, leises Zirpen.

Als sie sich entfernten, folgte ich ihnen bis zum Bach, in dem sich nun ihre bunten Lichter spiegelten, als sie libellengleich über die Oberfläche schwirrten und immer wieder so tief sanken, dass ich glaubte, sie würden gleich untertauchen, nur um dann wieder hoch gen Himmel zu schießen. Die gurgelnden Wirbel des Wassers, die kleinen Stromschnellen, die hochspritzenden Tropfen, all das schimmerte in zarten Nuancen von Rosa und Blau, Lila und Grün, Türkis und Orange aus dem Schwarz des nächtlichen Waldes, und es war ein so betörend schöner Anblick, dass sich ein Kloß in meiner Kehle bildete.

In einer einzigen fließenden Bewegung ließ ich mich auf einen flachen Stein nieder, zog die Beine an, umfasste die Knöchel mit den Händen und stützte mein Kinn auf meine Knie. Jetzt konnte ich sogar das Mondlicht sehen und spüren, denn direkt um den Bach lichteten sich die Bäume ein wenig, sodass ein kleines Stück des Nachthimmels sichtbar war. Sanft fiel der Mondschein auf meine Haut, und etwas in mir reagierte darauf, regte sich und tanzte ebenso wild wie die Pixies. Ein träumerisches Lächeln trat ganz von selbst auf mein Gesicht, als ich dasaß und dem Spiel der lebhaften Lichtfunken zusah.

Daran, dass ich vorhin noch Angst vor wilden Tieren gehabt hatte, die nachts ans Wasser kommen konnten, dachte ich jetzt kaum, es erschien mir völlig abwegig. Würden die Pixies nicht reagieren, vielleicht fliehen, wenn sich etwas Gefährliches näherte? Und war es überhaupt möglich, bei einem so berauschenden Anblick eine schlichte Emotion wie Furcht zu empfinden?

Doch gerade, als ich das gedacht hatte, fiel mir auf, dass sie sich langsam aber sicher zurückzogen und entfernten. Eine Zwergfee nach der anderen ließ den Bach hinter sich, einem Insektenschwarm gleich bewegten sie sich als ein großes Ganzes. Bedauern und Sehnsucht breiteten sich als bitterer, schaler Geschmack in meinem Mund aus und zwangen mich, den zauberhaften Wesen zu folgen. Wie an unsichtbaren Fäden gezogen erhob ich mich, ging langsam einen Schritt, dann noch einen.

Kapitel 12
Lichter in der Nacht

Die Pixies tanzten in den Wald, fort vom sicheren Weg und unserem Lager, verschwanden zwischen den Bäumen, und ich wollte doch nichts weiter, als sie noch ein kleines bisschen länger zu bestaunen. Alles in mir sträubte sich gegen die Vorstellung, das wunderbare Spektakel wäre gleich zu Ende, also überquerte ich den Bach mit einem geschmeidigen Satz.

Doch dann hielt ich mitten im Schritt inne, als mich plötzlich Zweifel befielen. Mir wurde bewusst, wie riskant es wäre, sich von meinem sicheren Fixpunkt zu entfernen, in die Dunkelheit einzutauchen und den flinken Wesen in eine unbekannte Richtung zu folgen. Nur allzu leicht konnte es passieren, dass ich die Orientierung verlor und den Rückweg zu meinen Reisegefährten nicht fand. Kyrans Worte über hoffnungslose, verirrte Seelen kamen mir in den Sinn, über endlose Tage ohne Sonnenlicht, über Hunger und Verzweiflung, und mir war bewusst, dass mich eine falsche Entscheidung einem solchen Schicksal in die Arme treiben konnte.

Als sie mein Zögern bemerkten, verstärkten die Pixies ihr Leuchten noch, wurden heller und strahlender, kamen näher, entfernten sich wieder weiter, schwirrten wilder durcheinander und fesselten so meine Aufmerksamkeit. Eine von ihnen löste sich aus dem Schwarm, näherte sich mir, umschwirrte mich ein paarmal und schwebte auf einmal direkt vor meinem Gesicht, so nah, dass ich sie hätte berühren können, wenn ich es versucht hätte. Sah ich genau hin, bemerkte ich sogar, dass meine Atemzüge ihren seidigen Haarschopf bewegten.

Fasziniert betrachtete ich das winzige Lebewesen, dessen Gesicht allerhöchstens so groß war wie der Nagel meines kleinen Fingers. Ein zartes Gesicht, das beinahe menschlich und doch völlig anders wirkte, mit einem spitzen Kinn, einer ebensolchen Nase und dunklen, schrägstehenden Augen, die im Verhältnis zum klitzekleinen Rest riesig erschienen. Das Licht, das von der zarten Gestalt mit den durchscheinenden Libellenflügeln ausging, war rosa wie die sanfte Farbe der Kirschblüten.

Als ich glaubte, mich könnte in dieser Situation nichts mehr erstaunen, ergriff die Pixie eine Strähne meines Haares, kaum mehr als ein paar Haare, doch es sah so aus, als trüge sie ein dickes, pechschwarzes Tau. Daran zog sie nun, ich spürte ein leichtes Zupfen an meiner Kopfhaut.

Das Lächeln kehrte auf mein Gesicht zurück, bereitwillig folgte ich dem Zug an meinem Haar und den schwebenden Lichtern, die sich zwischen schwarzen Bäumen immer weiter entfernten, und ignorierte dabei mein Medaillon, dessen Pochen ich nun sogar durch meine Kleidung spürte, ohne es auch nur in die Hand zu nehmen.

Nur ein paar Schritte, sagte ich mir. Was konnten ein paar Meter schon schaden? Nur bis zu den Tannen dort hinten wollte ich gehen, um noch einen Blick auf die bezaubernden Gestalten zu erhaschen, vielleicht noch ein kleines Stück weiter, aber ohne die Richtung zu verlieren, aus der ich kam.

Ein erschrockenes Japsen entrang sich meiner Kehle, als sich plötzlich eine Hand auf meine Schulter legte und mich festhielt. Ich fuhr herum und blickte in turmalingrüne Augen, welche die pastellfarbenen Lichter der Pixies reflektierten.

»Wohin willst du?«

Ungeduldiger zerrte die rosa Pixie jetzt an meinen Haaren, unangenehm ziepte es an meiner Kopfhaut, doch Kyran schnipste sie einfach mit zwei Fingern aus der Luft wie eine lästige Fliege, und empört zirpend torkelte sie in Schlangenlinien davon.

»Ich wollte nur …«, begann ich und verstummte dann, weil es keine rationale Begründung für mein unvernünftiges Verhalten gab.

Ein Kopfschütteln. »Hat dich niemand vor den Pixies gewarnt?«

»Doch, natürlich, ich bin nicht *ganz* weltfremd aufgewachsen«, entgegnete ich gereizter, als es nötig gewesen wäre.

»Aber du hast beschlossen, alle Warnungen in den Wind zu schlagen«, stellte er fest.

Ich zuckte mit den Schultern und nickte.

Einen Moment lang blickte er mich forschend an, dann lachte er. »Ich mag dich, du Dummkopf.«

Er hatte es leichthin gesagt, als bedeutete es überhaupt nichts, doch mir verschlug es die Sprache. Plötzlich fiel es mir schwer, seinen Blick zu erwidern. Ich war irgendwie nervös, und nur mühsam widerstand ich dem Drang, meinen Blick zu senken und auf meine Stiefelspitzen zu starren wie ein schüchternes Mädchen. Er mochte mich? *Und* ich war ein Dummkopf? Das hatte mich mehr aus dem Konzept gebracht, als es sollte.

Ich wollte ihm eine Antwort geben, eine, die sich gewaschen hatte, doch mein Kopf war wie leergefegt. Also verdrehte ich nur die Augen und tat so, als kümmerten mich seine Worte überhaupt nicht. Ich folgte ihm, als er die paar Schritte zum Bach zurückging und sich ans Ufer setzte, auf genau den Stein, auf dem ich gerade noch gehockt hatte. Einen kurzen sehnsüchtigen Blick warf ich noch über die Schulter zurück zu den Pixies, und ich fragte mich, wohin sie mich wohl geführt hätten, wenn ich ihnen tatsächlich gefolgt wäre. Auch wenn das natürlich eine ziemlich schlechte Idee gewesen wäre, denn ich durfte meine Ziele nicht aus den Augen verlieren. Mal ganz zu schweigen von meiner eigenen Sicherheit, der ich für einen Moment gar keine Bedeutung beigemessen hatte, bis Kyran aufgetaucht war und mich daran erinnert hatte.

Als ich neben ihm Platz nahm, achtete ich darauf, ihn nicht zu berühren. Ich stützte das Kinn auf die Knie und blickte auf das Wasser, das nun ohne die tanzenden Lichtpunkte beinahe schwarz wirkte. Das wenige Licht von Monden und Sternen reichte gerade aus, um Konturen zu erkennen und sich zurechtzufinden, ohne über die eigenen Füße zu stolpern. Die Pixies hielten sich zwar weiterhin in Sichtweite auf, wagten sich aber nicht mehr näher heran und taumelten wie bunte Glühwürmchen zwischen den Bäumen umher.

Kyran stellte keine Fragen, und doch hatte ich das Gefühl, ihm eine Antwort geben zu müssen. Ich schaute ihn nicht an, sondern geradeaus auf den plätschernden Bach, spürte aber dennoch seinen Blick auf meinem Profil.

»Ich habe es mir immer schon gewünscht«, sagte ich nach einer Weile leise. »Ihnen einfach folgen zu können und abzuwarten, was passiert.«

Bei ihm rechnete ich immer damit, dass er mich auslachte, doch diesmal blieb er ernst. »Einfach loszugehen, in irgendeine beliebige Richtung, selbst wenn es jene ist, die alberne kleine

Leuchtfeen vorgeben, ohne dabei an Verpflichtungen und Folgen zu denken.«

Ich nickte und warf ihm nun doch einen kurzen, überraschten Blick aus dem Augenwinkel zu. Er hatte es in einem Tonfall gesagt, als könnte er mich nicht nur verstehen, sondern wüsste selbst genau, wie sich das anfühlte. Und das verlieh mir schließlich die Selbstsicherheit, mich ihm anzuvertrauen.

»Du machst dich gerne darüber lustig, wie klein das Dorf ist, in dem ich lebe, und damit hast du im Grunde genommen recht. Abgesehen davon habe ich nichts von der Welt gesehen«, murmelte ich, tastete nach Kieselsteinchen und warf sie in den Bach, wobei ich nur am Platschen erkannte, dass ich ins Wasser getroffen hatte. »Manchmal erscheint mir meine Welt so winzig, mein Leben so … beengt. Ich gehe von der Hütte in den Garten, vom Marktplatz zum Bäcker, aber weiter gehe ich nicht. Und dann sehe ich diese Pixies, die einfach flattern, wohin sie wollen, und frage mich, wohin sie mich führen könnten. Was ich sehen und erleben würde, wenn ich weniger denken und mehr reisen würde.«

»Aber jetzt reist du. Und das nicht nur, um mehr von der Welt zu sehen. Du hast ein Ziel. Einen Grund, unterwegs zu sein.«

Ich ignorierte die mitschwingende Frage. »Ich habe einen Grund. Genauso wie du.«

Auch er warf einen Stein, der mit einem Platschen in der Dunkelheit verschwand. Eine Weile schwiegen wir einander an, und verstohlen betrachtete ich das, was ich aus den Augenwinkeln sehen konnte, ohne Kyran den Kopf zuzuwenden: Seine Unterarme lagen frei, weil er die Ärmel des Seidenhemdes hochgeschoben hatte, und straffe Muskeln und Sehnen zeichneten sich deutlich unter der goldenen Haut ab. Seine Hände waren viel gepflegter als meine eigenen und wirkten dennoch stark. Es waren Hände, die es gewohnt waren, ein Schwert zu schwingen, und deren Haut trotzdem glatt genug war, um bei Hofe eine gute Figur zu machen. Andererseits – was wusste ich vom Leben am Hof? Was wusste ich über irgendetwas auf der Welt?

»Ich weiß genau, was du meinst«, sagte er, als ich nicht mehr damit rechnete, dass er überhaupt noch etwas von sich geben würde.

Etwas in seiner Stimme bewog mich dazu, nun doch den Kopf zu heben und ihn direkt anzusehen. Im schwachen Licht konnte ich erkennen, dass er starr geradeaus blickte, nicht etwa auf die dunkle Wasseroberfläche oder die Pixies, sondern ins Nichts, so als sei er in Gedanken gerade ganz weit weg.

»Was meinst du?«

»Ich kenne das. Diesen Hunger nach mehr, nach Neuem, nach Unbekanntem. Dieses Sehnen danach, die viel zu engen Grenzen des eigenen Lebens zu überschreiten. Den Wunsch, die langweiligen, ausgetretenen Pfade zu verlassen.«

»Enge Grenzen? Langeweile? Dein Leben muss doch so viel aufregender sein als meines! Du … du kennst das Schloss der High Lady, allein das ist so viel mehr, als ich von mir behaupten kann. Du warst mit Soldaten unterwegs, zweifellos auf einer wichtigen Mission. Du …«

Endlich wandte er sich mir wieder zu, doch mit einer Heftigkeit, die mich überraschte. »Aufregend? Ich kann mir nichts Öderes vorstellen. Ja, du hast recht, ich bin in einem Schloss aufgewachsen, ich kenne wichtige Leute, ich besuche rauschende Bälle. Ich wurde in

Sprachen, Geschichte und Kultur unterrichtet, in der Kampfeskunst, im Fechten und Reiten, aber was ist das schon wert? Nichts davon fühlt sich echt an, Lelani. Wie ein gut dressiertes Pferd tänzelt man über Marmorböden, wird von hübsch zurechtgemachten jungen Damen umschwärmt, wird bewundert und beneidet, aber das alles hat einen bitteren Beigeschmack. Irgendwann beginnt man zu begreifen, dass Prunk und Glitzer, Zuckerspeisen und Harfenmusik auf Dauer nicht genügen – dass das nicht das wahre Leben ist! All das verdanke ich nur dem Einfluss meines Vaters, nicht meinen eigenen Fähigkeiten, und mein durchgetakteter Tagesablauf, an den ich mich brav zu halten habe, dient nur dazu, ihn zufriedenzustellen.«

»Du willst mehr als das«, flüsterte ich.

Seine Brust hob und senkte sich unter seinen heftigen Atemzügen, seine Augen waren geweitet, jedes Wort schien sich gewaltsam aus seiner Kehle zu drängen. »Mehr, so viel mehr. Ich will *alles*. Ich will Abenteuer, Echtheit, Wahrheit!«

Ich verstand ihn so gut, so viel besser, als ich es für möglich gehalten hätte. So unterschiedlich unsere Leben auch sein mochten, so sehr glichen sich doch unsere Sehnsüchte, wie mir in diesem Moment klar wurde. Das Verlangen in seiner Stimme berührte mich, weil es wie ein Echo meiner eigenen Empfindungen war, und ich verstand auf einmal, warum er jetzt genau hier war und nicht auf dem Schiff mit den Soldaten.

»Darum hast du dich nicht davon abbringen lassen, Haze und mich zu begleiten.«

Er zögerte, dann nickte er. »Als ich euch mit dem Blutwolf gesehen habe … das war der erste Moment seit Ewigkeiten, der nicht geplant war. Das erste Mal seit Langem, dass ich wirklich etwas empfunden habe. Ich konnte einfach nicht zu meinen Männern aufs Schiff zurückkehren, zum Schloss zurückkehren, Lob für den abgeschlossenen Auftrag ernten, neue

Anweisungen entgegennehmen. Ich wollte … ich *musste* vom Plan abweichen. Ihr wart das Abenteuerlichste, das Echteste, was mir seit vielen Jahren über den Weg gelaufen ist.«

Und *er* zählte zu den abenteuerlichsten und zugleich unwirklichsten Dingen, die jemals in *mein* Leben geplatzt waren. Ich wollte mehr über ihn erfahren, über sein Leben, seine Herkunft und den Auftrag, der ihn ins Dorf geführt hatte, doch ich wusste nicht so recht, ob und wie ich meine unzähligen Fragen stellen sollte.

Den Wurfdolch hatte ich immer bei mir, seit Haze ihn mir geschenkt hatte, sogar nachts trug ich ihn an einem weichen Gürtel an meiner Taille. Gedankenverloren nahm ich ihn zur Hand, drehte ihn hin und her und fuhr mit den Fingerspitzen über die Mondsichel im Knauf. Als ich Kyrans Grinsen bemerkte, verzog ich unwillig den Mund – ich hatte nicht vergessen, wie sehr er mich am Weiher geärgert hatte.

»Wenn du so ein scharfes Ding mit dir herumschleppst, wäre es nicht die schlechteste Idee, zu lernen, wie man damit umgeht«, bemerkte er.

»Auf die Idee bin ich auch schon gekommen«, brummte ich sarkastisch. Natürlich hätte ich gerne gewusst, wie ich mich damit verteidigen konnte, denn dass ich davon bisher keine Ahnung hatte, lag auf der Hand. Aber bislang hatte ich mit so vielen neuen Eindrücken zu kämpfen gehabt, dass ich gar nicht dazu gekommen war, mich näher mit meiner Waffe auseinanderzusetzen.

Ohne Vorwarnung schnellte Kyrans Hand nach vorne und stieß gegen meine Schulter, so unerwartet, dass ich nach Luft schnappte und instinktiv meine Hand mit dem Dolch hochriss, um mich zu wehren. Allerdings kam ich nicht mal dazu, ihm den kleinsten Kratzer zu verpassen, denn ehe ich so recht begriff, was geschah, klatschte seine andere Hand gegen meine, und erschrocken ließ ich den Dolch fallen. Klirrend fiel er auf den Stein und wäre mit Sicherheit ins Wasser geschlittert, hätte Kyran ihn nicht aufgefangen.

»Du hast das Reaktionsvermögen einer Scheibe Brot«, meinte er kopfschüttelnd und reichte mir meine Waffe.

Ich entriss sie ihm, presste sie an meine Brust und funkelte Kyran an, war mir der Wahrheit seiner Worte aber zu bewusst, um ihm energisch zu widersprechen. Nur mühsam widerstand ich dem Impuls, die Arme zu verschränken und schmollend die Unterlippe vorzuschieben, wie ich es als Kind manchmal gemacht hatte, wenn ich auf Aphra wütend war, weil sie mir etwas verboten hatte.

»Du hältst das nicht richtig.«

Und plötzlich bebte der Boden unter mir, als Kyran seine Hand auf meine legte. Es war eine federleichte Berührung, so zart wie Schmetterlingsflügel und so heiß wie flüssiges Feuer, eine Berührung, die mir den Atem raubte und jeden Gedanken, den ich gerade noch hatte aussprechen wollen, in flirrendes Pixiefunkeln in meinem Kopf verwandelte. Es dauerte einen Moment lang, bis mir bewusst wurde, dass das Beben gar nicht vom Boden ausging, sondern von mir selbst. Ich wollte fragen, was er da tat, aber die Worte wollten mir nicht einfallen, und da begriff ich auch schon, dass er mir nur zeigte, wie ich meinen Wurfdolch halten sollte.

Behutsam legte er meine Finger um den Griff. »Siehst du? Nicht so, als wolltest du den Griff zerdrücken, sondern ganz leicht. Balanciere die Waffe zwischen deinen Fingern. Das ist schon viel besser.«

Nachdem er meine Hand losgelassen hatte, fühlte sich meine Haut an dieser Stelle seltsam kühl an. Ich schluckte, ver-

159

suchte den Kloß in meiner Kehle und die albernen Gedanken gleichermaßen zu vertreiben und bewegte den Dolch langsam hin und her, in der Hoffnung, ein besseres Gespür für die Waffe zu bekommen. Zu meiner Überraschung hatte Kyran recht, der Griff lag besser in meinen Fingern, als ich seine Anweisungen umsetzte, so gut ich konnte.

Noch einmal schnellte Kyrans Hand vor, und obwohl ich diesmal damit hätte rechnen können, erwischte er mich auch jetzt kalt – aber meine Reaktion war besser, schneller, und ich verfehlte seine Haut nur knapp.

»Lass das! Am Ende tue ich dir womöglich doch noch weh, und dann vergießt du bittere Tränen«, spottete ich, um zu überspielen, wie sehr ich mich über seine Unvorsichtigkeit und mein jämmerliches Reaktionsvermögen ärgerte. Mit einer ruckartigen Bewegung steckte ich den Dolch zurück in meinen Gürtel und hätte mich dabei auch noch um ein Haar selbst geschnitten.

Er warf den Kopf in den Nacken und lachte schallend. »Bittere Tränen? Ich bitte dich, Rabenmädchen, davon träumst du wohl!« Doch das Lachen wurde zu einem verblüfften Japsen, als plötzlich ein zartrosa Funke wie ein Blitz heranraste, Kyrans Kopf umkreiste und dabei wie eine aufgebrachte Wespe summte: Die Pixie hatte sich erholt und war bereit, grausame Rache zu nehmen.

Überrascht zog Kyran die Augenbrauen hoch und wedelte mit der Hand, um die Kreatur zu vertreiben, doch flink wich sie aus, raste im Sturzflug auf seinen Kopf zu und riss kräftig an einer seiner goldenen Haarsträhnen, die sich aus dem Zopf gelöst hatten und sein Gesicht umspielten.

»Was um alles in der Welt …«, schnaufte er, strich sich durch die Haare und vertrieb die Zwergfee, die nun zu mir flit-

160

zte, in meinen Haaren abtauchte wie hinter einem Vorhang und gegen meinen Hals prallte, als rammte mich ein dicker Maikäfer. Doch sie blieb nicht lange in ihrem Versteck, sondern ging sofort wieder zum Angriff über. Ihre Farbe änderte sich von zartem Rosa zu kräftigem Rot, das Summen ging in ein schrilles Zirpen über, und ich traute meinen Augen kaum, als hinter ihren Lippen spitze Zähne zum Vorschein kamen, so winzig, dass man sie kaum erkennen konnte. Während ich noch überlegte, ob ich lachen oder mich erschrecken sollte, raste sie wieder auf Kyran zu, klammerte sich an seinen Daumen und versenkte die Zähne in seiner Haut. Scharf sog er die Luft ein – eher vor Überraschung als vor Schmerz – und schüttelte seine Hand, sodass die Fee haltlos durch die Luft taumelte und hart gegen den Stein prallte, auf dem wir saßen. Das Rot verblasste augenblicklich und wandelte sich dann zu einem hellen Blau.

Erschrocken hob ich sie hoch, ganz behutsam, um das zarte Geschöpf nicht unnötig zu verletzen. Ich musste die Augen zusammenkneifen, um eine Bewegung wahrnehmen zu können, doch es schien mir, als bewegte sich ihr Brustkorb. Irgendwie hatte ich erwartet, sie würde sich warm anfühlen, vielleicht sogar glühen, doch ihr Körper war erstaunlich kühl.

»Was für ein lästiges Ding«, knurrte Kyran.

Ich warf ihm einen strafenden Blick zu, beugte mich näher zum Wasser und benetzte ihr Gesicht mit einem Tropfen Flüssigkeit, der wohl ausgereicht hätte, um sie zu ertränken, wenn sie sich nicht benommen zur Seite gedreht hätte. »Sie ist noch am Leben.«

»Sag nicht, dass du sie mitnimmst«, stöhnte er, als ich aufstand und die Pixie vorsichtig in beiden Händen trug.

»Ich kann sie doch nicht einfach hier liegenlassen«, verteidigte ich mich. Eine Sichtweise, die er eindeutig *nicht* teilte, wie er mir deutlich zu verstehen gab, als er sich auf dem Rückweg zum Nachtlager pausenlos über mich und mein butterweiches Herz lustig machte.

Ich nahm an, dass Haze noch tief und fest schlief, also bedeutete ich Kyran zu schweigen und schlich auf Zehenspitzen an meinem besten Freund vorbei. Als ich mich schließlich auf meine Decke niederließ, bemerkte ich jedoch, dass er mich ansah. Im schwachen, rötlichen Licht des verglimmenden Lagerfeuers waren seine Augen schwarz wie Kohlen, sein Blick war unergründlich. Ich öffnete den Mund, um zu erklären, wo ich gewesen war, doch er drehte sich um und wandte mir den Rücken zu.

Seufzend legte ich die Pixie neben mich, rollte mich auf der Decke zusammen und zwang mich, an überhaupt nichts mehr zu denken – doch wie so oft in letzter Zeit schien das das Schwerste auf der Welt zu sein. Die Stelle an meiner Haut, die Kyran berührt hatte, fühlte sich noch immer seltsam an. Kühl und prickelnd – wie ein schwaches Echo der vergangenen letzten Minuten mit ihm.

»Was für ein Unsinn«, flüsterte ich in die Dunkelheit und hoffte, dass weder Haze noch Kyran meine Worte gehört hatten. Ich umfasste meine Hand mit der anderen, um sie zu wärmen, und fiel schließlich in einen unruhigen, traumlosen Schlaf.

Kapitel 13

Klingen

Ruhe war im Nachtlager eingekehrt, die Atemzüge der Schlafenden waren tief und gleichmäßig. Hoch in den Baumwipfeln erklang der klagende Schrei eines Käuzchens, doch ansonsten herrschte Stille.

Der kalte Nachtwind spielte mit seinem Haar, als er langsam aufstand, einen Moment lang schweigend dastand und den dunklen Umriss des Mädchens betrachtete. Die Restglut des Feuers schenkte ihm genug Licht, um zu den Reittieren zu schleichen und etwas aus seiner Satteltasche zu kramen, etwas Glattes, Kühles aus Metall.

Es bereitete ihm keine Schwierigkeiten, den Weg zurück zum Bach zu finden, wo er die runde, silberne Schale mit Wasser füllte. Geduldig wartete er, bis der Wind die dunklen Wolken weiter über den Nachthimmel getrieben hatte und die fünf Himmelskörper zum Vorschein kamen, weiß und sichelförmig.

Das Licht, das auf die Wasseroberfläche in der Schale fiel, war schwach, und doch reichte es aus. Es dauerte nicht lange, bis sich die Konturen eines Gesichts im schimmernden Wasser bildeten: ein magischer Vorgang, der ihn selbst jetzt noch faszinierte, obwohl er schon häufig auf diese Weise kommuniziert hatte.

»Berichte.« Die Stimme, leise wie der Wind in trockenem Laub,

163

schien nicht direkt aus der Silberschale zu kommen, sondern von überallher, als flüsterte der Gitterwald selbst ihm das Wort zu.

Gehorsam nickte er. »Wir haben den Wald erreicht, folgen der Straße gen Westen. Nichts Ungewöhnliches ist passiert. Sie ist nach wie vor ahnungslos.«

Das Gesicht im Wasser nickte zufrieden. »Bleib ihr nahe. Behalte sie im Blick. Nichts, was sie tut, darf dir entgehen. Und über jeden einzelnen ihrer Schritte erstatte mir Bericht.«

*

Sonderbare Geräusche ließen mich aus dem Schlaf schrecken, sodass ich hochfuhr und mich irritiert umblickte. Diesmal hatte mich nicht die Morgensonne geweckt, die mir gestern früh noch grell ins Gesicht geschienen hatte – sie schaffte es kaum durch das dichte Blätterdach und spendete nur schwaches Licht. Nein, was mich aufgeschreckt hatte, waren diese merkwürdigen Laute, denen ich jetzt, noch im Halbschlaf, lauschte, bis mir aufging, dass es sich um Tiere handeln musste, die hoch in den dunklen Baumkronen keckerten und kreischten, ohne dass ich sie sehen konnte. Ich stand auf, drehte mich im Kreis und blickte angestrengt nach oben, konnte jedoch nur dann und wann einen vorbeihuschenden Schatten im Astgewirr ausmachen: manche klein wie Katzen, andere wohl fast so groß wie ein ausgewachsener Mensch.

Kyran setzte sich auf seinem Schlafplatz auf, strich sich mit der Hand durchs zerzauste Goldhaar, das jetzt offen über seine Schultern fiel, und zog eine Grimasse. »Meine Güte, was für ein Lärm! Zu Hause würden mich um diese unmenschliche Zeit keine zehn Pferde aus dem Bett bekommen.«

»Daran zweifle ich nicht«, höhnte Haze, der gerade in der

Asche des Lagerfeuers stocherte und die Restwärme nutzte, um ein paar Vogeleier zu garen, die er gefunden haben musste, während ich noch schlief. »Ich bin untröstlich, dass ich Eurer Lordschaft hier kein Dach über dem Kopf und kein seidenes Daunenkissen zur Verfügung stellen konnte.«

Kyran gähnte herzhaft. »Deine Laune ist am frühen Morgen besonders herzerfrischend, wie ich sehe. Verzeih meine Neugier, aber was siehst du eigentlich als größere Stärke? Dein breites Kreuz oder den liebreizenden Charakter?«

Ich spürte eine Bewegung an meinem Hals, ein Huschen, einen kleinen Luftzug, und plötzlich schoss die Pixie, die ich bisher gar nicht bemerkt hatte, aus meinem Haar wie eine angriffslustige Wespe und umschwirrte Kyran. Der verdrehte jedoch nur die Augen und wedelte genervt mit der Hand, wobei die Decke, unter der er gelegen hatte, von seiner Brust rutschte, und den Blick auf seinen nackten Oberkörper freigab. Er musste zum Schlafen wohl sein Hemd ausgezogen haben. Ich verschluckte mich und wandte hastig den Blick ab, doch der Anblick nagelte sich in meinem Kopf fest und ließ sich nicht einfach so vergessen. Kyrans glatte, goldschimmernde Haut, seine breiten Schultern und der flache Bauch. Ich kam zu dem Schluss, dass es meinem Seelenfrieden zuträglicher war, lieber entrüstet, als verwirrt zu sein, darum ärgerte ich mich nun insgeheim über Kyran: Legte er es etwa darauf an, dass ich ihn mit nacktem Oberkörper zu sehen bekam, und verschaffte es ihm ein diebisches Vergnügen, mich in Verlegenheit zu bringen? Dämlicher Lackaffe!

Von Kyran erfolgreich vertrieben, kehrte die Pixie inzwischen wieder zu mir zurück, flatterte um meinen Kopf und verkroch sich tatsächlich erneut in meinem Haar. Bei Tag leuchtete sie nicht und hätte ich es nicht besser gewusst, hätte ich sie bei einem flüchtigen Blick für eine besonders kleine Libelle gehalten.

Haze hatte in seiner Tätigkeit innegehalten und starrte mich an. »Will ich überhaupt wissen, was das ist? Hast du ein Tier adoptiert?«

Ich kratzte mich nachdenklich am Kopf, hörte aber damit auf, als ein empörtes Zirpen über meinem Ohr ertönte. »Um ehrlich zu sein, weiß ich nicht, ob man Pixies als Tiere bezeichnen kann – vermutlich nicht. Und ich weiß auch nicht, wie lange sie mich begleiten will, aber bestimmt sucht sie das Weite, sobald sie sich wieder ganz erholt hat.«

»Es gibt so viele Dinge, die du nicht weißt«, murmelte Kyran, der endlich ein Unterhemd angezogen hatte, während er aufstand und sich genussvoll streckte. »Aber *ich* weiß, dass diese Kreatur ein entsetzlicher Plagegeist ist.«

Der Blick, mit dem Haze ihn maß, sprach Bände. »Lelani hat leider ein Herz für derartige Kreaturen und neigt bisweilen dazu, sie anzuschleppen.«

Ich kratzte meine von Ameisen zerbissenen Arme und unternahm einen Versuch, das Thema zu wechseln. »Ich bin so hungrig, dass ich meinen Maulesel essen könnte, mit Haut und Haar.«

Es war mir gelungen, Haze ein Schmunzeln zu entlocken – einladend klopfte er auf den Boden neben sich, und gemeinsam genossen wir die aschegegarten Eier. Einmal glaubte ich, aus den Augenwinkeln wieder diesen seltsamen Blick wahrzunehmen, mit dem mich Haze letzte Nacht bedacht hatte, als ich ins Lager zurückgekehrt war, doch als ich mich ihm zuwandte, um ihn darauf anzusprechen, wirkte er ganz normal, und seufzend sank ich wieder in mich zusammen.

Es war wohl pure Einbildung gewesen, ein Produkt meiner

166

Angst, ihn aus irgendeinem Grund zu verlieren. Die Befürchtung, wir könnten uns voneinander entfernen, schnürte mir die Kehle zu. Es zählte zu den schlimmsten Dingen, die ich mir vorstellen konnte, vor allem jetzt, da er alles war, was ich kannte, hatte und woran ich mich in der Fremde klammern konnte.

Noch einmal blickte ich verstohlen aus den Augenwinkeln zu ihm. Er machte zwar einen etwas griesgrämigen Eindruck, zweifellos wegen Kyrans Anwesenheit, doch als ich ihn nun ansah, zog er die Mundwinkel zu einem Lächeln hoch und reichte mir ein paar Beeren, die er gepflückt hatte.

»Danke«, sagte ich, als ich sie entgegennahm, und meinte dabei so viel mehr als nur die süßen Früchte.

*

Wir ritten, bis die Sonne ihren höchsten Punkt überschritten hatte, als mich das Gefühl übermannte, ich könnte keinen Augenblick länger auf Wolkenfells Rücken sitzen und das Geholper ertragen. Haze, der ebenfalls noch nie derartig lange Strecken geritten war, erging es ähnlich wie mir, nur Kyran, der offenbar auf dem Pferderücken deutlich geübter war, grinste über uns und konnte sich die Bemerkung nicht verkneifen, dass vielleicht *wir* diejenigen seien, die die Seidenkissen benötigten.

Die Pixie hatte inzwischen ihr Versteck in meinen Haaren verlassen und es sich stattdessen in der struppigen Mähne des Maulesels gemütlich gemacht. Nachdem sie unter die strohigen Strähnen gekrochen war, konnte man sie kaum mehr sehen, nur hin und wieder streckte das nachtaktive Geschöpf den Kopf heraus und blinzelte ins Licht, bevor es wieder abtauchte. Wolkenfell versuchte anfangs ein paarmal, den juckenden und krabbelnden Passagier an rauen Baumstämmen abzustreifen, wobei er aber nur *mein* Bein aufscheuerte, und fand sich schließlich mit seinem neuen kleinen Untermieter ab.

Die Reittiere hatten eine Pause ebenso nötig wie wir, also ließen wir sie am Bach trinken, der sich noch immer am Weg entlangschlängelte. Ich wusste, dieser Zwischenhalt musste sein, doch zugleich drängte es mich, schnellstmöglich weiterzureisen. Der Sog in die Ferne, den ich seit dem Öffnen des Amuletts spürte, schien stärker zu werden, je weiter wir kamen, so als hörte ich den Ruf immer deutlicher, je näher ich seiner Quelle kam.

Ich starrte geradeaus, in der vergeblichen Hoffnung, irgendeinen Hinweis darauf zu entdecken, dass ich meinem Ziel näherkam, doch alles, was ich sah, waren Bäume – so viel mehr, als ich zählen konnte, ein endloses Gittermuster aus dunklen Stämmen, zwischen denen sich der Pfad verlor und deren Anblick mich in die Enge trieb. Wie viele Bäume mochten wohl noch zwischen uns und dem Waldrand stehen? Wann würde ich wieder direkten Sonnenschein auf der Haut spüren? Mit einem Mal schien es mir, als würde der Sauerstoff knapp, so als hielte das endlose Dickicht die frische Luft fern, wie eine große bauschige Decke, die man sich über den Kopf zog.

Ich beeile mich, Mutter, dachte ich und legte eine Hand flach über das Medaillon, als könnte ich die Sehnsucht auf diese Weise lindern.

So viele Fragen nagten an mir und störten meinen inneren Frieden: Ich wünschte, ich wüsste mit Sicherheit, ob sie tatsächlich hinter alldem steckte, ob alles, was ich spürte, nur ein Echo der Magie war, die sie vor ihrem Tod gewirkt hatte – oder ob sie vielleicht immer noch am Leben war. Ich wagte kaum zu hoffen, aber dennoch brannte ich darauf, zu erfahren, was an jenem Punkt, zu dem mein Mondstein-Kompass mich führte, auf mich wartete. Die meiste Zeit über verdrängte ich diese Fragen, weil ich sonst keine ruhige Minute mehr gefunden hätte, doch jetzt gerade wirbelten sie mit der Macht eines gewaltigen Hagelsturms durch meinen Kopf.

Etwas prallte von hinten gegen meine Schulter, ließ mich aufkeuchen und ein paar Schritte weit auf die Reittiere zu stolpern, ehe ich mich an Wolkenfell festhalten konnte und mein Gleichgewicht wiederfand. Die Pixie zirpte tadelnd aus der gräulichen Mähne hervor, während ich mich zu Kyran umwandte und ihn zornig anfunkelte.

»Hast du den Verstand verloren? Was sollte das nun wieder?«

Seine Miene war unschuldig, als könnte er kein Wässerchen trüben. »So wie es aussieht, lassen deine Reflexe immer noch zu wünschen übrig.«

Ich rieb mir über die Schulter, um den pochenden Schmerz zu bekämpfen, der sich gerade in ihr ausbreitete. »Sei froh. Hätte ich katzenhafte Reflexe, würde jetzt vielleicht mein Dolch in deiner Hand stecken.«

»Wir wissen doch beide, dass das niemals passiert wäre. Diese Katze hat scharfe Krallen, bewegt sich aber mit der Gemächlichkeit einer Schildkröte.«

Von so etwas wie einer Schildkröte hatte ich noch nie gehört, aber die Art, wie er das sagte, beschwor wenig schmeichelhafte Bilder in meinem Kopf herauf. Ich war nicht in der Stimmung, mich mit ihm zu zanken, deshalb versuchte ich, mich an ihm vorbeizuschieben – doch wieder versetzte er mir einen Knuff, der mich aus dem Tritt brachte.

»Nun komm schon, lass uns an deinen Reaktionen arbeiten. Wenn man nicht gerade so einen drakonischen Fechtlehrer hatte wie ich damals, macht das wirklich Spaß.« Seine Augen funkelten. »Und ein bisschen Übung könnte dazu führen, dass du – solltest du je wieder einem Wolf gegenüberstehen – mehr ausrichten kannst, als deinen Dolch fallenzulassen und um dein Leben zu rennen.«

»Nicht jetzt«, murmelte ich und wandte mich ab. Abgesehen davon, dass er mich als amüsantes Spielzeug zu betrachten schien, das man nach Belieben triezen konnte, würde wohl kein Training der Welt dafür sorgen, dass ich mit einem so kleinen Dolch eine Chance gegen einen Blutwolf oder ein anderes wirklich gefährliches Tier hätte.

Ein metallisches Scharren ertönte hinter mir und ließ mich herumfahren. Ich erstarrte, als ich sah, dass Kyran sein Schwert gezogen hatte, dessen silbriger Stahl selbst hier im Halblicht förmlich erstrahlte. Kälte kroch durch meine Adern, ganz langsam, ausgehend von meinen Zehen bis hoch in die tiefsten Haarwurzeln, als ich die Waffe vor mir sah. Ich musste mich förmlich zwingen, den Blick von der scharfen Klinge abzuwenden und daran vorbeizuschauen, geradewegs in Kyrans Augen, in deren Edelsteingrün gerade nichts Weiches zu erkennen war. Seine Augen bohrten sich in meine.

Haze sog hörbar die Luft ein und sprang auf, doch ich hob die Hand, um ihn daran zu hindern, etwas Unbedachtes zu tun. Mein Blick war weiterhin starr auf Kyran gerichtet.

»Schon in Ordnung, Haze«, sagte ich ruhig.

Langsam fuhr meine Hand zu dem Dolch an meinem Gürtel und legte sich um den kühlen Griff. Wie Kyran es mir gezeigt hatte, hielt ich die Waffe locker und zugleich sicher – die Spitze deutete auf Kyrans Gesicht.

Einer angreifenden Schlange gleich, zuckte sein Schwert plötzlich in meine Richtung. Überrumpelt schnappte ich nach Luft, taumelte einen Schritt rückwärts, riss den Dolch hoch.

Mehr durch Glück als durch Geschick traf meine Klinge auf seine und lenkte sie ab, sodass sie an meinem Gesicht vorbei ins Leere fuhr.

Erschrocken starrte ich Kyran an. Der Wind, der durch die Bäume rauschte, spielte mit seinem Haar und ließ einzelne Strähnen in sein Gesicht fallen, in seinen Augen tanzten goldene Funken wie Feuer in der Nacht, und er ließ mich nicht aus den Augen, als er sein Raubtiergrinsen zeigte. Das Spiel, das er mit mir trieb, erinnerte mich auf beängstigende Weise an eine Katze, die mit einer Maus spielte, und einen entsetzlichen Herzschlag lang war ich nicht sicher, ob er es genauso grausam enden lassen würde. Ein Teil von mir traute es ihm zu, und das beunruhigte mich zutiefst.

Unbeholfen wagte ich einen Ausfallschritt nach vorne und schlug mit dem Dolch nach Kyran, doch die Leichtigkeit, mit der er die Attacke parierte, ließ keinen Zweifel daran, wie schwach mein Versuch gewesen war. Meine Schneide glitt an der Schwertklinge ab, haltlos stolperte ich von der Wucht meines eigenen Schlags getragen nach vorne an Kyran vorbei und wäre beinahe in den Bach getorkelt, wo die Reittiere nun die Köpfe hoben und mich irritiert musterten. Kyrans Lachen begleitete mich, ließ mir das Blut in die Wangen schießen und meinen Puls rasen.

Ich fuhr herum, wollte einen zweiten Vorstoß wagen, deutete einen Schritt nach links an und hieb dann ganz unvermittelt von der anderen Seite zu, doch er hatte mein Manöver mit Leichtigkeit durchschaut. Mit einem metallischen Klirren prallte meine Waffe auf seine, so hart, dass ich die Wucht schmerzhaft in meinem Arm und meiner Schulter spürte. Ich schreckte zurück, als ich merkte, dass ich keine Chance hatte, an ihn heranzukommen. Ruhig, beinahe gemächlich ließ er seine Klinge kreisen, malte silbrige Schleifen in die Luft und hielt mich mühelos auf Abstand. Um ihn mit meinem kurzen Dolch zu erreichen, hätte ich mich viel zu nah in die Reichweite seines Schwerts vorwagen müssen – so weit, dass es mich Blut, eine Hand oder gar mein Leben hätte kosten können, wenn er sich nicht bremste.

Trainierten wir hier gerade? Oder war das ernst? Ich suchte nach dem vergnügten Funkeln in seinen Augen, das mich beruhigt hätte, doch ich konnte seinen Blick nicht deuten, und plötzlich schnürte mir die Angst die Kehle zu. Kyran ging zu weit, als dass sich die Situation noch harmlos angefühlt hätte, und ich hatte keine Ahnung, was in ihn gefahren war.

In geduckter Haltung huschte ich ein paar Schritte zur Seite, umkreiste Kyran, suchte nach einer Schwäche in seiner Abwehr, doch er folgte jeder meiner Bewegungen. Auf jeden meiner Schritte folgte einer von ihm, als befänden wir uns plötzlich in einem merkwürdigen Tanz, dessen Regeln ich nicht beherrschte.

»Das ist nicht fair«, presste ich zwischen zusammengebissenen Zähnen hervor und bemühte mich vergeblich, das Beben in meiner Stimme zu verbergen. »Wie bei allen fünf Monden soll ich mit meiner kurzen Klinge eine Chance gegen ein Langschwert haben?«

In provozierend lässiger Art zuckte er mit den Schultern. »Sei nicht albern, Rabenmädchen. Wer hat dich auf die Idee gebracht, das Leben sei fair? Meinst du denn – vorausgesetzt, du findest dich je in einem ernsthaften Kampf wieder – dass dein Gegner Rücksicht nehmen wird und dir zuliebe zu einer kürzeren Waffe wechselt?«

Die Tatsache, dass er recht hatte, machte mich nur noch zorniger. Mit einem frustrierten Schrei sprang ich nach vorne, stieß mit dem Dolch nach ihm und hätte die Waffe beinahe fallengelassen, als Metall klirrend auf Metall traf. Gerade noch konnte ich der Klinge ausweichen, strauchelte und landete hart auf den Knien, als Kyran nachsetzte. Ein zorniges Fauchen entrang sich meiner Kehle. Und das Schlimmste – das, was mich am allerwütendsten machte – war, dass er sich noch nicht einmal Mühe geben musste, um mich vorzuführen.

Wie ein schimmernder Schatten flog etwas an uns vorbei, so nah, dass ich den Luftzug an meiner Wange spürte, und verfehlte Kyrans Gesicht um Haaresbreite: Haze' Wurfdolch, der in einem Baum hinter Kyran stecken blieb. Während Kyran nicht einmal mit einer Wimper zuckte, entwich mir ein erschrockenes Keuchen.

»Schluss mit diesem Schwachsinn!«

Die Bäume warfen die Stimme, die mir so bekannt und in diesem Moment doch so fremd war, als unheimliches Echo zurück. Ich erstarrte und fragte mich beklommen, ob das tatsächlich gerade Haze' Stimme gewesen war. Ich hatte ihn in all den vergangenen Jahren fröhlich und wütend erlebt, genervt und ausgelassen, ernst und frech, aber niemals so eiskalt und schneidend wie jetzt.

Als ich mich ihm ganz langsam und vorsichtig zuwandte, erschrak ich über seinen starren Blick und seine angespannte Körperhaltung. Seine Hand, die gerade noch das Messer geworfen hatte, lag jetzt an seinem Bogen. Noch hatte er ihn nicht ergriffen, keinen Pfeil aufgelegt, ihn nicht gespannt, doch in diesem Moment traute ich ihm *alles* zu.

»Geh weg von ihr, und lass sie in Ruhe.« Sein Tonfall jagte mir einen Schauer über die Arme.

Kyran zog verblüfft die Augenbrauen hoch, und jeden Moment rechnete ich damit, dass er etwas Provokantes sagen würde. Etwas, was Haze' Geduldsfaden reißen lassen und schlimme Konsequenzen haben würde.

»Haze, ich … es ist alles gut«, brachte ich schwach hervor, meine Stimme viel zu hoch, um entspannt zu klingen, und beeilte mich damit, Kyran zuvorzukommen, um zu verhindern, dass er die explosive Situation noch verschärfte.

»Nein, Lelani, ist es nicht.« Jede Silbe war so überdeutlich betont, dass ich den Eindruck gewann, Haze müsste sich mit aller Macht zusammenreißen, um nicht loszubrüllen. »Er – er könnte dich verletzen!«

Er wollte mich beschützen? Darum war er so angespannt, bereit, einen Pfeil auf Kyran abzufeuern oder sich mit den Fäusten auf ihn zu stürzen, so zorngeladen und bedrohlich?

Ich räusperte mich, um den Kloß aus meiner Kehle zu lösen, der sich gebildet hatte. »Er tut mir doch nichts, es ist nur ein … Spiel, eine harmlose Übung.« Dabei war ich mir dessen nicht mal halb so sicher, wie ich Haze weismachen wollte – manchmal fiel es mir unsagbar schwer, Kyran einzuschätzen. Im einen Moment war er nichts weiter als ein goldhaariger Märchenprinz, für den die ganze Welt ein einziger großer Scherz war, und dann wiederum blitzte etwas hinter seinem breiten Lächeln auf, was ich nicht zuordnen konnte und was mich mehr beunruhigte, als ich Haze gegenüber je zugegeben hätte.

Haze atmete ein paarmal tief ein und aus und lockerte die zu Fäusten geballten Hände. »Außerdem ist es ein Wurfdolch«, murmelte er. »Er ist nicht dazu gedacht, dass du damit nach Leuten hackst wie mit einem Fleischerbeil und ihn immer wieder gegen eine Schwertklinge schmetterst. Was ihr da macht, ist Unsinn. Wenn du wissen willst, wie man damit umgeht, warum fragst du mich dann nicht einfach?«

Langsam legte Kyran jetzt den Kopf schief, sein Blick wanderte von mir zu Haze und sein Grinsen bekam etwas Wölfisches. »Interessant. Die Eifersucht raubt dir ja fast die Sinne.«

Nicht nur Haze schnappte vernehmbar nach Luft, auch ich atmete scharf ein. Mein erster Impuls war es, die Unterstellung als blöden Unsinn abzutun, doch war es das wirklich? Die Vorstellung schien mir absurd, verrückt, und ich dachte daran, wie oft ich im Dorf beteuert hatte, Haze und ich seien nur Freunde – und doch: Wäre Eifersucht nicht eine Erklärung für seinen Hass Kyran gegenüber?

Nein, das war absurd. Alles in mir sträubte sich dagegen, so einen Schwachsinn in Erwägung zu ziehen.

Und viel wichtiger: Ich musste verhindern, dass Haze und Kyran aufeinander losgingen. Ich wollte beschwichtigen, das Thema wechseln, Haze um seine Hilfe mit dem Dolch bitten, doch ehe ich den Mund öffnen konnte, bemerkte ich, dass wir nicht mehr allein waren.

Kapitel 14
Frischer Schnee

Ein Rascheln, zu laut, um von einem kleinen Tier zu stammen.
Das Knacken eines brechenden Asts.

Vor allem jedoch eine Änderung in der Atmosphäre, die ich mehr spürte als hörte oder sah. Ich war nicht die Einzige, die es bemerkt hatte – auch Haze und Kyran zuckten zusammen und sahen sich alarmiert um. Kyran hob sein Schwert auf Augenhöhe und nahm eine geduckte Haltung ein, Haze' Hand fuhr erneut zu seinem Bogen und erstarrte, als eine Stimme erklang.

»Das würde ich nicht tun.«

Sie kamen von oben aus den Baumkronen, seilten sich geschickt ab und landeten weich auf dem Waldboden. Sie waren um uns herum, zwischen uns, trennten uns voneinander. Wie bei allen fünf Monden war es möglich, dass keiner von uns sie früher bemerkt hatte? Doch noch während ich mir diese Frage stellte, war mir die Antwort klar: Wir waren so beschäftigt und abgelenkt gewesen, dass wir nichts um uns wahrgenommen hatten, nicht einmal Haze, dessen geschärfte Sinne darauf trainiert waren, jedes Knacken im Unterholz und jede Bewegung im Wald zu bemerken. Zudem trugen sie Kleidung, die sie in den Schatten der Bäume beinahe unsichtbar machte: Hosen

176

und Hemden in dunklen Grün- und Brauntönen. Ihre Bewegungen waren geschmeidiger als die der meisten Menschen, sie schlichen beinahe, bewegten sich wie unsichtbare Schemen zwischen uns. Einer machte sich an den Reittieren zu schaffen, während die anderen ihre Waffen auf uns richteten: krumme, schartige Klingen, Säbel, Dolche – ein wildes Sammelsurium. Und obwohl nichts so recht zusammenpasste, schien es doch bestens dazu geeignet, Menschen zum Bluten zu bringen.

Schrecken breitete sich in meinen Händen und Füßen aus wie Eiswasser, sodass ich sie kaum mehr spürte. Schwarze Punkte tanzten vor meinen Augen, und ein Kribbeln breitete sich in meinem Hinterkopf aus. Maßlos überfordert blicke ich mich um und klammerte mich an das Einzige, woran ich mich festhalten konnte: meinen Dolch. Meine Hand schloss sich so fest um den Griff, dass die Fingerknöchel weiß hervortraten.

Einer der Männer kam mir näher, so nah, dass mir der muffige Geruch seiner Kleidung in die Nase stieg. Sein Kopf war kahl wie ein runder, weißer Stein, doch was ihm auf dem Haupt an Haaren fehlte, machte der üppige, mausbraune Bart wett, der ihm bis auf die Brust reichte. Unruhig huschte der Blick seiner wässrigen Augen hin und her, bohrte sich schließlich in meinen und ließ ihn nicht mehr los. Seine Bewegungen hatten etwas seltsam Ruckartiges an sich, was mich verstörte und mir Angst machte. Irgendetwas stimmte nicht mit ihm, er hatte etwas Fremdartiges, Animalisches an sich.

Er beugte sich weiter zu mir vor – und schnupperte an meinem Gesicht! Vor Entsetzen konnte ich mich nicht rühren, als sich seine Nasenflügel blähten und er ganz tief die Luft einsog.

»Alle Achtung, das war ein hübscher Hinterhalt. Wir haben euch tatsächlich nicht bemerkt. Wenn die Herren nun so gütig wären, uns zu verraten, was sie von uns wollen, damit wir alle wieder unserer Wege gehen können ...« Kyrans gelangweilter Tonfall stand in einem krassen Gegensatz zu seiner ange-spannten Haltung, und ich hätte ihn dafür schütteln und ohr-feigen können, dass er nicht einmal jetzt, in dieser bedrohli-chen Lage, den nötigen Ernst an den Tag legen konnte.

»Nur eine Kleinigkeit, dann können wir voneinander schei-den.« Einer der Männer trat ins Zentrum des Geschehens, stolzierte hin und her und ließ den Blick über mich, Haze und Kyran schweifen. Von jenem, der wie ein wildes Tier an mir geschnuppert hatte, hätte er sich kaum deutlicher unterschei-den können: Sein dunkler Bart war gestutzt, die Haare kurz geschnitten, seine Gesten geradezu geziert. »Wir wären euch verbunden, wenn ihr euch eurer Wertgegenstände entledigt.«

»Silber! Sie hat Silber«, bellte der merkwürdige, animalische Glatzkopf rau. Immer noch stand er direkt vor mir, jetzt grins-te er über das ganze Gesicht. Bei seinen Worten wandten sich mir sofort alle Köpfe zu.

»Silber«, schnurrte der Mann mit dem gestutzten Bart zärt-lich.

»Silber«, flüsterte es aus vielen Kehlen, ein geisterhaftes Echo des Wortes.

Mit einer Hand bedeckte ich das Amulett, meine andere hielt zitternd den Dolch hoch, um mir den Glatzkopf vom Leib zu halten.

»Ich fürchte, ich muss darauf bestehen, dass Ihr mir dieses Schmuckstück aushändigt.« Auffordernd nickte der Geck mir zu.

»Niemals«, flüsterte ich. Der Anhänger war das Letzte, was ich jemals freiwillig aufgeben würde.

Ungeduldig schnalzte er mit der Zunge. »Hol es dir, Bark,

worauf wartest du? Miss Snow wird überaus erfreut sein, wenn wir zurückkehren.«

Ein breites Grinsen zog sich über das Gesicht des Glatzkopfs, er grabschte nach meinem Medaillon, und ich reagierte, ehe ich einen klaren Gedanken fassen konnte. Mit einem Schrei sprang ich einen Schritt zurück, ließ den Dolch vorschnellen und verfehlte seine Hand nur knapp. Er grunzte überrumpelt, zog die Augenbrauen zusammen und hob seine Waffe, die mich verdächtig an ein Fleischerbeil erinnerte. Aber ich hatte nicht vor, ihm die Chance zu geben, mir mein Schmuckstück mit Gewalt zu entreißen. Katzengleich fuhr ich herum und sprintete los, geradewegs auf einen der Männer zu, der zu verblüfft war, um schnell zu reagieren. Im allerletzten Moment schlug ich vor ihm einen Haken, wich aus und stürmte an ihm vorbei, so schnell mich meine Beine trugen. Ein schmerzhafter Ruck ging durch meine Kopfhaut, als er einige meiner Haare zu fassen bekam.

Hinter mir hörte ich Haze' dumpfes Knurren und das Klirren von Metall auf Metall, doch ich konnte weder stehenbleiben, noch nach meinen Reisegefährten sehen. Ich hoffte nur inständig, dass die Sache für uns alle glimpflich ausgehen würde.

Weg, ich muss weg, hämmerte es durch meinen Kopf.

Große Hände griffen nach mir, und ich ließ mich fallen, schlitterte über morastigen Waldboden, kam irgendwie wieder hoch und hetzte mit gesenktem Kopf weiter.

Fliehen, immer schneller und weiter.

»Nun haltet sie schon auf, steht nicht so unnütz herum«, brüllte der Anführer.

Ich kann es schaffen.

Wenn ich nur zwischen den Bäumen untertauchte, mich im Unterholz versteckte, ihren Blicken entging …

Doch meine Gedanken wurden jäh unterbrochen, als etwas auf meinen Hinterkopf traf, so fest, dass mir schwarz vor Augen wurde. Haltlos taumelte ich ein paar Schritte weiter, dann schien der Boden rasant näherzukommen, und ich konnte gerade noch die Hände schützend vor mein Gesicht reißen, bevor ich im Morast landete.

*

»Nun seht sie euch doch an. Keine unnötigen Verletzungen, da war Miss Snow doch deutlich.«

»Aber sie wäre sonst entkommen! Mitsamt dem Silber wäre sie uns durch die Lappen gegangen.«

Ich stöhnte leise. Die Stimmen klangen seltsam gedämpft und waren doch so laut, dass sie hämmernde Kopfschmerzen verursachten. Das Tageslicht, so sehr es auch vom dichten Blätterdach gemildert wurde, brannte in meinen Augen, als ich sie blinzelnd öffnete.

Ich konnte nicht sehr lange bewusstlos gewesen sein, oder? Noch immer lag ich mit dem Gesicht nach unten am feuchten Boden, während eine Stelle an meinem Hinterkopf pochende Schmerzstöße durch meinen Schädel sandte, doch etwas hatte sich verändert: Da waren jetzt Schuhe in meinem Blickfeld, die ich erst nach mehrmaligem Blinzeln klarer sehen konnte. Das mussten die Männer sein, die uns überfallen hatten und sich jetzt um mich versammelten.

Den Heldinnen in Aphras Geschichten wäre jetzt etwas Schlaues eingefallen, etwas Lebensrettendes. Angestrengt dachte ich nach: Sollte ich so tun, als sei ich noch bewusstlos oder gar tot, nur um dann, wenn sie nicht damit rechneten, überraschend aufzuspringen und loszurennen? Konnte ich einen von ihnen mit meinem Dolch überwältigen und als Geisel nehmen, sodass die anderen mich gehen ließen? Und was war mit Haze und Kyran? Waren sie überhaupt noch am Leben? Bei diesem Gedanken wurde mir eiskalt. Was, wenn die Fremden ihnen etwas angetan hatten? Irgendetwas musste ich unternehmen!

Aber ich kam gar nicht erst zu einer Entscheidung, denn schon stieß jemand mit der Fußspitze leicht in meine Seite und entlockte mir ein unfreiwilliges Schnaufen.

»Sie ist wach.« Ich erkannte die Stimme – das musste der mit dem gestutzten Bart sein!

Große Hände umfassten meine Schultern und drehten mich herum, sodass ich auf dem Rücken lag. Ich hatte erwartet, dass die Männer mich gröber behandeln würden, mich vielleicht einfach an den Haaren herumreißen oder brutal stoßen würden, doch der bärtige Glatzkopf, der mich auf den Rücken gedreht hatte und sich jetzt über mich beugte, ging erstaunlich behutsam mit mir um.

»Das Silber«, brachte er mit seiner rauen, unartikulierten Stimme hervor und griff nach dem Amulett.

Mir sank der Mut, Verzweiflung übermannte mich. Der Mondstein war alles, was ich hatte. Alles, was mich mit meiner Mutter und meiner Herkunft verband, mein einziger Hinweis. Ohne ihn verlor diese ganze Reise schlagartig jegliche Bedeutung, ohne ihn war ich halt- und orientierungslos und würde niemals herausfinden, wer ich wirklich war. All die Fragen, die mir quälend auf der Seele brannten, würden auf ewig unbeantwortet bleiben.

»Bitte nicht«, flüsterte ich erstickt.

Für den Bruchteil einer Sekunde schien es mir, als würde sein Blick weicher, doch dann griff er nach dem Medaillon und in mir setzte etwas aus. Für mich zählte nur noch eines: mein Amulett zu verteidigen, um jeden Preis. Ich schlug seine Hände weg, versuchte mich unter ihm hervorzuwinden, kratzte und boxte nach seinem Gesicht. Unwillig brummte er und wich zurück, nicht etwa, weil ich ihn verletzt hätte, sondern weil ihn meine energische Gegenwehr kalt erwischte.

Als ich mich am Boden wand, verzweifelt darum bemüht, aus seiner Reichweite zu gelangen, spürte ich etwas Kaltes, Hartes unter meinem Rücken.

Mein Dolch! Er musste mir bei meinem Sturz aus der Hand gefallen sein.

Für Zögern, Zweifel und Überlegungen war jetzt keine Zeit, ich musste handeln. Meine Hand schnellte nach hinten unter meinen Rücken und dann wieder nach vorne, direkt in das Gesicht meines Gegenübers. Mit einem dumpfen Laut zuckte der Mann zurück und bedeckte sein Gesicht, zwischen seinen Fingern quoll Blut hervor.

Ich wartete nicht, um zu sehen, wie schwer ich ihn verletzt hatte, sondern rollte mich herum, kam auf die Knie, stieß mich ab und sprintete los.

»Lelani!«, hörte ich Haze brüllen, doch ich konnte kaum zuordnen, woher seine Stimme kam. Ich sah nur die Männer, die sich mit verschränkten Armen vor mir aufgebaut hatten wie eine undurchdringliche Mauer und suchte hektisch nach einer Möglichkeit, zu entkommen.

Etwas schloss sich um meinen Knöchel, und ich schlug hart der Länge nach auf, schluckte Blätter und Moos, sodass ich hustend Dreck ausspuckte. Mit einem kräftigen Ruck zog mich der Glatzkopf zurück, und diesmal sprangen ihm zwei der anderen Männer zur Seite, drehten mich erneut auf den Rücken, nagelten mich am Boden fest. Ich zappelte wie ein Fisch auf dem Trockenen, doch ich hatte keine Chance zu entkommen, diesmal nicht. Sie packten meine Handgelenke so fest wie Schraubzwingen, drückten sie zu Boden und wanden mir den Dolch grob aus der Hand.

Eine Schnittwunde zog sich über die Wange des Glatzkopfs, vom Ohr bis zum Mundwinkel, und hellrotes Blut quoll daraus hervor. Ich befürchtete, er würde mich schlagen oder mir Schlimmeres antun, weil ich ihn verletzt hatte, doch er warf mir nur einen finsteren Blick zu und hielt meine strampelnden Beine fest.

Ein weiteres Gesicht tauchte in meinem Blickfeld auf: der Dunkelhaarige, der wohl die Anführerrolle einzunehmen schien. »Ein guter Versuch.« Es klang ehrlich anerkennend. »Den armen Bark hast du ganz schön erwischt – wie gut, dass er auch vorher keine Schönheit war, da ist es nicht allzu gravierend.«

Der Glatzkopf ließ ein Schnauben ertönen.

»Bitte lasst uns einfach gehen«, flehte ich.

»Oh, aber genau das haben wir vor. Sobald wir euch eurer wertvollen Dinge entledigt haben, steht es euch völlig frei, weiterzuziehen.«

»Ihr könnt alles haben! Ich – ich habe ein paar Münzen in meinem Stiefel. Viel ist es nicht, aber nehmt es euch.«

»Das werden wir«, entgegnete er, nicht unfreundlich.

»Aber bitte lasst mir mein Amulett«, flüsterte ich. »Ihr habt ja keine Ahnung, was es mir bedeutet!«

»Bedaure, aber das kommt nicht infrage.« Wieder näherte sich eine Hand meinem Schmuckstück und diesmal hatte ich keine Möglichkeit, mich zu wehren, wurde ich doch noch immer von den Männern festgehalten. Die Machtlosigkeit schlug wie eine Woge über mir zusammen und trieb mir heiße Tränen in die Augen.

Ich schrie, heulte und schluchzte, als er das Medaillon umfasste, obwohl ich wusste, dass sie mir auch jetzt nicht helfen würden.

Es war vorbei, es war hoffnungslos. Meine Reise war zu Ende.

Denk an das Mondlicht, mein Stern: kühl, klar, ruhig. So muss ein Magier sein, um die Kraft der Monde zu nutzen, um Dinge zu ändern, zu formen, zu verzaubern.

Aphras Worte kamen mir in den Sinn, doch jetzt gerade erschienen sie mir wie blanker Hohn. Wie um alles in der Welt sollte ich in so einer Situation ruhig sein und klar denken? Ich erinnerte mich daran, wie ich unter ihrer Anleitung auf die Magie der Monde zugegriffen hatte und eine feste, hölzerne Haarspange in meiner Hand in eine schimmernde Flüssigkeit verwandelte – mit aller Macht versuchte ich nach den Kräften, die ich damals verspürt hatte, zu greifen, doch sie entglitten mir und verbargen sich tief in meinem Inneren. Je mehr ich mich anstrengte, desto ferner rückte die Mondmagie.

Vor Frustration hätte ich am liebsten laut aufgeheult. Ich *wusste* doch, dass dieses Potenzial in mir verborgen war, ich hatte es gespürt, hatte die magischen Kräfte gewirkt! Doch jetzt, als es darauf ankam, ließ mich meine Gabe im Stich.

Nicht zum ersten Mal fragte ich mich, was mir diese Magie brachte, wenn ich doch überhaupt keine Möglichkeit hatte, sie zu wirken. Es war, als hätte man mir einen unermesslich kostbaren Schatz in einer Truhe geschenkt, deren Deckel ich nicht öffnen konnte, so sehr ich auch daran rüttelte, zerrte und kratzte.

Also hörte ich auf zu zerren. Was half es, zu kämpfen, wenn ich doch nur gegen Wände anrannte? Alle Kraft verließ meinen Körper, und jeder Mut verließ meinen Geist.

Ich schloss die Augen, ließ mich fallen, sank tiefer in meine eigene Gedanken- und Gefühlswelt. Und in dem Moment, als ich aufhörte zu kämpfen, spürte ich, dass sich etwas änderte.

In der Dunkelheit meiner geschlossenen Augenlider war es mir plötzlich, als könnte ich den Strom der Magie, der durch meine Adern floss, nicht nur fühlen, sondern auch *sehen:* ein schmales, schimmerndes Rinnsal aus irisierendem Hellblau und Perlmutt, das sich durch die Dunkelheit zog, auf jeden meiner Atemzüge reagierte, sich wie eine träge Schlange wand und ringelte. Das also war meine Magie, und als ich sie bestaunte, verschwanden jegliche Angst und Verzweiflung.

Wie von selbst fanden meine Atemzüge einen ruhigen Rhythmus, und mein Herzschlag wurde eins mit ihm. Ich war verbunden mit meiner Magie, und alles ringsumher schien an Bedeutung zu verlieren.

Ich war so gefangengenommen von der tiefen Ruhe in meinem Inneren, dass mir erst gar nicht auffiel, wie still es auch um mich herum geworden war. Ich schlug die Augen wieder auf und blickte in das Gesicht des Mannes, der sich über mich beugte und dessen Hand mein Amulett umklammerte. Seine Wangen hatten jegliche Farbe verloren und waren ganz fahl, seine Lippen hatten einen bläulichen Schimmer angenommen. Wie im tiefsten Winter kondensierte sein Atem in kleinen Wölkchen vor seinem Mund.

»Ich ... kann es nicht loslassen«, krächzte er, und seine Stimme war ein Echo des Entsetzens, das ich in seinen Augen las. »Meine Hand – meine Hand! Sie ist daran festgefroren.«

Ein mildes Lächeln trat auf meine Lippen, als ich begriff,

was geschehen war. Mein sehnlicher Wunsch, das Amulett zu schützen und bei mir zu behalten, war Realität geworden – der Räuber konnte es mir weder wegnehmen, noch konnte er seine Hand zurückziehen. Verwirrung, Unglaube und Furcht standen ihm ins Gesicht geschrieben.

Es dauerte nur einen Moment, dann ließ die Magie nach, sodass er sich befreien konnte und einen Schritt zurücktaumelte. Jetzt erst bemerkte ich, dass Klingen und misstrauische Blicke auf mich gerichtet waren.

Langsam stützte ich mich auf die Ellenbogen, setzte mich dann auf und versuchte, das Chaos um mich herum zu überblicken: Sieben Männer waren es, die uns überfallen hatten, wenngleich ich anfangs den Eindruck gehabt hatte, es seien viel mehr. Einer hielt unsere Reittiere an den Zügeln, drei weitere hatten sich um mich geschart. Die übrigen Männer hielten Haze und Kyran in Schach, die ihre Waffen gesenkt hatten und mich verwirrt musterten.

»Wir nehmen sie mit zu Miss Snow«, beschloss der Anführer nach einem endlos scheinenden Moment und räusperte sich. »Sie soll sich das ansehen und entscheiden, was zu tun ist. Ja, sie wird es wissen.«

*

Ein Stoß traf Haze in den Rücken und ließ ihn vorwärts stolpern, um ihn dafür zu bestrafen, dass er sich gegen seine Fesseln auflehnte. Mit wutverzerrtem Gesicht drehte er sich zu dem Räuber hinter ihm um, doch dieser lachte nur, zerrte einmal kräftig an den Fesseln und brachte Haze damit erneut fast aus dem Tritt.

Ich warf meinem Freund einen beschwörenden Blick zu. Es

brachte im Moment nichts, sich gegen die Männer aufzulehnen. Sie hatten uns überwältigt, und ich befürchtete, sie würden Haze verletzen, wenn er sie weiter provozierte. Wir mussten das Spiel mitspielen, zumindest für den Augenblick – solange unsere Hände gebunden und scharfe Waffen auf uns gerichtet waren.

Mit dünnen Seilen hatten sie unsere Handgelenke eng hinter unseren Rücken zusammengeschnürt und trieben uns nun vorwärts wie Schafe, die auf eine Weide geführt wurden. Beklommen stellte ich fest, dass wir schon ziemlich vom Weg abgekommen waren und immer tiefer in den Wald vordrangen, immer tiefer in das Gewirr aus Zweigen, Ranken und Dornen, die mit langen Fingern nach uns zu greifen schienen, um uns für immer zu verschlingen. Die dicken Flechten, die von den massigen Ästen herabhingen, wirkten wie geisterhafte Schleier. Als ich unter ihnen hindurchging und sie meinen Kopf und meine Schultern streiften, zog sich ein Schauer über meinen Rücken. Dass irgendwann der Abend hereinbrach, die Schatten länger wurden und auch noch die letzten hellen Flecken auf dem Waldboden verschluckten, schien die Räuber kein bisschen zu stören, nur mein Amulett beäugten sie immer wieder skeptisch und vermieden jede Berührung damit.

Immer wieder leuchteten kreisrunde, gelbe Augen zwischen den Baumstämmen hervor und aus den Kronen der Bäume herab: Dämmerkatzen, die in sicherer Entfernung um uns herumschlichen, zu scheu, um sich uns zu nähern, und doch neugierig genug, um jede unserer Bewegungen zu verfolgen. Ich zuckte heftig zusammen und unterdrückte einen Schrei, als etwas direkt neben mir aufflog und sich wild flatternd in die Lüfte erhob – aber es war nur irgendein Nachtvogel, der aufgescheucht worden war.

Ein ersticktes Prusten war aus Kyrans Richtung zu hören. Ungläubig starrte ich ihn an und erkannte im schwachen Licht, dass er tatsächlich beinahe lachen musste, weil ihn mein Schreck so amüsierte. Sogar jetzt schien er das alles nur für einen Scherz zu halten, und am liebsten hätte ich ihm dafür entsetzliche Schmerzen zugefügt, dass er den Ernst der Lage nicht begriff. Verstand er denn nicht, dass wir in Gefahr schwebten?

Doch, aber so ist nun mal das Leben, antwortete sein Blick, und ich wurde den Eindruck nicht los, dass er wider alle Vernunft jeden Moment davon genoss.

An manchen Stellen standen die Bäume so dicht, dass ich glaubte, wir könnten überhaupt nicht weitergehen, sie schienen eine undurchdringliche Wand zu bilden. Doch unsere Entführer hielten geradewegs darauf zu und trieben uns weiter, indem sie uns die Spitzen ihrer Waffen drohend in den Rücken bohrten, und tatsächlich taten sich bei genauem Hinsehen einzelne Lücken auf, die gerade breit genug waren, um sich hindurchzuquetschen. Die Reittiere durch derartige Engpässe zu bugsieren, gestaltete sich schwieriger, und irgendwann fiel mir auf, dass einer der sieben Männer mit Wolkenfell, Sylphie und Haze' namenlosem Schecken verschwunden war, um einen anderen Weg zu nehmen. Ich wünschte ihm insgeheim, Wolkenfell würde sich von seiner charmantesten Seite zeigen und ihm den Kopf abbeißen, doch nachdem das Glück heute nicht auf meiner Seite war, machte ich mir da keine großen Hoffnungen.

Längst hatte ich die Orientierung verloren. Ich hatte nicht die geringste Ahnung, aus welcher Richtung wir gekommen waren, und selbst wenn mir eine Flucht geglückt wäre, hätte ich nie und nimmer zum halbwegs sicheren Weg zurückgefunden. Das Amulett hätte mich zwar weiter in Richtung meines Ziels geleitet, doch durch was für gefahrenvolle Regionen, in was für Schluchten und Sackgassen? Als mir das bewusst wurde, sank mir der Mut: So sehr ich auch entkommen wollte, so sehr war ich doch gerade auf die Räuber angewiesen, die sich im Wald auskannten.

Bald war es so dunkel, dass man die Hand vor Augen kaum sehen konnte. Die Männer entzündeten Laternen, scherten sich aber nicht darum, dass ich und meine beiden Begleiter weiterhin im Dunkeln tappten. Und so stolperten wir mehr als einmal über Wurzeln und Dornensträucher. Der warme, flackernde Lichtschein, der durchs verrußte Glas der Laternen fiel, half nicht dabei, den schauerlichen Eindruck zu vertreiben, ganz im Gegenteil: Er zauberte lange, tanzende Schatten ins Wirrwarr des Waldes, so tief, dass sie beinahe körperlich greifbar zu sein schienen.

Ich spürte zuerst die Veränderung, bevor ich sie sah: Plötzlich war der Boden unter meinen Füßen härter, statt in weiches Moos oder stacheliges Gestrüpp trat ich auf festgetrampelte Erde und sogar vereinzelte flache Pflastersteine. Und gerade, als ich begriff, dass wir wieder einen Weg oder sogar eine schmale Straße erreicht hatten, entdeckte ich sie weiter vorne: Lichter in der tiefsten Dunkelheit, auf die wir uns zubewegten.

Andere Menschen mit Laternen oder Fackeln? Lagerfeuer? Aber ich irrte mich. Der Engpass aus dunklen Baumriesen lichtete sich, und als wir auf eine Lichtung hinaustraten, hatten wir plötzlich wieder freien Himmel über uns. Milde strahlten die Monde und Sterne auf uns herab, und meine Brust fühlte sich augenblicklich befreiter an, als das Mondlicht meine Haut streichelte.

Wie angewurzelt blieb ich stehen, als ich sah, was da vor uns war. Meine Augen weiteten sich, und ich widerstand dem

189

Drang, mich zu kneifen, um sicherzugehen, dass ich nicht träumte. Es war einfach zu verrückt, um wahr zu sein.

Am Rande der Lichtung, unter ein schützendes Dach aus Tannenästen geschmiegt, befand sich das Letzte, was ich hier in der Wildnis erwartet hätte: ein Haus, das mit seinen hell erleuchteten Fenstern im finsteren Wald so merkwürdig deplatziert wirkte, dass ich mich einen Moment lang fragte, ob ich halluzinierte. Ungläubig starrte ich es an. Inmitten dieser Schauerlandschaft war es wie ein einladendes, heimeliges Nest.

Diesmal mussten die Männer mich nicht vorantreiben, ich beschleunigte freiwillig meine Schritte. Gerade konnte ich mir nichts Verlockenderes vorstellen als dieses hübsche Haus mit den schiefen Schindeln auf dem Dach, den offenen Fensterläden und der Holztür, über der ein Schild leise quietschend im Wind schwang: *Taverne zum siebten Hügel* stand darauf in geschwungenen Lettern, wie ich im blassen Licht erkennen konnte, als wir uns dem Gebäude näherten.

Mir war völlig gleichgültig, warum die Männer uns hierherbrachten und was genau sie sich davon versprachen, ich sehnte mich nach der Sicherheit fester Wände, welche die Schatten des Waldes und die gelben Augen, die in der Finsternis leuchteten, aussperrten. Ich träumte von der Wärme eines prasselnden Feuers, ein paar Löffeln heißer Suppe, einem Schlafplatz, an dem ich nicht von Ameisen zerbissen wurde. Ob all das hier auf mich wartete? Mein Kopf sagte nein, immerhin kam ich als Gefangene hierher, nicht als Gast, und doch trat ich bereitwillig über die Schwelle, als der dunkelhaarige Anführer mit dem gestutzten Bart die Tür öffnete und eine einladende Geste machte.

Es dauerte einen Moment, bis sich meine Augen an die Helligkeit gewöhnt hatten und ich mich umsehen konnte. Wir befanden uns in einem gemütlichen Schankraum mit massiven Holztischen und ebensolchen Bänken. An den Wänden hingen Geweihe und Tierschädel von Hirschen, Rasselböcken und anderen Wesen, die ich nicht genauer zuordnen konnte. Das Herzstück war ein riesiger Kaminofen, dessen prasselndes Feuer den ganzen Raum mit behaglichem, warmem Licht erfüllte, das sich in den zahlreichen grünlichen Flaschen hinter der Theke spiegelte.

Staunend betrachtete ich das Zimmer, doch dann blieb mein Blick an etwas ganz Bestimmtem hängen: dem gigantischen Kessel voll Eintopf, der so herrlich würzig duftete, dass mir das Wasser im Mund zusammenlief. Große Stücke dunklen Fleisches schienen in einer kräftigen Brühe neben Rüben und Zwiebeln zu köcheln. Ich war so darauf fokussiert, dass ich die Person im Lehnstuhl erst wahrnahm, als sie den breitkrempigen Hut, der ihr beim Dösen ins Gesicht gerutscht war, abnahm und sich verärgert räusperte.

»Bitte sagt, dass das gerade ein schlechter Traum ist und ihr nicht wirklich so dämlich seid, wie ich denke«, fuhr sie die Männer an, die unter ihrem stechenden Blick und ihrem empörten Wortschwall plötzlich ganz betreten wirkten. »Da lässt man euch einmal alleine losziehen, ein einziges Mal, und ihr bringt nicht nur die Beute, sondern auch die ehemaligen Besitzer ebenjener mit nach Hause? Muss ich wirklich jedes einzelne Mal eure ungepflegten Händchen halten, damit ihr nicht alles vermasselt? Zumindest von *dir* hätte ich mehr erwartet, Tensin, nicht viel, aber zumindest etwas mehr.«

Der Mann mit dem gestutzten Bart trat vor und versetzte mir einen Stoß in den Rücken, sodass ich weiter in den Raum stolperte. »Das musst du dir ansehen, Snow. Wir haben gefunden, was wir brauchen, aber«, sein Blick blieb an meinem Amulett hängen, »es ist kompliziert.«

*

Sie war vielleicht nicht das, was ich unter einer klassischen Schönheit verstand, dafür war ihr Mund zu breit und forsch, ihre Schultern zu kräftig und die schwarzen Augenbrauen bewegten sich zu lebhaft, wenn sie sprach, doch sie hatte ein interessantes Gesicht, an dem man sich nur schwer sattsehen konnte.

Als Tensin, der Mann mit dem gestutzten Bart, geschildert hatte, was geschehen war und dass es Bark nur unter großer Mühe geglückt war, seine Hand von meinem Amulett zu lösen, verharrte sie einen Moment lang in ihrer Position – im Stuhl zurückgelehnt, die Füße in den derben Lederstiefeln auf dem Tisch. Dann schwang sie die schlanken Beine vom Tisch, kam mit großen Schritten auf mich zu, stemmte die Hände in die schmalen Hüften und baute sich vor mir auf. Geradezu unhöflich direkt wanderte ihr Blick über mein Gesicht und dann über meinen ganzen Körper bis zu meinen Füßen. Doch ich ließ mich nicht einschüchtern, sondern starrte stur zurück.

Sie war kaum älter als ich, beinahe um einen halben Kopf größer und schlank. Einer Frau wie ihr traute ich zu, wilde Pferde zu reiten, die höchsten Baumwipfel zu erklimmen und selbsterlegte Kaninchen über offenem Feuer zu grillen. Verblüfft stellte ich fest, dass sie mich beeindruckte.

Ihre Kleidung war unkonventionell, hätte im Dorf gewiss für schiefe Blicke, Getuschel und vielleicht sogar für abfällige Bemerkungen gesorgt, denn statt ihre Beine mithilfe eines langen Rocks zu verhüllen, trug sie enganliegende Lederhosen.

Ihr Haar war raspelkurz und pechschwarz, ihr Teint hatte die noble Blässe frisch gefallenen Schnees. Ich musste schlucken, so ungewohnt war der Anblick. Diese Frau musste unglaublich mutig sein.

Ein lebhaftes Funkeln lag in ihren schwarzen Augen, und ich hatte das Gefühl, ihrem wachen Blick entging nicht das geringste Detail. Die Lippen – so rot, als hätte sie gerade frische Waldbeeren gegessen – formten sich zu einem breiten Lächeln, als sie ihren Blick schließlich abwandte.

Da war etwas an ihrem Äußeren, was mir vage bekannt vorkam, obwohl ich mir sicher war, dass ich ihr noch nie zuvor begegnet war. An eine Frau wie sie hätte ich mich gewiss erinnert – oder? Da war etwas, was ich nicht so recht zu fassen bekam: Vielleicht war sie irgendwann in der Vergangenheit im Dorf gewesen, und ich hatte sie aus der Ferne gesehen? Oder sah sie einfach nur jemandem ähnlich? So sehr ich auch überlegte, ich kam einfach nicht dahinter. Mein Gehirn ließ mich wohl schon Gespenster sehen.

Ich war nicht die Einzige, die ihrem neugierigen Blick ausgesetzt wurde. Mit vor der Brust verschränkten Armen umkreiste sie Kyran, und was sie sah, schien ihr zu gefallen. »Was für ein Goldschatz«, schnurrte sie und ließ ihre Finger durch seine Haare gleiten. »Wie hübsch dein Gesicht ist!«

»Erzähl mir etwas, was ich noch nicht weiß«, entgegnete er trocken. »Zum Beispiel, was das alles soll und wo wir hier sind.«

Ihr Lächeln wurde noch etwas breiter. »Keine Sorge, das werde ich. Eine Erklärung ist vermutlich das Mindeste, was ich und meine Männer euch nach den Strapazen schuldig sind.«

Irgendwie störte mich, dass sie Kyran berührte. Ich fragte mich, ob er ihre Hand, die immer noch mit seinen goldenen

Haarsträhnen spielte, abgewehrt hätte, wenn seine Hände nicht nach wie vor hinter seinen Rücken gefesselt gewesen wären, und kam zu dem Schluss, er hätte sie vermutlich dennoch gewähren lassen. Ich konnte ihm nicht verübeln, dass er sie mit offenkundigem Interesse betrachtete, immerhin bot sie einen aufsehenerregenden Anblick. Es hätte mich nicht kümmern dürfen, natürlich nicht, und doch versetzte mir der Blick, den er ihr zuwarf, einen leichten Stich, den ich mir selbst nicht zu erklären vermochte.

Haze hingegen stand der Sinn nicht nach den Spielen der Schwarzhaarigen, mit verbissenem Gesichtsausdruck drehte er den Kopf beiseite, als sie nach seinem Kinn griff, um ihn besser mustern zu können. »Finger weg«, knurrte er und lehnte sich gegen seine Fesseln auf, bis Bark, der Glatzkopf, grob am Seil ruckte, mit dem Haze' Handgelenke gefesselt waren. Die Frau, die Tensin als Snow angesprochen hatte, lachte darüber nur.

»So, kompliziert soll es also sein, meint Tensin?« Sie strich sich übers kurze Haar und begann mit forschen Schritten im Raum auf und ab zu gehen. »Und dabei dachte ich eigentlich, es sei so simpel: Wir erleichtern die Menschen, die im Wald unsere Wege kreuzen, um ihre kostbaren Güter und lassen sie dann wieder ihrer Wege gehen. Und nun steht ihr hier, in meinem Schankraum, und das kostbarste Gut, das wir begehren, trägst du immer noch um deinen Hals, Mädchen. Ich muss gestehen, ich bin neugierig. Wie hast du das gemacht? Wie hast du den armen Bark davon überzeugt, er könnte dir das Amulett nicht abnehmen?«

Selbst wenn ich gewusst hätte, wie ich alles erklären sollte, hätte ich es nicht getan, also schwieg ich. Als sie die Hand nach dem Amulett ausstreckte, blieb mir der Atem weg, und meine Hände wurden feucht. Was, wenn es mir diesmal nicht gelänge, das Amulett bei mir zu behalten? Wenn die Magie, von der ich doch so wenig verstand, mich diesmal im Stich ließe? Fieberhaft überlegte ich, was genau ich getan und gefühlt hatte, als Bark versucht hatte, es mir abzunehmen, und geriet erst recht in Panik, als es mir nicht gelang, mich innerlich zur Ruhe zu bringen.

Doch kurz bevor ihre Finger das glatte Silber berührten, verharrte Snow in ihrer Bewegung. Ob es nun Misstrauen oder Vorsicht war: Sie zögerte, entschied sich dann anders und zog ihre Hand wieder zurück. Es grenzte an ein Wunder, dass ich meine stoische Miene beibehalten und ein erleichtertes Aufatmen unterdrücken konnte.

»Nimm es ab«, forderte sie schlicht.

Schweißperlen traten mir auf die Stirn. Weiterhin schweigend, schüttelte ich knapp den Kopf und hielt ihrem Blick stand. Sie hätte mich mit Waffen dazu zwingen können, ihren Befehl auszuführen, und ich rechnete fest damit, dass sie genau das tun würde – doch zu meiner Überraschung nahm sie meine Reaktion einfach so hin – für den Moment zumindest.

»Nein? Nun, niemand drängt uns, habe ich recht? Zumindest nicht so sehr, dass wir uns auch noch die restlichen Nachtstunden um die Ohren schlagen müssten. Morgen kümmern wir uns um die unangenehmen Dinge.«

Ich mochte nicht, wie sie »unangenehme Dinge« sagte, doch jetzt gerade war ich einfach nur froh über den Aufschub. Ich seufzte erleichtert.

Die Wärme in der Schankstube lullte mich ein. Ich wusste, dass ich Angst haben müsste. Angst, dass diese Menschen mir mein Amulett nehmen und uns etwas antun würden, doch die Müdigkeit übermannte mich und meine Augenlider wurden schwer. Nach den anstrengenden letzten Tagen, den ausge-

standenen Schrecken und der Kälte des Waldes sehnte sich
mein Körper nun danach, den duftenden Eintopf zu kosten,
sich in dieser wohligen Wärme zusammenzurollen wie eine
schläfrige Katze und dann in einen tiefen Schlaf zu sinken.

Die gesamte Situation – das gemütliche Haus mitten im
finstersten Wald, die sieben Räuber, die sich aus den Bäumen
auf uns herabgestürzt hatten und Snow, die nun das Feuer
schürte, als sei es die normalste Situation der Welt – erschien
mir so surreal, dass ich mich unwillkürlich fragte, ob das hier
alles nur ein seltsamer Traum war.

Haze' Blick war das einzig Reale, woran ich mich festhalten
konnte. Er stand so weit entfernt, dass ich mich nicht an ihn
lehnen konnte, obwohl ich gerade nichts lieber getan hätte,
doch er sah mich an, als wollte er mir sagen, dass alles gut werden würde.

Snow drehte sich anmutig um die eigene Achse, ging zum
Kessel und rührte darin. Als sie den Eintopf mithilfe der großen Schöpfkelle in Bewegung versetzte, verstärkte sich der
köstliche Duft, und mein Magen meldete sich knurrend zu
Wort. Der aufsteigende Dampf ließ ihre ausdrucksstarken Gesichtszüge weicher und verschwommen aussehen, doch in den
dunklen Augen lag etwas anderes. Sie und Tensin tauschten einen Blick aus, schienen ohne Worte miteinander zu kommunizieren und eine stillschweigende Übereinkunft zu treffen.

Einen Moment lang wirkte es fast, als hätte sie uns vergessen. Sie probierte schlürfend einen Löffel vom Eintopf, fügte
noch eine Handvoll Kräuter aus einem Tontopf hinzu, kostete
erneut, nickte zufrieden. Dann erst sah sie uns drei wieder an.

»Ich mag euch«, sagte sie beiläufig. »Den hübschen Jungen
mit dem Goldhaar, den bockigen Jungen mit dem finsteren

Blick und das stumme Mädchen. Zu schade, dass ihr dieses Haus nicht lebend verlassen werdet.«

Kapitel 15

Spukgeschichten

Ich hatte geglaubt, ich würde keine Minute Schlaf finden.
Nicht nach Miss Snows Worten und all den Dingen, die geschehen waren. Wie sollte ich in so einer Lage überhaupt an
Schlaf denken? Ich musste mit Haze und Kyran sprechen,
Fluchtpläne schmieden, einen Ausweg finden! Doch mein erschöpfter Körper forderte seinen Tribut, und sobald die Räuber
uns in eines der Gästezimmer im oberen Stockwerk gebracht
hatten, sank ich auf einem der weichen Betten in einen tiefen
Schlaf.

*Ich rannte durch einen endlosen Wald, der zum Leben erwacht war
und mir nach dem Leben trachtete. Meine Kehle war so eng vor
Angst, dass ich kaum Luft bekam. Mein Herz hämmerte mit der
Macht eines Schmiedehammers, als wollte es meinen Brustkorb von
innen heraus durchbrechen und seinen Weg in die Freiheit erkämpfen.*

*Gigantische Wurzeln erhoben sich aus der Erde, schwangen träge durch die Luft und schlugen nach mir. Dornige Zweige waren
zu langen, unheimlichen Fingern geworden, griffen nach mir und
versuchten mich festzuhalten. Mit einem Schrei riss ich mich los, als
sich einer von ihnen um meinen Arm wand und mich fast zu Fall*

brachte. Atemlos hetzte ich weiter, wich ihnen aus oder sprang über sie hinweg, während ich mein eigenes Blut durch meine Adern rauschen hörte.

Schreckliche Gesichter mit glühenden Augen formten sich in den rauen Borken der Baumstämme, mit langen Zähnen bissen sie nach mir. Ranken peitschten quer durch mein Gesicht und verfingen sich in meinem Haar.

Weinend und zitternd taumelte ich auf eine Lichtung und fand mich plötzlich vor Aphras Hütte wieder, deren Tür sperrangelweit offenstand. Vor Erleichterung machte mein Herz einen Satz, ich mobilisierte meine letzten Kräfte und rannte auf mein sicheres Zuhause zu. Ich wusste einfach, wenn ich es durch diese Tür schaffte, war die Welt wieder in Ordnung, und mir konnte nichts geschehen.

Doch als ich bemerkte, dass ich mich dem kleinen Haus überhaupt nicht näherte, entrang sich meiner Kehle ein frustrierter Schrei. Ich rannte und rannte, bis meine Lunge brannte, doch ich trat weiter auf der Stelle, die Hütte war immer noch entfernter denn je.

Jeden Moment erwartete ich, dass die Äste und Wurzeln mich einholen, nach mir greifen und mich unbarmherzig in die Tiefen des Waldes zerren würden, um mich zu verschlingen. Waren sie schon da, hatten sie mich schon erreicht? Hatte mich gerade etwas an der Schulter gestreift, ziepte etwas an meinen Haaren? Panik stieg in mir auf wie eine Woge aus schwarzem, eiskaltem Wasser.

Als ich einen verängstigten Blick über die Schulter zurückwarf, geriet ich ins Straucheln, stolperte, fiel hart auf meine Knie und meine Handflächen. Wimmernd krabbelte ich weiter, während heiße Tränen auf den dunklen Boden tropften. Warum kämpfte ich überhaupt weiter, wenn ich meinem rettenden Zufluchtsort doch nicht näherkam?

Ich blickte auf, in der festen Erwartung, die Hütte sei noch ge-

nauso weit entfernt wie vorher. Doch auf einmal erhob sie sich direkt vor mir, anders, als ich sie in Erinnerung gehabt hatte. Sie war größer, und irgendetwas stimmte mit den Winkeln und Linien nicht, alles wirkte seltsam verzerrt und falsch, so als hätte eine riesige Hand nach dem Gebäude gegriffen und es auf unmögliche Weise verformt. Die Tür erinnerte an ein klaffendes, schwarzes Maul, dessen Anblick mir eine Gänsehaut über den ganzen Körper jagte.

Doch was hatte ich für eine Wahl? Der Wald war hinter mir her, um mich zu verschlingen, jeden Augenblick konnten sich Dornen in meine Haut bohren oder Ranken um meinen Körper winden. Die Hütte war der einzige Ausweg, der sich mir bot.

Ich taumelte ins Innere, schlug die Tür schwer atmend hinter mir zu und blinzelte ins Halbdunkel. Der Raum, in dem ich mich befand, war völlig leer, bis auf einen großen, runden Kessel im Zentrum. Irgendetwas daran irritierte mich, doch zuerst konnte ich nicht zuordnen, was daran falsch war. Ich ging näher, griff nach dem Kochlöffel und rührte langsam im Eintopf.

Und dann sah ich es.

Ich würgte, schluchzte, schrie, doch ich war nicht in der Lage, den Blick von dem Grauen loszureißen. Mein Verstand sträubte sich dagegen, zu glauben, was ich da sah, und verzweifelt wünschte ich mir Blindheit, um nicht mehr sehen zu müssen, dass im Eintopf Körperteile von Haze und Kyran schwammen.

»Lelani. Lelani!«

Eine Stimme drang durch die Finsternis und riss mich abrupt zurück in die Realität. Völlig orientierungslos saß ich auf meinem Bett, schnappte nach Luft und riss die Augen auf.

Haze hockte neben mir, auf seinen Fersen wippend, und

streichelte sanft über meinen Arm. »Es ist gut, du hast nur geträumt.«

Aber sein Tonfall verriet, was mir ebenso klar war wie ihm: Nichts war gut, und auch jenseits des Traumes warteten Gefahren auf uns.

Benommen sah ich mich um und stellte fest, dass eine Decke über mir lag, obwohl ich mich nicht daran erinnern konnte, mich zugedeckt zu haben.

»Warst du das?«, fragte ich leise und deutete auf den Stoff.

Haze' Lächeln war traurig. »Das ist doch gar nichts«, sagte er leise, und trotz unserer schrecklichen Situation war ich für einen Moment von Wärme erfüllt, weil ich erkannte, dass Haze für mich da war, so begrenzt die Mittel auch waren, und so hart die Lage auch sein mochte.

Ich rang mir ebenfalls ein schwaches Lächeln ab, das nicht ansatzweise ausreichte, um meine Gefühle auszudrücken und schwang dann die Beine aus dem einfachen, aber gemütlichen Bett.

Haze fuhr fort, das zu tun, was er vermutlich die ganze Nacht über getan hatte: Er tigerte rastlos durch den Raum, trat immer wieder gegen die Tür, blickte durch die Ritzen der verriegelten Fensterläden nach draußen und schnaubte übellaunig vor sich hin. Unsicher sah ich ihm zu, beobachtete jede seiner Bewegungen.

Hin und wieder fuhr seine Hand instinktiv zu seinem Gürtel, an dem er normalerweise seine Messer trug, oder über die Schulter nach hinten, wo sich meistens sein Bogen befand, aber natürlich hatten unsere Entführer uns sämtliche Waffen abgenommen, bevor sie uns in diesen Raum gesperrt hatten. Irgendwie mussten wir hier rauskommen, wir konnten doch nicht einfach tatenlos warten! Aber mir fiel beim besten Willen

201

nicht ein, wie wir uns behelfen sollten. Mein Blick blieb an Kyran hängen.

Er saß starr wie eine Statue auf einer Pritsche vor dem Fenster und blickte reglos durch die Ritzen hinaus – oder vielleicht träumte er auch nur mit offenen Augen, ohne irgendetwas zu sehen. Die ersten, sanften Sonnenstrahlen des Tages fielen durch die Spalten zwischen den Holzbrettern und malten goldene Streifen ins Halbdunkel, in dem winzige Staubkörner tanzten. Seine hellen Haare hatte er nicht wie üblich im Nacken zusammengebunden, sondern flossen in offenen Wellen über seine breiten Schultern. Das weiße Hemd war am Halsausschnitt schnürbar, doch die Fäden hingen lose hinab. Hätten seine Atemzüge nicht die flirrenden Staubpartikel vor seinem Gesicht bewegt, hätte ich ihn wirklich für eine Skulptur halten können, so bewegungslos verharrte er.

»Was tun wir?«, mischte sich meine Stimme in das Vogelgezwitscher, das durch die Fensterläden drang. »Was ... was sollen wir machen?«

»Sie sind nicht dumm«, knurrte Haze. »Zwei stehen unten vor dem Fenster, zwei direkt vor unserer Tür. Die anderen sind bestimmt nicht weit. Wenn wir unsere Waffen hätten, könnten wir eine Chance haben, aber nicht *so*, nicht mit unseren bloßen Händen.« Seine Augen weiteten sich. »Lelani, könntest du nicht ...«

Ich wusste, was er dachte: Meine Magie war die einzige Waffe, auf die wir hoffen konnten. Ich wünschte, ich müsste ihn nicht enttäuschen.

Natürlich hatte ich auch schon darüber nachgedacht, aber ich wusste einfach nicht, was ich tun sollte und wie meine schwache, unberechenbare Mondmagie uns helfen sollte. Zumal sie kam und ging, wie sie wollte. Ja, ich könnte vielleicht versuchen, die verschlossene Tür oder die Fensterläden zu öffnen, aber was dann? Haze hatte selbst gesagt, draußen warteten bewaffnete Männer, die uns gewiss nicht einfach davonspazieren lassen würden. Was sollte ich gegen sie ausrichten? Alles, was mir bisher geglückt war, war die Eigenschaften lebloser Gegenstände zu manipulieren, doch irgendwie hatte ich immer noch das Gefühl, das sei mehr Zufall oder Glück als Können gewesen. Hätte ich jetzt genau dasselbe noch einmal versucht, wäre es mir womöglich gar nicht mehr gelungen.

»Ich kann nicht«, murmelte ich. »Wie soll ich das denn anstellen?« Ich konnte vielleicht mein Amulett so eiskalt machen, dass man glaubte, bei bloßer Berührung daran festzufrieren, aber ich hatte doch keine Ahnung, wie ich das zustande brachte. Es war einfach passiert, mein Instinkt hatte mich geleitet. Und ich hatte es geschafft, eine Haarspange zu verflüssigen, aber ich konnte doch schlecht sieben Männer und eine Frau tot umfallen lassen, um uns den Weg freizumachen.

»Versuch es wenigstens«, brachte Haze, nun heftiger, hervor. »Was haben wir zu verlieren? Ganz gleich, was du machst, alles ist besser, als tatenlos zuzusehen.«

Jetzt erst wandte uns Kyran den Kopf zu. »Was soll sie versuchen?«

In dem Moment schwang die Tür auf, und Miss Snows schwere Stiefel hallten über die Holzdielen. Zu meinem Erstaunen kam sie allein zu uns, ganz offensichtlich fest davon überzeugt, es problemlos mit uns aufnehmen zu können, sollten wir auf sie losgehen. Ihr Selbstvertrauen schien unerschütterlich, der schlanke Degen hing locker an ihrer Seite. Die blutrote Bluse, die sie trug, hatte beinahe die Farbe ihrer Lippen, und wie schon gestern trug sie wieder eng anliegende Lederhosen.

Sie warf jedem von uns einen kleinen Laib Brot zu, zog einen Stuhl in die Mitte des Raums, setzte sich mit überschlagenen Beinen und sah uns an. »Ihr müsst hungrig sein.«

»Das ist unser geringstes Problem.« Haze lehnte sich am anderen Ende des Raums an die Wand und starrte sie unverwandt an. Obwohl sein Gesicht im Schatten lag, sah man seinen Blick vor Zorn glühen. Ohne davon abzubeißen, hielt er das Brot in den Händen.

Sie seufzte. »Wenn ich sage, dass es mir und meinen Männern leidtut, glaubt ihr mir wohl nicht, und doch ist es die Wahrheit.«

»Du sagst, wir werden dieses Haus nicht lebend verlassen«, brachte ich bitter hervor. »Und doch gibst du uns Essen und Trinken. Warum? Wozu das alles?«

Jetzt erst schaltete sich Kyran ein. »Um ihr Gewissen zu beruhigen«, sagte er grinsend, als sie nicht sofort antwortete. »Sie möchte sich nicht als Unmensch fühlen, obwohl sie weiß, dass wir durch ihre Hand zu Tode kommen werden. Sie will Zeit schinden, bevor sie die unangenehme Aufgabe in Angriff nimmt, und ihr Gewissen beruhigen. Heuchlerisch, aber auch ein wenig nachvollziehbar. Mir stellt sich eigentlich nur eine Frage.«

Mit drei großen Schritten stand er vor ihr, und obwohl sie bisher die Ruhe in Person gewesen war, entging mir nicht, dass sie leicht zusammenzuckte, als er so abrupt auf sie zutrat. Ihre Hand schnellte zum Griff ihrer Waffe, doch Kyran rührte sie nicht an, keineswegs.

Er legte nachdenklich den Kopf schief, schwieg einen Moment lang und schenkte ihr diesen ganz speziellen, tiefen Blick, den ich auch schon zu spüren bekommen hatte und von dem ich genau wusste, wie er sich anfühlte. Ich biss mir auf die Un-

204

terlippe und fragte mich, ob dieser Blick Snow ebenso verunsicherte wie mich. Allerdings glaubte ich nicht, dass sie sich so leicht aus der Fassung bringen ließe. Auch, dass er vor ihr stand und über ihr aufragte, während sie immer noch saß, schien sie keineswegs zu stören. Sie blieb entspannt sitzen, statt den Größenunterschied auszugleichen.

»Dürfen wir erfahren, wofür wir sterben sollen? Um den Spaß am Töten geht es euch offenkundig nicht. Ihr wollt unsere Wertgegenstände, ja, aber eines ganz besonders: Lelanis Amulett.«

»Silber«, sagte sie nach einem Moment des Zögerns. »In erster Linie brauchen wir euer Silber. Dass es Tensin nicht gelungen ist, dem Mädchen das Amulett abzunehmen ... nun, das hat die Sache verkompliziert. Nur deswegen haben die Männer euch hierhergebracht.«

»Und weil wir hier sind, müssen wir sterben«, murmelte ich, als es mir wie Schuppen von den Augen fiel. Wir waren dieser Räuberbande in die Hände gefallen, die sich damit zufriedengegeben hätte, uns sämtlicher Wertgegenstände zu entledigen. Doch nun, da wir die Taverne zum siebten Hügel kannten – eine Taverne, die andere vorbeikommende Reisende gewiss nicht mit den Machenschaften der Räuber in Verbindung gebracht hätten – stellten wir eine Gefahr dar, denn Verbrecher wurden von den Soldaten der High Lady erbarmungslos gejagt. Snow konnte es sich schlicht und einfach nicht erlauben, uns laufenzulassen und zu riskieren, dass wir wenige Tage später einen Trupp hierherschicken würden, der das Räubernest ausräucherte und sie und die sieben Männer dem Galgen auslieferte.

»Ich bin für die Männer und ihre Sicherheit verantwortlich. Sie haben sich in meine Hände begeben, und ich werde dafür sorgen, dass sie es nicht bereuen werden«, sagte sie. Und obwohl es mir lächerlich erschien – es handelte sich schließlich um erwachsene Männer, einige alt genug, um Snows Väter zu sein – begriff ich, dass sie das todernst meinte. Nicht Tensin war der Anführer der Räuberbande, *Snow* war es.

Ich schluckte. Es war unser aller Tod, über den wir uns hier unterhielten, und Snow rechtfertigte sich, als würden ihre Worte irgendetwas besser machen. Als würden wir ihr verzeihen, dass sie vorhatte, uns kaltblütig die Kehlen durchzuschneiden.

Kyran zog eine Augenbraue hoch. »Silber«, sagte er gedehnt und legte sich einen Finger unter das Kinn. »Und dabei trägt man zurzeit an den Adelshöfen bevorzugt filigranen Goldschmuck, ergänzt um Rubin und Smaragd.« Er lächelte strahlend, doch sein Blick hatte etwas Lauerndes. »Warum also ausgerechnet Silber? Woher diese Besessenheit? Was hat es damit auf sich?«

Snows blutrote Lippen verzogen sich unwillig, und dann stand sie doch auf, mit verschränkten Armen vor der Brust. »Wir haben unsere Gründe«, entgegnete sie schroff.

»Wenn wir schon sterben sollen«, Kyran sagte das, als glaubte er keine Sekunde daran, dass das eintreten würde, »dürfen wir dann nicht wenigstens erfahren, wofür?«

Ich fragte mich, woher er diese unerschütterliche Zuversicht nahm. Snow senkte den Blick, und als sie wieder hochschaute, hatte ihr Gesicht einen harten Ausdruck angenommen. Wie schwarze Steine schimmerten ihre Augen im Kontrast zu ihrer schneeweißen Haut. Einen Augenblick lang rechnete ich damit, sie würde einfach gehen, doch dann sanken ihre Schultern schlaff hinab, ihre Augen verloren das lebhafte Funkeln und sie begann zu erzählen.

»Ein Wolf geht um«, sagte sie leise. »Nicht irgendein Wolf, sondern ein Blutwolf. Er ist kein normales Tier, tötet nicht nur, um zu fressen. Er schleicht um unser Haus, fällt uns draußen auf Raubzügen an und verfolgt uns. Fünf Männer hat die Bestie schon geholt, fünf Männer mussten wir betrauern und zu Grabe tragen. Sie alle waren stark und wehrhaft, doch der Wolf ist raffiniert und schlägt aus dem Hinterhalt zu. Er frisst seine Beute nicht einmal, reißt ihr lediglich die Kehlen auf und lässt sie achtlos liegen. Es geht ihm ums Töten, nicht um Nahrung, davon bin ich überzeugt!« Ihre Stimme war immer lauter geworden, doch mit den nächsten Worten brach sie beinahe. »In manchen Nächten höre ich sein gieriges Schnüffeln an den Fenstern und am Türspalt. Manchmal verschwindet er für eine Weile, doch kaum fühlen wir uns einigermaßen sicher, schlägt er wieder zu. Sehe ich in seine blutroten Augen, scheint es mir, als würde er mit mir sprechen.« Sie schauderte. »Als würde er mir sagen, dass er meine Männer holt, einen nach dem anderen, und am Ende mich.«

Als ich an den Blutwolf in der Nähe meines Dorfes dachte, begann mein Puls zu rasen. Ich wusste nur zu gut, wie es war, von einem solchen Tier verfolgt zu werden. Die Todesangst war mir noch so deutlich in Erinnerung, dass ich schauderte. Es war entsetzlich gewesen, auch wenn Kyran den Wolf, der mich bedroht hatte, letztendlich in die Flucht schlagen konnte!

Doch damals, in jenem verhängnisvollen Winter, an den ich bis heute kaum denken wollte, hatten die Wölfe ein ganzes Dorf terrorisiert, wisperte ein Stimmchen in meinem Hinterkopf.

»Bedauerlich, dass der Wolf bislang erst fünf von euch erwischt hat.« Haze' Stimme war eiskalt. »Was, wenn nicht den Tod, soll man Menschen wie euch wünschen, die ihr Leben damit verbringen, andere Menschen zu überfallen und auszurauben? Vael wäre ohne euch ein besserer Ort.«

Leuchtend rote Flecken bildeten sich auf Snows Wangen. »Wir sind keine Unmenschen«, protestierte sie. »Ja, wir leben davon, anderen Menschen Dinge zu rauben. Denk darüber, was du willst. Jeder von uns hat seine Gründe, der Gesellschaft den Rücken zu kehren und dieses Leben zu wählen. Aber wir sind keine Mörder, wir verletzen niemanden, wenn es nicht nötig ist.«

»Zu bedauerlich, dass es in unserem Fall erforderlich ist«, murmelte ich.

Sie sah mir geradewegs in die Augen. »Ja, das ist wirklich bedauerlich«, entgegnete sie ruhig.

Haze' Gedanken schienen sich mit meinen zu decken. »Und wenn schon: sieben starke Männer, eine entschlossene Frau, eine Menge Waffen – entledigt euch des Problems.«

Humorlos lachte sie auf. »Ich danke dir für diesen guten Ratschlag. Wir werden darüber nachdenken, ihn zu beherzigen. Vielleicht wäre ja ein wackerer Bursche wie *du* bereit, uns vor einer Gefahr zu retten, gegen die wir offensichtlich chancenlos sind? Na, möchtest du ein Held sein – und einen Wolf töten, der nicht sterben kann?«

Ich kam Haze zuvor und ließ mich von ihrem Spott nicht beirren. »Alles, was lebt, kann sterben.«

»Wenn dem so wäre, hätte die Bestie nicht fünf meiner Männer geraubt.« Ihre zu Fäusten geballten Hände drückten hilflose Wut aus. »Nein, Mädchen, dieser Wolf stirbt nicht. Man kann ihn verwunden, man kann ihm Schmerzen zufügen, ihn bluten lassen, doch er kehrt immer wieder.«

Nachdem sie verstummt war, hing die Stille wie ein dichter, erdrückender Nebel im Raum. Wir alle schienen in unseren

Gedanken versunken. Eigentlich ging es für mich und meine Freunde ums blanke Überleben, und doch konnte ich nicht anders, als über den geheimnisvollen Wolf nachzugrübeln.

»Darum also das Silber«, durchbrach Kyran die Stille.

Fragend blickte ich ihn an. Der Zusammenhang war mir nicht klar, doch bestätigend nickte Snow.

»Auch du hast die Legenden gehört«, sagte sie leise.

Er machte eine wegwerfende Handbewegung. »Nichts als Spukgeschichten, die man kleinen Kindern erzählt, um ihnen Angst einzujagen.«

Sie zuckte mit den Schultern. »Vielleicht. Und vielleicht ist es mehr als das. Und weißt du was? Wir sind verzweifelt genug, um es darauf ankommen zu lassen. Was bleibt uns anderes übrig? Unsere anderen Waffen haben versagt. Den Wald zu verlassen kommt nicht infrage. Hier ist unsere Heimat, unsere Zuflucht, nachdem der Rest der Welt nicht viel für uns bereitgehalten hat.«

Haze verdrehte ungeduldig die Augen. »Wird das jetzt eine Märchenstunde für Kinder?«

Snows Lächeln zeigte zu viele Zähne, um echt zu wirken, es ähnelte vielmehr einem Zähnefletschen. »Mein tapferer übellauniger Bursche. Hast du es so eilig, zu sterben? Sehnst du dich nicht nach einem Aufschub?«

Ohne mit der Wimper zu zucken hielt er ihrem Blick stand. »Die Einzige, die herumdruckst und Zeit schindet, bist du. Du willst uns nicht töten. Also verschwende weder deine noch unsere Zeit, und lass uns gehen.«

»Ich will es hören«, sagte ich leise. »Ich will wissen, was es damit auf sich hat.«

Haze schnaubte, warf die Arme in einer hilflosen Geste in die Luft und ließ sie fallen. Dann setzte er sich auf seine

Schlafpritsche und starrte übellaunig vor sich hin. Ich konnte es ihm nicht verdenken, immerhin sprachen wir hier mit unserer Entführerin, die uns töten wollte. Und doch zogen mich Snows Worte in ihren Bann, und ich brannte darauf, mehr über sie, ihre Männer und den Wolf zu erfahren.

Nicht Snow war es, die sich an mich wandte und zu erzählen begann, sondern Kyran. Seine samtige Stimme übte einen eigenartigen Sog auf mich aus, ich hätte ihm ewig lauschen können.

»Meine Amme hat mir die Geschichten erzählt, als ich klein war und mich gruseln wollte. Später habe ich sie in Abwandlungen von Soldaten oder von den Waschweibern gehört, immer etwas anders, immer um ein paar eigene, grausige Details ergänzt, aber der Kern der Geschichte blieb stets derselbe. Der Legende nach gab es vor vielen Jahren einen grausamen König, unter dessen Tyrannei ganz Vael litt. Niemandem gelang es, ihn zu entmachten, bis er einen verhängnisvollen Fehler beging: er ließ die Kinder seiner eigenen Schwester, einer mächtigen Magierin, hinrichten. Ihr Fluch, ihr letztes Vermächtnis, traf den König, raubte ihm seine menschliche Gestalt und verdammte ihn dazu, auf ewig in Wolfsgestalt zu leben. Von seinem Volk verjagt, zog er sich in die Einsamkeit der Wälder zurück und sehnte sich nach dem Tod, der ihn von seinem Schicksal erlösen würde.«

»Doch der Tod suchte ihn nicht heim«, flüsterte ich. »Er hoffte vergebens.«

Kyran nickte. »Weder Schwert noch Pfeil konnten ihm etwas anhaben. Er stürzte sich in tiefe Schluchten und reißende Gewässer, doch er blieb am Leben. Je mehr Zeit verging, desto mehr dachte er über seine grausamen Taten nach und desto größer wurde seine Reue. Die Aussicht darauf, auf ewig so mit seinen Schuldgefühlen weiter zu vegetieren, verursachte ihm unermessliche Qualen. Wohlverdient, wenn du mich fragst.« Er zog seine geschwungenen Mundwinkel zu einem freudlosen Grinsen hoch und zuckte mit den Schultern. »Jahr um Jahr streifte er durch die Wälder, heulte den Mond an, suhlte sich in seinem Selbstmitleid, bis ein Prinz, dessen Herz ganz der Jagd gehörte, mit seinen Gefolgsleuten und einer Horde Hunden loszog. Nicht nur die Kleidung des jungen Jägers war prunkvoll verziert, auch seine Pfeilspitzen bestanden aus purem Silber. Als sich einer der Pfeile in das Herz des Wolfes bohrte, geschah, womit er nicht mehr gerechnet hatte: Er spürte, dass das Leben aus ihm herausfloss, mit jedem Tropfen seines Blutes.«

Meine Hand schloss sich, wie schon so viele Male zuvor, ganz fest um mein Silberamulett.

»Aber damit ist die Geschichte nicht beendet.« Snows Stimme, die mir bisher so lebhaft erschienen war, klang nun leer und hohl. »Der Wolf hatte seinen Fluch weitergegeben: Jeder Mensch, den er in seinem langen, qualvollen Leben gebissen hatte, war zu dem gleichen Schicksal verdammt. Man sagt, die Nachkommen des Wolfs wandeln noch heute über die Welt und warten darauf, dass jemand ihre Existenz mit blankem Silber beendet.«

Haze und ich tauschten einen Blick miteinander aus, während ich die Worte in mir nachhallen ließ. Mein bester Freund hatte recht, das klang nach einer Geschichte, die dazu taugte, vor dem prasselnden Feuer erzählt zu werden, nicht nach etwas, was der Wirklichkeit entsprach. Und doch hatte da etwas in ihren Worten gelegen, was mich berührte. Ich sah Snow in die Augen und spürte einfach, wie ernst sie es meinte: Sie brauchte das Silber, um sich selbst und ihre Männer vor dem gefährlichen Wolf zu schützen. Dafür war sie bereit, alles zu tun.

»Wir brauchen genug Silber, um Waffen zu schmieden.« Sie wandte den Blick ab, ihre Miene war wieder verschlossen. »Pfeile, Schwerter, Dolche. Dann können wir uns auf die Jagd nach der Bestie begeben. Dieses Amulett und das Silber, das wir in euren Satteltaschen gefunden haben, bringen uns dabei ein gutes Stück voran.«

Ich wusste nicht, welches Silber in unseren Satteltaschen sie meinte – ich hatte jedenfalls keines, Haze mit Sicherheit auch nicht, Kyran hingegen traute ich zu, allerlei Protz und Prunk aus edlen Metallen und kostbaren Juwelen mit sich herumzutragen – und es spielte eigentlich auch keine Rolle. Was zählte, war, wie es nun weitergehen sollte. Rasch wog ich in Gedanken unsere Möglichkeiten ab, dann beschloss ich, alles auf eine Karte zu setzen. Auf der einen Seite erschien es mir verrückt, doch auf der anderen Seite schien es unsere beste und vielleicht auch einzige Chance zu sein.

»Wir könnten versuchen, euch zu helfen«, hörte ich mich selbst sagen.

Haze fuhr zu mir herum, pures Unverständnis stand ihm ins Gesicht geschrieben. »Lelani, wovon sprichst du? Selbst wenn es irgendetwas gäbe, was wir tun könnten: Warum um alles in der Welt sollten wir ausgerechnet *diesen* Menschen helfen?«

»Weil unser Leben andernfalls ohnehin verwirkt ist«, antwortete ich mit fester Stimme. »Snow und die sieben Räuber würden uns umbringen, um ihr Versteck zu sichern, mein Amulett von meinem leblosen Körper nehmen und es nutzen, um Silberwaffen zu schmieden.«

Snow zuckte nur mit den Schultern. Ja, genau so würde es

geschehen, wenngleich sie auch keinerlei Gefallen daran fand, so etwas zu tun.

»Aber wenn es uns gelingt, den Wolf zu besiegen«, ich schaute Snow entschlossen in die Augen, reckte trotzig mein Kinn vor und straffte die Schultern, »dann lasst ihr uns gehen. Dann ziehen wir unserer Wege, und zwar *mit* meinem Amulett, und ihr haltet uns nicht zurück. Wenn euch der Wolf keine Probleme mehr bereitet, braucht ihr kein Silber mehr, und ihr seid uns schließlich etwas schuldig.«

»Lelani, du weißt, ich unterstütze dich sonst bei jedem Unsinn, aber das ist Wahnsinn. Wenn es niemandem zuvor gelungen ist, warum sollten *wir* eine Chance gegen diesen Wolf haben?« Haze schüttelte den Kopf.

Ich hatte keine Antwort darauf. Er hatte recht, nichts sprach dafür, dass wir das gefährliche und angeblich unsterbliche Tier besiegen könnten. Und doch sagte mir mein Gefühl, dass wir es zumindest versuchen sollten.

Aus den Augenwinkeln merkte ich, dass Haze mich immer noch anstarrte, doch er widersprach nicht. Kyrans Mundwinkel zuckte hoch. »Ich bin dabei.«

Snow strich sich mit der Hand über ihre kurzen schwarzen Haare, die Augen wurden zu dunklen Schlitzen, aus denen sie mich unverhohlen musterte. Dann verzogen sich die roten Lippen zu einem breiten Grinsen.

»Du gefällst mir, Mädchen. Ein toter Wolf, ein Kuss vom Goldjungen und euer Wort, unseren Unterschlupf nicht zu verraten – dann seid ihr frei.«

Kapitel 16
Augen aus der Dunkelheit

Snow und die Männer waren weder dumm, noch leichtsinnig, wenngleich es uns in die Karten gespielt hätte, wenn sie das eine oder das andere wären. Sie ließen uns nicht einfach losziehen, sondern behielten einige Dinge, von denen sie wussten, dass wir sie dringend zurückhaben wollten: Unsere Reittiere, all unsere Besitztümer. Ich sah Haze an, dass es ihm lieber gewesen wäre, sie hätten Kyran als Pfand zurückbehalten, und wir hätten einfach ohne ihn weiterreisen können.

Den Tag hatten wir in der Taverne verbracht. Die offene Tür erweckte den Anschein, wir wären keine Gefangenen mehr, doch die aufmerksamen Blicke der Männer und die Waffen, die sie stets bei sich trugen, erinnerten uns daran, dass wir nichts Unbedachtes wagen sollten.

Keine Gäste kamen vorbei, um in der Taverne zu speisen oder eines der Schlafzimmer zu nutzen, doch Bark versicherte mit offenkundigem Stolz, dass immer wieder Reisende und Gruppen von Händlern, die den Wald auf dieser Straße durchquerten, im Wirtshaus einkehrten. Natürlich waren es nicht genug, um davon zu überleben, doch es lag auf der Hand, dass die wahre Einkommensquelle der Bande in ihren Raubzügen lag.

»Wer hier vorbeikommt, ist meist reich und überheblich nug, um sich über die Gefahren, die hier lauern, kaum de Kopf zu zerbrechen«, schaltete sich Levjen, ein schmächtiger Kerl mit Habichtsnase und zerzaustem rotem Haar, schulterzuckend ins Gespräch ein. »Denen tut das nicht allzu weh.«

Ich konnte über seine Argumentation nur den Kopf schütteln, erkannte jedoch, dass eine Moralpredigt vergebens gewesen wäre. Levjen lebte nach seinen eigenen Regeln und Wertvorstellungen, so wie wohl auch die anderen Räuber.

Im Licht der Monde mussten wir einen Schwur leisten, dass wir unser Bestes geben würden, um unseren Teil der Abmachung zu erfüllen. Und als ich die Worte unter den Himmelskörpern sprach, wurde mir klar, dass ich *niemals* dagegen verstoßen würde. Nach einem solchen Schwur vor den Monden hätte ich es nicht über mich gebracht, Snow zu verraten, selbst wenn sie unsere Besitztümer und Tiere nicht als Druckmittel behalten hätte.

»Bei Umbra, Lagan, Dalon, Mar und Lua«, sagte Snow.

»Umbra, Lagan, Dalon, Mar und Lua«, murmelten wir.

Beinahe glaubte ich, ein schwaches Echo dieser Worte aus meinem Amulett zu vernehmen, das im sanften Schein kühl schimmerte. Ich war unglaublich erleichtert über die Tatsache, dass sie mir mein Amulett nicht abgenommen und als Pfand einkassiert hatten. Snows Blick war zwar daran hängengeblieben, doch ich hatte entschieden mit dem Kopf geschüttelt, und sie hatte nichts weiter dazu gesagt. Sie musste wissen, dass ich es mir in jedem Fall zurückgeholt hätte.

»Tensin und Bark werden euch begleiten«, beschloss Snow, »um euch den Weg zu zeigen.« Was sie nicht explizit sagte, jedoch in ihrem Tonfall mitschwang, war, dass die beiden Männer uns auch davor bewahren sollten, dumme Entscheidungen zu treffen – wie beispielsweise abzuhauen. Sie zog einen Mundwinkel hoch. »Viel Glück. Ich weiß wirklich nicht, wie ihr sie besiegen wollt, aber ich hoffe aus ganzem Herzen, dass es euch gelingt.«

»Bereit?« Schwer legte mir Haze eine Hand auf die Schulter. Seinem zweifelnden Blick merkte ich an, dass er nicht von der Idee überzeugt war, doch er stand mir zur Seite und ließ mich nicht im Stich.

Mein Lächeln fiel etwas schief aus. »Bereit, mich einem mörderischen Blutwolf zu stellen? Aber selbstverständlich, wie könnte man denn dazu nicht bereit sein?«

Kyran lachte und versetzte Haze im Vorbeigehen einen kameradschaftlichen Knuff gegen die Schulter, worauf dieser nur reagierte, indem er die Schultern leicht hochzog und die Augen verengte. »Seid keine Angsthasen, ich bin doch bei euch. Beim letzten Mal ging die Sache auch gut für uns aus.«

»Ich habe keine Angst«, entgegnete Haze steif und beherrscht. »Ich halte das nur für eine unvernünftige Idee. Ich habe unzähligen gefährlichen Tieren gegenübergestanden, dem Tod mehr als einmal ins Auge geblickt, und dass ich noch lebe, verdanke ich der Tatsache, dass ich mittlerweile weiß, wann Vorsicht angebracht ist.«

Ich wusste, dass er recht hatte, schließlich hatte ich oft genug erlebt, wie er mit seinem Vater oder alleine bei Sturm und Dunkelheit losgezogen war, um ein Tier zu erlegen. Er hatte um die Risiken gewusst, doch es war nötig, um sich selbst und das ganze Dorf mit wärmenden Fellen und Fleisch zu versorgen. Das war eine Art von Gefahr, eine Art von Ernst, die jemand wie Kyran vielleicht nicht kannte. Und genau deshalb hatte Haze diesen finsteren Blick und Kyran einen entspannten Gesichtsausdruck. Jemand, von dem in seinem bisherigen Leben vermutlich alle Gefahren ferngehalten worden waren, konnte leichter scherzen und große Reden schwingen, als jemand, der seinen Mut tatsächlich beweisen musste, immer und immer wieder.

»Haze«, flüsterte ich und streckte unwillkürlich die Hand nach ihm aus.

Er ergriff sie nicht, doch kurz berührten sich unsere Fingerspitzen, und er bedachte mich mit einem weichen Blick, ehe er sich erneut Kyran zuwandte und sich seine Miene wieder verschloss. »Das, was wir vorhaben, ist schlicht und einfach dumm und waghalsig.«

Kyrans Grinsen reichte von einem Ohr zum anderen, in seinen Pupillen glomm wieder der goldene Schein auf, der mich mit einem vagen Unbehagen erfüllte. »Umso besser.«

Ein Poltern ließ uns zusammenfahren. Bark hatte gegen einen Holzstapel getreten und durchbohrte uns nun mit seinem Blick.

»Er möchte euch mitteilen, dass er allmählich einen Anflug von Ungeduld verspürt«, verkündete Tensin geziert. »Wenn ihr also so weit wärt ...«

Und damit nahm das Unheil seinen Lauf.

*

Nachts sei die Wahrscheinlichkeit höher, der Bestie in der Nähe ihrer Höhle zu begegnen, hatte Snow erklärt, also wanderten wie durch die Dunkelheit. Wenngleich der Wald bei Nacht noch unheimlicher war als tagsüber, tröstete mich die Anwesenheit der fünf Monde. Denn auch wenn ich ihr Licht gerade nicht sehen konnte, waren sie irgendwo da oben über dem schwarzen Blätterdach und wachten über mich.

Es war ein langer Marsch, lang genug, um die Gedanken schweifen zu lassen, und so grübelte ich über die Abschiedsworte nach, die Snow an uns gerichtet hatte. *Ich weiß nicht, wie ihr sie besiegen wollt,* hatte sie gesagt. Irgendetwas daran war mir seltsam erschienen, aber jetzt erst begriff ich es.

Wieso *sie?* Es war doch *er,* der Wolf. Aber gleich, nachdem ich das gedacht hatte, schüttelte ich den Kopf über mich selbst. Snow würde uns nicht belügen, oder? Sie konnte ebenso gut die Bestie gemeint haben, die Kreatur.

Die Lichter unserer Laternen ließen die Schatten des Waldes wie skeletthafte Marionetten wild tanzen. Manchmal schien es mir, als wären außer unseren Schritten noch weitere zu hören, und immer wieder lauschte ich angespannt, doch ich hätte es nicht mit Sicherheit sagen können. Als wir anhielten, hatte ich das Gefühl, in der Nähe ein Rascheln zu hören. Mein Atem ging schneller, als ich in die Dunkelheit rings um unsere schwachen Lichtinseln starrte, die Laterne höher hielt und mich fragte, was für Wesen sich dort im Schwarz wohl verbergen mochten.

Tensin grinste mir zu. »Sind die Nerven. Sogar uns geht es noch so, dabei kennt niemand den Wald besser als wir.«

Seine Worte hätten mich vermutlich mehr beruhigt, wenn ich nicht ganz genau *gewusst* hätte, dass es hier sehr wohl gefährliche Kreaturen gab. Beispielsweise die, nach der wir gerade suchten – und plötzlich fragte ich mich, ob der Wolf uns möglicherweise zuerst gefunden hatte und uns gerade auflauerte.

»Es ist ja schon merkwürdig, dass sieben Männer mit einer Frau in einem Haus fernab der Zivilisation leben«, merkte Haze an.

Sanft stieß er meine Hand an, dann ergriff er sie schließlich. Seine Berührung vertrieb die Kälte und Sorgen zumindest für den Moment. Überrascht sah ich ihn von der Seite an und musste lächeln.

Ich begriff, dass er das Thema nur angeschnitten hatte, um unser aller Anspannung zu lindern. Ihm selbst stand gewiss nicht der Sinn nach einer Unterhaltung, und er war wahrlich nicht die neugierigste Person, doch mir zuliebe gab er sich einen Ruck und begann das Gespräch.

Tensin prustete. »Ja, das klingt geradezu skandalös, nicht wahr?«

Bark hustete rau, bevor er finster hinzufügte: »Miss Snow ist unsere Retterin.« Er war kein Mann vieler Worte, und auch jetzt schaute er wieder stur nach vorne, als sei damit alles gesagt. Ich fürchtete mich längst nicht mehr vor ihm, konnte aber nicht leugnen, dass er etwas Seltsames an sich hatte. In manchen Momenten schien es mir, als sei er mehr Tier als Mensch, wenngleich er sich um ein halbwegs zivilisiertes Benehmen bemühte. Seine Haltung war leicht geduckt, die Bewegungen trotz seines plumpen Körperbaus schnell und geschmeidig. Im wässrigen Blau seiner Augen erkannte ich eine Wildheit, die mich irritierte, besonders dann, wenn er so wie jetzt ruckartig den Kopf hob, als wollte er Witterung aufnehmen.

Tensin klopfte ihm auf die Schulter. »Ja, ja, du hast recht. Das ist sie«, sagte er gutmütig und fuhr dann an uns gewandt fort: »Was er sagt, stimmt. Jeden Einzelnen von uns hat sie gerettet. Mich zum Beispiel«, er machte eine theatralische Geste wie einer der fahrenden Schauspieler, die einmal im Dorf gewesen waren, »vor dem Galgen.«

»Der Galgen! Wie unerfreulich«, merkte Kyran an. »Was genau hast du getan, um ein solches Urteil zu verdienen?«

»Verdient? Aber nicht doch. Ich war immer ein Mann der

Liebe, ein Mann der Frauen.« Er lachte, als handelte es sich um den größten Scherz, den er je gehört hatte.

Ich begriff nicht, was er sagen wollte, doch Kyran stimmte ins Gelächter mit ein. »Ich könnte mir vorstellen, dass einige Ehemänner davon wenig begeistert waren.«

Tensin machte eine wegwerfende Handbewegung. »Den Ehefrauen einflussreicher Männer sollte man keine schönen Augen machen, das war eine harte Lektion. Eine, die mich fast das Leben gekostet hat. Miss Snow war gerade in der Stadt, bekam es mit und beschloss, dass ich den Tod nicht verdient hatte. Hat ihre Beziehungen spielen lassen, sich selbst in Gefahr gebracht und mich schließlich in einem leeren Weinfass auf einem Eselkarren aus der Stadt gebracht. Ich verdanke ihr mein Leben.«

»Und du?«, fragte ich Bark, wider Willen beeindruckt von Snows Entschlossenheit.

Er warf mir nur einen Blick zu und ging weiter, ohne mir zu antworten, doch mir war klar, dass Snow auch ihn gerettet hatte. Jetzt verstand ich auch, warum die Männer so respektvoll mit der jungen Frau umgingen. Jeder von ihnen verdankte ihr sein Leben, und das verband sie auf ewig miteinander.

Ich war so in Gedanken, dass ich beinahe verdrängte, auf was für einer Mission wir uns gerade befanden – bis Tensin auf einmal stehen blieb. Jegliche Leichtigkeit war aus seinen Gesichtszügen verschwunden, und er war ganz blass und ernst geworden.

»Wir nähern uns der Höhle.« Ängstlich sah er sich um. »Bark und ich gehen keinen Schritt weiter. Von nun an seid ihr auf euch allein gestellt.«

Er gab uns unsere Waffen zurück, und nicht nur diese, sondern auch ein simpel geschmiedetes, einfaches Messer, dessen

220

Klinge in einem unvergleichlich hellen, strahlenden Metall glänzte: die einzige Klinge, für die das Silber, das Snow und die Männer bisher geraubt hatten, gereicht hatte. Haze griff danach, bevor Kyran es tun konnte. Ich erhob keine Einsprüche dagegen, denn die Wahrscheinlichkeit, dass mein jagderprobter Freund den Wolf damit treffen würde, war wesentlich höher, als dass mir so etwas gelang.

»Geht ein Stück weit geradeaus, dann erreicht ihr eine Lichtung. Dort befindet sich die Wolfshöhle. Wenn sich die Bestie dort befindet ...« Er brach mitten im Satz ab und schenkte uns nur ein Lächeln, das wohl aufmunternd wirken sollte.

Ich versuchte tapfer zu sein, obwohl ich am liebsten weit weggerannt wäre, so schnell mich meine Füße trugen. Haze hatte recht gehabt, was hatte ich mir eigentlich dabei gedacht? Aber nun war es zu spät für einen Rückzieher. Wir hatten Snow und ihren sieben Männern unser Wort gegeben, es gab kein Zurück mehr.

»Wie finden wir überhaupt den Weg zurück zur Taverne?«, fragte ich bang. Wieso war mir diese Frage nicht schon eher eingefallen? Ohne Bark und Tensin, die sich im Wald auskannten, waren wir hoffnungslos verloren. Nie im Leben würde ich den Rückweg durch den schier endlosen, düsteren Irrgarten aus Bäumen, Felsen und Büschen finden.

Tensin öffnete den Mund und schloss ihn dann wieder, ohne etwas gesagt zu haben. Er schien nach Worten zu suchen – vergeblich. Und spätestens, als er meine Schulter drückte und sagte, wir würden den Weg schon irgendwie finden, wurde mir bewusst, dass niemand wirklich damit rechnete, dass wir die Begegnung mit dem Wolf überleben und heil zur Taverne zurückkehren würden.

In völligem Schweigen setzten Haze, Kyran und ich unseren Weg fort. Meinen Wurfdolch hielt ich in der Hand – um nichts in der Welt hätte ich ihn an meinem Gürtel verstaut und außer Reichweite gelassen. Das Gewicht der scharfen Waffe beruhigte mich. So konnte ich mir zumindest einreden, ich hätte eine Chance, mich gegen Gefahren zu verteidigen.

Die Bäume schienen ein Eigenleben zu haben, immer wieder schienen sie noch näher zusammenzurücken, sodass wir weder vor noch zurückkonnten. Es war eine Illusion, geboren aus Angst und Terror, und jedes Mal fanden wir nach einem Moment des Schreckens einen schmalen Durchschlupf. Ich konnte nun nachvollziehen, warum hier so viele Menschen schon verzweifelt und für immer Gefangene des Gitterwaldes geblieben waren.

Wir sollten geradeausgehen, hatte Tensin gesagt, doch das war kaum möglich. Der Wald hinderte uns daran, auf einer geraden Linie zu laufen, immer wieder mussten wir unsere Richtung ändern.

Aber ohnehin scheint niemand an die Möglichkeit unserer Rückkehr zu glauben, und wenn wir gar nicht zur Lichtung finden, müssen wir uns zumindest nicht den Kopf über den Rückweg zerbrechen, dachte ich mit einem Anflug bitteren Galgenhumors.

»Dort vorne«, murmelte Haze. »Da verändert sich etwas, spürt ihr das auch?«

Ich spähte geradeaus, ohne zu erkennen, was er meinte, bis ich es plötzlich auch spürte. Wie vom Donner gerührt blieb ich stehen, verharrte mitten in der Bewegung, als sich meine Umgebung von einem Schritt auf den anderen schlagartig änderte. Es sah so aus, als hätte eine übernatürliche Macht eine unsichtbare Linie gezogen, über die sich der Wald nicht ausbreiten

durfte. Wir traten den letzten Schritt zwischen den Bäumen
hervor – und befanden uns auf einer Lichtung.

*

Einen Herzschlag lang konnte ich nicht sprechen, ja nicht mal
atmen. Ich staunte lediglich. Die Lichtung bildete einen geo-
metrisch perfekt geformten Kreis, beinahe zu ebenmäßig, um
natürlich entstanden zu sein. Die Bäume, die die Wiese wie
tiefschwarze Wächter umgaben, erschienen mir hoch wie Berge – eine nahezu undurchdringliche Mauer aus Stämmen,
Ästen, Dornen. Unzählige Finsterlilien blühten knochenbleich,
und der süßliche Duft machte mich ganz schwummerig. Ich
spürte keinen Wind, dennoch wiegten sich die Blumen sachte,
wie von einer unsichtbaren Brise bewegt.

Das Zentrum bildete ein See, ebenso kreisrund wie die
Lichtung selbst, wie mit einem scharfen Messer in die Blu-
menwiese gestanzt. Reglos wie Glas lag die Oberfläche vor uns,
so makellos und glatt, dass ich mich fragte, ob sie mich tragen
würde, wenn ich sie betrat. Kein Schilf umkränzte das Ufer,
doch schneeweiße Seerosen ließen den See gespenstisch schön
aussehen.

Groß und strahlend standen die Monde über uns, angesichts der Dunkelheit des Waldes wirkten sie noch beeindru-
ckender als sonst. Sie spiegelten sich so vollkommen auf dem
See, dass man glauben konnte, man sähe zehn Monde vor sich
und nicht nur fünf.

Und jenseits des Sees, am Rande der Lichtung, wo die Bäume von schroffen Felsen abgelöst wurden, sahen wir die Höhle.
Einer schwarzen Wunde gleich klaffte der Eingang in der Fels-

wand: ein hungriges Maul, bereit, uns alle mit Haut und Haar zu verschlingen.

Es war so still, dass unsere Atemzüge deutlich zu hören waren. Ich sah erst Haze an, dann Kyran. Niemand von uns war versessen darauf, den ersten Schritt zu tun, und doch war uns klar, dass wir keine andere Wahl hatten.

Und plötzlich spürten wir es: Etwas war hinter uns.

Kapitel 17
Der Wolf

Ich spürte seine Präsenz mehr, als dass ich ihn hörte. Kribbelnd zog sich eine Gänsehaut über meinen Nacken und von dort über meinen gesamten Körper, so als sei die Luft kurz vor einem Gewitter seltsam aufgeladen.

Ich war wie gelähmt, und mein Körper fühlte sich mit einem Mal so fremd an, als sei er gar kein Teil von mir. All meine Sinne waren geschärft. Ich hielt den Atem an.

Kein Rascheln war zu hören. Das Tier musste absolut lautlos über den Waldboden schleichen, und doch fühlte ich, dass es riesig sein musste. Und dann hörte ich sie: leise, hechelnde Atemzüge.

In meinem Kopf explodierte ein schrilles Sirren. Ich war nicht einmal imstande, den Kopf zu drehen, um Haze oder Kyran anzusehen. Ein Hammer donnerte von innen gegen meine Brust, bis hoch in meinen Hals, und ich begriff, dass es mein Herz war, das schier explodieren wollte.

Heißer Atem auf meiner Haut.

Ein fieser Geruch stieg in meine Nase und verursachte mir Übelkeit. Er war hier, direkt hinter mir, und ich *wusste* einfach, dass es der Wolf war.

Der Atem wurde lauter, und ich sah vor meinem inneren

Auge, wie er das geifernde Maul mit den riesigen, gelben Zähnen öffnete. Und dann war es, als legte sich in mir ein Hebel um. Ich warf mich nach vorne, sprintete blindlings los und rannte um mein Leben. Der Klang des Aufheulens in meinem Rücken ging mir durch Mark und Bein. Ich dachte nicht darüber nach, wohin ich lief, ich wollte weg, einfach nur weg.

Hart prallte etwas gegen meinen Körper und riss mich von den Füßen. Ich dachte es wäre der Wolf, der sich auf mich stürzte, doch es war Haze, der mich aus dem Weg gestoßen hatte und nun mit mir zu Boden fiel. Um Haaresbreite verfehlte uns der Wolf, der mit gefletschten Zähnen auf uns zuschoss. Für den Bruchteil einer Sekunde kam Haze schneller auf die Beine als ich, packte meinen Unterarm und riss mich hoch. Der harsche Pelz des Wolfs streifte mich, als er dicht an mit vorbeischlich, sein heißer Speichel benetzte meine Haut. Ein greller Schmerz schoss durch meinen Arm, und ich dachte schon, der Wolf hätte mich gebissen, doch er war nur im Sprung mit den Krallen an meiner Haut entlanggeschrammt und hatte flammend rote Kratzer hinterlassen.

Er bremste ab, fuhr zu uns herum und zog die Lefzen hoch. Sein Zähnefletschen erinnerte an ein höhnisches Grinsen, im Blutrot der Augen glomm ein unheilverkündendes Licht. Meine Augen weiteten sich, als ich die Narbe an seiner Schulter sah, genau an jener Stelle, an der Haze vor nicht allzu langer Zeit einen Wolf mit seinem Wurfdolch getroffen hatte. War es möglich, dass es dasselbe Tier war? Doch das klang selbst in meinem eigenen Kopf zu verrückt, denn in dieser kurzen Zeit konnte eine Verletzung unmöglich so gut verheilen. Der Blutwolf, dem ich nun gegenüberstand, hatte eine deutlich ältere, abgeheilte Narbe, doch die Stelle war exakt dieselbe, an der Haze' Dolch getroffen hatte.

226

»Haze«, flüsterte ich heiser.

Er sah mich nicht an, sein Blick war starr auf den Wolf gerichtet. Ganz langsam spannte er den Bogen, die Pfeilspitze war auf das Tier gerichtet, das nun mit geschmeidigen Schritten hin und her schlich, ohne uns aus den Augen zu lassen. Haze' Finger, die die Bogensehne hielten, zogen sich an seiner Wange entlang bis an das Ohr vorbei, der andere Arm war ausgestreckt. Sah man Haze mit seinem Bogen, wusste man, dass er ganz in seinem Element war. Sein Körper und die Waffe schienen eine gefährliche Einheit zu bilden, und fast immer fand der Pfeil mit tödlicher Präzision sein Ziel.

Dann ließ er los, der Pfeil schnellte durch die Luft, fast zu schnell für das menschliche Auge, doch der Wolf reagierte schneller, als ich es für möglich gehalten hätte: Er duckte sich, und statt sich in das Fleisch des Tieres zu bohren, schrammte der Pfeil nur an seiner Seite entlang und hinterließ einen blutigen Striemen. Schon legte Haze den nächsten Pfeil auf, spannte, schoss, und der Pfeil blieb in der breiten, massigen Schulter des Wolfs stecken.

Das Knurren des beeindruckenden Tieres glich einem Donnergrollen, und ohne weitere Vorwarnung stieß es sich ab und sprang auf uns zu – nur um abrupt abzubremsen und sich irritiert umzusehen. Wie aus dem Nichts war ein kleines rosa Licht aufgetaucht und umschwirrte den gewaltigen Kopf des Wolfs wie eine angriffslustige Hummel, stieß immer wieder auf ihn herab und stob davon, wenn das Tier in die Luft schnappte. *Die Pixie!* Sie musste uns gefolgt sein, ohne dass wir es gemerkt hatten. Verwirrt wandte der Wolf den Kopf hin und her, drehte sich im Kreis und versuchte das winzige Lebewesen zu erhaschen, das ihn nervte. Noch einmal wagte die größenwahnsinnige Pixie einen Vorstoß und rupfte dem Tier sogar ein paar Ohrhaare aus, doch als der Wolf sich schüttelte, summte sie benommen davon.

Der Einsatz der winzigen Fee hatte uns nur ein bisschen Zeit verschafft, gerade genug für Haze, um einen neuen Pfeil auf die Sehne zu legen und für mich, um meinen Dolch zu erheben und mich in eine geduckte Angriffshaltung zu begeben – obwohl sie mir angesichts des gefährlichen Tieres völlig lächerlich erschien. Die Schnauze des Wolfs schimmerte im Mondlicht, als er auf uns zutrabte, so gemächlich, als führte er nichts Böses im Schilde, doch seine verengten Augen und die gebleckten Zähne verrieten seine eigentlichen Absichten.

»Hierher! Such dir doch einen echten Gegner«, hallte Kyrans Stimme auf einmal über die Lichtung.

Die Klinge seines Schwerts fing das silberne Mondlicht ein, herausfordernd reckte er es in den Himmel. Sein Lachen war das eines jungen Sonnengottes aus längst vergangenen Zeiten, der die Elemente selbst zu seinem bloßen Vergnügen provozierte, und statt sich voll und ganz auf den Wolf zu konzentrieren, der nun mit einem wilden Knurren zu ihm herumfuhr, fand er doch tatsächlich die Zeit, mir schelmisch zuzuzwinkern.

Alles schien so quälend langsam zu geschehen, dass ich jedes Detail mitverfolgen konnte, und doch viel zu schnell, um zu reagieren und einzugreifen. Der Wolf setzte auf Kyran zu, und mir schien es undenkbar, dass irgendein Mensch dieser Attacke standhalten könnte – doch Kyran drehte sich im letzten Moment zur Seite und riss sein Schwert hoch, sodass es eine Barriere zwischen ihm und dem Tier bildete. Der Wolf jaulte auf, setzte augenblicklich wieder zum Sprung an und wurde von Kyrans Klinge abgewehrt. Wie zwei Tänzer drehten sich die beiden Kontrahenten langsam umeinander, behielten einander im Blick, wagten immer wieder kleine Vorstöße. Die lange rote Zunge des Wolfs leckte über seine dolchartigen Zähne, als könnte er es kaum erwarten, Kyran zu zerfleischen.

Dann war mein Schreckensmoment vorbei. Ich setzte mich in Bewegung, rannte auf Kyran zu, den Dolch fest in der Hand, doch es war mir, als käme ich kaum voran, wie in meinem Albtraum, in dem ich immer weiter auf der Stelle lief.

Kyran schlug sich gut, viel besser, als es die meisten Menschen in seiner Lage getan hätten – geschmeidig stieß er immer wieder auf den Wolf zu und wehrte seine Attacken ab, führte das Schwert, als sei es eine messerscharfe Verlängerung seines Arms, und doch hatte er von Anfang an keine Chance. Nicht gegen dieses Tier.

Der Wolf zog sich um ein paar Armeslängen zurück, beinahe so, als wollte er von seinem Gegner ablassen, doch keine Sekunde lang glaubte ich, der Kampf sei zu Ende. Aus dem Stand sprang er auf Kyran zu, mit einer Wucht, die dieser nicht parieren konnte. Ihm blieb nur noch, das Schwert als schützende Barriere zwischen sich und das Untier zu bringen, dann ging er zu Boden.

Hilflos lag er auf dem Rücken, während der Wolf über ihm stand, knurrend und nach Kyrans Gesicht schnappend, das er nicht erreichen konnte. Alles, was zwischen ihnen stand, war das Schwert, mit dem Kyran das Tier mühsam auf Abstand halten konnte. Flach grub sich die Schneide in die Brust des Wolfs, vorangetrieben durch sein eigenes Gewicht und der Kraft, mit der er sich auf Kyran warf. Blut quoll unaufhaltsam aus seiner Wunde.

»Lelani! Hau ab«, brüllte mir Haze schockiert hinterher, um mich davon abzuhalten, mich der Bestie mit meinem eigenen Dolch zu stellen.

Tatsächlich hielt ich abrupt an, doch nicht etwa, um zu fliehen. Ich konnte mich nicht in Sicherheit bringen und Kyran seinem sicheren Tod überlassen, unter gar keinen Umständen. Kurz schaute ich über meine Schulter zu Haze zurück, der die Zähne zusammenbiss und entsetzt den Kopf schüttelte, als er begriff, dass ich nicht weglaufen würde. Dann wandte ich meinem besten Freund den Rücken zu, fixierte Kyran und den Wolf mit meinem Blick und hob die Hand, in der ich den Wurfdolch hielt. Ein weiterer Pfeil sauste an mir vorbei und blieb in der Schulter des Tieres stecken, doch das hielt ihn nicht auf. Die Wut schien ihn sogar noch weiter anzufeuern.

Ich erinnerte mich daran, wie es aussah, wenn Haze einen Dolch warf, und fasste die Waffe vorsichtig an der Klinge an, statt am Griff. Locker hielt ich die Waffe zwischen meinen Fingern, ganz so, wie Kyran es mir gezeigt hatte. Kurz blieb mein Blick an dem Sichelmond hängen, der in den Knauf eingearbeitet war, dann schloss ich die Augen und fokussierte mich auf mein Innerstes selbst. Vor meinem inneren Auge erkannte ich blassblaue Schlieren, die sich aus der Dunkelheit herausbildeten und mir offenbarten, wo sich Kyran und der Wolf befanden, doch die Welt, die meine Magie mir zeigte, war reduziert auf klare Formen und Linien. Das Chaos und die Wildheit der Realität wichen den harmonischen Gesetzen der Magie der Monde.

Ich hatte nie zu jenen Menschen gezählt, die viel Wert auf Ordnung, Symmetrie und Struktur legten, doch die rätselhafte Kraft in mir verlangte danach. Die Klarheit der regelmäßigen Formen brachte etwas tief in meiner Seele zum Klingen und erfüllte mich mit einer grenzenlosen Ruhe.

Auf meinem Gesicht spürte ich den Schein der fünf Monde. Ganz ruhig atmete ich ein und aus. Mit jedem meiner

Atemzüge floss Wärme aus meiner Lunge und kaltes Mondlicht in meinen Körper. Es fühlte sich an, als strömte dieses
pure, reine Licht gemeinsam mit meinem Blut durch meine
Adern und erfüllte mich bis in meine Fingerspitzen.

Ich sah die Bahn vor mir, die der Dolch nehmen musste,
um sein Ziel zu finden. Als ich schließlich die Augen aufschlug, glaubte ich auch in Wirklichkeit blasse Linien in der
Finsternis wahrzunehmen. Glasklar sah ich vor mir, was zu tun
war.

Immer noch lag Kyran auf dem Boden, seine Kräfte
schwanden zusehends, seine Muskeln und Sehnen traten angespannt hervor und er zitterte. Sein hübsches, ebenmäßiges Gesicht war so verzerrt, dass es einer Grimasse glich.

Es würde sich höchstens noch um Sekunden handeln, bis
Kyrans Kräfte erlahmten und der Wolf ihn erbarmungslos zer-
fleischte, und doch bewegte ich mich ohne jegliche Hektik und
Eile, ganz ruhig und präzise führte ich meine Hand. Ich wusste
einfach, was zu tun war.

Ich spürte einen kühlen Hauch, als die Klinge die Luft
durchschnitt. Nicht nur ich selbst führte den Wurf aus, da war
noch etwas anderes. Meine Hand wurde durch die Mondmagie
gelenkt und führte die Klinge. In exakt dem richtigen Moment
ließ ich los.

Der Dolch raste durch die Luft, so blitzschnell, dass man
ihn eigentlich kaum sehen konnte, doch für mich lief alles ver-
langsamt ab. Zufrieden sah ich, wie meine Waffe genauso
durch die Luft flog, wie ich es zuvor vor meinem inneren Auge
gesehen und geplant hatte.

Er *konnte* sein Ziel gar nicht verfehlen – und das tat er auch
nicht. Er traf die Bestie mitten ins Herz.

Einen Moment lang schien die Zeit stillzustehen. Ich sah Kyran, in dessen Gesichtszügen anstatt Spott und Vergnügen nun tatsächlich Todesangst geschrieben stand. Ich sah die langen Zähne des Wolfs, kaum eine Handbreit von Kyrans Gesicht entfernt.

Und ich sah meinen Wurfdolch mit dem Mondsichelgriff, dessen Klinge nun tief in die Brust des Wolfs eingedrungen war.

Das Brüllen des Wolfs war so viel mehr als der Schrei eines verletzten Tieres, es glich dem gequälten Schrei eines Menschen, bis zur Unkenntlichkeit verzerrt durch Schmerz und Schock. Das Tier taumelte rückwärts und versuchte mit dem Maul an die Waffe zu gelangen, scheiterte jedoch.

Ich wagte nicht, mich zu bewegen oder auch nur mit einer Wimper zu zucken, und auch Kyran lag immer noch reglos da, das Schwert nach wie vor über seinen Kopf erhoben. Mit angehaltenem Atem beobachtete ich den Wolf, dessen Bewegungen plötzlich ihre Geschmeidigkeit verloren und schwerer wurden. Bedrohlich schwankend schleppte er sich auf seine Höhle zu, doch so weit kam er nicht: am Ufer des Sees brach er zusammen, mit einem dumpfen Laut kam der Körper auf dem Boden auf.

Das war der Moment, in dem ich losrannte. Vor Kyran ließ ich mich auf die Knie fallen, rüttelte an seiner Schulter und zerrte an ihm, um ihm hochzuhelfen. Als er sich nicht rührte, nahm ich sein Gesicht behutsam in beide Hände und sah ihn an, um sicherzugehen, dass er wohlauf war.

So blass wie jetzt hatte ich ihn noch nie gesehen – und auch nicht so schwach und verletzlich. Das Grün seiner Augen war getrübt, die Pupillen geweitet. Bluttröpfchen des Wolfs benetzten seine Haut.

»Kyran«, flüsterte ich. »Er hat dich nicht verletzt. Es ist okay. Alles ist gut.«

Er öffnete den Mund, als würde er etwas sagen wollen, doch vergeblich rang er nach Worten. Stattdessen griff er plötzlich nach meiner Hand und führte sie an seinen Mund, das Schwert fiel neben ihm ins hohe Gras. Seine Augen schlossen sich, und all die Worte, die mir gerade noch auf der Zunge gelegen hatten, waren in dem Moment verschwunden, als seine Lippen meine Haut berührten. Leicht und zart wie Pixieflügel, spürte ich meinen eigenen pochenden Herzschlag tief in meiner Seele.

Ich wusste nicht genau, wie lange wir so verharrten – vielleicht war es nur ein winziger Moment, vielleicht auch eine halbe Ewigkeit. Was ich jedoch wusste, war, dass ich den süßen Duft der Finsterlilien plötzlich so intensiv wahrnahm, dass ich ihn sogar wie Honig auf meiner Zunge schmecken konnte, und dass der Boden ganz leicht unter mir zu schwanken schien.

Kyrans Hand war eiskalt und zitterte. Wir atmeten beide schwer.

»Danke«, flüsterte er rau, als er seine Lippen von meiner Hand löste.

Ich wollte antworten, doch es fiel mir gerade unsagbar schwer, die richtigen Worte zu finden. Haze, der inzwischen zu uns getreten war, streckte erst mir und dann – zu meiner Überraschung – auch Kyran schweigend die Hand entgegen, um uns hochzuhelfen. Und ehe ich etwas sagen konnte, drückte er mich plötzlich so fest an sich, als wollte er mich nie wieder loslassen. Einen Arm schlang er um meinen Rücken, mit dem anderen zog er ganz behutsam meinen Kopf an sich heran und bettete ihn in seine Halsbeuge.

»Nie wieder«, murmelte er erstickt, ganz nah an meinem

Ohr, und es klang, als würde seine Stimme fast brechen. »Nie wieder will ich solche Angst um dich haben.«

Erst jetzt, in seinen Armen, bemerkte ich, wie weich meine Knie waren und wie sehr auch ich zitterte. Meine Beine konnten meinen Körper kaum tragen. Ich schloss die Augen, hielt mich mit beiden Händen an Haze' Lederwams fest und atmete den leichten Tannennadelduft seiner Haut ein.

Hatten wir es geschafft? Hatten wir den Wolf wirklich besiegt? Vermutlich hätte ich erleichtert sein müssen, sogar glücklich, doch als die eiserne Klammer der Angst sich langsam lockerte, blieb nichts als Leere zurück.

»Wir sollten nachsehen.« Meine Stimme bebte ebenso stark wie mein Körper. »Nachsehen, ob er auch wirklich tot ist.«

Obwohl Haze mich ganz langsam und behutsam losließ, wäre ich ohne seine Stütze beinahe umgefallen. Ich brauchte einen Moment, bis ich einen Fuß vor den anderen setzen konnte, und hatte den Eindruck, meinen Reisegefährten ginge es ganz ähnlich.

Alles in mir sträubte sich dagegen, mich dem Wolf zu nähern, selbst wenn er wie jetzt ganz reglos dalag. Jede Faser meines Körpers schrie nach Flucht, doch Schritt für Schritt zwang ich mich vorwärts. Ich musste mich einfach mit eigenen Augen davon überzeugen, dass keine Gefahr mehr von dem Tier ausging.

Der Wolf lag direkt an der Grenze zwischen Land und See, seine Vorderpfoten berührten sogar das kühle Wasser und er sah aus, als schliefe er. Die schneeweißen Lilien und Seerosen umgaben ihn wie ein Leichentuch, das diese verzaubert wirkende Lichtung eigens für ihn gewoben hatte. Er bewegte keinen Muskel, zuckte nicht einmal mit einem Ohr, als wir vor ihm standen und ihn mit angsterfüllten Blicken ansahen. Sogar im Tod hatte dieses furchteinflößende, majestätische Tier nichts von seiner Imposanz eingebüßt.

»Er ist tot«, murmelte Haze, nachdem wir eine Weile betreten auf den Wolf hinabgeblickt hatten, ohne uns zu nah an ihn heranzuwagen.

Ich wollte nicken, doch in demselben Augenblick sah ich etwas, was da nicht sein sollte. Etwas, was ich nicht glauben wollte. Das Wasser bewegte sich. Die feinen Härchen auf meinen Armen stellten sich auf, und mir stockte der Atem. Winzige Kräuselwellen setzten die Wasseroberfläche in Bewegung, ganz knapp vor der gigantischen Schnauze des Tieres, und am liebsten hätte ich geglaubt, dass es nur der Wind war.

Schockiert riss ich die Augen auf. *Er atmet*, wollte ich hervorstoßen, doch nur ein heiseres Krächzen entrang sich meiner Kehle.

Aber mehr war auch gar nicht nötig, denn Haze und Kyran folgten meinem Blick und sahen es ebenfalls: Der Wolf öffnete seine blutroten Augen.

Kapitel 18
Das Mädchen

Durch das Spiegelbild seines Gesichts auf dem Wasser sah es aus, als flammten vier glühend rote Augen auf, bis er seinen Kopf hob und die Illusion verflog. Er lebte! Wenn ihn nicht einmal der mit Magie durchzogene Wurf getötet hatte, was sollte dann dazu in der Lage sein, ihn zu besiegen?

»Das Silbermesser!«, kreischte ich in heller Panik und nahm aus den Augenwinkeln wahr, dass Haze es bereits hektisch zur Hand nahm und in wurfbereite Position hob.

Doch dann sah ich etwas, was mich an meinem Verstand und meinen Augen zweifeln ließ – etwas, was sich jeder Logik widersetzte. Ich sah das Spiegelbild des Wolfs, die roten Augen, doch das dazugehörige Gesicht war nicht das eines Tieres. Es war das Antlitz eines Mädchens.

Meine Hände schnellten nach vorne, ich klammerte mich an Haze' ausgestreckten Arm. »Nicht«, keuchte ich, »nicht«, ohne mich näher erklären zu können.

Er sah mich an, als hätte ich den Verstand verloren, und vielleicht hatte ich das ja auch.

»Lelani, das ist unsere Chance«, stieß er hervor und schüttelte mich ab, doch ich drängte mich vor ihn, lief ein paar Schritte nach vorne und stellte mich direkt vor den Wolf.

Hinter mir hörte ich meine Gefährten scharf einatmen, doch ich konnte mich nicht zu Haze und Kyran umdrehen: Mein Blick war starr auf die Kreatur vor mir gerichtet. Ich breitete die Arme aus und hoffte inständig, die beiden Männer so davon abhalten zu können, den Wolf erneut zu attackieren – und zugleich hoffte ich, ich würde mein Handeln nicht bitterlich bereuen.

Aus unmittelbarer Nähe wirkte der Blutwolf nun noch gigantischer. Ihm von Angesicht zu Angesicht gegenüberzustehen, fühlte sich beinahe surreal an, als begegnete man einer Kreatur aus einem Albtraum, die nichts mit den wesentlich kleineren Grauwölfen zu tun hatte, die man manchmal in Rudeln antraf – und dabei waren auch jene normalen Wölfe alles andere als harmlos. Flammen schienen im Rot seiner Augen zu lodern, und die mächtigen Pfoten waren so groß wie Bärentatzen. Ich hörte ihn atmen, sah, wie sich sein Brustkorb bei jedem Atemzug ausdehnte, und stellte fest, dass die Wunde, die mein Dolch hinterlassen hatte, bereits aufgehört hatte zu bluten. Nicht lange, und sie würde sich wie durch Zauberhand schließen.

Lange Krallen klackten über die Kieselsteine des Seeufers, und eine eisige Gänsehaut zog sich über meinen Nacken. Es fiel mir schwer, den Blick vom Raubtier abzuwenden und meine Aufmerksamkeit auf das Geräusch am Wasser zu richten.

»Seht doch«, wisperte ich Haze und Kyran zu, ohne mich zu ihnen umzudrehen. »Seht ihr das auch? Bin ich jetzt verrückt geworden, oder ist das real?«

Das Spiegelbild des Blutwolfs war das eines Mädchens, einer jungen Frau, in etwa so alt wie ich, deren haselnussbraune Haare ihre sanften Gesichtszüge umspielten. Ihr Anblick war mir so vertraut, und doch hatte ich sie noch nie so gesehen: mit diesen blutroten Augen, die so dunkel umschattet waren, dass es mich an das pechschwarze Fell des Wolfs erinnerte.

»Ein Mädchen!«, japste Kyran. »Aber ... wie ist das möglich?«

Seine Reaktion war die Bestätigung, die ich gebraucht hatte. So unwahrscheinlich es auch sein mochte, es war wahr.

»Milja«, flüsterte ich.

Ein Ruck ging durch den Körper des Wesens, es zuckte zusammen. Es war unheimlich, auf der Wasseroberfläche die Veränderung zu sehen, die in der zierlichen Person vor sich ging: sie nahm eine angriffslustig geduckte Haltung an, die viel mehr an die eines Raubtieres erinnerte, als an eine menschliche Person. Ihre Oberlippe zog sich hoch und entblößte perlweiße Zähne. Der gesamte Anblick hatte etwas zutiefst Verstörendes an sich, die Wildheit eines Tieres wirkte im zarten Menschenkörper seltsam deplatziert.

»Milja, ich bin es! Erkennst du mich denn nicht? Als Kinder haben wir miteinander gespielt. Wir waren Freundinnen.« Meine Stimme war nichts weiter als ein Hauch.

Plötzlich ging alles so schnell, dass ich überhaupt nicht realisierte, was geschah. Auf einmal spürte ich die dolchartigen Zähne um meinen Arm, den ich reflexartig schützend vor mein Gesicht gerissen hatte. Der Wolf war auf mich zu geschnellt, sein riesiges Maul weit aufgerissen. Hinter mir hörte ich erschrockene Schreie und das Klirren von Waffen, doch irgendwie gelang es mir, ruhig zu bleiben. Ich hielt den Blick weiterhin auf das Mädchen im Wasser gerichtet, sah mein eigenes Spiegelbild und ihres und unsere Blicke trafen sich.

»Milja«, hauchte ich erneut.

Die gewaltigen Kiefer des Wolfs hätten meinen Arm mit Leichtigkeit brechen, vielleicht sogar abreißen können, doch die scharfen Zähne hinterließen nicht einmal den kleinsten Kratzer auf meiner Haut. Einen endlos scheinenden Moment lang befand sich mein Arm im Griff des Mädchens, das ich immer noch im See sah, und zugleich im Maul des Wolfs, dann ließ Milja langsam los und wich einen Schritt zurück. Mit grenzenloser Verwirrung schaute ich zwischen dem Tier und der Gestalt im See hin und her.

»Lelani.« Haze' Stimme hinter mir klang rau und angespannt, doch ich hob meinen Arm, um ihn zum Schweigen zu bringen.

Ich wusste nicht, woher ich die Autorität nahm, die plötzlich in meinem Tonfall steckte, doch ich legte alle Überzeugungskraft, zu der ich fähig war, in meine Worte: »Bleibt zurück. Ich weiß, was ich tue. Alles wird gut.« Dieses grenzenlose Vertrauen war plötzlich einfach da.

Langsam, jede hastige Bewegung vermeidend, setzte ich mich ans Ufer, zog die Beine an, umschlang sie mit meinen Armen und blickte aufs Wasser. Ohne hinter mich zu sehen, wusste ich, dass Haze und Kyran sich nach einem kurzen Moment des Zögerns zurückzogen – ein wenig war ich selbst überrascht darüber, doch in meiner Stimme musste irgendetwas gelegen haben, was sie davon überzeugt hatte, auf mich zu hören.

Neben mir spürte ich einen warmen, riesigen, pelzigen Körper, der sich an meiner Seite niederließ: der Blutwolf. Doch im See sah ich die Spiegelbilder zweier zierlicher Mädchen, meines und Miljas, die mit angezogenen Beinen nebeneinandersaßen. Das Mädchen, das ich als Kind gekannt hatte, starrte mich unverwandt aus seinen roten Wolfsaugen an.

*

Die Monde wanderten langsam über den Nachthimmel, die Zeit verging und wir schwiegen. In meinem Kopf überschlugen sich die Gedanken und in meinem Herzen tobte ein Sturm aus Gefühlen. Nach außen hin war ich jedoch völlig ruhig.

»*Lelani.*« Die Lippen des Spiegelbilds auf dem Wasser bewegten sich, doch der Wolf neben mir regte sich nicht. Mein Name rauschte durch die Seerosen, tönte glockenhell aus den Finsterlilien und erklang als Flüstern in meinem Kopf. Milja sprach mit mir, doch nicht in Worten, sondern durch meine Magie, die ihre Gedanken auffing. Ein Kribbeln zog sich über meine Kopfhaut, und ich riss meine Augen auf. Was auch immer hier passierte: Meine totgeglaubte Kindheitsfreundin saß neben mir und wisperte meinen Namen – das war alles, was zählte.

»Was ist geschehen?« Von all den Fragen, die mir in den Sinn kamen, war das die drängendste und die, von deren Antwort ich mir die meisten Informationen erhoffte. Ich wollte alles wissen, alles verstehen, was seit damals geschehen war, und hatte doch bereits eine vage Ahnung davon, dass es Dinge auf der Welt gab, die mein Vorstellungsvermögen überschritten.

Miljas blutrote Augen bohrten sich immer noch in mein Gesicht. Der dunkle, maskenhafte Schatten, der sie umgab, verlieh ihr etwas Geheimnisvolles. »*Erinnerst du dich an die Geschichten, die du mir erzählt hast, Schwesterfreundin?*«

Schwesterfreundin. Ein Wort, das ich vergessen hatte, wie so vieles, was Milja betraf. Die Jahre hatten meine Schwesterfreundin aus meinem Gedächtnis gestohlen, vielleicht deshalb, weil es zu schmerzhaft gewesen wäre, an sie zu denken. So hatten wir einander genannt, damals, als kleine Mädchen, weil uns der Begriff Freundin viel zu schwach erschienen war.

Doch nun nahmen die Geschichten wieder Form an, längst

verdrängte Erinnerungen kehrten zurück. Ich nickte, während ein Meer aus Geschichtenfetzen durch meinen Kopf wogte: Erzählungen von Räubern und Piraten, Seeungeheuern und Einhörnern, Hexen und Feen, die ich mir ausgedacht hatte, um die sanftmütige Milja zu erschrecken und über die wir gemeinsam gekichert hatten. Und immer wieder Geschichten von Wölfen, die unartige Kinder verschlangen.

»*Der Wolf hat mich geholt, Lelani. Er hat mich verschleppt, tief in die Wälder, mich gebissen und einfach liegengelassen, denn es war nicht der Hunger, der ihn antrieb, und er war kein gewöhnlicher Wolf. Er war ein Fluch, ein personifizierter Fluch auf leisen Pfoten mit scharfen Zähnen, und er hat mich geholt.*«

Mir wurde eiskalt, als ich mir vorstellte, wie die kleine Milja im tiefsten Winter, verletzt und frierend im Wald zurückgelassen worden war. Was für Ängste und Schmerzen musste sie ausgestanden haben! Die sanfte Milja, die vor ihrem eigenen Schatten erschrak, hatte Entsetzliches durchgemacht, während man sie im Dorf für tot gehalten hatte.

»Hast du den Weg zurück nach Hause nicht gefunden?«, flüsterte ich.

Der Wolf winselte, Tränen schimmerten in den blutroten Augen des Wassermädchens. Milja antwortete nicht, und ich fragte nicht weiter. Mit der Fußspitze stieß ich eine der bleichen Seerosen an, die sachte schaukelte und von der sich nun kreisförmige Wellen ausbreiteten, dann zog ich das Bein wieder an und stützte mein Kinn auf die Knie. Mir war zum Weinen zumute, als ich mir vorstellte, wie entsetzlich Milja damals gelitten haben musste.

»*Ich habe den Weg gefunden.*« Ihre wortlose Stimme ließ mich frösteln. »*Ich war da, Schwesterfreundin, und bin im Schutz der Dunkelheit durchs Dorf geschlichen. Ich habe euch gesehen:*

241

Mutter, dich, Haze, all die anderen, habe euch durch eure Fenster beobachtet, bin euch gefolgt. Wie ich mich danach gesehnt habe, nach Hause zu gehen, mich in Mutters Arme zu flüchten, ihr zu zeigen, dass ihre verlorene Tochter noch lebte, und mich dir zu erkennen zu geben!«

»Aber du hast es nicht getan.« Ich begriff nicht – oder vielleicht wollte ich auch nicht begreifen.

»Weil ich mich verändert hatte. Ich spürte es, bevor ich es sah. Spürte, dass da etwas in mir war, etwas Neues, etwas Wildes, etwas Hungriges. Der Fluch des Wolfs, der wie ein Fieber Besitz von mir ergriff und in mir wuchs, ein Fluch, der mich verschlang. Es war wie in deinen Geschichten, Lelani. Der Wolf hat mich verschlungen, und das, was übriggeblieben ist, war nicht mehr ich. Da war kein Mädchen mehr, kein Mensch. Und als ich es sah – oh, als ich die Veränderung nicht nur fühlte, sondern leibhaftig sah!«

Das Rot ihrer Augen wurde dunkler, das Gesicht verzog sich zu einer Grimasse blanken Entsetzens, und ich spürte, dass eben jenes Entsetzen wie eine kalte Klaue auch nach meinem Herzen griff und es mit eisigen Fingern zusammendrückte.

»Es waren die Fingernägel, mit denen es begann, Schwesterfreundin«, fuhr sie fort, und ein feiger Teil von mir wünschte, sie würde aufhören, mir diese Dinge zu erzählen, damit ich mir ihr Leid nicht vorstellen musste. Damit ich sie vielleicht sogar wieder verdrängen konnte, wie ich es einst getan hatte. *»Sie wurden zu Krallen, und während ich mich noch verängstigt fragte, was mit mir geschah, bemerkte ich, dass meine Zähne länger und spitzer wurden. Ich weiß nicht, wie lange es dauerte. Tage, Wochen, vielleicht auch länger. Zeit hatte keine Bedeutung mehr. Ich betrachtete meine Arme und bemerkte, dass lange Haare auf ihnen gewachsen waren. Ich hüllte mich in meinen Umhang, um mich*

selbst nicht sehen zu müssen, doch ich spürte alles, fühlte unentwegt, wie sich die Form meines Körpers veränderte. Und dann wurde mir klar, dass ich nicht zu euch zurückkehren konnte. Ich konnte nicht mehr Milja sein.«

»Also bist du fortgegangen.« Ein schmerzhafter Kloß schien mit Widerhaken in meiner Kehle zu sitzen.

Ich wollte ihr ins Gesicht schreien, dass sie zu mir hätte kommen sollen, dass ich ihr geholfen hätte. Doch mir war auch klar, dass ich mir das leichter vorstellte, als es in Wirklichkeit gewesen wäre. Niemand im Dorf hätte das verängstigte Mädchen retten können, das sich unaufhaltsam in einen Wolf verwandelte.

»Ich hatte Angst um euch. Angst davor, was euch die wilde Seite in mir, die wuchs und alles andere nach und nach verdrängte, antun würde. Angst, Mutter und dir wehzutun. Also machte ich mich auf die Suche nach der stärksten Person, die ich kannte. Ihr würde ich nicht wehtun können, dachte ich. Wenn mir jemand helfen konnte, dann sie.«

Und plötzlich fiel es mir wie Schuppen von den Augen. Darum war mir Snow vom ersten Augenblick an so merkwürdig vertraut erschienen! Es war nicht das erste Mal, dass ich sie sah. Vor vielen Jahren, als kleines Mädchen, hatte ich Miljas ältere Schwester kennengelernt, einen mutigen Wildfang mit lebhaften Augen, mit Haaren, so schwarz wie Kohle und Haut, so weiß wie Schnee im Sonnenlicht. Rob hatte sie sich genannt, ein Name für einen Jungen, weil sie keine kleine Prinzessin sein wollte, doch nun erinnerte ich mich daran, dass ihre Eltern sie anders genannt hatten. Snow.

Wie erwachsen sie uns erschienen war, wie unerschrocken und großartig! Milja hatte zu ihr aufgeschaut, ihr nachgeeifert. Als ihr Vater in die Hauptstadt zog, um dort sein Glück zu versuchen, seine erstgeborene Tochter mitnahm und Milja und ihre Mutter im Dorf zurückließ, zerbrach etwas in meiner Freundin, das hatte ich damals schon instinktiv begriffen.

»Du hast sie gefunden. Aber auch sie konnte dir nicht helfen.« Ein sanfter Wind kam auf, nahm die Worte von meinen Lippen und trug sie weit über den See hinaus, wo sich helle Blüten sachte in der Brise drehten.

Tränen kullerten über Miljas Wangen, und als ich neben mich blickte, sah ich rote Tropfen, die aus den Augen des Wolfs quollen und über seine Schnauze liefen. Dann zogen sich die Lefzen des Tieres hoch, ein tiefes Knurren entrang sich seiner Kehle.

»Sie hat mich im Stich gelassen. Hatte Angst, als sie meine Veränderung sah. Hat mich weggeschickt. Ich stand vor ihr, als scheußliche Kreatur, die ich war, streckte die Hände nach ihr aus, flehte sie um Hilfe an. Sie schlug mit einem Stock nach mir, verjagte mich, versperrte die Tür.«

Ich wusste nicht, was ich antworten sollte. Die Qual, die Snows Ablehnung Milja bereitet hatte, schwang in jeder Silbe mit. Daher also der Zorn? Darum hatten Menschen sterben müssen? Darum verfolgte und tyrannisierte Milja Snow und all jene, die diese um sich scharte?

»Ich habe dich gesehen«, murmelte ich. »In den Wäldern bei unserem Dorf. Du bist dort herumgeschlichen, aber du hast uns nichts getan.«

Einen Moment lang starrte sie auf die Oberfläche des Sees, bevor sie antwortete. *»Ich vergesse mich, Lelani, ich vergesse, was ich tue. Es zieht mich nach Hause, dorthin, wo ich einst lebte und nie wieder leben kann, in unser Dorf. Manchmal finde ich mich dort wieder und weiß, ich bin den ganzen Weg gerannt. Im Schlaf und Traum bin ich ganz Wolf, folge meinen Instinkten – doch* *dann erwacht das Echo des Mädchens in mir. Dann weiß ich, dass ich nicht töten darf ..., dass ich nicht dort sein darf, wo die Menschen leben, die ich liebe, und ich kehre zurück zu derjenigen, die meinen Zorn verdient hat.«*

Ich nickte und schwieg. Darum also war es Kyran damals so leichtgefallen, den Blutwolf abzuwehren, der uns nur halbherzig gedroht hatte, gefangen zwischen den Seelen eines Wolfs und eines Mädchens, das sich einfach nur nach seiner Heimat sehnte. Die Vorstellung, dass Milja all die Jahre immer wieder ums Dorf geschlichen war, einsam, sehnsüchtig und heimatlos, brach mir das Herz. Und auf einmal ergaben auch Snows Worte Sinn: Manchmal verschwand der Wolf für einige Tage, doch sicher fühlen konnten sie sich nie – er kam immer wieder und schlug zu.

»Und nun bist du hier«, durchbrach Miljas Stimme in meinem Kopf den Gedankenstrudel.

Obwohl es mir schwerfiel, wandte ich mich von ihrem Spiegelbild ab und drehte mich zu ihrem Körper neben mir, zu ihrer Wolfsgestalt.

»Das bin ich«, flüsterte ich.

Der mächtige Wolfskopf näherte sich mir, glühenden Kohlen gleich leuchteten die Augen aus dem schwarzen Fell hervor. *»Wozu?«*

Ich merkte ihr an, dass sie die Antwort bereits wusste, und trotzdem gab ich sie ihr. »Um dich zu töten.« Die Worte waren hart und sperrig, sie wollten mir in der Kehle steckenbleiben und drohten mich zu ersticken.

»Meine Schwesterfreundin ist zu mir gekommen, um mich zu töten. Und nun wird sie ihr Vorhaben in die Tat umsetzen.«

»Nein!«, fuhr ich heftig auf. »Snow hat mich losgeschickt, um einen Wolf zu erlegen, nicht, um ein Mädchen zu ermorden. Ich hatte doch keine Ahnung. Ich bin nicht losgezogen, um meine Freundin zu bekämpfen.«

Das Schnaufen der Wölfin klang wie ein Lachen ohne jeglichen Anflug von Freude. »*Du hast nicht verstanden. Ich bin der Wolf, Lelani. Nicht das Mädchen. Schon seit langer Zeit nicht mehr.*«

»Du bist Milja«, widersprach ich vehement. »Ganz gleich, wie du aussiehst. In diesem Wolfskörper bist doch immer noch *du*, ein Mädchen, meine Freundin.«

Langsam wiegte sie den Kopf hin und her. »*Ein Echo der Vergangenheit, Schwesterfreundin, ein Echo, das schwächer wird. Das bin nicht mehr ich, Lelani. Nicht mehr das Mädchen, das ich war. Ich verliere diejenige, die ich einst gewesen bin.*«

Meine Hand zitterte, als ich sie ausstreckte und das grobe Fell berührte. »Ich werde einen Weg finden, um dir zu helfen.«

Ich hatte nicht die geringste Ahnung, wie ich das anstellen sollte, doch ich würde es tun. Seit sich mein Amulett zum ersten Mal geöffnet hatte, war so vieles geschehen, was ich davor für unmöglich gehalten hätte. Ich hatte Dinge getan, und Kräfte eingesetzt, die mir zuvor fremd gewesen waren. Ich klammerte mich ganz fest an die Hoffnung, dass ich einen Weg finden würde, meine Freundin zu retten – vor sich selbst und vor einem Fluch, der in ihr nistete.

Ich war fest davon überzeugt, bis ich bemerkte, wie sich Miljas Blick veränderte.

»Was?«, wisperte ich. »Was ist los? Warum siehst du mich so an?«

»*Du bist zu einem bestimmten Zweck zu mir gekommen. Tu, wozu du hier bist.*« Miljas Stimme war so leblos wie raschelndes, trockenes Laub.

Kapitel 19
Mondweiße Blüten, tiefrotes Blut

Ich schnappte nach Luft, als ich realisierte, dass sie das tatsächlich so meinte, wie sie es gesagt hatte. Sie wollte, dass ich es tat. Sie wollte, dass ich sie tötete.

»Nein«, stieß ich hervor. »Niemals.«

Die Schnauze der Wölfin stieß gegen meine Brust. »Ich spüre, dass du dich verändert hast. Ich kann es riechen. Da ist ein Funke, der dir Kräfte verleiht, die du früher nicht hattest. Vielleicht die Macht, mein verfluchtes Leben zu beenden.«

Ich schüttelte so heftig den Kopf, dass meine Haare um meine Wangen flogen »Ich kann nicht! Du hast gesehen, dass ich es nicht kann. Mein Dolch hat dein Herz getroffen, und du lebst noch. Nein, Milja, das steht nicht in meiner Macht. Ich werde dir helfen, werde etwas für dich tun! Ich … ich weiß nicht wie, aber gemeinsam werden wir eine Lösung finden.«

Ich hatte mich in Rage geredet, meine Worte waren lauter und lauter geworden, doch nun verblassten sie wie Nebel in der eiskalten Nachtluft. Atemlos starrte ich die Wölfin an, die meinen Blick reglos erwiderte, und plötzlich konnte ich es nicht mehr ertragen, meine Freundin in diesem Zustand zu sehen, in dieser animalischen Form. Ich beugte mich über den See, sah Miljas Spiegelbild an, um ihre Menschlichkeit zu sehen, doch vergebens. Zu meinem Erschrecken fiel es mir schwer, in ihren sanften Mädchenzügen etwas Menschliches zu entdecken. Je länger ich sie anblickte, desto weniger sah ich den Menschen in ihr, und desto mehr das wilde Tier.

»*Normale Waffen können mir nichts anhaben. Klingen aus Silber? Nichts als Legenden, an die sich die Verzweifelten klammern. Menschen haben es versucht, Lelani, immer wieder, und jedes Mal habe ich gehofft, dass sie Erfolg haben. Ich habe die Konfrontation gesucht, den Tod gesucht, aber keine Klinge kann sich in mein Herz bohren. Und nirgends anders als in meinem Herzen bin ich wirklich verwundbar.*«

Eindringlich sah sie mich an, doch ich schüttelte immer wieder den Kopf. »Selbst wenn ich es könnte, würde ich es nicht tun. Milja. Niemand will sterben«, sagte ich mit Trotz in der Stimme.

Es erschien mir abwegiger als alles andere, dass jemand sich den eigenen Tod wünschen könnte. Geschichten von Aphra, in denen unglückliche Menschen beschlossen, ihrem Leben ein Ende zu setzen, hatte ich immer als Unsinn abgetan, so fern lag mir dieser Gedanke.

Oder hing etwa nicht jeder so leidenschaftlich an seinem Leben wie ich? Solange man lebte, konnte man kämpfen, hoffen und sehnen – war nicht alles besser, als alldem aus freien Stücken ein Ende zu setzen und seine Seele der endlosen Mondfinsternis zu übergeben? Doch während mir Miljas Blick nun eine Gänsehaut verursachte, wurde mir bewusst, wie naiv und arglos ich war, und wie vieles ich noch nicht über die Welt und die Menschen wusste.

Die blutroten Augen im blassen Mädchengesicht übten eine hypnotische Wirkung aus, jedes einzelne von Miljas Worten versetzte mir einen schmerzhaften Stich. »*Ich habe getötet,*

Schwesterfreundin. Ich habe Menschen gejagt, zerfleischt, gefressen. An diesem Maul«, sie hob die Hände an ihre zarten rosa Lippen, *»klebt Blut, und dieses Blut hat mir geschmeckt. Ich weiß, ich werde es wieder tun, und wieder, wann immer mich diese Wut überkommt – dieser Hunger, diese Gier. Das ist es, was ich bin, Lelani. Kein Mensch, kein normales Tier, nicht einmal ein normaler Blutwolf. Eine Bestie.«*

Fröstelnd schlang ich die Arme um mich. Eine klirrende Kälte hatte sich in meinem Inneren ausgebreitet, erfüllte meine Adern und meine Atemwege. Ich wollte ihr hunderte Dinge sagen, wollte ihr versichern, alles werde irgendwie wieder gut. Ich würde für sie Wunder vollbringen, sie irgendwie daran hindern, je wieder einem Menschen etwas anzutun, und sie würde wieder ein Mensch sein können. Doch jedes dieser Worte wäre eine Lüge gewesen. Selbst wenn es für sie wie durch ein Wunder eine Zukunft in Menschengestalt gäbe, würde sie ihr restliches Leben in dem Wissen verbringen, getötet zu haben. Was Milja getan hatte, konnte sie weder rückgängig machen, noch vergessen, und ich verstand, dass sie so nicht weiterleben konnte.

Und auch sterben konnte sie nicht. Nicht, wenn ich ihr nicht dabei half.

Das war alles, was sie sich von mir wünschte, alles, was ich für sie tun konnte. Und trotzdem schüttelte ich den Kopf.

»Nein«, flüsterte ich erstickt. »Das kann ich nicht tun. Ich will, dass du lebst. Ich will, dass du dir vergibst. Ich will, dass du wieder glücklich sein kannst.«

»Glücklich.« Das Mädchen lachte leise, und die große Wölfin neben mir gab ein Schnaufen von sich. *»Wie könnte man glücklich sein, wenn man sich selbst mehr als alles andere auf der*

Welt hasst, mehr noch als Snow? Das Leben ist kein Märchen, Schwesterfreundin, keine Geschichte deiner Aphra«

Ihr Gelächter brach so jäh ab, wie es begonnen hatte. Ihr Blick bohrte sich in meinen, ließ ihn nicht los, und ich fühlte mich, als verschlänge er mich mit Haut und Haar.

»Bitte. Bitte hilf mir.« Worte, die sich wie Krallen in meinen Kopf gruben und mir heiße Tränen in die Augen trieben. »Hilf mir, zu sterben.«

Ihr fuhr zur Wölfin herum, warf mich einfach gegen sie, grub die Hände in ihr dichtes Fell und hielt sie ganz fest. Ich spürte eine kalte Schnauze an meiner Wange, dann ihren schweren Kopf auf meiner Schulter. Hemmungslos schluchzend klammerte ich mich an sie, drückte mein Gesicht gegen sie, und meine Tränen sickerten in ihren Pelz.

Erinnerungen an Milja taumelten wie Blätter in einem Herbststurm durch meinen Kopf: verschwommene Bilder von uns beiden am Fluss, als sie quietschend floh, weil ich sie mit Wasser bespritzte.

Milja, die auf einem Ast saß, nachdem Haze und ich sie überredet hatten, auf den Baum zu klettern, und die sich nicht hinuntertraute, bis ich ihr auf dem Boden ein Nest aus weichem Moos gebaut hatte.

Gänseblümchen und Vergissmeinnicht in ihren haselnussfarbenen Locken, Schmutzspritzer an ihrem Kleid, nachdem ich sie zu einem Wettrennen herausgefordert hatte.

Milja und ich in Aphras Hütte, wo wir dem prasselnden Regen lauschten, an geheimnisvollen Kräuteressenzen schnupperten und uns unsere Zukunft ausmalten.

Und immer wieder Miljas Lachen, manchmal scheu und verlegen, manchmal voller Lebensfreude und ganz unbeschwert, selten aus voller Kehle.

Es tat weh, sie zu verlieren, unmittelbar nachdem ich sie wiedergefunden hatte, und es schmerzte noch mehr, diejenige zu sein, die ihr den Tod brachte. Noch immer wusste ich nicht, wie ich ihren Wunsch erfüllen sollte, wenn keine Waffe der Welt sie töten konnte, doch Milja schien so überzeugt davon, ich sei dazu in der Lage, dass ich selbst begann, daran zu glauben.

Der einzige Weg, mein Leben zu beenden, liegt in meinem Herzen. Doch nicht einmal dein Dolch hat es geschafft, es zu durchdringen, er hat nur daran gekratzt«, wisperte Milja in meinem Kopf. *»Ich habe es gespürt, Schwesterfreundin, das Kratzen an meinem Herzen.«*

Ich schluchzte, klammerte mich noch fester an die Blutwölfin, wünschte mir mit aller Macht, ich könnte die Welt verändern und die Realität neu schreiben. Doch alles, was mir blieb, war Miljas letzten Wunsch zu erfüllen.

»Lelani.« Haze legte sacht eine Hand auf meine Schulter, Verwirrung und Unruhe standen ihm ins Gesicht geschrieben.

Auch Kyran konnte ich durch meinen Tränenschleier hindurch ausmachen, als ich den Kopf hob, und auch er starrte mich mit grenzenloser Ratlosigkeit an. Die Männer hatten keine Ahnung, was gerade vor sich ging, konnten nur meinen Teil des Gesprächs gehört haben. Doch sie griffen nicht ein und respektierten meinen Wunsch, es so zu tun, wie ich es für richtig hielt.

»Alles ist gut«, sagte ich zu ihnen, obwohl überhaupt nichts gut war.

Dann griff ich mit einer Hand nach dem Amulett, legte die andere flach auf die Brust der Blutwölfin, genau da, wo ich ihren Herzschlag fühlte, und begann, meine Schwesterfreundin zu töten.

Es kostete mich keine Mühe, das Amulett zu öffnen. Ich musste nicht einmal mit dem Fingernagel nachhelfen. Wie von selbst klappte es auf, der Mondstein lag offen in seinem silbernen Bett. Er schien das Licht der Monde magisch anzuziehen, bleiche Strahlen fielen vom Nachthimmel und verdichteten sich rund um mein Schmuckstück. Die pastellfarbenen Schlieren, die das Mineral durchzogen, schimmerten und leuchteten immer stärker, und auch in meinem Inneren – tief in meiner Brust – nahm ich ein kühles Leuchten wahr.

Ein Instinkt, von dem ich bisher nicht gewusst hatte, dass ich ihn hatte, sagte mir, was ich zu tun hatte. Als ich die Augen schloss, konnte ich die zart leuchtenden Fäden meiner Magie sehen, ein filigranes Geflecht, das von mir selbst und meinem Amulett ausging und sich mit dem Mondlicht vereinte. Mit unsichtbaren Fingern zupfte ich an ihnen, versetzte sie in Bewegung, ordnete sie in komplexen Mustern an.

Wie eine Spinne wob ich ein Netz aus Mondlicht und Magie, spann die Fäden mit endloser Geduld, bis Milja von ihnen umhüllt und zeitgleich durchdrungen war. Ich spürte ihren warmen Körper, ihre Energie, das Rauschen des Blutes in ihren Adern – dumpf und gleichmäßig pumpte Miljas Herz. Ich tastete mich an den Fäden entlang, meine Sinne schienen zu einem einzigen zu verschmelzen. Ich schmeckte Farben, sah den Herzschlag, fühlte das blanke, lodernde Leben, und es kostete mich Mühe, mich nicht ganz in dieser faszinierenden Empfindung zu verlieren.

Es gab schließlich einen Grund, warum ich das hier tat.

Die Magie wurde zu Verlängerungen meines Selbst. Ich griff nach dem roten Leuchten, das Miljas Herz war, und umschloss es sachte. Als hätte ihr Körper bemerkt, dass etwas nicht stimmte, flammte das Leuchten nun greller auf, und das

Pochen beschleunigte sich, wurde wilder und lauter, schwoll zu einem aggressiven Hämmern an – doch ich zögerte nicht. Ich hatte die Entscheidung getroffen, Miljas Wunsch zu erfüllen, deshalb tat ich, was nötig war. Sanft, beinahe zärtlich, umschlang ich ihr Herz mit meiner Magie, hielt es fest – und drückte zu.

Immer enger zog ich die Schlinge. Das Leben des Wolfs schien sich gegen mich aufzulehnen, er fletschte seine Zähne, und Miljas Herzschlag schwoll zu einem ohrenbetäubenden Getöse an, bis ich kaum mehr etwas anderes wahrnahm. Doch ich ließ nicht los und verstärkte weiter den Druck.

Noch ein letzter Schlag, ein letztes wildes Aufbäumen. So sehr Milja auch sterben wollte, so verzweifelt klammerte sich ihr Körper ans Leben.

Und dann war es vorbei.

Ich spürte, dass der Widerstand nachließ und etwas tief in Milja zerbrach. Wie Rauch begann die rote Energie zu entweichen, zu zerfasern und sich in Nichts aufzulösen.

Ich öffnete die Augen. Die Wölfin sank immer mehr in sich zusammen, die Augen inmitten des dunklen Fells wurden schmaler und das Feuer in ihnen erlosch. Meine Hand war immer noch gegen ihre Brust gedrückt, und nun merkte ich, dass sie sich schwerer dagegenlehnte. Ihr Blick begegnete meinem, und ich glaubte, Dankbarkeit darin zu erkennen, wenngleich keine Worte mehr in meinem Kopf zu hören waren.

Mit einem Aufschrei schlang ich die Arme um sie, doch sie war zu groß und zu schwer, um sie aufzufangen. Dumpf schlug Milja auf dem Boden auf, und ich bettete behutsam ihren Kopf auf meinem Schoß, grub meine Hände in ihr Fell, streichelte vorsichtig über ihre Schultern und ihre Wangen. Schwer hob und senkte sich ihr Brustkorb unter ihren rauen Atemzügen, während meiner von wildem Schluchzen erschüttert wurde.

»Milja«, presste ich erstickt hervor, doch sie gab keine Antwort.

Aus den Augenwinkeln bemerkte ich, wie eine hochgewachsene dunkle Gestalt, aus dem Waldrand auf die mondbeschienene Lichtung trat und auf uns zukam: Snow.

Es gelang mir kaum, klare Worte zu finden, mein Innerstes war zerrissen. »Ich hätte … hätte wissen müssen, dass du uns nicht alleine gehen lässt.«

Sie schüttelte den Kopf, ihr Blick war gar nicht auf mich gerichtet, sondern auf den Wolf. »Natürlich nicht. Dafür war es zu wichtig«, sagte sie leise.

Ich wollte aufstehen und mich zurückziehen, doch mein Körper gehorchte mir nicht, meine Beine hatten jegliche Kraft verloren. Mühsam rappelte ich mich hoch, schaffte einen Schritt, fiel hart auf die Knie und Handflächen. Ich biss die Zähne so fest zusammen, dass es wehtat, hielt den Atem an und versuchte, mich zu beherrschen, doch ich konnte nicht aufhören zu weinen. Unentwegt strömten heiße Tränen aus meinen Augen und tropften auf meine Hände, die sich in die Wiese krallten, als seien die Grasbüschel und Lilien mein einziger Halt, und gewaltsam bahnte sich erneut das Schluchzen seinen Weg aus meiner Kehle. Alles schmerzte – es fühlte sich an, als müsste ich sterben, und ein Teil von mir wünschte, dass genau das geschehen würde.

Doch als alles um mich in Dunkelheit versank, waren da plötzlich Arme, die mich auffingen. Kyran zog mich an sich, und bereitwillig ließ ich mich fallen, sank gegen ihn und hielt mich an ihm fest. Als ich nur noch Schmerz und Schluchzen und Kälte war, war er bei mir.

254

Meine Lunge wollte die Nachtluft verweigern, vergeblich hob und senkte sich meine Brust, meine Hände krallten sich fester in den feinen Seidenstoff von Kyrans Hemd. Als mir schwindelig wurde, strichen seine schlanken Finger auf einmal sanft durch mein Haar, dann legte er sie hinter meinen Kopf und stützte ihn behutsam. Mit geschlossenen Augen, zitternd und schwach, gab ich mich seiner Umarmung hin.

»Bei allen fünf Monden – deine Haut ist kalt wie Marmor im Winter«, murmelte er in mein Haar. »So eisig, als wärst du gar nicht mehr am Leben.«

Ich spürte die Kälte, von der er sprach. Obwohl wir Sommer hatten und die meisten Nächte mild waren, fror ich wie im tiefsten Winter.

Als meine Tränen langsam versiegten, bemerkte ich etwas, was mich vermutlich an meinem Verstand hätte zweifeln lassen, wäre ich nicht mittlerweile so weit, dass ich *alles* für möglich hielt: Ein leichter, blasser Schimmer ging von meiner Haut aus, so als leuchtete die Magie, die ich gerade noch so unermesslich stark in meinen Adern gespürt hatte, tatsächlich aus meinem Körper heraus. An Kyrans scharfem Einatmen merkte ich, dass auch er es sehen konnte, doch er sagte nichts dazu. Für den Moment verzichtete er auf jeden Kommentar und hielt mich einfach nur fest im Arm.

Als seine Finger hauchzart über meinen Nacken streichelten, löste sich die Blockade in meiner Brust, frische Luft strömte in meine Lunge, und mit ihr ein Hauch eines faszinierenden Dufts, der mich unwillkürlich tiefer einatmen ließ. Kyran duftete so anders als Haze, so anders als alle Menschen, die ich kannte. Da waren zarte Nuancen von Zitrusfrüchten und frisch gefallenem Schnee, doch darunter nahm ich etwas Härteres, geradezu Metallisches wahr. Es war ein merkwürdiges

255

und doch berauschendes Zusammenspiel, das sich mit meinem Schmerz vermischte und mich plötzlich so beunruhigte, dass ich von ihm zurückwich.

Und schon war Haze hier, der bisher wie eine Salzsäule dagestanden hatte, die Pfeilspitze auf dem gespannten Bogen immer noch auf den toten Wolf gerichtet, als befürchtete er, das Wesen könnte auch jetzt noch zum Leben erwachen. Jetzt ließ er die Waffe fallen, rannte auf mich zu und zog mich an sich. Einen seiner Arme legte er um meinen Rücken, den anderen unter meine Kniekehlen, und ehe ich begriff, was geschah, hatte er mich mit einer unsagbaren Leichtigkeit hochgehoben.

Ich verlor den Boden unter den Füßen, aber wer brauchte schon festen Boden? Alles, was ich brauchte, war Haze' heißer Körper an meinem, der mich daran erinnerte, dass ich lebte, dass er lebte, dass wir noch eine Zukunft hatten, auch wenn gerade ein Leben zu Ende gegangen war.

Es tat gut, ihn so nah bei mir zu haben, und doch irritierte mich seine Nähe auch. Gerade noch war mir Kyran so nah gewesen, nun spürte ich Haze' Körper an meinem. Und obwohl in meinem Herzen beinahe nur Platz für die Trauer um Milja war, spürte ich da doch auch eine andere Regung: ein verwirrendes Prickeln, das seine Berührungen in mir auslösten.

»Alles wird gut«, murmelte Haze nah an meinem Ohr, und obwohl ich nicht wusste, ob ich seinen Worten glauben konnte, wollte ich mich doch mit aller Macht daran klammern.

Als ich mein verweintes Gesicht von Haze' Schulter hob und zurück zu meiner toten Freundin blickte, bot sich mir inmitten mondweißer Blüten ein seltsames Bild: eine junge Frau mit kurzem Haar, die einen riesigen Blutwolf umklammerte – und auf der Oberfläche des Sees ihr Spiegelbild, welches ein braun gelocktes, totes Mädchen in den Armen wiegte.

Kapitel 20
Süße Beeren

Der Tee war so heiß, dass die Tasse meine Finger verbrannte, und doch wärmte er mich nicht. Der blasse Schimmer meiner Haut hatte zwar nachgelassen, aber die Kälte durchdrang mich weiterhin, und ich wusste nicht, woran es lag: Hatte ich mich mit meiner Magie zu sehr verausgabt? Oder lag es an meiner grausamen Tat?

Ich umfasste die Tasse fest mit beiden Händen, nahm einen großen Schluck und merkte kaum, dass ich mir dabei Lippen und Zunge beinahe verbrühte. Alles, woran ich denken konnte, war Milja. Ich wünschte, ich könnte verdrängen, wie es sich angefühlt hatte, mit meiner Magie ihr Herz zu erdrücken, doch in meiner Erinnerung durchlebte ich diesen Moment immer und immer wieder.

Ich wusste, dass Milja es so gewollt hatte. Mehr als alles andere auf der Welt hatte sie es sich gewünscht, denn ihr war klar gewesen, dass dieses Leben nichts mehr außer Blutrausch und Gewalt für sie bereithielt. Hatte ich also das Richtige getan? Aber warum fühlte es sich dann so falsch an? Warum fühlte ich nichts als Leere in mir?

Die Pixie gab ein fast unhörbares Geräusch von sich, eine Mischung aus Seufzen und Summen, das ich nur wahrnahm, weil sie mir so nah war. Sie saß auf meiner Schulter, vor Blicken verborgen in meinem Haar. Dort hatte sie die ganze Zeit gesessen, während wir schweigend durch den Wald zurück zur Taverne gegangen waren – ein Marsch, der sich wie ein surrealer Traum anfühlte, den ich durchleben musste.

Ich hatte der Zwergfee keine Beachtung geschenkt, und das tat ich auch jetzt nicht. Ich wunderte mich nicht einmal wirklich über ihr ungewöhnliches Verhalten, sondern nahm es einfach hin. Ich hatte andere Dinge im Kopf, andere Themen, die mich beschäftigten und plagten, als das Benehmen einer sonderbaren Pixie.

Haze lehnte sich etwas weiter zu mir, sodass sich unsere Oberarme ganz leicht berührten. Durch den Stoff meiner Ärmel hindurch spürte ich die Wärme seines Körpers. Er seufzte tief, und ich fragte mich, was er gerade dachte. Haltsuchend wollte ich meine Hand auf seine Schulter legen, doch im selben Augenblick rückte er wieder ein kleines Stückchen zurück. Unwillkürlich schoss mir die Frage durch den Kopf, ob das nun Zufall gewesen war, oder ob er gemerkt hatte, was ich vorhatte, und der Berührung entgehen wollte. Aber was für einen Grund sollte er haben, sich mir zu entziehen, wenn er mich doch vorhin noch in seinen Armen gehalten hatte?

Inzwischen saß ich zwischen ihm und Kyran auf einer Bank in Snows Taverne. Das Kaminfeuer sollte die Kälte aus unseren Knochen vertreiben, doch die Wärme verfehlte ihre Wirkung. Stockend hatte ich ihnen alles erzählt: wer die Wölfin in Wirklichkeit war, was ich tun musste und was sich dabei in meinem Innern abgespielt hatte. Für manches fand ich keine Worte, aber ich erklärte es ihnen, so gut ich konnte. Beide sagten wenig, aber ich hatte ihnen angemerkt, dass sie mir glaubten und

258

meine Worte nicht anzweifelten. Vermutlich hatten sie zu viel gesehen, um zu zweifeln.

Gedankenverloren blickte ich sie von der Seite an, erst Haze, dann Kyran.

Gegensätzlicher konnten Männer kaum sein, sie waren wie Dunkelheit und Licht, Feuer und Eis, und so sollte ich mich vielleicht nicht darüber wundern, dass sie einander nicht ausstehen konnten. Doch gerade war ich einfach nur froh, sie bei mir zu haben. Alle beide.

Die rettenden, tröstlichen Umarmungen hatten etwas verändert zwischen uns: zwischen mir und Haze, ebenso wie zwischen mir und Kyran. Wie ein schwaches Echo glaubte ich ihre Berührungen immer noch auf meiner Haut zu spüren, und vergeblich versuchte ich zu ergründen, was mein Herz dazu sagte. Ich war einfach hoffnungslos verwirrt. Es war zu viel geschehen, was ich verarbeiten musste. Energisch schob ich die Gedanken und Gefühle beiseite, zumindest für diesen einen Moment.

Im Kamin knackte das Holz. Seit Stunden starrte Snow reglos in die tanzenden Flammen, sie schien in ihrer Position versteinert zu sein: Die derben Stiefel, an denen noch der Schmutz des Waldes klebte, hatte sie achtlos auf der Tischplatte abgelegt, die schlanken Beine waren überkreuzt, die Finger ineinander verschränkt. Ihr breitkrempiger Hut warf einen Schatten über ihre Augen, der mich schmerzlich an das Gesicht der Blutwölfin erinnerte. Der Rest ihres Gesichts war trotz des flackernden, warmen Feuerscheins so fahl, als bestünde es aus Stein. Hätte sie nicht hin und wieder geblinzelt, hätte man sie tatsächlich für eine Statue halten können.

»Du hast uns losgeschickt, um deine Schwester zu töten.«

Meine Stimme war über dem Prasseln des Feuers kaum zu

hören, trotzdem fuhr Snow zusammen, als hätte ich sie angeschrien. »Das war alles, was ich für sie tun konnte«, murmelte sie, ohne den Blick von den Flammen abzuwenden.

Ich bezweifelte nicht, dass es ihr darum gegangen war, Milja zu helfen, doch wenn ich an ihr unermessliches Leid dachte, fiel es mir schwer, Snow mit Milde zu betrachten. »Deine Hilfe hätte sie viel früher gebraucht. Vor vielen Jahren.«

Snow stand so abrupt auf, dass ihr Stuhl laut polternd umfiel. Ein paar große Schritte quer durch das Zimmer, dann stand sie vor mir. Augenblicklich schoben Haze und Kyran sich schützend vor mich, doch Snow hatte nicht vor, mir etwas anzutun. Sie stand einfach nur da, bebend, die Hände zu Fäusten geballt. Flammend rote Flecken erschienen auf ihren bleichen Wangen.

»Ja, ich hätte ihr helfen müssen. Meinst du nicht, dass ich mir das in den letzten Jahren immer und immer wieder gesagt habe?« Sie spuckte die Worte förmlich aus. »Ich hätte für sie da sein müssen, das ist mir bewusst, jede Sekunde meines Lebens ist es mir bewusst. Es ist das Erste, was ich morgens denke, und der letzte Gedanke, den ich nachts mit ins Bett nehme. Aber ich habe es nicht getan – ich konnte es nicht. *Nichts*, was ich jetzt tue, kann meinen Fehler rückgängig machen. Ich hatte Angst, Lelani, größere Angst, als ich je für möglich gehalten hätte. Ich hatte nicht die geringste Ahnung, was ich tun sollte, als dieses Wesen vor mir stand, das so entstellt aussah – mit langen Haaren am ganzen Körper, durch die noch menschliche Haut schien, mit gebückter Haltung, spitzen Ohren und einem seltsam verformten Kopf. Sogar der Mund sah schon aus wie ein Maul, und die scharfen Zähne … Ich habe sie weggeschickt, habe in heller Panik geschrien, sie solle verschwinden. Was meinst du, wie sehr ich das seither bereue? Es war der

260

größte Fehler meines Lebens, ein Fehler, den ich mir nie verzeihen werde. Ich hätte alles dafür getan, die Zeit zurückzudrehen. Aber das ist nicht möglich. Der Tod war das Einzige, was ihr noch helfen konnte.«

Schroff wandte sie sich ab, ließ sich wieder auf den Stuhl vor dem Kamin fallen und stützte ihren Kopf in die Hände. Erst glaubte ich, sie weinte, doch sie starrte nur geradeaus ins Nichts. Rot und orange spiegelten sich die zuckenden Flammen in ihren Augen.

Lautlos erhob sich Haze und stocherte mit dem Schürhaken im Kamin. Das Feuer fauchte wie ein Lebewesen, und die Flammen schlugen höher.

»Deswegen sind all die Menschen hier?«, fragte er, ohne Snow anzusehen. »Deswegen setzt du dich für sie ein – für die Gescheiterten und Ausgestoßenen, die du rettest und die so eine zweite Chance erhalten? Eine Chance, die Milja nicht hatte?«

Es waren keine Fragen, sondern Feststellungen.

Snow zog die Mundwinkel hoch, aber es erschien kein Lächeln. »Vielleicht«, sagte sie. Nur dieses eine Wort.

Und als ich sie so ansah, konnte ich nicht anders, als Mitleid für sie zu empfinden. Sie musste damals in etwa so alt gewesen sein wie ich jetzt, und war mit einer Situation konfrontiert, die sie überforderte. Für den Fehler, den sie gemacht hatte, büßte sie seither – und für den Rest ihres Lebens. An einem zweifelte ich jedenfalls nicht: an Snows Liebe zu ihrer Schwester, die nicht zu übersehen gewesen war, als sie sie umarmt hatte – ein allerletztes Mal. Schlussendlich hatte sie dafür gesorgt, dass Miljas letzter Wunsch erfüllt wurde. Das machte ihr Versagen als Schwester nicht wieder gut, aber es war alles, was Snow noch hätte tun können.

»Milja hat immer zu dir aufgeschaut«, sagte ich leise. »Und ich glaube, das hat sie bis zuletzt getan, trotz ihrer Wut.«

Nun schimmerten Snows Augen doch verräterisch feucht, ihre Stimme war brüchig. »Und dabei war sie immer die Starke von uns beiden, die Mutige, obwohl sie so zerbrechlich aussah.«

Schließlich wischte sie sich über die Augen, straffte die Schultern und sagte dann übertrieben beschwingt, um ihre Emotionen zu verbergen: »Draußen geht die Sonne auf. Wenn das mal keine gute Zeit ist, um zu Bett zu gehen.«

Ich konnte kaum glauben, was alles in dieser einen Nacht passiert war. Es fühlte sich an, als sei ich schon seit vielen Tagen und Nächten wach, und erst jetzt merkte ich, wie unsagbar erschöpft ich war.

»Eines noch«, hielten Snows Worte uns zurück, als wir die Schankstube verließen. Sie biss sich auf die Unterlippe und stieß dann so schnell hervor, dass sie sich verhaspelte: »Ich stehe in eurer Schuld. So tief, dass ich sie vermutlich nie begleichen kann. Wenn es je etwas gibt, was ich für euch tun kann – wenn ihr mich braucht, ganz gleich, worum es geht, dann lasst es mich wissen.«

*

Wir verschliefen den ganzen Tag und die ganze darauffolgende Nacht. Als wir erwachten, ging die Sonne gerade wieder auf und warf ihre ersten goldenen Strahlen durch unsere Fenster. Sonnenstrahlen kitzelten meine Nase, und kurz lächelte ich im Halbschlaf, bis die Erinnerungen unaufhaltsam zurückkehrten.

In der Taverne herrschte reges Treiben. Vielleicht hätten wir noch länger friedlich geschlummert, wenn draußen nicht eine Gruppe Reisender mit zwei Ochsenkarren angekommen wäre, die sich zusammengeschlossen hatten, um den Gitterwald zu durchqueren. Allesamt waren sie heilfroh, die Taverne entdeckt zu haben und hier eine Pause einlegen zu können. Geräuschvoll verlangten die Ochsen nach Wasser und Futter, polternd wurden die Wagen entladen, Stimmengewirr erfüllte die Luft.

Hätte ich nicht gewusst, dass das *Zum siebten Hügel* in erster Linie eine Tarnung für die räuberischen Machenschaften von Snow und ihren sieben Männern war, hätte ich es nicht geahnt. Bark und zwei der anderen Männer waren im Wald verschwunden, um Kaninchen und Rebhühner zu jagen, denn die vielen hungrigen Gäste wollten versorgt werden. Andere eilten geschäftig über den Hof, hackten Holz oder halfen beim Versorgen der Ochsen. Tensin unterhielt sich mit den Gästen, entlockte ihnen Geschichten aus der Ferne und prahlte mit eigenen vergangenen Heldentaten, von denen ich vermutete, dass die meisten frei erfunden waren. Keiner der Tavernengäste hatte eine Ahnung, dass diese sympathischen Gesellen nachts loszogen, um unschuldige Reisende zu überfallen, und ich hielt es für keine gute Idee, ihre Tarnung auffliegen zu lassen.

Energiegeladen wirbelte Snow herum, rührte im Eintopf und schäkerte mit den Männern. Die Schatten der vergangenen Ereignisse schienen verschwunden zu sein – nur wenn sie sich unbeobachtet fühlte, sanken ihre Mundwinkel hinab, und ihr Blick verfinsterte sich.

Ein wenig fühlten sich die Erinnerungen für mich wie ein ferner düsterer Albtraum an, aus dem ich zum Glück erwacht war. Aber sie waren real, und ich musste mit ihnen weiterleben. Ich ließ die Sonne auf mein Gesicht scheinen, dachte wehmütig an Milja und machte mir zugleich Gedanken über unsere Weiterreise.

Wir waren keine Gefangenen mehr. Man hatte uns all unsere Besitztümer zurückgegeben, und wir wurden sogar mit frischen Vorräten versorgt. Mit einem schiefen Blick auf mein lädiertes, verdrecktes Kleid hatte Snow beschlossen, mir etwas aus ihrer eigenen Kleidertruhe zu schenken: einen nachtschwarzen Reiseumhang, der mich wärmen sollte und der am Halsausschnitt mit einer Brosche zusammengehalten wurde. Außerdem eine enge, schwarze Hose aus weichem Leder, die an den Seiten geschnürt werden konnte und dadurch wie eine zweite Haut saß, und – nicht zuletzt deshalb, weil ich im Gegensatz zu ihr davor zurückschreckte, so viel von meinen Beinen zu zeigen – ein rubinrotes Kleid mit weit ausgestelltem Rock, das eigentlich viel zu schön und kostbar für eine solche Reise war.

Bewundernd ließ ich meine Finger über den festen, kräftig gefärbten Stoff gleiten. Es war mir etwas zu weit, doch mit ihrem letzten Geschenk, einem schwarzen Rauledermieder, das anschmiegsamer und feiner gearbeitet als mein altes war, konnte ich es gut an meinen Körper anpassen. Probeweise drehte ich mich um meine eigene Achse, und der Rock flog so hübsch, dass ich mich beinahe wie eine elegante Lady auf einem Ball fühlte. Als ich Kyrans Blick bemerkte, der unergründlich auf mir ruhte, hielt ich jedoch inne, räusperte mich verlegen und widmete mich wieder wichtigeren Aufgaben – wie dem Packen unserer Nahrungsrationen und dem Füllen der Wasserschläuche am Brunnen. Als wir all unsere Dinge beisammenhatten, beluden wir unsere Reittiere damit.

»Ich hoffe, ihr findet, was ihr sucht.« Ich hatte nicht gemerkt, dass Snow nähergekommen war. Jetzt lehnte sie an der

Hausmauer, die Arme vor der Brust verschränkt, und musterte uns nachdenklich. »Nein, ich muss es nicht hoffen, ich weiß es.« Ihr Blick blieb an mir hängen, und einen Moment lang sahen wir einander reglos in die Augen, bevor sie leise hinzufügte: »Wenn jemand seine Ziele erreichen kann, dann du, Lelani. Das spüre ich.«

Ich wollte mich mit einem Handschlag von ihr verabschieden, doch sie verdrehte die dunklen Augen und umarmte mich kurz, aber so fest, dass mir der Atem wegblieb. Auch Haze bekam eine stürmische Umarmung, doch als Kyran an der Reihe war, lächelte Snow verschmitzt. Blitzschnell beugte sie sich zu ihm vor, wobei sie sich nicht auf die Zehenspitzen stellen musste, weil sie fast genauso groß war wie er. Nur kurz berührten ihre Lippen seine, doch meine Kehle wurde bei diesem Anblick plötzlich ganz eng. Der aufmerksame Seitenblick, den Snow mir danach zuwarf, machte deutlich, dass es ihr nicht entgangen war.

»Damit ist deine Schuld bezahlt, Goldjunge«, rief sie leichthin.

Kyran schüttelte nur grinsend den Kopf.

Snow und die Räuber winkten uns, als wir unsere Reise schließlich fortsetzten.

Der Gitterwald hatte für uns deutlich an Schrecken verloren. Natürlich war es immer noch ein gefährlicher, düsterer Ort, doch wir hatten seinem Grauen ins Gesicht geblickt und es überlebt. Wir hatten nicht vor, noch einmal vom Weg abzukommen, und die Räuber hatten uns versichert, dass es keine zwei Tagesritte mehr waren, bis wir den Waldrand erreichten.

Wolkenfell gab sich erstaunlich friedlich. Ich wusste nicht so recht, ob er sich nach der Entführung durch die Räuber nach etwas Ruhe sehnte – wobei ich mir das nicht vorstellen konnte, bisher hatte er schließlich nicht gerade mit einem friedlichen Gemüt geglänzt –, ob es ihm langsam langweilig wurde, mich zu piesacken, oder ob ihn die Pixie, die wieder ihr Quartier in seiner struppigen Mähne bezogen hatte, besänftigte. Vielleicht spürte er auch, dass ich melancholisch war, und nahm Rücksicht? Ich grinste in mich hinein. Nein, *das* konnte ich mir beim besten Willen nicht vorstellen. Eigentlich wollte ich den Waffenstillstand gar nicht hinterfragen, sondern einfach genießen, dass gerade niemand nach mir schnappte oder versuchte, mich am nächstbesten Baum abzustreifen.

Gerade, als ich das dachte, schnaubte er grimmig und machte einen Satz, der mich beinahe aus dem Sattel geworfen hätte. Zirpend blickte die Pixie aus ihrem Mähnen-Nest hervor.

»Hey, du Kleine«, sagte ich leise. »Was ist eigentlich mit dir, hast du einen Namen?«

Die Augen im winzigen Gesichtchen sahen mich an, doch falls sie mich verstanden hatte, so ließ sie sich das nicht anmerken. Ich hatte keine Ahnung, ob Pixies Menschensprache verstehen konnten, und bisher hatte ich darüber auch nie nachgedacht. Dennoch redete ich jetzt einfach weiter, um mich von meinen anderen Gedanken abzulenken.

»Hättest du gerne einen Namen? Ich kann dich doch nicht nur Pixie nennen, wenn du vorhast, in meiner Nähe zu bleiben. Wenn sogar dieses störrische alte Mistvieh«, ich tätschelte Wolkenfells Schulter, »einen Namen hat, solltest du auch einen haben, finde ich.« Nachdenklich betrachtete ich das zierliche Wesen. »Jinx! Das passt zu dir. Ich werde dich Jinx nennen.«

Sie blickte mich noch kurz an, ohne erkennen zu lassen, ob sie mich verstanden hatte, und was sie von ihrem Namen hielt, dann tauchte sie einfach wieder ab. Doch ich war sehr zufrieden mit meinem Einfall.

Gelegentlich passierten wir Stellen, an denen die Bäume etwas lichter standen, sodass Sonnenstrahlen ihren Weg bis auf den Waldboden fanden. Obwohl Sommer war, wurde ich die seltsame Kälte einfach nicht los, die sich in meine Knochen gestohlen hatte. Mittlerweile war ich davon überzeugt, dass es an der Magie lag, die ich gewirkt hatte. Mein ganzer Körper fühlte sich seitdem ungewöhnlich kalt an, nur ganz langsam wurde es besser.

Ich hätte erwartet, dass mir die paar Sonnenstrahlen, die meine Haut trafen, deswegen guttun würden, doch das Gegenteil war der Fall: Ich bekam leichte Kopfschmerzen, und eine tiefe Müdigkeit machte sich in mir breit. Aphras Worte kamen mir in den Sinn: Mondmagier profitierten vom milden Licht der Monde, es verstärkte ihre Kräfte, doch das grelle Sonnenlicht schwächte sie und raubte ihnen Energie. War das etwa genau das, was ich gerade erlebte? Seufzend fragte ich mich, ob das bedeutete, dass ich warme Sonnentage nie wieder so sehr genießen könnte, wie ich es früher getan hatte.

»Weißt du was? Ich glaube, du solltest deinem Pony auch einen Namen geben«, sprach ich Haze an und lenkte Wolkenfell mit einem sanften Schenkeldruck näher an meinen besten Freund heran. »Mein Maulesel scheint mit seinem ganz zufrieden zu sein. Und die Pixie heißt nun Jinx, wie findest du das?«

Ich hatte gehofft, ihm damit eine Reaktion zu entlocken, zumindest ein kleines Lächeln, doch er schnaufte nur, trieb sein Pony an und kehrte mir den Rücken zu. Betreten sah ich ihm hinterher. Obwohl ich ihn schon fast mein ganzes Leben kannte, hatte ich oft überhaupt keine Ahnung, was in seinem Kopf vor sich ging. Nicht zum ersten Mal wünschte ich mir, seine Gedanken lesen zu können, doch selten war dieser Wunsch so stark wie jetzt gerade. Seit dem Vorfall mit Milja war er verändert, zog sich von mir zurück, war schweigsam.

Ein hässlicher Gedanke kam mir in den Sinn, und am liebsten hätte ich ihn sofort verdrängt, doch er kehrte immer wieder zurück, versetzte mir schmerzhafte Stiche, nagte an mir und raubte meine Ruhe. Was, wenn ich ihn durch meine Taten vergrault hatte? Vielleicht verabscheute er mich und stieß mich deshalb von sich?

Er hatte miterlebt, dass das kleine Mädchen, mit dem er aufgewachsen war, ein anderes Lebewesen getötet hatte, ohne auch nur einen Finger zu krümmen. Machte ihm meine Magie Angst? Machte *ich* ihm Angst? Oder ... oder hatte ich keinen Platz mehr in seinem Herzen?

Die Vorstellung, unsere Freundschaft könnte daran Schaden genommen haben, war so schlimm, dass mir speiübel wurde. Wenn es etwas gab, was ich überhaupt nicht vertragen konnte, dann war das ein Streit zwischen mir und meinem besten Freund. Am liebsten hätte ich ihn sofort darauf angesprochen, um herauszufinden, was er dachte, doch in Kyrans Gegenwart wollte ich kein solches Gespräch führen. Mal ganz davon abgesehen sprach es sich mit einem demonstrativ zugewandten Rücken ohnehin schlecht, also brütete ich weiter über meinen Gedanken und wurde langsam immer nervöser.

Als wir unser Lager für die Nacht aufschlugen und Haze ankündigte, er wolle Beeren sammeln, ergriff ich meine Chance.

»Ich komme mit«, beschloss ich.

Nachdenklich sah er mich an, und ich glaubte schon, er würde mich zurückweisen, doch dann nickte er. »Dann komm, lass uns keine Zeit verlieren. Bald wird es stockdunkel sein.«

Ich musste beinahe laufen, um mit ihm Schritt zu halten. Er wartete nicht auf mich, drehte sich nicht zu mir um. Es wirkte so, als müsste er sich zusammenreißen, um nicht einfach vor mir wegzulaufen.

»Haze.«

Ich hatte seinen Namen so leise geflüstert, dass ich damit rechnete, er hätte es gar nicht gehört, doch er blieb so abrupt stehen, dass ich beinahe gegen ihn geprallt wäre.

»Ja?« Seine Stimme klang belegt.

»Ich … ich verstehe einfach nicht …« Ich schluckte, rang nach Worten, setzte neu an. »Was ist los? Was stimmt nicht zwischen uns?«

Seine Schultern spannten sich an, und sein ganzer Rücken war plötzlich so steif und verkrampft, dass seine Muskeln trotz seines Hemdes und des Lederwamses deutlich zu erkennen waren. Sogar sein Tonfall war angespannt, und ich durchschaute die Lüge, die in seinen Worten lag, sofort. »Was meinst du?«

Ich atmete tief durch, starrte seinen Rücken an und wünschte, ich könnte mit meinen Blicken Löcher ins Leder brennen, damit er sich nur endlich zur mir umwandte. Dann fiel mir ein, was meine Magie bereits alles bewerkstelligt hatte, und hastig verdrängte ich den Wunsch.

»Du bist … so weit weg.« Der Kloß in meinem Hals machte es mir schwer, die Worte auszusprechen. Ich streckte die Hand nach ihm aus, wollte sie auf seine Schulter legen, damit er mich endlich ansah, wagte es dann aber doch nicht.

Während meine Hand noch zögerlich in der Luft hing, ging Haze einfach weiter. »Ich bin genau hier. Da, wo ich immer war. Vielleicht siehst du das nur nicht mehr, weil nun jemand zwischen uns steht und du geblendet bist.«

Irritiert blinzelte ich. Da war er wieder, dieser Gedanke, der mir bisher immer so abwegig erschien: War Haze etwa doch eifersüchtig? Eilig lief ich los, um ihn einzuholen, als er zwischen den Bäumen verschwand.

Auf einer winzigen, moosbedeckten Lichtung zwischen dunklen Nadelbäumen holte ich ihn ein. Saftige violette, tiefrote und blaue Beeren glänzten aus dem Gestrüpp hervor, und Haze hatte sich darangemacht, sie zu pflücken.

»Rede mit mir«, bat ich leise.

Sein Kopf schnellte zu mir herum, und seine Augen funkelten zornig. »Worüber denn? Rede doch mit Kyran, wenn dir danach ist. Ihr steht euch mittlerweile ganz schön nahe, nicht wahr?«

Ich verschluckte mich vor lauter Schreck über die Heftigkeit, mit der er seine Worte vorgebracht hatte. »Haze, was meinst du?«, krächzte ich, völlig überrumpelt von dieser neuen Entwicklung und dem komischen Gefühl, das sich in mir breitmachte.

Er schnaubte und verdrehte die Augen. »Nun tu nicht so, als wüsstest du nicht, was ich meine. Sei wenigstens ehrlich zu mir. Von Anfang an bist du ihm verfallen, oder etwa nicht? Der strahlende Prinz, der aus dem Nichts aufgetaucht ist, um dich vor einer Bestie zu retten. Der Lackaffe mit seinem Goldhaar, seinem Seidenhemd, seinem silberglänzenden Schwert. Dass die Mädchen aus dem Dorf da ins Schwärmen geraten, konnte ich mir ja vorstellen, aber du? Ausgerechnet *du?* Du bist klüger als alle, Lelani. Der Mann, der eines Tages dein Herz erobert, braucht mehr als ein hübsches Gesicht und ein strahlendes Lächeln. Zumindest dachte ich das. Aber nun bekommst du glänzende Augen, wenn dieser hohle Schnösel seine Muskeln spielen lässt und liegst in seinen Armen, lässt dich trösten, als verstehe er deinen Schmerz. Als kenne er dich. Als stehe er dir nahe.«

Obwohl wir einander so lange kannten, hatte ich selten erlebt, dass er so viel ohne Unterbrechung sagte. Die Worte waren förmlich aus ihm herausgebrochen, als hätte er sie bisher mit schweren Ketten zurückgehalten. Immer noch kniete er im Moos zwischen den Beeren und blickte zu mir hoch, und in seinen Augen stand so vieles, was mich verwirrte. Schwere Atemzüge erschütterten seinen Brustkorb, und seine Pupillen waren geweitet. Die Beeren, die er gepflückt hatte, waren längst vergessen und zerplatzten in seiner zur Faust geballten Hand. Der süßliche Duft der Beeren, der in der Luft hing, verstärkte sich.

Meine Knie fühlten sich plötzlich so weich an, dass auch ich mich ins Moos sinken ließ. Mit aufgerissenen Augen und rasendem Herzen saß ich Haze gegenüber und fragte mich benommen, ob er diese Dinge gerade wirklich gesagt hatte, oder ob das nur ein seltsamer Traum war.

»Der Mann, der eines Tages mein Herz erobert?«, stammelte ich als schwaches Echo seiner Worte.

Ich wusste weder, was ich dachte, noch, was ich fühlte. In mir herrschte nichts außer grenzenloser Verwirrung. Was hatte all das zu bedeuten? War ich so blind gewesen? Die letzten Tage hatte ich mich doch immer nur auf meine Reise konzentriert, die Ziele, die ich mit ihr verfolgte: meine Magie und mein Amulett, meine Mutter, die ich zu finden hoffte. Doch ich konnte nicht leugnen, dass es noch viel mehr gab, was mich beschäftigte – nämlich, dass Kyrans Nähe mich aus dem Konzept brachte.

Ich sah Haze an, den ich schon so lange kannte und der doch immer noch Geheimnisse vor mir zu haben schien. Haze,

271

der nicht einmal mich in jeden Winkel seiner Seele ließ und doch immer an meiner Seite war, und dessen beerenverschmierte Hände nun zitterten, als er mir gegenübersaß.

Ich sah sein widerspenstiges schwarzes Haar, seine breiten Schultern und starke Hände, die einen Bogen spannen und ein Messer werfen konnten. Ich blickte in seine dunklen Augen, die zornig funkeln und vergnügt zwinkern konnten, die niemals all ihre Geheimnisse preisgaben und deren Braun nun schwarz wirkte.

Ich sah meinen besten Freund und fragte mich plötzlich, ob er mehr als das sein konnte, ob er vielleicht schon mehr als das *war*.

Und ehe ich diesen Gedanken weiterspinnen konnte, beugte er sich plötzlich zu mir vor und nahm mein Gesicht in beide Hände. Es ging so schnell, dass ich kaum begriff, was geschah, bis ich seine Lippen auf meinen spürte, heiß und verzehrend. Ich schnappte nach Luft und schlang dann instinktiv die Arme um Haze, als wir das Gleichgewicht verloren und im weichen Moos landeten – ich auf dem Rücken, Haze über mich gebeugt, die Hände links und rechts von mir abgestützt. Es war ein rauer, fordernder Kuss, so hungrig, als wollte Haze mich verschlingen.

Das musste ein Traum sein. Ein seltsamer, wilder, verwirrender und absolut surrealer Traum, der nichts mit der Wirklichkeit zu tun hatte, nichts mit meinem echten Leben, nichts mit mir und mit Haze. Es *konnte* nicht real sein, und doch fühlte es sich so echt an, dass mir beinahe schwindelig wurde. Mein Körper agierte wie von selbst, hielt Haze fest und erwiderte den Kuss, der sich so glühend heiß und lebendig anfühlte. Beim besten Willen hätte ich nicht sagen können, wie lange es dauerte: eine Ewigkeit, oder nur einen verrückten Herzschlag lang.

Und dann war es vorbei. Haze' Lippen lösten sich von meinen, sein Gesicht entfernte sich, und er setzte sich auf. Schwer atmend lag ich auf dem Rücken, spürte das Moos unter mir und Beerenmus an meiner Wange. Der süße Duft der Früchte war so stark, dass er alles andere überdeckte.

»Ich ... es ...«, stammelte Haze brüchig und schüttelte den Kopf, als keine weiteren Worte über seine Lippen kamen.

Ich wusste ebenso wenig wie er, was ich sagen sollte. Der Waldboden schien ganz leicht unter mir zu schwanken, und die Äste und Baumkronen über meinem Kopf drehten sich. Einen kurzen Moment lang blieb ich einfach liegen und versuchte zu begreifen, was geschehen war, während auch das letzte Tageslicht verblasste und ich kaum mehr etwas sehen konnte.

Haze räusperte sich und wich meinem Blick aus, als er mir eine Hand entgegenstreckte. Ich hielt den Atem an, als ich sie ergriff und mir hochhelfen ließ. Sie war heiß und rau wie sein Kuss, den ich noch immer auf meinen Lippen spürte.

Kapitel 21
Eine neue Nuance

»Eine Mondmagierin«, sagte Kyran. Es war keine Frage, sondern eine Feststellung.

»Was?« Ich zuckte zusammen, schreckte aus meinen Gedanken hoch, die seit letzter Nacht unentwegt um Haze kreisten, bis ich das Gefühl hatte, den Verstand zu verlieren.

Wir hatten auf dem Rückweg zum Lager kein Wort miteinander gesprochen. Kyran musste die Beerenspuren auf meiner Wange bemerkt haben, ebenso wie die Tatsache, dass wir keinerlei Früchte mitgebracht hatten, und seine hochgezogene Augenbraue hatte Bände gesprochen – doch er hatte es nicht weiter kommentiert. Schweigend hatten wir unser Abendessen, bestehend aus Snows Proviant, gegessen und uns neben dem Feuer auf unsere Decken gelegt, doch ich hatte mich die gesamte Nacht schlaflos hin- und hergewälzt.

Und ich hatte gemerkt, dass er dasselbe tat. Ich hörte seine unruhigen Atemzüge und hätte alles Gold der Welt dafür gegeben, seine Gedanken zu lesen.

»Du, schwerhöriges Rabenmädchen«, wiederholte Kyran nun mit leisem Spott. »Du bist eine Mondmagierin.«

Ich nickte nur, machte mir nicht einmal die Mühe, es mit

Worten zu bestätigen, denn Kyran sprach nur das Offensichtliche aus.

Wir waren den halben Tag geritten, und nun war es an der Zeit für eine weitere Pause für uns und vor allem für die Reittiere. Haze führte die Tiere zu einem naheliegenden Bach, während Kyran und ich zurückblieben und auf ihn warteten. Sobald Haze aus unserem Blickfeld verschwunden war, hatte ich das Gefühl, freier atmen zu können. Überdeutlich hatte ich seine verstohlenen Blicke gespürt und musste mich ebenfalls zusammenreißen, nicht ständig zu ihm zu schauen.

Was tun wir hier eigentlich?, fragte ich mich mit einem Anflug von Verzweiflung. Was hatte dieser eine verrückte Moment aus unserer Freundschaft gemacht? Nichts war mehr, wie es gewesen war. Dinge, die ich stets für in Stein gemeißelt gehalten hatte, gerieten ins Schwanken. Und inmitten des ganzen Chaos saß ich wie ein Häufchen Elend und versuchte, die Scherben mit beiden Händen zusammenzuhalten.

»Das ist ungewöhnlich«, sagte Kyran.

»Was?«, fragte ich erneut.

Ich war froh über die Ablenkung. Mit seinen Worten befreite mich Kyran zumindest für einen kleinen Moment aus dem Gefängnis meiner Gedanken, die sich ohnehin nur im Kreis drehten, ohne zu einem Ergebnis zu gelangen.

Er schaute von seinem Zaumzeug hoch, das er gerade bearbeitete, um eine rissige Stelle im Lederriemen zu ersetzen. Sein Blick hatte etwas Lauerndes an sich, so, als sei er gespannt auf meine Antwort.

»Dass du dennoch in deinem kleinen Dorf aufgewachsen bist, ohne je viel von der Welt gesehen zu haben. Mit deiner Kraft standen dir alle Türen offen. Selbst wenn du von selbst nicht auf die Idee gekommen wärst – wurdest du nie dazu gedrängt, deine Begabung sinnvoll einzusetzen? An einen Adelshof oder eine Akademie zu gehen, der Armee beizutreten, dein Talent der Forschung zu widmen? Deine Magie ist eine kostbare Gabe, die du zu deinem Vorteil einsetzen könntest. Was ist mit Reichtum und Einfluss? Hat dich das nie gereizt? Und hat niemand versucht, dich zu überreden, eine entsprechende Karriere einzuschlagen?«

»So einfach ist das nicht«, entgegnete ich vorsichtig. »Es ist … anders. Ich bin nicht damit aufgewachsen. Habe nie gelernt, richtig damit umzugehen. Wenn ich versuche, sie einzusetzen, tappe ich eigentlich nur im Dunkeln und hoffe auf das Beste. Ich habe keine Ahnung, was ich da tue.«

Fragend zog er die Augenbrauen hoch. Seine Hände hielten in ihrem Tun inne, seine Aufmerksamkeit gehörte ganz mir. »Wie kann das sein?«

Ich biss mir auf die Unterlippe und zögerte. Doch wir hatten in den letzten Tagen einiges gemeinsam durchgemacht, zu viel, um ihn noch als Fremden zu betrachten. Ein Teil von mir wünschte sich, ihn besser zu kennen, ihm ein winziges bisschen näher zu sein, und wie konnte ich das hoffen, wenn ich selbst nichts von mir preisgab?

Das schlechte Gewissen versetzte mir einen Stich. Wenn Haze jetzt meine Gedanken lesen könnte und wüsste, dass ich Kyran besser kennenlernen wollte, hätte ihn das sicherlich verletzt. Hastig versuchte ich, an etwas anderes zu denken und antwortete schnell, um meine eigenen Gedanken nicht hören zu müssen: »Meine Kraft ist spät erwacht. Ja, ich weiß, was du denkst: So etwas geschieht eigentlich nicht, das weiß sogar *ich*. Wenn Magier Kinder bekommen, ist davon auszugehen, dass auch diese begabt sind, und ob sie es tatsächlich sind, merkt man, wenn sie noch ganz klein sind. Wie …«, ich suchte nach passenden Vergleichen, »das Geschlecht oder die Augenfarbe. Aber bei mir? Nichts. Und dann, von einem Tag auf den anderen, habe ich diese Kräfte in mir gespürt, die ich nicht verstand. Die ich noch immer nicht richtig verstehe.«

Wie viel leichter wäre es gewesen, von Anfang an damit aufzuwachsen! Man hätte mich entsprechend unterrichtet, und ich hätte gelernt, wie ich die Magie richtig kanalisieren könnte. Ich konnte mir kaum ausmalen, was für aufregende Dinge ich dann bestimmt zustande brächte! Ich kannte keine anderen Magier, doch ich kannte die Geschichten, und verglichen mit jenen, deren Kräfte von Anfang an geschult wurden, war ich eine Amateurin. Ein Kind, das mit Dingen spielte, von denen es keine Ahnung hatte, und das dabei nur an der Oberfläche kratzte, statt das volle Potenzial auszuschöpfen. Würde ich mich je auf einem ähnlichen Niveau befinden wie andere Magier meines Alters? Konnte ich einen solchen Vorsprung überhaupt noch aufholen?

Kyran runzelte die Stirn. »Das ist wirklich ungewöhnlich, so etwas habe ich noch nie gehört.«

Ich zuckte mit den Schultern, unsicher, ob ich noch mehr preisgeben sollte. Von meinem Amulett wussten bisher nur Haze und Aphra, die beiden Menschen, denen ich absolut vertraute. Aber plötzlich wollte ich, dass auch Kyran davon wusste, ich wollte mein Geheimnis mit ihm teilen. In einer instinktiven Geste hob ich die Hand an mein Amulett, umfasste das kühle Silber und fragte mich, ob ich ihm erzählen sollte, dass es offensichtlich als Siegel gedient hatte, das meine Kräfte bis zu meinem Geburtstag verschlossen hatte, so gründlich, dass ich sie selbst nicht wahrgenommen hatte.

Er bemerkte mein Zögern.

»Du musst dich mir nicht öffnen, wenn du das nicht willst«, sagte er sanfter, als ich es ihm zugetraut hätte.

Der lauernde Ausdruck war aus seinem Blick verschwunden, seine Miene schien ganz offen und arglos. Plötzlich wirkte er jünger, fand ich, jünger und unschuldiger, und ich musste daran denken, wie sich seine Arme an meinem Körper angefühlt hatten, als er mich festhielt, und daran, wie seine Haut duftete.

»Ich bin auf der Suche nach meiner Mutter«, sagte ich leise. »Ich habe sie noch nie gesehen, sie ist eine Fremde für mich, aber ich weiß, dass sie da draußen ist und auf mich wartet. Sie ist der Schlüssel zu allem, das spüre ich. Wenn ich mehr über mich erfahren will, über meine Vergangenheit, über meine Magie, dann muss ich sie finden.«

»Das kann ich verstehen. Wissen zu wollen, wohin man wirklich gehört ...« Er seufzte.

Etwas in seinem Tonfall hatte meine Neugier geweckt. »Kennst du deine Eltern etwa ... auch nicht?«, fragte ich vorsichtig.

Er lachte. »Doch, nur zu gut. Auch, wenn ich manchmal wünschte, ich täte es nicht.«

Mit einem weiteren Seufzen legte er das Zaumzeug beiseite, lehnte sich mit dem Rücken an einen Baum, streckte die langen Beine aus und verschränkte die Hände hinter dem Kopf. Nach kurzem Zögern beschloss ich, es ihm einfach gleichzutun, nutzte denselben breiten Baumstamm als Lehne und sah nachdenklich auf meinen Dolch hinab, den ich in meinen Händen hin und her drehte. Obwohl ich Miljas Blut so gründlich davon abgewaschen hatte, dass keine Spur mehr davon zu sehen war, wirkte die Waffe anders als zuvor.

Als ich den Kopf wieder hob, bemerkte ich, dass Kyran, der

278

direkt neben mir saß, mich aus den Augenwinkeln musterte. Er war mir so nah, dass ich die Sprenkel in seinen Augen erkennen konnte. Verlegen wandte ich den Blick ab, spürte den seinen aber weiterhin auf mir ruhen.

»Das ist also der Grund für eure Reise, aus dem ihr so ein Geheimnis macht? Die Suche nach deiner Mutter hat dich aus deinem Heimatdorf weggeführt, in die weite Welt hinaus?«

Ich nickte, schreckte aber davor zurück, das Thema zu vertiefen. »Und deiner?«, schoss ich stattdessen zurück. »Du hast noch immer nicht erzählt, was dich ausgerechnet in ein so unbedeutendes Dorf wie unseres geführt hat.«

»Ein Auftrag.« Er zuckte mit den Schultern. »Einer, den mir High Lady Serpia höchstpersönlich anvertraut hat.«

Mir verschlug es den Atem. »Die High Lady!«, krächzte ich erschüttert.

Kyran hatte seinen Auftrag von oberster Stelle erhalten. Ich hatte geahnt, dass er von Adel war und in entsprechenden Kreisen verkehrte – hätte er gesagt, einer der fünf Mondlords hätte ihm eine Audienz gewährt, wäre ich nicht erstaunt gewesen – doch dass er unserer Regentin persönlich gegenüberstanden, ihr ins Gesicht geblickt und den Auftrag aus ihrem Mund vernommen hatte, überstieg meinem Vorstellungsvermögen. Das Schloss in Navalona, der Sitz der Königsfamilie, war so weit von meiner eigenen Realität entfernt, als befände es sich in einer anderen Welt, und dass ich einmal neben einem Menschen sitzen würde, der mit der High Lady höchstpersönlich gesprochen hatte, hätte ich nie für möglich gehalten.

Er zog eine Augenbraue hoch, schmunzelte über den Schock, der mir wohl sichtbar ins Gesicht geschrieben stand, widerstand aber der Versuchung, sich über mich lustig zu machen, sondern nickte nur.

Ich hatte mich wieder gefangen. »So so. Und was war das für ein Auftrag?«

Er machte eine wegwerfende Geste. »Ein magisches Phänomen, das ich untersuchen sollte. Es gab wohl eine seltsame Art von Energieentladung, etwas, das so stark war, dass es sogar im Schloss zu spüren war und in der Region um euer Dorf herum seinen Ursprung hatte. Ich sollte mich mit zwei Magiern und einigen Soldaten auf den Weg machen, um herauszufinden, was dahintersteckte. Erinnerst du dich an den Mann, mit dem du mich auf dem Marktplatz gesehen hast? Den sonnenscheuen Mann mit dem Zwirbelbart und dem Hut? Er war einer der Magier, die mit all ihren Apparatschaften angereist sind, um Messungen durchzuführen und der Magie nachzuspüren.«

Und ob ich mich erinnerte. Damals schon hatte ich mich über seine Blässe gewundert, und darüber, dass er sogar einen Bediensteten hatte, der ihm einen Sonnenschirm trug. Nun, da ich wusste, wie sonnenempfindlich einen die Mondmagie machen konnte, verstand ich, dass er sich so gut es ging vom Licht fernhielt.

Doch das war nicht der Grund dafür, dass mein Herz einen Schlag aussetzte und dann ängstlich wie das eines Kaninchens raste, und auch nicht der Grund für meine plötzlich schweißnassen Hände. Mir wurde heiß und kalt zugleich, und mein Magen fühlte sich flau an, als fiele ich aus großer Höhe.

Eine üble Vorahnung beschlich mich. Allmählich verstand ich, um welches Phänomen es ging. Welche magische Entladung er untersuchen sollte. Ich hatte die Schockwelle gespürt, als sich mein Amulett zum ersten Mal geöffnet hatte, doch nicht im Traum hätte ich gedacht, dass sie so weit entfernt registriert wurde.

Wenn die High Lady selbst einen Trupp losgeschickt hatte,

um den Vorfall zu untersuchen, wurde ihm bei Hofe offensichtlich eine gewisse Bedeutung zugesprochen, und ich konnte nicht behaupten, dass mir das behagte. Was hatte das Erwachen meiner Magie nur ausgelöst? Auf einmal war ich heilfroh darüber, Kyran nichts darüber erzählt zu haben, wie sich mein Amulett geöffnet hatte und meine Magie damit freigesetzt wurde.

»Und, wart ihr erfolgreich? Habt ihr den Ursprung des Phänomens gefunden und herausgefunden, was geschehen ist?« Es gelang mir nur mühsam, das Zittern in meiner Stimme zu verbergen.

Ich dankte den Monden dafür, dass Kyran mir meine Nervosität nicht anzumerken schien. »Gar nichts haben wir gefunden. Nichts, was die Schockwelle erklärt hätte. Wir haben uns im Dorf umgesehen und die Umgebung durchkämmt, aber da war nichts Ungewöhnliches zu finden. Was es auch war, es ist offenbar vorüber und hat keine Spuren hinterlassen.«

Er sah aus, als wollte er noch etwas hinzufügen, vielleicht eine Frage stellen, doch ehe er dazu kam, kehrte Haze zurück. »Gute Neuigkeiten. Ich denke, wir werden bald den Waldrand erreichen!«

*

»Lelani.« Leise sprach mich Haze von der Seite an, doch ich gab vor, ihn nicht zu hören.

Seit er mich geküsst hatte, hatten wir nicht mehr richtig miteinander gesprochen. Wir wechselten ein paar freundliche Worte, wenn es um die Planung von Pausen, unsere Mahlzeiten oder dem weiteren Routenverlauf ging, doch darüber hinaus schwiegen wir uns an – zumal wir dabei auch nie alleine waren. Ich benutzte Kyran wie eine Art Schutzschild und achtete stets darauf, dass er in der Nähe war, sodass ich mich nicht mit Haze unter vier Augen unterhalten musste.

Vielleicht war es feige von mir. Nein, es war sogar ganz gewiss feige. Aber ich wusste einfach nicht, wie ich mich ihm gegenüber verhalten sollte, was ich fühlte und wo wir jetzt standen. Der Kuss hatte eine neue Nuance in die Farbe unserer Freundschaft gebracht, die mich verwirrte und mich Dinge in Frage stellen ließ, die ich immer für sonnenklar gehalten hatte.

Frustriert seufzte Haze. »Bitte lass uns wenigstens darüber reden. Vielleicht hätte ich nicht ...« Er biss sich auf die Unterlippe, fuhr sich ruppig mit der Hand durchs Haar, sah mich von der Seite an. »Es tut mir ...«

Ich fiel ihm ins Wort, denn ich wollte nicht, dass er sich entschuldigte. Der Kuss war vieles gewesen, aber ganz gewiss nichts, was man bereuen sollte. »Später«, murmelte ich mit einem Blick auf Kyrans Rücken, der vor uns ritt, »in Ruhe.«

Wir hatten so leise gesprochen, dass Kyran uns nicht hatte hören können, und doch drehte er sich in genau diesem Moment im Sattel zu uns um, als hätte er unserem kurzen Wortwechsel gelauscht. Aber der Grund dafür war ein ganz anderer: »Riecht ihr das?«, fragte er gut gelaunt.

Ich schloss die Augen, atmete tief ein und wunderte mich über den rauen, salzigen Duft, der in der Luft hing – einen Geruch, den ich noch nie zuvor wahrgenommen hatte, und der doch ein aufgeregtes Kribbeln in meinen Bauch zauberte. Fragend sah ich erst Kyran, dann Haze an.

Letzterer war es, der meine unausgesprochene Frage schließlich beantwortete. »Das Meer«, sagte er mit einem leisen Lächeln in der Stimme.

Wir hatten den Gitterwald hinter uns gelassen und waren

dem Gefängnis aus Bäumen entkommen. Die unendliche Weite der Landschaft hatte mich im ersten Moment, nachdem wir aus dem Schatten der Bäume herausgetreten waren, beinahe überwältigt. Sobald ich wieder freien Himmel über mir hatte, konnte ich freier atmen und merkte erst jetzt, wie verkrampft ich in den Tiefen des Waldes gewesen sein musste. Nicht einmal der Sonnenschein störte mich sonderlich, die unangenehme Wirkung hatte nachgelassen.

Stetig zog mich das Amulett weiter geradeaus, und bereitwillig folgte ich dem Sog. Auch als dieser mich den Weg verlassen ließ, dem wir durch den Wald gefolgt waren und der nun weiter in Richtung Schloss führte. Kyran hielt seinen Rappen an, ich blickte über die Schulter zu ihm zurück und fragte mich, ob der Moment unseres Abschieds gekommen war. Vielleicht hätte mich das nicht kümmern sollen – mit ziemlicher Sicherheit sogar nicht, immerhin war von Anfang an klar gewesen, dass wir lediglich Reisegefährten waren. Doch die Aussicht darauf, ihm Lebewohl sagen zu müssen, traf mich härter als erwartet.

Er hielt eine Hand über seine Augen, um sich gegen das Sonnenlicht zu schützen und deutete mit der anderen den breiten, platt getrampelten Weg entlang, der die Wiese durchschnitt. »Das ist der schnellste Weg zum Schloss. Die direkte Route.«

Haze nickte knapp. »Ich wünsche Euch eine gute Weiterreise, mein Lord.« Er war zur förmlichen Anrede zurückgekehrt.

Ich schluckte. »Mach es gut, Kyran. Mögen die fünf Monde dich schützen.« Das Lächeln fiel mir nicht leicht. Ich wollte noch so viel mehr sagen, doch ich wusste nicht, was.

Erst zog sich sein Mundwinkel hoch, dann lachte er. »Ach,

was. Als würde ich mir eure angenehme Gesellschaft entgehen lassen! Euer Weg scheint euch geradewegs in Richtung Küste zu führen, nicht wahr? Auch das Schloss liegt am Meer, es ist zum Greifen nah. Es ist kein großer Umweg, wenn ich euch noch weiter begleite und dann dem Küstenverlauf bis zum Schloss folge. Der direkte Weg würde mir bestenfalls ein paar Stunden – und mich um die Gesellschaft dieser bezaubernden Lady bringen.« Er neigte den Kopf anmutig vor mir, und als er zu mir hinaufschaute, sah ich das verschmitzte Funkeln in seinem Blick.

Ich verdrehte die Augen. Er hatte überhaupt nicht vorgehabt, sich jetzt schon von uns zu trennen. Ohne ein weiteres Wort wandte ich ihm den Rücken zu und ritt weiter. Sein Gelächter folgte mir.

»Du kannst aber nicht leugnen, dass du traurig geklungen hast, als du dachtest, ich würde dich verlassen«, schnurrte er zufrieden, als er zu mir aufschloss – ein Fakt, der ihn eindeutig amüsierte und mir ein weiteres genervtes Augenrollen entlockte.

Haze fuhr zu uns herum, öffnete den Mund, um etwas zu sagen, ritt dann aber wortlos weiter. Ich biss die Zähne zusammen und beeilte mich, ihn einzuholen, doch er unternahm keinen weiteren Versuch, mich anzusprechen.

Die Sonne begleitete uns auf unserem Weg, und das saftige Grün der Wiese nahm langsam einen gelblichen Ton an. Keine Wolke trübte den Himmel, an dem große weiße Vögel kreisten und mit schrillen Schreien meine Aufmerksamkeit weckten.

»Möwen«, sagte Kyran. »Ein Zeichen dafür, dass wir uns dem Meer nähern.«

Doch dieses Anzeichen hätten wir gar nicht gebraucht,

denn auch so konnte man nicht ignorieren, dass sich etwas änderte. Der Boden unter unseren Füßen wurde sandiger, von schroffen Felsen durchsetzt. Die saftigen Gräser und Büsche wichen trockenen Gewächsen, denen die Sonne sichtlich zugesetzt hatte. Der Wind trug Gerüche heran, die mir fremd waren und mich faszinierten: rau und so salzig, dass ich sie auf der Zunge schmeckte.

Das Meer sei wie ein See, hatte Aphra mir einst erzählt, nur sehr viel größer. So groß, dass man das nächste Ufer gar nicht sehen konnte. Als Kind hatte ich geglaubt, sie nähme mich auf den Arm, und in Büchern und Landkarten nachgesehen, doch die Bilder bestätigten genau das, was meine Ziehmutter erzählt hatte. Es fiel mir schwer, mir ein so großes Gewässer vorzustellen, doch ich zweifelte nicht an den Abbildungen und Aphras Worten. Wie würde es wohl sein, derart gigantische Wassermassen leibhaftig zu sehen?

»Wie weit ist es wohl noch?«, fragte ich die anderen, doch beinahe im selben Moment passierten wir eine Hügelkuppe, und mir blieb vor Staunen der Mund offen stehen.

»Ich würde sagen, noch wenige Minuten.« Ich hörte am Klang von Kyrans Stimme, dass er grinste, aber blickte mich nicht zu ihm um. Mein Blick hing förmlich an der gigantischen Fläche fest, die sich vor uns erstreckte.

Es war riesig.

Aphras Worte hatten mich nicht auf die Ausmaße dieses Gewässers vorbereiten können. So weit ich blicken konnte, erstreckte sich das tiefe Blau, das fern am Horizont mit dem Himmel eins wurde. Rauschend stürmte es gegen die Klippen zur Linken an und verschlang den dunklen Sand, der vor uns lag, als führte es einen endlosen Kampf gegen das Land. Weiße Schaumkronen tanzten auf den Wellen. Der gleißende Sonnenschein zauberte unzählige funkelnde Reflexe auf das Wasser. Möwen ließen sich von den Winden tragen, wirbelten haltlos umher wie Pergamentfetzen, stießen immer wieder hinab aufs Wasser und kamen danach wieder hoch. Ihre Schreie klangen beinahe so, als stießen sie ein schrilles Lachen aus.

Unwillkürlich ließ ich die Zügel los, saß reglos im Sattel und breitete die Arme aus. Ich atmete tief die herbe Luft ein, lauschte dem an- und abschwellenden Rauschen der Wellen und dem Klatschen des Wassers gegen die Felsen. Nie zuvor hatte ich etwas so Gewaltiges erlebt. Die grenzenlose Weite des Ozeans raubte mir den Atem, sie brachte etwas in meiner Seele zum Klingen und zog mich gänzlich in seinen Bann. Ich fragte mich, ob es etwas jenseits dieser Weite gab, und wenn ja, was dahinter liegen mochte.

Ich wusste nicht, wie lange ich hier schon vor mich hin starrte, doch auf einmal ging ein Ruck durch den Sattel, und Wolkenfell setzte sich einfach in Bewegung. Hastig griff ich nach dem Sattelknauf und konnte einen Sturz gerade noch abwenden.

»Hey! Wolkenfell, ruhig.« Ich angelte nach den Zügeln und versuchte das Tier zu bändigen, doch es lief einfach stur geradeaus, wurde immer schneller. Vergeblich versuchte ich ihn zum Anhalten zu bewegen, säuselte ihm süße Worte zu und beschimpfte ihn schließlich rüde. Wolkenfells Galopp war alles andere als geschmeidig, und ich wurde unsanft durchgeschüttelt.

»Nun halt doch an, du verdammtes Mistvieh«, kreischte ich, als wir die Wasserlinie erreicht hatten, doch der Maulesel lief geradewegs ins Meer. Seine Hufe versanken tief im Sand, bevor sie schließlich ins Wasser platschten. Wellen rollten heran und schlugen gegen unsere Beine. Quietschend zog ich meine

Füße so hoch ich konnte, ohne jedoch verhindern zu können, dass das eiskalte Nass meine Kleidung durchtränkte. Die Pixie stob empört summend hoch, umkreiste uns ein paarmal und floh mit einem schrillen Pfeifton wieder in die Maulesel-Mähne, als sich Möwen auf sie stürzen wollten.

Wolkenfell schwankte unter den Wogen der Wellen so heftig, dass ich befürchtete, er würde das Gleichgewicht verlieren, doch ich hätte schwören können, er machte einen selbstzufriedenen Eindruck. Er warf den Kopf hin und her, sodass seine stumpfe Zottelmähne flog, und als ich ihm ins Gesicht blicken konnte, sah ich, wie er die gelben Zähne schnuppernd entblößte und aussah, als würde er grinsen.

»Du Monster«, meckerte ich.

Kyran konnte sich vor Lachen kaum im Sattel halten, und sogar Haze musste grinsen. Als ich die beiden so sah, wie sie auf mich zugeritten kamen, konnte auch ich nicht länger ernst bleiben und ein befreiendes Lachen löste sich aus meiner Kehle. Und für einen Moment – umgeben von Sonnenschein und dem funkelndem Wasser um uns herum – war alles einfach in Ordnung. Sogar die Schreie der Möwen klangen nach zufriedenem Gelächter.

Nachdem sich Wolkenfell endlich dazu bequemt hatte, mich wieder ans Ufer zu bringen, sprang ich aus dem Sattel, kniete mich auf den Boden und fuhr mit den Fingern fasziniert durch den feinen, nassen Sand, der im Meer verschwand. Feuchtigkeit sickerte an den Knien durch mein Kleid, doch das kümmerte mich nicht. Als die Wellen näher kamen, formte ich meine Hände zu einer Schüssel, fing das Wasser auf und führte es an meine Lippen. Nach dem langen Ritt bei den sommerlichen Temperaturen sehnte ich mich nach einer Erfrischung, also trank ich einen großen Schluck – und hustete entsetzt, als ich den Geschmack wahrnahm. Spuckend hüpfte ich auf der Stelle, verzog das Gesicht und hätte am liebsten das Innere meines Mundes mit einem Scheuerlappen gereinigt.

»So salzig«, japste ich. Jetzt fiel mir auch wieder ein, gelesen zu haben, dass das Meerwasser salzig war, aber so schlimm hatte ich es mir nicht vorgestellt.

Kyran und Haze bogen sich vor Lachen, doch schließlich erbarmte sich Haze und reichte mir einen Wasserschlauch voll Süßwasser, mit dem ich den scheußlichen Geschmack wegspülte. Kopfschüttelnd wartete ich, bis sich die beiden beruhigt hatten und wieder zu Atem kamen – was eine Weile dauerte, denn immer, wenn sie mich ansahen, mussten sie trotz meines strengen Blicks wieder losprusten.

Ich setzte mich an den Strand und lauschte den Wellen, doch plötzlich spürte ich etwas: eine leichte Erschütterung an meinen Hals. Erschrocken sog ich die Luft ein, als der Ruf meines Amuletts schlagartig stärker und drängender wurde. Es fühlte sich an, als vibrierte das Metall auf meiner Haut, doch als ich hinsah, hing es still wie eh und je um meinem Hals. Ich war so in Gedanken versunken und ärgerte mich insgeheim noch über das Verhalten der Männer, dass ich kaum bemerkte, wie sich mein Körper in Bewegung setzte und meine Füße ein paar Schritte weitergetappt waren. Wie eine Marionette ließ ich mich an unsichtbaren Fäden ziehen. Was ging hier vor sich? Verlor ich nun vollends meinen Verstand?

Als mir die Situation bewusst wurde, zwang ich mich zum Stehenbleiben, atmete tief durch, griff nach Wolkenfells Zügeln und schwang mich in den Sattel. »Lasst uns weiterreiten«, sagte ich fest, und Haze und Kyran folgten mir ohne Widerrede.

Wir ritten nah am Wasser entlang, und die Hufe unserer

Reittiere versanken bei jedem Schritt im weichen Sand. Keiner von uns sagte ein Wort, das allgegenwärtige Rauschen und Tosen der Wellen wurde nur vom Möwengelächter unterbrochen, das plötzlich einen spöttischen Beiklang zu haben schien. Salzige Gischt spritzte empor und benetzte meine Haut.

Äußerlich war ich ganz ruhig, doch in mir wuchs eine Anspannung heran, die mich ganz kribbelig machte, so als wuselten unzählige Ameisen durch meinen Körper. Ich kam der Quelle des magischen Drängens immer näher, sie war fast zum Greifen nah. Mit verengten Augen blickte ich über das Wechselspiel von Wasser und Sand, auf der Suche nach etwas, wovon ich nicht wusste, was es war und wie es aussah.

Minute um Minute ritten wir den Strand entlang, bis es sich wie eine Ewigkeit anfühlte. Als ich es schließlich sah, hielt ich es einen Herzschlag lang für eine Illusion. Doch auch, als ich über meine Augen rieb, änderte sich das Bild nicht: ein schmaler Schemen, der aus dem Meer ragte. Mein Atem ging schneller. Das Amulett wurde auf einmal heiß, doch ich nahm den Schmerz kaum wahr, weil mich der Anblick so in seinen Bann zog. Ich *wusste* auf Anhieb, dass es das war, wonach ich gesucht hatte, das Ziel unserer Reise: ein Turm am Rande Vaels, an der Grenze zwischen Land und Wasser, so hoch, dass er am Himmel zu kratzen schien.

Kapitel 22
Der weiße Turm

Wie der scharfe Reißzahn eines Raubtiers ragte er aus dem blauen Meer empor, dessen Fluten tobend gegen ihn anstürmten, als wollten sie ihn verschlingen. Weiß wie der Schaum, der auf den Wellen tanzte, leuchtete seine Fassade. Eine goldene Sonne schmückte die Spitze des Turms und reflektierte das Sonnenlicht so gleißend, dass ich den Blick geblendet abwenden musste.

Obwohl er eindeutig von Menschenhand geschaffen war, viel zu glatt und ebenmäßig, um natürlich entstanden zu sein, wirkte er wie ein Teil der Landschaft – so, als sei er schon immer hier gewesen, an der Grenze zwischen Meer und Land, umschwirrt von den Möwen und von der hochspritzenden Gischt, die den Turm wie einen perlenbesetzten Schleier umhüllte.

Er war atemberaubend schön, und doch ließ mich der Anblick erschaudern. Eine böse Vorahnung, von der ich nicht wusste, woher sie kam, überkam mich und kroch mir unter die Haut. Nichts an diesem Bauwerk wirkte bedrohlich, und doch stimmte etwas nicht damit. Ich fühlte eine diffuse Beklommenheit, und doch konnte ich nicht genau benennen, was es war.

Haze und Kyran hatten neben mir angehalten, und eine Weile betrachteten wir den Turm schweigend, ohne weiter darauf zuzureiten. Keiner von uns war versessen darauf, den ersten Schritt zu tun.

»Da sind keine Fenster«, knurrte Haze.

Und jetzt fragte ich mich, wie mir etwas so Offensichtliches hatte entgehen können. *Das* war es, was mich am Anblick des Turms irritierte: Seine weiße Fassade war völlig makellos, ohne jede Unebenheit. Keine Fensteröffnung durchbrach den hellen Stein, keine Tür war zu sehen.

Wer würde einen Turm ohne Fenster und Türen bauen? Was für einen Sinn hatte ein solches Bauwerk?

Vielleicht war es eine optische Täuschung, schoss es mir durch den Kopf, nichts weiter als eine Illusion, die sich auflösen würde, wenn wir dem Turm näherkamen. Möglicherweise würden wir dann Fenster im glatten Stein entdecken, die man von hier aus nicht sehen konnte.

»Der Sonnenturm«, murmelte Kyran. »Das ist euer Ziel?«

Sonnenturm? Diesen Namen hatte ich noch nie gehört, aber er war es, daran konnte kein Zweifel bestehen. Ich nickte stumm, doch zeitgleich stellten sich die feinen Härchen in meinem Nacken auf.

Verwirrt schüttelte er den Kopf. »Das verstehe ich nicht. Du hast gesagt, du suchst deine Mutter … ich dachte, wir wären unterwegs zu einem Dorf oder in eine Stadt. Aber das hier? Das ergibt keinen Sinn.«

Ich konnte ihm keine Erklärung geben, ich verstand das alles selbst kaum, und doch war es so: Das Amulett führte mich geradewegs auf den muschelweißen Turm zu.

»Sonnenturm?«, fragte ich leise, statt auf die Fragen, die in seinem Blick lagen, zu antworten. »Was hat es damit auf sich?«

»Das weißt du nicht?«, murmelte er, wandte den Blick von mir ab und dem Turm entgegen. »Und dabei ist er beinahe so bekannt wie Navalonas Schloss selbst.«

»Er ist ein Mahnmal.« Etwas Dumpfes schwang in Haze' Tonfall mit. »Mein Vater erzählte mir einst davon.«

Ich sah die beiden Männer mit verständnislosem Blick an. »High Lady Serpia hat ihn errichten lassen … damals«, sagte Kyran, und ich begriff, was er meinte: Damals, nachdem die Schwester der Regentin auf so tragische Weise durch Sonnenmagie ums Leben gekommen war. »Er ist gerade so weit vom Schloss entfernt, dass man ihn am Horizont sehen kann, wenn die Luft klar ist – genau dort, wo die Sonne untergeht. Er soll die Menschen an den Vorfall erinnern, damit niemals in Vergessenheit gerät, was die zerstörerische Kraft von Sonnenmagie anrichten kann.«

»Du hast ihn schon gesehen.«

»Nur aus der Ferne, vom Schloss aus, wie eigentlich jeder Bewohner Navalonas. Niemand kommt normalerweise hier heraus, Lelani. Man sagt, in dieser Gegend tummeln sich gefährliche Meereskreaturen. Wenn du wirklich bis ganz an den Turm heran willst, sollten wir uns in Acht nehmen. Nein, weißt du was? Am besten sollten wir uns davon fernhalten.«

Dass sogar Kyran zögerte, der sonst keine Angst kannte, machte mich nervös. Aber hatte ich überhaupt eine Wahl? Es fühlte sich nicht so an. Ich war nicht so weit gereist, um nun kehrtzumachen. Ganz gleich, was für Gefahren ich ins Auge blicken würde: Nichts und niemand würde mich jetzt noch davon abhalten, weiterzugehen und die Wahrheit herauszufinden.

»Ich *muss* weiter. Ich muss sehen, was darin ist.« Meine

Stimme klang erstaunlich ruhig, obwohl mein Herz heftig pochte.

Ohne auf meine Reisegefährten zu warten, trieb ich Wolkenfell an. Ich konnte nur hoffen, dass sie mich trotz der Risiken, von denen Kyran gesprochen hatte, begleiten würden, doch auch, wenn sie mich allein ließen, würde ich weiterreiten.

Mir fiel ein Stein vom Herzen, als ich kurz darauf die vom Sand gedämpften Hufschläge hinter mir hörte. Erst erschien Kyran neben mir, dann schloss Haze zu uns auf. Wir tauschten kurze Blicke aus, bevor wir Seite an Seite weiterritten.

Als wir näherkamen, erkannte ich, dass das schlanke Bauwerk sich auf einer Landzunge ein kleines Stückchen vom Ufer entfernt befand. Nur ein schmaler begehbarer Streifen, über den immer wieder Wogen aus Wasser schwappten, führte vom Ufer aus dorthin, was ihm den Anschein verlieh, er stünde ohne jede Verbindung zum Land mitten im Meer.

Die Wellen umspülten die Hufe unserer Tiere, zogen sich wieder zurück und ließen den Sand im Sonnenlicht spiegelnd glänzen. Das an- und abschwellende Rauschen erfüllte jeden Winkel meines Geistes, verdrängte alle Gedanken, ließ mich mehr fühlen als denken. Je länger ich ihm lauschte, desto mehr glaubte ich, eine Melodie darin zu erkennen.

Mein Blick schweifte über die Schaumkronen, über das ständige Wechselspiel aus Weiß, Grau und Tiefblau, in dem sich vergängliche Formen zu bilden schienen, die sofort wieder in sich zusammenfielen. Irritiert blinzelte ich, als ich in der Gischt Gestalten weißer Pferde auszumachen glaubte, die durch die Wellen galoppierten – nein, die Teil der Wellen waren. Sie folgten uns, tauchten immer wieder ins Wasser ein und kamen wieder hoch, blieben dabei aber stets parallel zu unserer Höhe am Strand. Eines der Wesen hob den Kopf und sah mich aus seinen petrolfarbenen Augen an, doch immer noch hatte der Anblick etwas so Surreales an sich, dass ich mir nicht sicher war, ob ich fantasierte. Waren das wirkliche, echte Augen, die mich da beobachteten? Ich sah weg, wieder hin, doch das Bild hatte sich nicht verändert, und als schließlich auch Wolkenfell unter mir einen markerschütternden Maulesel-Schrei von sich gab, scheute und buckelte, sodass ich mich kaum im Sattel halten konnte, begriff ich es: Sie waren *tatsächlich* da, keine Hirngespinste. Mein Verstand spielte mir keinen Streich.

»Kelpies«, knurrte Haze. »Mein Vater hat mir von ihnen erzählt.«

Kyran schnappte nach Luft. »Ich dachte, das wären Fabelwesen. Nichts als Legenden.«

Ich war wieder mal die Einzige, die absolut keine Ahnung hatte, wovon die Rede war. Die Wasserpferde waren wunderschön und anmutig, doch dass Haze und Kyran angespannt wirkten, machte mir Sorgen. Es war unmöglich, zu beurteilen, wie viele Tiere dort draußen waren: Immer wieder tauchten sie unter Wasser und wieder auf, bewegten sich mit Leichtigkeit in den Strömungen des Ozeans. Je angestrengter ich auf das Meer blickte, desto mehr von ihnen konnte ich erkennen.

Ihre Körper waren von einem leuchtenden Perlmutt, das je nach Lichteinfall bläulich oder grün schimmerte. Die wallenden Mähnen und Schweife schienen aus purem Meeresschaum zu bestehen, ebenso wie die üppigen Fellbehänge an den Fesseln, die man sah, wenn sie sich aufbäumten und ihre Hufe durch die Luft wirbelten. Edel geschwungene Hälse trugen ihre filigranen, zierlichen Köpfe. Das Schönste an ihnen waren jedoch die Augen, die in schillernden Wassernuancen von tiefem Blau über Petrol und schließlich zu Seegrün changierten.

»Was hat es damit auf sich?«, wollte ich wissen, und hatte dabei alle Mühe, meinen Maulesel zu bändigen. Nervös friemelte ich an den Zügeln herum.

»Sie sind schön, aber äußerst gefährlich«, presste Kyran zwischen zusammengebissenen Zähnen hervor. »Halten wir uns besser fern. An den Turm kommen wir so jedenfalls nicht heran. Nicht, solange *die* sich dort tummeln.«

Fragend wandte ich mich nun Haze zu und schnappte erschrocken nach Luft, als ich sah, was er tat. Beim Anblick der Meereskreaturen hatte er bereits seinen Bogen gezogen und auf die Wellen gerichtet, doch nun ließ er seine Waffe sinken und stieg ganz langsam von seinem Pony. Sein Gesichtsausdruck wirkte mit einem Mal seltsam leer, und sein Blick war starr auf die Wasserpferde gerichtet. Dass sein Pony währenddessen nervös tänzelte, aufstampfte und schließlich verängstigt davonpreschte, schien er gar nicht richtig wahrzunehmen.

»Haze«, zischte ich, und als er nicht reagierte, noch einmal lauter: »Haze!«

Mühsam brachte ich den bockenden Maulesel dazu, noch einen Schritt auf ihn zuzugehen und trat meinen besten Freund – oder was auch immer er gerade war – vorsichtig mit der Stiefelspitze in den Rücken. Ich hoffte auf eine Reaktion, doch er war ganz und gar in seiner eigenen Welt gefangen.

Mein Blick folgte dem seinen. Immer noch war er starr auf die Kelpies gerichtet, und ich schlug mir eine Hand vor den Mund, um einen Schrei zu unterdrücken, als ich es sah: Einige der Kreaturen begannen sich zu verändern, änderten ihre Form, zerflossen in Gischt und formten sich dann neu. Ich traute meinen Augen nicht, zweifelte an meinem Verstand und glaubte zu träumen, als sich anmutige Frauengestalten aus den

Fluten bildeten, schöner als jedes Menschenmädchen, das ich je gesehen hatte.

Honigsüß lächelnd standen zahlreiche junge Frauen im Wasser, tanzten geschmeidig mit den Wellen, warfen uns Blicke aus ihren großen, nun türkisblau leuchtenden Augen zu. Wallende lange Haare, weiß wie die Gischt, reichten ihnen bis über die Hüften. Ihre Körper waren schlank und geschmeidig, ihre Haut ebenso hell und schimmernd wie das Fell der Meerespferde, aus denen sie sich gerade geformt hatten. Ihr helles Lachen verschmolz mit dem Rauschen des Meeres und den Schreien der Möwen.

Mit angehaltenem Atem beobachtete ich, wie eine von ihnen näher ans Land kam. Ihre perlmuttschimmernden Lippen öffneten sich, und ich glaubte, sie würde etwas sagen – doch stattdessen ertönte der himmlischste Gesang, den ich je vernommen hatte. Die Töne waren so hell und klar, dass ich eine Gänsehaut bekam. Und die Melodie war so liebreizend, dass ich mich unwillkürlich weiter im Sattel aufrichtete, damit mir auch ja nichts entging. Nach und nach stimmten die anderen mit ein, immer mehr von ihnen verließen ihre ursprüngliche Gestalt und verwandelten sich vor meinen ungläubigen, staunenden Augen in anmutige Frauen.

*

Langsam, mit steifen Bewegungen, ging Haze auf die Frau zu. So gebannt ich auch vom Gesang war: Mir entging nicht, dass mein Freund im Begriff war, etwas Unvernünftiges zu tun. Etwas stimmte hier nicht, überhaupt nicht, und auch, wenn ich das Ganze nicht genau begriff, war mir klar, dass ich ihn schützen musste.

»Haze!«, brüllte ich, doch meine Stimme ging im Tosen des Meeres und im Gesang der Kelpies unter, und Haze reagierte überhaupt nicht. Ohne nach links oder rechts zu blicken, wankte er weiter aufs Wasser zu. Das Lächeln der Frauen wurde noch strahlender und süßer, und die übrigen Wasserwesen stampften aufgeregt und warfen ihre zierlichen Köpfe auf und ab. Ihre Gischtmähnen wehten im Wind, und Wasser spritzte hoch, funkelnd wie Kristalle.

»Wir müssen etwas tun«, stieß ich hervor, blickte hilfesuchend zu Kyran und stellte zu meinem Entsetzen fest, dass auch sein Blick plötzlich merkwürdig leer wirkte. Ein versonnenes Lächeln umspielte seine schön geschwungenen Lippen, und in diesem Moment – vor der Kulisse des Meeres, während der raue Wind mit seinem Goldhaar spielte – ähnelte er mehr denn je einem Prinzen aus einem Märchen.

Ich stieß seinen Namen hervor, und einen Herzschlag lang reagierte er tatsächlich und wandte sich mir zu. Doch ehe ich darüber erleichtert sein konnte, verschleierte sich sein Blick erneut, und ebenso wie Haze machte er Anstalten, von seinem Pferd zu steigen.

»Beim Schatten aller fünf Monde«, würgte ich hervor.

Auf Wolkenfell wollte ich ihnen rasch hinterherreiten und ihnen so den Weg abschneiden, doch der Maulesel war um nichts in der Welt dazu zu bewegen, noch weiter aufs Wasser zuzugehen. Er gab ohrenbetäubende Protestlaute von sich, buckelte und versuchte mich abzuwerfen. Was ein dummer Esel! Hastig ließ ich mich von seinem Rücken fallen und blickte ihm verzweifelt hinterher, als er, befreit von seiner Last, davonhetzte, als seien Albtraumgestalten hinter ihm her.

Doch ich hatte keine Zeit, mich mit dem verängstigten Maulesel zu beschäftigen, es gab jetzt Wichtigeres. Ein Schreckenslaut entfuhr mir, als ich sah, dass Haze das Wasser erreicht hatte und einfach weiterging, geradewegs auf die junge Frau zu, immer tiefer ins Meer hinein. Von Kyran konnte ich keine Unterstützung erwarten, ganz im Gegenteil: Auch er näherte sich nun dem Meer, langsam wie ein Schlafwandler und so weggetreten, dass er meine Rufe nicht wahrnahm.

Ich musste etwas tun, musste ihnen hinterherlaufen und sie aufhalten, doch das Denken fiel mir immer schwerer. Der Gesang vernebelte meine Sinne und verdrängte jeden klaren Gedanken in meinem Kopf. Hatte ich nicht gerade noch vorgehabt, hinter Haze und Kyran herzurennen, um sie aufzuhalten? Wollte ich nicht eben noch nach meinem Wurfdolch greifen? Sollte ich mich nicht in Acht nehmen? Das alles erschien mir plötzlich unwichtig, verglichen mit den atemberaubenden Klängen der Meereswesen. Der Gesang war so wundervoll – wieso hatte ich das erst so spät bemerkt?

Eine der Frauen – ziemlich jung, in etwa so alt wie ich – fing meinen Blick ein, lächelte mir zu, und ich ertappte mich dabei, ihr Lächeln zu erwidern. Sie streckte ihre schlanken, weißen Arme nach mir aus und winkte mich zu sich heran. Als sie den Kopf schief legte, fielen ihre Haare wie ein seidiger Schleier über ihren Körper, die Spitzen reichten bis ins Wasser und schienen sich dort in weißschimmerndem Schaum aufzulösen.

Ich wollte ihr näher sein, diese Haare berühren und fühlen, ob sie so weich waren, wie sie aussahen, wollte mich in ihre Arme schmiegen. Der lockende, betörende Gesang erfüllte mich mit einer unglaublichen Leichtigkeit, fast so, als könnte ich schweben. Ich war glücklich, ganz unbeschwert, und musste plötzlich lachen, ohne zu wissen, warum.

Wieso war ich eigentlich hergekommen? Was hatte mich

ans Meer geführt? Eigentlich spielte es kaum eine Rolle, denn alles, was zählte, war das unbändige Gefühl von Glück, welches durch meinen Körper strömte. Gab es in der restlichen Welt Pflichten und Sorgen, Ängste und Gefahren? Ich wusste es nicht mehr, und es kümmerte mich auch nicht.

Fasziniert blickte ich in die großen, runden Augen des Mädchens und staunte über die vielen Farbnuancen, die ich darin erkennen konnte. Je nachdem, wie sie den Kopf neigte und wie die Sonne auf ihr Gesicht fiel, wirkten ihre Augen einmal tiefblau wie der Himmel, dann waren sie von einem leuchtenden Grün, das sich plötzlich zu einem durchscheinenden, wässrigen Türkis aufhellte, so klar wie geschliffene Edelsteine. Sie zwinkerte mir zu, drehte sich einmal anmutig um die eigene Achse und bedeutete mir, ihr zu folgen.

Etwas ziepte an meinen Haaren, aber ich ignorierte den leichten Schmerz an meiner Kopfhaut. Jinx tauchte vor meinem Gesicht auf, surrte wild, flog im Zickzack, doch es fiel mir schwer, meinen Blick auf sie zu fokussieren. Als sie direkt vor mir schwebte, hektisch mit den Libellenflügeln schlagend, bemerkte ich, dass die Augen des winzigen Geschöpfs weit aufgerissen waren. Ich versuchte, sie mit der Hand beiseitezuschieben, doch das ließ sich die kleine Fee nicht gefallen. Ihr Summen wurde immer schriller, bohrte sich dissonant in die Melodie der Kelpies – als sie plötzlich ihre winzigen, nadelspitzen Zähne fletschte, auf mich zuschoss und mich in die Nase biss.

Ich japste auf, mehr vor Schreck als vor Schmerz, und griff mit beiden Händen nach meinem Gesicht, doch die Pixie war schon wieder losgeflattert und umkreiste wild meinen Kopf. Der schmerzhafte Biss hatte mich vom Kelpiegesang abgelenkt, zumindest ein wenig, und mich in die Realität zurückgeholt. Was bei allen fünf Monden tat ich hier? Schwach tauchten einzelne, lose Gedankenfetzen in mir auf.

Gab es nicht etwas, was ich tun musste? Etwas Wichtiges, was mir am Herzen lag und wofür ich bereit war, Risiken einzugehen? Doch der klare Moment war vorbei, als das Wassermädchen auf mich zukam. Beinahe konnte ich ihre noch immer ausgestreckte Hand ergreifen, doch im letzten Moment wich sie wieder ein Stückchen zurück und ging rückwärts weiter ins Meer, ohne mich aus den Augen zu lassen.

Noch einmal flog Jinx auf mich zu, doch ich verscheuchte sie so energisch, dass sie schimpfend abzog.

Auch ich streckte nun meine Hand nach dem Mädchen aus, doch sie war gerade so weit weg, dass ich sie nicht erreichte, und als ich noch einen Schritt auf sie zu tat, stellte ich fest, dass sich die Distanz zwischen uns nicht verringert hatte. Der Perlmuttglanz ihrer Lippen sah so hinreißend aus, dass ich mich bei dem Wunsch ertappte, sie küssen zu wollen. In den salzigen Meeresgeruch mischte sich derweil noch etwas anderes: der süße Duft der Apfelpasteten mit Honig, die ich so sehr liebte und viel zu lange nicht mehr gegessen hatte.

Es war so unglaublich verführerisch, einfach alle Sorgen zu vergessen, dem lockenden Gesang nachzugeben und dem Meermädchen ins Wasser zu folgen.

Aber etwas hielt mich zurück. Etwas lag schwer um meinen Hals, zog an mir, machte jeden weiteren Schritt zur Qual. *Das Amulett!* Unangenehm schnitt die Kette in meinen Nacken ein und fühlte sich dabei eher wie ein schwerer Felsblock, als nach einer filigranen Silberkette an.

Ich biss die Zähne zusammen und schaffte noch einen weiteren Schritt in Richtung des Wassers, als mich schlagartig ein eisiger Schmerz durchfuhr. Das Amulett war klirrend kalt, und es fühlte sich an, als hätte ich mich verbrannt – als würde sich das Metall gerade mit eisblauen Flammen tiefer und tiefer in meine Haut brennen.

Ich riss an der Kette, um dem Schmerz ein Ende zu setzen – und als ich mit meiner Hand das Amulett berührte, ging ein Ruck durch meinen Körper. Der Bann fiel von mir ab, und ich war wieder ganz in der Wirklichkeit, meine Gedanken klar und mein Blick geschärft. Erschrocken schaute ich mich um und stellte fest, dass ich bis zu den Hüften im eiskalten Meerwasser stand und die Wellen so heftig an mir zerrten und gegen mich schlugen, dass ich nur mühsam mein Gleichgewicht halten konnte.

Die Augen des Mädchens verengten sich, sie zischte etwas, was mehr nach dem Laut einer Schlange als nach dem Wort eines Menschen klang, und tauchte blitzartig unter. Hektisch blickte ich mich um und rechnete halb damit, dass sie unter Wasser nach mir greifen würde, doch ein paar Meter entfernt tauchte sie wieder auf und begann erneut zu singen. Ihre Stimme war weich wie Samt und Seide, aber bei mir verfehlte sie diesmal die Wirkung.

»Haze! Kyran«, keuchte ich.

Ein schockiertes Wimmern entrang sich meiner Kehle, als ich Haze entdeckte – in inniger Umarmung mit einem der schneeweißen Wassermädchen. Er hielt sie so fest, als hätte er einen Schatz gefunden, den er nie wieder loslassen wollte, während sie ihre Hände sanft um seine Wangen gelegt hatte und ihn küsste. Der Bogen trieb nutzlos neben ihm auf dem Wasser und wurde immer weiter weggeschwemmt.

Doch etwas war seltsam an diesem Kuss: Haze' Wangen wurden immer blasser, seine Haut war ganz fahl, und ich konnte ihm förmlich ansehen, dass er schwächer wurde – als wiche jede Lebenskraft aus ihm. Seine eben noch so innige Umarmung schlug in krampfhaftes Festhalten um, damit er nicht fiel. In ihren halb offenen Augen lag ein gieriges Funkeln, das mich zutiefst erschreckte.

Ich musste zu ihm, musste ihm augenblicklich beistehen und ihn aus den Armen dieser Monstrosität retten! Doch als ich mich durch die Strömung zu ihm vorkämpfen wollte, stellten sich mir so viele Kelpies in den Weg, dass sie mir die Sicht auf Haze versperrten. Ich biss mir so fest auf die Unterlippe, dass ich Blut schmeckte. Es war unmöglich, so zu Haze zu gelangen.

Kyran war näher bei mir, er stand kaum zwei Armeslängen von mir entfernt und taumelte gerade auf eines der Meerwesen zu, das ihn verführerisch anlächelte. Sie bezirzte ihn mit Blicken, und allzu bereitwillig wollte er ihr ins Netz gehen.

Aber das würde ich nicht zulassen. Ich hastete auf ihn zu, griff nach seiner Hand, rief immer wieder seinen Namen, zerrte an ihm. Als das keinen Effekt zeigte, rüttelte ich an seiner Schulter, versuchte ihn herumzudrehen und stellte mich ihm schließlich einfach in den Weg, in der Hoffnung, ihn so aus seiner Benommenheit reißen zu können.

»Kyran«, keuchte ich. »Bei allen fünf Monden – sieh mich an! Komm wieder zu dir!«

Kurz glaubte ich, er würde mich wahrnehmen und auf mich reagieren, doch dann ging sein Blick an mir vorbei und ich wusste, dass er wieder das Wassermädchen ansah. Eine tiefe Verzweiflung machte sich in mir breit. Wenn ich es nicht schaffte, zu ihm durchzudringen, war er verloren. Ebenso wie Haze würde er sich dem Kuss der Kelpies hingeben, und ich ahnte, dass das sein Verhängnis sein würde.

Er ging weiter, schob mich einfach beiseite, als sei ich nicht mehr als eine lästige kleine Fliege. Das helle Grün seiner Augen war verschleiert, sein Gesicht leer und maskenhaft. Es tat mir weh, ihn so zu sehen – so leblos, ohne das übliche vergnügte Funkeln, das ihn so wirken ließ, als machte er sich über die ganze Welt lustig. Es wäre mir lieber gewesen, er hätte mich jetzt ausgelacht, seine Späße mit mir getrieben und mich verspottet – *alles* wäre besser gewesen, als diese seltsame Trance, die ihn ins Verderben laufen ließ.

»Kyran, ich flehe dich an«, brachte ich hervor und konnte die Tränen nicht zurückhalten, die mir in die Augen schossen.

Mir lief die Zeit davon. Sowohl Haze als auch Kyran waren in Gefahr, und mir war klar, dass es um so viel mehr ging, als um körperliche Anziehungskraft. Der Kuss der Kelpies brachte den Tod, das hatte ich verstanden – dazu musste ich nur Haze ansehen, der sich kaum mehr auf den Beinen halten konnte und dessen Lebenskraft mit erschreckender Geschwindigkeit aus seinem Körper zu sickern schien.

»Kyran!«, schrie ich ein letztes Mal, und als er nicht reagierte, handelte ich einfach. Es war mein letzter Versuch. Die einzige Idee, die ich noch hatte.

Mein Kleid war vollgesogen und schwer, das Meer zerrte an mir und die Wellen machten es umständlich, das Gleichgewicht zu wahren, doch mühsam kämpfte ich mich auf Kyran zu. Ich warf mich gegen ihn, schlang meine Arme um seinen Nacken und hielt noch einen winzigen Moment inne, als mein Gesicht seinem so nahe war, dass ich seine Atemzüge auf meinen Lippen spüren konnte – dann griff ich zu dem einzigen Mittel, das mir einfiel. Mein Körper übernahm die Kontrolle und handelte wie von selbst. Ich schloss die Augen, überbrückte die letzte Distanz zwischen uns, und als meine Lippen die

seinen fanden, übertönte mein Herzklopfen das Meer, die Möwen, und sogar die Kelpies.

Kapitel 23
Herzschläge

Einen schrecklichen Moment lang blieb Kyran ganz still und passiv, als küsste ich eine Statue aus Stein, und die Angst, dass alles vergebens sein könnte, schnürte mir die Kehle zu. Doch auf einmal atmete er scharf ein, sodass ein Ruck durch seinen Körper ging.

Ich spürte seine Hände, eine an meinem Rücken, eine an meinem Hinterkopf, ganz sanft und vorsichtig, und sie erschienen mir so glühend heiß, als könnten sie mein Kleid versengen und Spuren auf meiner Haut hinterlassen. Dann wurde er sicherer, legte einen Arm um mich, hielt mich fest, während die andere Hand sich tiefer in mein Haar grub – und endlich erwiderte er meinen Kuss.

Unendlich behutsam liebkosten seine Lippen die meinen. Sein Kuss schmeckte nach Salz und zugleich süßer als Honig, so verführerisch, dass ich nicht genug davon bekommen konnte und mit jeder Faser meines Körpers nach mehr verlangte.

Er war mir nah, so nah, dass ich die Hitze seines Körpers im Wasser durch unsere nassen Kleider hindurch spürte, und so nah, dass ich seinen Herzschlag ganz eng an meiner Brust fühlte. Mein Herz schlug so wild, dass ich glaubte, es müsste meinen Brustkorb sprengen, und ich spürte, dass es Kyran nicht anders erging. Ich konnte kaum atmen, aber ich wollte auch keinen Sauerstoff – mein Körper brauchte nur diesen Kuss, vor dem der Rest der Welt verblasste.

Als sich unsere Lippen schließlich voneinander lösten, war es mir, als sei ich nicht mehr dasselbe Mädchen wie zuvor. In meinem Innern war Verlangen und Feuer, Zittern und Sehnsucht, und ich wollte immer mehr davon spüren. Ich verfluchte den Moment, als er mich losließ. Benommen sah ich in seine Turmalinaugen und brauchte einen endlos scheinenden Moment, um wieder vollständig in die Realität zurückzufinden.

Haze, schoss es mir siedend heiß durch den Kopf.

Ich fuhr zurück, sah mich mit aufgerissenen Augen um und unterdrückte einen Schrei, als ich ihn bewusstlos im Wasser treiben sah, nur gehalten vom Meermädchen, das sich über ihn beugte, um ihm auch den letzten Funken seines Lebens zu stehlen.

»Lelani.« Kyrans Stimme klang rau und belegt, und er schien Mühe zu haben, die Situation zu begreifen. Verwirrt sah er sich um, hob die Hände aus dem Wasser, die mich noch vor einem Augenblick gehalten hatten und betrachtete sie kopfschüttelnd.

»Wir müssen Haze retten«, brachte ich erstickt hervor, griff nach Kyrans Kragen, zerrte daran. »Hörst du mich? Wir müssen etwas tun!«

Er nickte zögerlich, aber ich merkte ihm an, dass er nur mühsam im Hier und Jetzt blieb und immer wieder abdriftete. Ich atmete tief ein und aus, dann holte ich mit der Hand aus. Laut klatschend traf meine Handfläche auf Kyrans Wange, er schnappte nach Luft und riss die Augen auf.

Einen Moment lang starrte er mich nur fassungslos an, doch dann kam Leben in seinen Körper. Erleichterung durchflutete mich, als sein Blick nun endgültig klar wurde und er sich rasch umschaute. Als er Haze sah, zögerte er nicht, sondern watete durch die Fluten auf ihn zu, so schnell, dass ich – mühsam gegen die Strömung ankämpfend – kaum mithalten konnte.

Die Wasserkreatur, die Haze noch immer küsste, blickte hoch, als wir uns näherten. Auch sie gab ein zorniges Schlangenzischen von sich, wich jedoch ins tiefere Wasser zurück und tauchte bis zu den Schultern ein, als Kyran sein Schwert hob.

Mein Herz zog sich vor Sorge schmerzlich zusammen, als ich auf Haze zuhechtete, der regungslos auf der Wasseroberfläche trieb. Seine Augen waren geschlossen, seine Haut aschfahl. Ich zog ihn in meine Arme, hielt seinen Oberkörper über Wasser, presste ihn an mich. Kraftlos fiel sein Kopf auf meine Schulter, und ich fühlte seine schwachen Atemzüge an meinem Hals.

»Achtung, hinter dir!«, schrie ich Kyran gellend entgegen, als sich drei Meermädchen näherten.

Das süße Lächeln war aus ihren Gesichtern verschwunden, wie Raubtiere zogen sie die Perlmuttlippen hoch und fletschten die perlweißen Zähne. Sie griffen nach Kyran, zogen an ihm und versuchten ihn in die Tiefen des Ozeans zu zerren. Wenngleich sie keinerlei Waffen trugen, hatte er alle Mühe sie abzuwehren. Ich merkte ihm an, dass er Hemmungen hatte, die zarten jungen Frauen zu verletzen, also hielt er sie nur auf Abstand. Die Klinge seines Schwerts zischte durch die Luft und pflügte durchs Wasser, und fauchend wichen die Kelpies zurück.

Kalte Hände, feucht wie Froschhaut, griffen nach meinen Armen, Schultern und Beinen, zogen nun auch an mir und brachten mich dabei fast zu Fall. Schwer atmend versuchte ich,

307

sie abzuwehren, ohne jedoch Haze loszulassen. Als ich strauchelte, geriet sein Gesicht für einen Augenblick unter Wasser, und er hustete röchelnd, ohne die Augen zu öffnen. Ich biss die Zähne so fest zusammen, dass mein Unterkiefer schmerzte, mobilisierte all meine Kräfte, kämpfte um das Leben meines besten Freundes und um mein eigenes.

»Los, weiter!«, stieß Kyran atemlos hervor.

Hektisch blickte ich über die Schulter zurück, wo er die Kelpies mühsam in Schach hielt, die gerade noch versucht hatten, mich festzuhalten. Eines von ihnen wandte ruckartig den Kopf zu mir herum und starrte mich an, und eilig versuchte ich, Haze weiterzuschleppen. Jeder Meter, den wir zurücklegten, war ein einziger Kampf. Der nasse Sand gab unter meinen Füßen nach, ich stolperte über den vollgesogenen roten Rock, und immer wieder entglitt Haze fast meinen Griff, weil er so schwer war, dass ich ihn kaum stützen konnte. Doch Schritt für Schritt schleppte ich mich mit Haze aufs Ufer zu.

Immer mehr Kelpies scharten sich um uns, ob als traumhaft schöne Frauen oder in edler Pferdegestalt – doch jeder sanfte Ausdruck war aus ihren Gesichtern verschwunden. In ihren Blicken lag nichts als Feindseligkeit. Schrill wiehernd bäumte sich eines der Pferde auf, seine Hufe wirbelten durch die Luft und verfehlten mein Gesicht nur knapp. Mit einem Aufschrei warf ich mich zur Seite, doch ein grausamer Schmerz schoss durch meine linke Schulter, als der Huf mich traf. Für einen Moment wurde mir schwarz vor Augen, und ich fiel.

Erst als eine Welle über meinen Kopf schwappte, kam ich wieder zu mir. Ich spuckte Wasser, versuchte mich hochzustemmen und schrie gequält auf, als der Schmerz in meiner Schulter aufflammte. Ich konnte den Arm kaum bewegen. Mit dem unversehrten rechten Arm klammerte ich mich verzweifelt an Haze, dessen Körper mir die Strömung entreißen wollte.

»Beeil dich!«, brüllte Kyran.

Als ich über die Schulter zu ihm zurückblickte, schnappte ich nach Luft. Noch immer kämpfte er gegen die Kelpies und schwang sein Schwert um die eigene Achse. Das Gold seiner Haare glänzte so hell, dass es mich beinahe blendete. Sie hatten sich aus dem Zopf gelöst, fielen in nassen Wellen auf seine Schultern und flogen um sein Gesicht. Das Meer hatte sich in eine brodelnde Masse aus weißen Locken, türkisfarbenen Augen und wirbelnden Hufen verwandelt, und entsetzt fragte ich mich, wie wir es jemals ans rettende Land schaffen sollten.

Seine Waffe schnellte vor und traf eines der Mädchen an der Schulter, blassblaues Blut quoll aus der Wunde. Ein Kreischen aus unzähligen Kehlen ging durch den Ozean, so laut, dass ich um ein Haar Haze losgelassen hätte, um mir die Ohren zuzuhalten. Einen Herzschlag lang waren die Kelpies ganz starr, dann stürzten sie sich umso wütender auf uns. Salzwasser brannte in meinen Augen, und hilflos röchelte ich, als sich eine der Frauen an meine Schultern hängte und mich unter die Oberfläche drückte. Mit einer Hand ließ ich Haze los, griff nach meinem Dolch und stach damit verzweifelt nach hinten. Ich spürte, dass ich etwas getroffen hatte – dass sich die Klinge in etwas bohrte – und die Arme der Kelpie lösten sich einen Herzschlag später von mir. Ihr Zischen ging mir durch Mark und Bein.

Erleichterung durchflutete mich, als auf einmal Haze seine Augen öffnete und angstvoll um sich starrte. Er würgte einen Wasserschwall hervor, seine Arme und Beine strampelten unkoordiniert und voll Furcht. Sein Blick hastete unstet über mein Gesicht, über das aufgewühlte Meer und den Himmel, und er schien gar nicht zu wissen, was gerade los war und wo wir uns befanden.

»Ruhig, bleib ruhig! Ich bin es – Lelani! Ich bin bei dir«, keuchte ich und hielt ihn wieder mit beiden Armen fest, damit er sich in seiner Panik nicht selbst ertränkte, während ich den Dolch hastig in meinen Gürtel schob, um mich ganz auf Haze konzentrieren zu können und ihn nicht zu verletzen. Wir wären den Kelpies hilflos ausgeliefert gewesen, wenn ich aus den Augenwinkeln nicht Kyran wahrgenommen hätte, der uns nun zur Seite sprang.

Einer gefährlichen Sense gleich, glitt Kyrans Schwert durchs Wasser – Kelpies stoben vor ihm davon und machten den Weg frei, als er sich an unsere Seite kämpfte. Als er uns erreicht hatte, legte er schützend einen Arm um mich, mit dem anderen schwang er weiter unermüdlich seine Waffe. Das Ufer war nur noch wenige Meter weit entfernt, und doch schien es unerreichbar. Raue Atemzüge erschütterten meinen Brustkorb, und hinter meiner Stirn pulsierte es. Meine Schulter sandte glühende Schmerzstöße durch meinen Körper, doch ich biss die Zähne zusammen und versuchte nicht darüber nachzudenken, wie schwer ich wohl verletzt war. Jetzt ging es ums blanke Überleben.

Endlich erreichten wir die Grenze zum Ufer des Strandes. Mit allerletzter Kraft schleppte ich mich und Haze an Land. Meine Arme, die ich um seine Taille geschlungen hatte, zitterten vor Anstrengung, und schwer stützte er sich auf meine Schultern. Ich schnappte nach Luft und unterdrückte einen Schmerzenslaut. Ganz vorsichtig schob ich Haze' Hand von meiner verletzten linken Schulter, während der Schmerz mir Tränen in die Augen trieb.

Ein letztes Meermädchen floh fauchend vor Kyrans

Schwert, dann stand auch er neben uns am Ufer. Im weichen Sand verlor ich das Gleichgewicht, fiel auf die Knie, sank eine Handbreit tief in ihm ein. Stolpernd erreichte Kyran Haze' andere Seite, legte sich einen seiner Arme um die Schultern, zog ihn hoch und schleppte ihn fort von der Uferkante, wobei Haze kraftlos wie eine Stoffpuppe an ihm hing und mit den Füßen kaum den Boden berührte.

»Gib nicht auf«, rief Kyran mir über seine Schulter hinweg zu, und ich mobilisierte Kräfte, von denen ich nicht gewusst hatte, dass sie noch in mir steckten, um meinen Körper weiter zu zwingen – erst krabbelnd, dann auf zwei Beinen taumelnd, den Blick fest auf Kyran und Haze vor mir gerichtet.

Wir brachten so viel Distanz zwischen uns und das Meer, wie unsere Kräfte es hergaben, dann brachen wir einfach zusammen. Ich ließ mich auf den sandigen Boden fallen, drehte mich auf den Rücken und rang schwer nach Atem. Das Blau des Himmels über mir stach grell in meinen Augen, die Wolken, die mich an wallendes Kelpie-Haar erinnerten, verschwammen vor meinem Blick. Ein Pochen und Dröhnen erfüllte meinen Kopf und meinen gesamten Körper bis in die Fingerspitzen und Zehen, und ich brauchte einen Moment, bis sich das Schwindelgefühl legte und der Boden nicht mehr unter mir zu schwanken schien.

»Haze«, japste ich, sobald ich mich wieder hochstemmen konnte.

»Er ist in Ordnung – oder wird es zumindest bald wieder sein.«

Kyran saß auf dem Boden, ebenso atemlos wie ich. Sand klebte an seiner dunklen Lederhose und den seidenen Ärmeln, das fein gearbeitete Wams hatte schon bessere Tage erlebt, klatschnass klebten die Haare an seinem Kopf und den Schultern. Er hatte Haze auf die Seite gedreht, der immer wieder Salzwasser hervorwürgte und sich krümmte.

Ich krabbelte neben meinen besten Freund, strich ihm sanft die dunklen Haare aus der Stirn, nahm seine Hand, und er drückte sie so fest, als wollte er mir die Finger brechen. So verharrten wir, bis sich unsere rauen, hektischen Atemzüge langsam aber sicher beruhigten.

»Geht es?«, fragte ich leise.

Haze stützte sich mühsam hoch, setzte sich auf, und nach einem endlos scheinenden Augenblick nickte er.

»Ich konnte spüren, wie das Leben aus mir herausfloss«, flüsterte er so leise, dass ich Mühe hatte, ihn zu verstehen.

Mein Magen krampfte sich bei seinen Worten zusammen. *Ich hätte ihn verlieren können.* Den Menschen, der mir neben meiner Ziehmutter am nächsten stand. Dass Haze etwas zustieß, war eine so albtraumhafte Vorstellung, dass ich allein vor dem Gedanken zurückschreckte. Immer noch hielt er meine Hand, und ich erwiderte den Druck, um mir selbst zu beweisen, dass er wirklich hier war, an meiner Seite, in Sicherheit.

»Du bist verletzt«, stellte er plötzlich fest. Sorge trat in seinen Blick.

Jetzt erst kam ich dazu, meine Schulter zu begutachten. Ich löste die Schnürung des Kleides ein Stück weit, sodass ich es ganz vorsichtig, mit spitzen Fingern, über die Schulter hinunterziehen konnte. Trotz meiner Vorsicht ließ mich der brutale Schmerz scharf einatmen.

Da, wo der Huf mich getroffen hatte, verfärbte sich meine Haut rot und blau. Ich konnte meinen linken Arm überhaupt nicht richtig bewegen. Das Schultergelenk war dick und wirkte seltsam verdreht. Mir wurde plötzlich übel.

»Es ist ausgekugelt«, stellte Kyran mit einem Blick fest. »Ich

312

weiß, das tut weh. Aber das haben wir gleich, dann wird es besser. Versprochen.«

Haze nickte. »Du hältst sie fest, ich erledige das? Ich habe so was schon öfter gemacht.«

Mir wich das Blut aus den Wangen. »Was soll das werden?«

Kyran sah mir in die Augen. »Deine Schulter muss wieder eingerenkt werden.«

»Oh nein.« Ich scheute zurück. »Das ist doch nicht euer Ernst. Das wird bestimmt auch von selbst wieder.«

»Vertraust du mir?«, fragte Haze leise.

Ich erwiderte seinen Blick und schämte mich plötzlich dafür, so eine Mimose zu sein. Er war gerade eben knapp mit dem Leben davongekommen, wir alle hatten gerade Schlimmes durchgemacht, und ich stellte mich so an, weil meine Schulter ausgekugelt war.

Ich kniff die Augen zu und hielt den Atem an, als Kyran mich festhielt, damit ich ganz stillhielt. Haze' Hände umfassten meinen Arm. Ausnahmsweise arbeiteten die beiden zusammen, ohne dass es zum Streit kam. Doch der Gedanke wurde durch einen schnellen Ruck jäh unterbrochen. Ich schrie auf – ich konnte nicht anders. Das Gefühl, als der Gelenkkopf an seinen Platz rutschte, ging mir durch Mark und Bein. Der Schmerz war heftig, aber die beiden hatten nicht gelogen: Er ließ rasch nach.

»Alles in Ordnung?«, flüsterte Haze. »Es tut mir leid. Ich wollte dir nicht wehtun.«

Keuchend nickte ich, umklammerte den Arm mit meiner anderen Hand und wartete, bis das unangenehme Kribbeln nachließ. Eine Weile saßen wir so auf dem Boden und schwiegen.

»Die Kelpies«, murmelte Kyran schließlich. »Sie versperren

den Weg zum Turm. Es ist fast so, als würden sie ihn bewachen.«

Mein Kopf schnellte hoch, und ich sog scharf die Luft ein. Das Meer schien lebendig geworden zu sein, unzählige Kelpies waren zwischen den Wellen zu sehen und starrten uns aus ihren schönen Augen an. Viele hatten wieder ihre Pferdegestalt angenommen: eine gigantische Herde edler Schimmel, die eins mit dem Ozean waren und aus ihm geformt zu sein schienen.

Sogar aufs Land hatten sie sich gewagt, standen auf dem schmalen Sandstreifen, der das Ufer mit dem Turm verband, stampften mit den Hufen auf und senkten die Köpfe. Ein Vorbeikommen war unmöglich.

Erneut setzte der Gesang ein, und obwohl wir so weit weg waren und ich um die Gefahr wusste, die von der Melodie ausging, spürte ich doch wieder ihre Versuchung. Ich gab einen erstickten Laut von mir, legte die Stirn auf meine angezogenen Knie und presste die Hände auf meine Ohren. Im Moment konnten wir uns alle dem Lockruf widersetzen, doch ich war sicher, dass wir wieder ganz in den Bann der Geschöpfe geraten wären, wenn wir es gewagt hätten, uns dem Meer und dem Turm zu nähern.

Aber ich musste einen Weg finden, wenn ich nicht wollte, dass mein ganzer bisheriger Weg umsonst war – ich *musste* den Turm erreichen, um herauszufinden, wieso das Amulett mich dorthin führte, aber in dem Moment war ich einfach so schrecklich müde, dass ich kaum nachdenken konnte. Ich war der Steine, die mir in den Weg gelegt wurden, so überdrüssig.

Eine neue Stimme mischte sich in die Melodie der Meereswesen, ein Klang, den ich bisher nicht vernommen hatte. Schlagartig war ich auf den Beinen, bebend vor Aufregung und zu keinem Atemzug fähig, während ein ferner Gesang durch meinen Körper und meinen Geist vibrierte und alles ringsumher verschwimmen ließ.

»Was ist?«, fragte Haze alarmiert, doch ich konnte nicht antworten, zu fokussiert auf die geheimnisvolle Melodie. Es war, als könnte ich den Ruf meines Medaillons plötzlich nicht nur fühlen, sondern tatsächlich hören – als hätte mein Amulett eine Stimme erhalten, die aus dem fensterlosen Turm ertönte.

Und ich war nicht die Einzige, die diesen Gesang hören konnte – auch Haze und Kyran blickten inzwischen aufmerksam zum Turm. Die Kelpies hoben ihre Köpfe, schienen zu lauschen, als etwas geschah, womit ich niemals gerechnet hätte: Wie auf ein geheimes Kommando verließen sie nach und nach den Sandstreifen, zogen sich ins Meer zurück und gaben den Weg für uns frei.

Wir tauschten einen Blick aus und nickten uns entschieden zu. Dann erhoben wir uns, mühsam und erschöpft, und stützten einander, als Haze, Kyran und ich langsam auf den Turm zuschritten.

*

Flach strich ich mit meiner Hand über das weiße Gestein und staunte darüber, wie glatt und kühl es sich anfühlte. Meine Fingerspitzen folgten den schimmernden Schlieren, die es durchzogen.

»Marmor«, kommentierte Kyran. »Sehr kostbar. Im Schloss meines Vaters besteht der Boden der großen Halle daraus – und Navalonas Schloss ist größtenteils komplett aus Marmor erbaut.«

Ich warf ihm einen kurzen Seitenblick zu, widerstand aber der Versuchung, ihn nach seinem Vater zu fragen. Ich war zwar neugierig, aber das musste warten. Ich legte den Kopf in den Nacken, schaute am Turm empor und versuchte die goldene Sonne auf seiner Spitze zu betrachten. Mir wurde schwindelig, so hoch war das Bauwerk, und es wollte mir einfach nicht in den Kopf hinein, was für riesige Mengen an kostbarem, teurem Gestein dafür eingesetzt worden waren. Ich versuchte, mir ein ganzes Schloss vorzustellen, das über und über aus solch schimmerndem, weißem Stein bestand, und scheiterte kläglich an den Grenzen meiner Vorstellungskraft.

Der Gesang war verstummt, doch seit ich ihn vernommen hatte, brannte ich noch mehr darauf, in den Turm zu gelangen und sein Geheimnis zu ergründen. Aber auch hier, direkt vor dem Mauerwerk, konnten wir keine Tür entdecken, keine Fenster, nicht einmal die kleinste Vertiefung oder Unebenheit in seiner Fassade. Ratlos ging ich um den runden Sockel, ließ meine Hand dabei über den Marmor gleiten und fragte mich, welchen Sinn ein Gebäude hatte, das man nicht betreten konnte.

»Es muss möglich sein«, murmelte ich, »und ich werde herausfinden, wie.«

»Tu das«, entgegnete Haze nun leise. Er hatte sich mit dem Rücken an den Turm gelehnt und dann langsam daran hinabgleiten lassen, bis er auf dem Boden saß. Auch wenn er sich wieder auf seinen eigenen Beinen halten konnte, merkte man ihm deutlich an, wie geschwächt er war. Sein Teint hatte einen ungesund aschigen Farbton, jedes Wort schien ihm Mühe zu bereiten. Er lehnte den Hinterkopf gegen die Steinwand und schloss seine Augen. »Ich bin hier …, wenn du mich brauchst.« Es bereitete ihm sichtlich Mühe, nicht im Sitzen einzuschlafen.

Kyran fuhr sich mit der Hand durchs Haar, oder vielmehr

versuchte er es, denn in den nassen, zerzausten Locken blieben seine Finger einfach stecken, und er verzog unwillig das Gesicht. Dann blickte er zurück ans Ufer, wo sich unsere Reittiere in sicherer Entfernung zum Meer zusammengeschart hatten und an den kargen Grasbüscheln zupften.

»Ich gehe los und fange das Trio ein«, beschloss er.

Ich hatte weder für eine Pause noch für das Einsammeln unserer Tiere die nötige Muße, denn der Turm ließ mir keine Ruhe. Dem Ziel so nah zu sein und nun doch nicht weiterzuwissen, erfüllte mich mit einer unerträglichen, kribbelnden Unruhe und machte es mir unmöglich, den Blick vom glatten Weiß abzuwenden.

Ohne den Turm aus den Augen zu lassen, ging ich ein paar Schritte rückwärts, setzte mich mit unterschlagenen Beinen auf den Boden, wie Aphra es immer tat, und dachte nach. Mein linker Arm hing nutzlos hinab: Haze hatte gesagt, ich sollte ihn schonen, und ohnehin fühlte sich alles von der Schulter abwärts immer noch etwas taub an. Mit der gesunden Hand griff ich nach ein paar Steinen, die das Meer glattgeschliffen hatte, und ließ sie zwischen meinen Fingern hin und her wandern, während ich nachdachte.

Es *musste* einfach möglich sein, in den Turm zu gelangen – die Option, dass es möglicherweise nicht so sein könnte, durfte ich nicht akzeptieren – und wollte es auch gar nicht. Ich musste zumindest daran glauben, dass es einen Weg gab, auch wenn ich ihn noch nicht sehen konnte. Und ehe ich diesen Weg gefunden hatte, würde ich meine Position hier nicht verlassen.

Kapitel 24

Wilde Vögel
im Kopf

»Die Verheiratung wurde in die Wege geleitet. Ein berittener Kurier ist mit unserem Angebot unterwegs gen Süden, um König Rhaol unsere Bedingungen zu überbringen«, berichtete Lord Heathorn Umbra in der Runde des hohen Rats. Seine akzentuierte Stimme war wie immer leise, füllte den minimalistisch eingerichteten Raum mit dem weißen Marmorboden und der pechschwarzen Ebenholz-Wandvertäfelung aber doch bis in den letzten Winkel.

Lord Maycliff Dalon fuhr sich mit der Hand über den Hinterkopf, bevor er sprach – eine unbewusste Geste, welche die High Lady jedes Mal innerlich zusammenzucken ließ, denn sie erinnerte sie an jemand anderes. Jemand, den sie einst gekannt hatte. Sie gestand es sich nicht einmal selbst ein, doch Maycliff war einer der Gründe, warum sie diese Versammlungen verabscheute. Sah sie in sein glattes, jungenhaftes Gesicht, sah sie in ihm seinen Bruder. Doch jenes Kapitel befand sich dort, wo es hingehörte und wo sie es belassen wollte: in der Vergangenheit.

»Verzeiht den Einwand, doch der Vollständigkeit halber möchte ich diese Frage gestellt haben«, begann er. »Eure Tochter, Heathorn – gehe ich recht in der Annahme, dass sie mit dem Arrangement einverstanden ist? Prinz Raphier ist für sein übles Temperament

bekannt, was auf eine zarte junge Dame doch recht ... abschreckend wirken könnte.«

Lord Heathorns schmales, asketisches Gesicht zeigte keine Regung, doch in seinen blassgrünen Augen blitzte ein Hauch von Ungeduld auf. Er hob einen seiner langen, schlanken Zeigefinger, und sofort löste sich ein Bediensteter, der bis dahin reglos und stumm verharrt hatte, aus den Schatten und eilte mit gesenktem Kopf aus dem Ratssaal. Wie immer, wenn der Lord nach ihr schicken ließ, dauerte es nur einen Augenblick, bis Lady Tulip erschien – so als hätte sie sich bereitgehalten und nur auf einen kleinen Wink ihres Vaters gewartet.

»Meine High Lady. Meine Lords.« Ihr Knicks war formvollendet, ihre Stimme hell wie Silber. »Was wünscht Ihr, mein Vater?«

Er winkte sie näher an den runden Tisch heran, sodass jeder Teilnehmer der Versammlung sie deutlich sehen konnte. Die Zofe, die ihr Seidenhaar trug, folgte jeder ihrer Bewegungen und blieb stets hinter ihr.

»Lord Maycliff Dalon wüsste gerne, ob du der Vermählung mit dem Prinzen von Righa freudig entgegenblickst.«

Sie senkte den Blick. »Wenn Ihr es befehlt, mein Vater, bin ich voll Vorfreude.«

Lord Maycliff machte den Eindruck, als wollte er noch etwas sagen, doch dann schüttelte er nur den Kopf.

Ein kleiner Wink ihres Vaters, dann zog sich die junge Lady fast lautlos zurück. Schweigend blickten ihr die Lords hinterher.

»Meine Lords. Nachdem das also geklärt ist ...«, setzte Lord Heathorn an.

Die High Lady sah keinen Sinn darin, den Ausführungen zu Ende zu lauschen. Knapp nickte sie den Männern zu, dann erhob sie sich und verließ den Saal. Ihre großen Schritte führten sie hinab in den säulenumkränzten Innenhof, in dessen Zentrum die große, *kreisrunde Marmorschale eingelassen war. Einen Moment lang blieb sie hier einfach stehen, eine hochgewachsene, schwarz gekleidete Gestalt inmitten schimmernden Marmors.*

Mit beiden Händen griff sie nach dem Mondsteindiadem, das ihr Haupt schmückte, und nahm es ab. Sie verzog keine Miene, als sie auf das Symbol ihrer Macht hinabblickte, das ihre Schwester vor ihr getragen hatte, und ihre Mutter davor. Es war zierlich, ganz filigran von den kunstvollsten Schmieden des Landes gearbeitet, doch an manchen Tagen erschien es ihr schwer wie ein Felsen. Ganz langsam setzte sie es wieder auf, und hätte die Regentin des Landes in diesem Augenblick einen Beobachter gehabt, wäre er womöglich zu dem Schluss gelangt, sie täte es nur widerwillig.

Ihr blasses Spiegelbild blickte ihr aus dem Wasser in der Schale entgegen. Sie hatte gespürt, dass jemand mit ihr in Kontakt treten wollte, also versetzte sie die Wasseroberfläche mit einer sanften Bewegung in Wellen und wartete darauf, dass sich das Gesicht ihres Gegenübers zeigte.

»Meine High Lady.«

Beiläufig nahm sie wahr, dass Kyran mitgenommen wirkte, doch sie stellte keine Fragen. Die relevanten Informationen würde er ihr geben, daran bestand keinerlei Zweifel.

Sie ließ ihn berichten, bis er einen Ort erwähnte, dessen Bedeutung ihm nicht klar zu sein schien, ihr jedoch umso stärker. Es war das erste Mal in diesem Gespräch, dass etwas ihr Interesse fesselte.

»Der Sonnenturm!« Eis klirrte in ihren Worten.

Er nickte. »Hierher hat uns unser Weg geführt.«

Man merkte der High Lady kaum eine Reaktion an, nur die blassblauen Augen wurden etwas größer, die Pupillen weiteten sich, und ihre Hand, die auf dem Rand der Marmorschale lag, griff fester zu, bis die Fingerknöchel weiß hervortraten. Doch in ihrem In-

nern erhob sich ein finsterer Sturm aus Eis und Schnee, ein vernichtender Orkan.

Die Erkenntnis traf sie wie ein Pfeil, der sich in ihr Fleisch bohrte. Sie wusste nicht, wie es möglich war, und es schien jeder Logik zu entbehren, doch sie zögerte keine Sekunde, die notwendigen Konsequenzen zu ziehen. Vieles, was sie bisher nur bruchstückhaft erahnt hatte, ergab mit einem Mal Sinn, und anderes hatte schlagartig jeglichen Sinn verloren.

»Töte sie«, befahl sie. »Das Mädchen muss sterben.«

Das Schmunzeln verschwand so schlagartig von seinem Gesicht, als hätte man es ausradiert. Sein Mund öffnete sich, klappte zu und öffnete sich erneut. »Ich verstehe nicht«, brachte er schwach hervor.

Die Anweisung, die sie ihm gegeben hatte, hätte einfacher nicht sein können, doch erstmals schien er ein Problem damit zu haben, ihrem Befehl Folge zu leisten. Sein Gesicht war blass geworden, er rang sichtlich nach Worten.

Ihre Stimme war leise, jedoch angespannt wie eine Bogensehne, die kurz davor war, zu reißen. So gefährlich leise, dass Kyran klar sein musste, dass er mit entsetzlichen Konsequenzen zu rechnen hatte, wenn er versagte.

»Töte sie«, zischte die Lady, und unter ihrem Griff zerbröckelte der Marmor der Beckenkante zu Staub.

*

Ich starrte die blendend weiße Fassade des Turms an, bis alles vor meinem Blick flimmerte, aber da war nichts: Keine Risse, Linien oder anderen Unregelmäßigkeiten. Nichts, was auf unauffällig platzierte Schalter oder Hebel hinwies. Als meine Augen keinen Weg sahen, schloss ich sie.

Doch meine Magie, nach der ich sachte greifen wollte, ließ

mich im Stich. Ich versuchte, das Leuchten in meinem Inneren zu finden, es zu kanalisieren und den Turm damit näher zu untersuchen, doch ich bekam es einfach nicht zu fassen. Es entglitt mir immer wieder.

Frustriert verzog ich den Mund und kniff die Augen so fest zusammen, dass ich flirrende rote Punkte statt der gewünschten, perfekt strukturierten Klarheit aus bläulichen Linien vor mir sah. Je mehr ich mich bemühte und je stärker ich es versuchte, desto weniger wollte es mir gelingen, bis ich die Magie in mir kaum mehr wahrnahm.

Es liegt an diesem verdammten Sonnenschein, dachte ich übellaunig, am grellen Licht, das mich sogar durch meine geschlossenen Augenlider blendete. Doch wenn ich ehrlich zu mir selbst war, musste ich mir eingestehen, dass das nicht alles war.

Mondmagie benötigte Ruhe und Gelassenheit, das war mir inzwischen klargeworden.

Kühl, klar, ruhig, hatte Aphra gesagt: diesen Seelenzustand musste ich anstreben, wenn ich meine Kräfte einsetzen wollte.

Doch wie sollte ich das erreichen, wenn mir Gedanken durch den Kopf flogen wie ein Schwarm wilder Vögel, der flatterte und schrie? Wie sollte ich ruhig sein, mit dem Geschmack von Haze' und nun auch Kyrans Lippen auf meinen? Schon wieder beschleunigte sich meine Atmung, und ich konnte kaum stillsitzen, so sehr raste mein Puls. Als gäbe es nicht genug Dinge, über die ich mir den Kopf zerbrechen musste, spielte nun auch noch mein Herz verrückt. Ich vermied es, darüber nachzudenken, was geschehen war, aus Angst davor, was diese Gedanken in mir verändern würden.

»Kühl, klar und ruhig«, murmelte ich wie ein Mantra vor mich hin. Wenn ich meine wirren Gedanken aufdröselte, würde mir das helfen, Ordnung in meinem Inneren zu schaffen?

»Hast du etwas gesagt?«, rief Haze, der immer noch am Fuß des Turms saß.

»Nein, gar nichts.« Ich blinzelte aus einem Auge zu ihm hinüber und kniff es dann wieder zu.

Zwei Küsse, zwei Männer. Ein Kopf, der nicht begriff, wie das hatte geschehen können.

Kyran hatte ich nur geküsst, um durch seine Benommenheit zu dringen und ihn aus der Trance zu reißen, sagte ich mir. Irgendetwas hatte ich doch tun müssen, als meine Worte und mein Flehen versagten. Irgendetwas, womit er nicht rechnete und was ihn aufrüttelte. Es war aus einer Notwendigkeit heraus geschehen, nicht etwa aus einer zarten Sehnsucht und schon gar nicht aus Leidenschaft.

Das konnte ich mir in Gedanken vorsagen, so oft ich wollte, aber mein Selbstbetrug funktionierte nicht gut genug, um mich vergessen zu lassen, wie überwältigend sich sein Mund auf meinem angefühlt hatte. Wie atemberaubend seine Hände meine Haut in prickelndes Feuer getaucht hatten.

Und Haze? Noch immer wusste ich nicht, was ich über seinen Kuss denken sollte. Seit ich ihn kannte, hatte ich ihn als Freund betrachtet, als engen Vertrauten, aber nicht mehr als das. Nie wäre mir in den Sinn gekommen, dass zwischen uns Gefühle herrschen könnten, die darüber hinausgingen – dass ich in ihm mehr als einen Freund sehen könnte, und er in mir mehr als eine Freundin.

Aber stimmte das auch wirklich? Ich dachte an seine dunklen Augen, die Art, wie er sich das widerspenstige Haar aus der Stirn strich, an seine starken Hände, an den Blick, der manchmal so ruhig und manchmal voll Feuer war, und ich fragte mich, ob sich nicht doch eine neue Nuance in unsere Freundschaft geschlichen hatte, als wir beide der Kindheit entwachsen waren.

In jedem Fall schien er etwas zu empfinden, wovon ich nicht geglaubt hätte, dass es da wäre, sonst würden weder sein Kuss noch seine Eifersucht Sinn ergeben. Wie lange betrachtete er mich schon mit anderen Augen? Wieso war mir das nie aufgefallen?

Dass ich Kyran geküsst hatte, konnte er nicht gemerkt haben, doch hätte er es gesehen, hätte ich ihn damit gewiss verletzt. Das schlechte Gewissen nagte unablässig an mir.

Mit einem gequälten Stöhnen presste ich mir beide Hände gegen den Kopf. Diese Überlegungen trugen überhaupt nicht dazu bei, mich in einen Zustand der geistigen Ruhe zu versetzen, nicht im Geringsten.

Schritte näherten sich hinter mir, ich öffnete die Augen und drehte mich im Sitzen um. Meine Augen mit den Händen beschattend sah ich Kyran entgegen und blickte dann zum Ufer, wo ich die Reittiere ausmachen konnte. »Du hast sie nicht mitgebracht. Haben sie sich nicht so nahe ans Meer herangewagt?«

Er antwortete nicht, und jetzt erst bemerkte ich, wie starr sein Blick auf mir ruhte. Die Pupillen waren trotz des grellen Sonnenscheins so groß, dass sie das Grün beinahe vollständig verdrängten. Seine Miene, starr wie Marmor, jagte mir Angst ein. Noch nie hatte er mich so angesehen, und ich hatte keine Ahnung, was das zu bedeuten hatte.

»Kyran?« Meine Stimme war etwas zu hoch, um entspannt zu klingen. »Was ist denn?«

Nichts wünschte ich mir mehr, als ein Wort aus seinem Mund, eines, das dieser unheimlichen Starre in seinem Gesicht ein Ende setzte und mir erklärte, was bei allen fünf Monden in ihn gefahren war. Doch schweigend stand er vor mir, ragte groß und schön wie ein Gemälde vor mir auf, mit wildem Haar und diesem entsetzlich leblosen Blick, und Kälte stieg in mir empor. Wie dunkles Eiswasser füllte sie meine Füße, meine Beine, legte sich frostig um meinen Magen und mein Herz, sickerte in meine Fingerspitzen und betäubte sie. Ich hatte Angst.

»Kyran«, flüsterte ich und kam ungeschickt auf die Füße, mit Beinen, die vom langen Sitzen etwas ungelenk waren.

Und dann zog er sein Schwert.

Kapitel 25

Tödlicher Tanz

Das Klirren, mit dem die Klinge langsam aus der Schwertscheide glitt, ging mir durch Mark und Bein und ließ mich erzittern. Gleißend spiegelte sich die Sonne auf dem glatten, scharfen Metall, an dem noch blassblaues Kelpieblut klebte. Alles in mir sträubte sich dagegen, zu glauben, was mir meine Augen längst zeigten. Ja, von Anfang an war mir bewusst gewesen, dass Kyran ein Fremder war. Ich kannte weder seine Motive, noch wusste ich genug über ihn, um ihm gänzlich zu vertrauen, aber die letzten Wochen hatten mich meine Vorsicht vergessen lassen. Ich hatte ihn näher an mich herangelassen, als ich ursprünglich vorgehabt hatte, und einfach vergessen, dass er eine Bedrohung darstellen könnte.

Und nun stand er mir gegenüber und war genau das: eine Gefahr.

»Warum?«, brachte ich schwach hervor, und dieses eine Wort trug all die Fragen in sich, die mir auf der Seele brannten: Was für einen Grund hatte er, mir mit der Waffe gegenüberzutreten? Was hatte ich ihm getan? Wieso jetzt und warum so plötzlich? Was hatte sich auf einmal geändert?

Aber er antwortete mir nicht, sondern schnellte so plötzlich auf mich zu, wie während unseres Trainings damals im Gitterwald. Ich schrie auf, warf mich zur Seite und spürte den Lufthauch seiner Klinge so deutlich auf meiner Haut, als hätte mich die Waffe nur um Haaresbreite verfehlt. Es ähnelte unserem Training, und doch war es etwas gänzlich anderes, denn diesmal meinte Kyran es ernst.

Meine Instinkte übernahmen die Kontrolle. Während sich mein Geist noch verwirrt fragte, was hier überhaupt geschah, reagierte mein Körper, rollte sich im Sturz ab, kam auf die Knie, schnellte hoch und wich zurück, ohne Kyran aus den Augen zu lassen.

Das tiefe Grollen hinter mir verriet, dass Haze aufgewacht war. Schon war er auf den Beinen, und ich sah aus den Augenwinkeln, dass er vergeblich nach seinem Bogen tastete, der mittlerweile wohl längst inmitten des Ozeans trieb. Er hatte den Ernst der Lage sofort erfasst. Seine Hand bewegte sich so schnell, dass ich erst realisierte, was er tat, als sein Wurfdolch an mir vorbeiflog. Er hätte getroffen, hätte Kyran nicht derart geistesgegenwärtig sein Schwert hochgerissen. Mit einem durchdringenden Klirren prallte Metall auf Metall, als er den heranrasenden Dolch wie eine Fliege aus der Luft fegte.

Haze zog ein langes, gekrümmtes Messer aus seinem Gürtel – eines, das er meines Wissens nach benutzte, um Jagdbeute zu häuten und auszunehmen. Mit seiner geballten Masse aus Muskelkraft und Anspannung setzte er an mir vorbei auf Kyran zu.

»Bleib zurück!«, stieß er zwischen zusammengebissenen Zähnen hervor, ohne mich anzusehen, und streckte einen Arm von sich, um mich zurückzuhalten. Er war fest entschlossen, mich vor jeder Gefahr zu schützen, koste es, was es wolle.

Mein Herz setzte einen Schlag aus, als sich ihre Klingen kreuzten. Haze kämpfte mit einer Kraft und Verbissenheit, die mich an ein wildes Tier denken ließ, unablässig prallten seine Hiebe auf Kyran ein, doch dieser parierte sie geradezu elegant. Es sah so aus, als befände sich nur Haze in einem Kampf – Kyran hingegen in einem leichtfüßigen Tanz.

Nie und nimmer hätte ich stehenbleiben und untätig zusehen können. Mit dem Dolch in der Hand lief ich los, schob mich auf dem schmalen Sandstreifen an Kyran vorbei, als dieser gerade nach Haze stieß – zu meiner unendlichen Erleichterung vergeblich, Haze konnte den Schlag abwehren. Mein bester Freund warf mir einen strafenden Blick zu, der deutlich machte, wie viel lieber er mich in Sicherheit gesehen hätte, doch dann nickte er. Von beiden Seiten nahmen wir Kyran in die Zange, täuschten Angriffe vor, versuchten ihn zu zermürben. Schnell wie eine zustoßende Schlange fuhr mein Dolch nach vorn, ohne Kyran zu treffen, der meine Bewegung voraussah und geschmeidig auswich.

Wir schlugen uns wacker, und doch schien es nur eine Frage der Zeit zu sein, bis unser Gegner uns besiegte. Haze war stark, schnell und konnte mit einer Waffe umgehen, doch die Finesse und Technik, die Kyran beherrschte, fehlte ihm. Kyran, der uns jetzt gegenüberstand, unser Reisegefährte, der gerade noch an unserer Seite gegen Kelpies gekämpft hatte und mit dem wir uns einem Blutwolf gestellt hatten – und der uns nun in den Rücken fiel. Doch diesen Gedanken schob ich beiseite. Es war keine Zeit für Gefühlsduseleien.

Er drehte sich um die eigene Achse, sein Schwert verschwamm zu einem silbernen Schemen, der ihn gegen unsere Attacken abschirmte – und der dann blitzschnell zuschlug. Ich hörte einen schrecklichen Aufprall und begriff doch erst, was geschehen war, als Haze in sich zusammensackte und sich an die Seite fasste. Blut quoll zwischen seinen Fingern hervor und färbte das Leder seines Wamses dunkel.

»Haze!« Der Meereswind riss den gellenden Schrei von meinen Lippen und wirbelte ihn empor, wo ihn die Möwen mit ihrem Lachen zerrissen.

Er brach auf die Knie, verzerrte vor Schmerz sein Gesicht, doch kein Laut kam ihm über die Lippen. Sein noch immer fahles Gesicht verlor auch den letzten Rest an Farbe, langsam kippte er vornüber, stützte sich mit einer Hand im nassen Sand ab und hielt die andere weiterhin auf die Wunde gepresst.

Tränen schossen mir in die Augen. Meinen besten Freund verletzt zu sehen tat mir unerträglich weh, doch ich durfte jetzt nicht nachlassen, wenngleich ich mich am liebsten neben Haze auf die Knie geworfen, ihn umarmt und seine Verletzung begutachtet hätte.

»Was ist – in dich gefahren?«, brachte ich keuchend hervor. »Hast du den Verstand verloren? Ich bin es!« Meine Augen waren zu Schlitzen verengt, meine Zähne zusammengebissen.

Immer noch verzog er keine Miene, der reglose Ausdruck verließ sein Gesicht nicht, doch es schien mir, als huschte bei meinen Worten ein Zucken um seinen Mund und ein Schatten durch seinen Blick. Seine Antwort war ein weiterer Schwerthieb, dem ich nur entging, indem ich mich zur Seite warf und im Sand landete.

»Gib dir Mühe, streng dich wenigstens an«, knurrte Kyran. »Denk an unser Training, setz dich zur Wehr!«

Ich riss die Augen auf. Das klang, als wollte er tatsächlich, dass ich ihm etwas entgegensetzte – als hoffte er verzweifelt, ich hätte so etwas wie eine Chance gegen ihn. Ohnehin bemerkte ich, dass er auf einmal nicht mehr mit voller Kraft kämpfte, sondern sich zurückhielt. Er hatte Haze verletzt, doch hätte er es wirklich darauf angelegt, wären wir beide vermutlich längst tot. Und doch ließ er nicht von uns ab, stellte seine Angriffe nicht ein, um uns zu verschonen. Es war, als sei er hin- und hergerissen zwischen dem Wunsch uns zu töten, und jenem, uns leben zu lassen.

Meine Gedanken rasten. Die Vorstellung, ich könnte einen geübten Kämpfer wie ihn besiegen, war abstrus, ganz gleich, wie sehr ich mich auch anstrengte. Kyran war mir hoffnungslos überlegen. Die einzige Hoffnung, der ich mich hingeben konnte – eine schwache, verzweifelte Hoffnung – war etwas, wovon ich hoffte, es könnte seine Schwachstelle sein: dieser winzige Moment des Zögerns, der in seinem Blick aufgeflackert war.

Ich richtete mich aus der katzenhaft geduckten Haltung auf, blickte ihm geradewegs ins Gesicht, ließ die Arme und Schultern sinken und reckte das Kinn vor.

»Du willst mich nicht verletzen«, behauptete ich und hoffte inständig, mit dieser gewagten Theorie nicht gänzlich falsch zu liegen. »Hör auf, Kyran, beenden wir diesen Wahnsinn. Sag mir, was los ist.«

Endlich kam eine Regung in sein Gesicht, der maskenhafte Ausdruck verrutschte, und dahinter sah ich wieder den echten Kyran vor mir – zumindest glaubte ich das, doch sicher fühlte ich mich nicht. Furchen gruben sich in seine sonst so glatte Stirn, seine Augen, weit und dunkel vor Gefühlen, die ich nicht verstand, sahen mich an. Das helle Turmalingrün wirkte in dem Licht dunkel wie ein schattiger Waldsee. Am Pulsieren an seinem Hals sah ich, wie schnell sein Herz raste.

»Sei nicht so unerträglich dumm«, brachte er hervor, so rau, als seien die Worte scharfe Felsbrocken, die er seine Kehle emporzwingen musste. »Sieh Haze an und frage dich, ob ich euch wirklich nicht verletzen will. Um unserer gemeinsamen Reise willen gebe ich dir eine letzte Warnung. Heb deine Waffe und gib alles. Na los, verteidige dich! Sonst ist dies dein Ende, Lelani.«

Zittrig atmete ich ein, ließ Luft in meine Lunge strömen und merkte erst jetzt, dass ich den Atem angehalten hatte. Ganz gleich, was er sagte: Er wollte mir nichts antun. »Wir sind Freunde, Kyran«, flüsterte ich, sah ihm fest in die Augen – und ließ meine einzige Waffe, meinen Dolch, in den Sand fallen.

Ohrenbetäubend laut vernahm ich meinen eigenen Herzschlag. Dumpfe Donnerschläge, die das Meeresrauschen übertönten und jene Augenblicke untermalten, die die letzten meines Lebens sein könnten. Aufrecht stand ich Kyran gegenüber, beide Arme ohne jede Anspannung nach unten hängend, die Handflächen nach vorne gedreht, um meine Wehrlosigkeit zu verdeutlichen. Der Wind blähte meinen roten Rock wie ein Segel auf, peitschte durch mein Rabenhaar und ließ die Gischt um uns herum hochsprühen.

Es mochte nur ein kurzer Augenblick gewesen sein, wie wir so einander gegenüberstanden, vielleicht dauerte der Moment aber auch viel länger. Zeit schien an Bedeutung verloren zu haben, und alles, was ich sah, war Kyran. Ich wollte begreifen, warum er das alles tat, wollte hinter seine Stirn blicken, ihm seine Gedanken entreißen und bis in den letzten Winkel ergründen – aber mehr als alles andere wollte ich leben.

Und als ich glaubte, ich könnte das Warten auf seinen nächsten Schritt nicht länger ertragen, verschloss sich seine Miene wieder, und er hob das Schwert.

*

331

Ein raues Schluchzen kam mir über die Lippen. Es war vorbei – ich hatte ihm nichts mehr entgegenzusetzen. Er hatte die Gelegenheit gehabt, neu zu wählen, und er hatte seine Entscheidung getroffen. Ich hatte spekuliert, und ich hatte verloren. Hilflos hob ich beide Hände vor mein Gesicht und wartete auf den vernichtenden Schlag.

Ein scharfer Schmerz schoss durch meine Wange, so unerwartet, dass ich mich an meinem eigenen Schrei verschluckte. Als ich aufblickte, sah ich wie Kyran sein Schwert fallen ließ, dumpf aufkeuchte und seinen rechten Arm an sich drückte. Es dauerte einen Moment, bis ich realisierte, was der Dolchgriff zu bedeuten hatte, der aus seinem Oberarm ragte.

Schwer atmend und vornübergebeugt stand Haze da, die Hand, die den Dolch geworfen, und mich an der Wange gestreift hatte, noch ausgestreckt. »Los«, brachte er nur hervor, doch dieses eine Wort reichte aus, um mich aus meiner Starre zu reißen.

Ich sprintete los, riss noch in der Bewegung meinen eigenen Dolch hoch und stürzte mich auf Kyran. Mit dem Knauf voran, schlug ich meine Waffe gegen seine Schläfe, so fest ich nur konnte. Kurz stand er noch da und starrte mich fassungslos an, dann verschleierte sich sein Blick, und er sackte in sich zusammen.

Im selben Moment war Haze an meiner Seite. Er zog ein weiteres Messer, sein letztes, aus seinem Gürtel, griff nach Kyrans Haaren und hob seinen Kopf daran grob hoch. Ungläubig riss ich die Augen auf, als ich realisierte, was er vorhatte. Er stand über dem bewusstlosen Kyran, hielt die Klinge an seine Kehle und wenn ich nichts dagegen tat, würde er ihn jeden Moment töten wie ein wildes Tier, das er erlegt hatte.

Mein spitzer Schrei ließ ihn innehalten. Ich stürzte mich

gegen ihn, umklammerte seinen Arm und hängte mich mit meinem ganzen Gewicht daran. »Nein! Hast du den Verstand verloren?«, japste ich.

Finster blickend versuchte er, mich abzuschütteln. »Hast *du* den Verstand verloren? Er wollte uns umbringen!« Die Wunde an seiner Seite bereitete ihm sichtlich Schmerzen.

Ich atmete tief durch und zwang mich zur Ruhe. »Das ist kein Grund für uns, ihn umzubringen.«

»Wir müssen diese Bedrohung ausschalten.«

Seine Stimme war so kalt, dass ich zu frösteln begann. War das mein Haze, mein bester Freund, der so kaltblütig darüber sprach, einen Menschen zu ermorden?

»Wir fesseln ihn«, beschloss ich, weil es das Erste war, was mir einfiel: die nächstbeste Möglichkeit Kyran handlungsunfähig zu machen, ohne ihn noch schlimmer zu verletzen.

Wir hatten ein Stück Seil dabei, doch es befand sich in den Satteltaschen der Pferde, die immer noch am Ufer standen. Ich stürmte los, als seien hundert mordhungrige Blutwölfe hinter mir her, denn die Angst, Haze könnte in meiner Abwesenheit etwas Unüberlegtes tun, saß mir im Nacken. Doch als ich atemlos und mit dem Seil in der Hand zurückkehrte, stand er immer noch über Kyran gebeugt da – bereit, jederzeit kurzen Prozess zu machen, falls dieser aus seiner Bewusstlosigkeit erwachte.

Meine Hände zitterten so sehr, dass mir das Seil fast entglitt, als ich es fest um Kyrans Handgelenke schlang und dann um seinen Oberkörper wickelte. Haze starrte mich noch einen Moment lang verständnislos an und schüttelte den Kopf, dann half er mir. Wir gingen nicht sanft mit Kyran um, doch er machte keine Anstalten, aufzuwachen, und kurz befürchtete ich sogar, mit meinem wuchtigen Schlag hätte ich ihn nicht nur außer Gefecht gesetzt, sondern getötet. Doch ganz leicht hob und senkte sich sein Brustkorb, und als ich mein Gesicht seinem näherte, hörte ich seine Atemzüge.

Ich gab mich erst zufrieden, als ich ganz sicher war, dass sich kein Mensch der Welt aus eigener Kraft von diesen Fesseln hätte befreien können. Erschöpft ließ ich mich dann in den Sand fallen, schlang zitternd meine Arme um meinen Oberkörper und fragte mich benommen, wie es innerhalb weniger Augenblicke so weit hatte kommen können.

*

»Ich wollte dich beschützen«, sagte Haze leise, »uns beide beschützen. Ihm ist nicht zu trauen. Solange er am Leben ist, stellt er eine Gefahr für uns dar.«

Ich rang mir ein schwaches Lächeln ab. »Das mag sein. Aber wir sind keine Mörder.«

Langsam nickte Haze, bevor er sich schwer atmend zurücklehnte und die Augen schloss. Schweißperlen standen auf seiner Stirn, die ich behutsam abtupfte. Ich setzte den Wasserschlauch an seine Lippen und half ihm, ein paar Schlucke zu trinken. Mehr konnte ich im Moment nicht für ihn tun. Der überstandene Kelpie-Kuss und die Wunde, die Kyran ihm zugefügt hatte, setzten ihm sichtlich zu, doch nichts davon war lebensbedrohlich, und über nichts war ich je erleichterter gewesen.

Wir saßen im feuchten Sand am Fuß des Turms und lehnten an der Mauer. Die Sonne sank tiefer, die Schatten wurden länger. Der Diamantglanz des Meeres nahm einen dunkleren, rötlichen Schimmer an.

»Zieh das aus.« Ich zupfte am Kragen seines Lederwamses,

und nachdem ich einen Moment zugesehen hatte, wie er sich kraftlos daraus zu befreien versuchte, griff ich ein und löste die Schnüre und Schnallen selbst. Scharf atmete er ein, als er sich aufsetzen und etwas mithelfen musste, damit ich ihm erst das Wams, dann das Hemd ausziehen konnte – und dann war ich es, die die Luft einsog, als ich seine Verletzung betrachtete.

Es war nicht so, als hätte ich in meinem bisherigen Leben keine blutenden Wunden gesehen, immerhin war ich Aphra häufig zur Hand gegangen, doch hier ging es um Haze, und er war mir wichtig. Sein Schmerz war auch mein Schmerz. Ich musste ein paarmal tief durchatmen, bevor es mir gelang, meine persönlichen Empfindungen beiseitezudrängen und ihn schlicht und einfach als einen Menschen zu betrachten, der meine Hilfe benötigte.

Dennoch fand ein Teil von mir Zeit, zu bemerken, dass ich ihn noch niemals mit nacktem Oberkörper gesehen hatte, obwohl wir einander schon so lange kannten. Vermutlich war gar nichts dabei, doch angesichts unseres Kusses machte es mich nervös, meine Finger über seine sonnengebräunte Haut gleiten zu lassen, unter der sich die kräftigen Muskeln deutlich abzeichneten.

Während ich die Wunde inspizierte und sie notdürftig mit einem unserer Wasserschläuche ausspülte, spürte ich seinen Blick die ganze Zeit auf meinem Gesicht, vermied es aber, zu ihm hochzuschauen. Es war nicht so schlimm, wie es im ersten Moment aussah, sagte ich mir – die Schwertschneide hatte einen langen Schnitt hinterlassen, der aber zum Glück nicht sonderlich tief war. Mit dem Dolch säbelte ich eines meiner Unterkleider in Streifen, die ich als Verband um seinen Oberkörper schlang, um die Blutung zu stoppen und die Wunde vor Schmutz zu schützen.

Er brauchte Ruhe, ein Bett und etwas von Aphras Wundsalben, um sich zu erholen, doch nichts davon konnte ich ihm jetzt bieten, so gern ich seinen Schmerz auch gelindert hätte – ich tat einfach, was ich konnte, so wie es mich Aphra immer gelehrt hatte. Sobald wir die Gelegenheit dazu hatten, würde ich die wunderbarste Herberge und die beste medizinische Versorgung für ihn auftreiben, doch für den Moment mussten wir mit dem vorliebnehmen, was wir hatten: mit halbwegs sauberen Stoffstreifen und dem weichen Sand im Schatten des Turms.

»In Ordnung, besser wird es nicht« sagte ich leise. »Du kannst dich wieder anziehen.«

Aus seinem Kleiderbündel, das er am Sattel des Ponys befestigt hatte, zog ich ein Hemd und half ihm dabei, es anzuziehen. Seine schnellen Atemzüge verrieten, dass ihm jede Bewegung Schmerzen bereitete, doch er versuchte, es vor mir zu verbergen, und brachte sogar so etwas wie ein Lächeln zustande.

Als ich die Schnürung seines Lederwamses ganz behutsam zuzog, griff er für einen Moment nach meiner Hand, und unwillkürlich hielt ich den Atem an. »Danke, Lelani«, murmelte er.

»Du Dummkopf«, flüsterte ich. »Du hast mir gerade das Leben gerettet, und doch dankst du mir?«

Kurz hielt er meine Hand noch fest, der Blick seiner dunklen Augen bohrte sich in meinen, und ich glaubte, er würde noch etwas sagen, doch dann ließ er sich ermattet zurück in den Sand sinken.

Als ich aufschaute, merkte ich, dass Kyran erwacht war und uns beobachtet hatte. Seine Miene war so undurchdringlich wie sein Blick. Zusätzlich zum Seil, das ich um seine Handge-

lenke, Arme und den Oberkörper gewickelt hatte, waren seine
Beine mit einem Stoffstreifen zusammengebunden, damit er
auch wirklich nicht fliehen konnte. Was wir mit ihm anstellen
wollten, würden wir später überlegen – für den Moment war
nur wichtig, dass er uns nichts anhaben konnte. Immer noch
steckte der Dolch in seinem Oberarm, was mir schon beim
bloßen Hinsehen wehtat. Ganz gleich, was er Haze angetan
hatte und mir anzutun versucht hatte: Ich wollte nicht, dass er
litt. Ich schwieg ebenso wie er, als ich die Klinge vorsichtig aus
der Wunde zog. Es musste entsetzlich schmerzen, und tatsächlich biss er die Zähne so fest zusammen, dass die Sehnen an
seinem Hals hervortraten, doch er gab keinen Ton von sich.
Rasch presste ich den Rest des zerschnittenen Unterkleides auf
seine Wunde, aus der sofort frisches Blut lief, nachdem ich den
Fremdkörper entfernt hatte, und nutzte es dann, um seinen
Arm zu verbinden.

Es gelang mir nicht, zu begreifen, wieso das alles gerade geschehen war, und wieso derselbe Kyran, der mich vor Kurzem
noch im Meer geküsst und an sich gedrückt hatte, jetzt angegriffen hatte. Doch ich wusste, dass ich nun keine Antworten
bekommen würde, also wandte ich mich wortlos ab und entfernte mich von ihm.

Rotglühend sank die Sonne dem Horizont entgegen, als
wollte sie im Ozean untertauchen. Der Abendwind trieb Wellen vor sich her. Ich tastete nach meiner schmerzenden Wange,
auf der sich inzwischen eine leichte Kruste gebildet hatte. Meine Gedanken kreisten.

Es fühlte sich an, als sei es Tage her, dass ich mich vor den
Turm gesetzt und vergeblich nach meiner Magie gesucht hatte.
Als ich mich nun erneut niederließ und den Marmor anstarrte,
der mittlerweile in tiefen Schatten versank, war ich beinahe si-

337

cher, dass ich diesmal erst recht scheitern würde – nach allem, was gerade geschehen war. Doch eine merkwürdige Ruhe hatte von mir Besitz ergriffen. Vielleicht war es ein Schutzmechanismus meines Geistes, der mich davor bewahrte, hysterisch zu werden und es mir ermöglichte, einfach weiterzumachen, wenn es darauf ankam. Was wusste ich schon?

Diesmal fiel es mir leicht, in die Meditation zu finden. Tief atmete ich ein und aus und ließ meine Gedanken fließen. Doch die Erschöpfung des Kampfes forderte ihren Tribut. Allmählich fielen mir die Augen zu, der Kopf sank mir auf die Brust. Ich spürte kaum mehr, dass ich einfach im Sitzen zur Seite kippte und im weichen Sand landete, dann war ich auch schon in wilden Träumen gefangen, in denen fantastische Gestalten aus dem Meer auftauchten und um mich herumwirbelten.

Als ich hochschreckte, stand die Sonne bereits wieder hoch am Himmel – sie hatte den höchsten Punkt sogar schon überschritten. Ich hatte so tief geschlafen, dass mich weder die schreienden Möwen noch der Sonnenschein wecken konnten. Meine Kehle war trocken, und die Hitze glühte auf meiner Haut. Haze war ebenfalls eingeschlafen, immer noch lehnte er am Turm, und während ich mich erfrischte, hob er seinen Kopf und sah sich benommen um.

Hektisch blickte ich mich nun auch in Kyrans Richtung, als mir siedend heiß einfiel, wie gefährlich er uns werden konnte. Doch immer noch lehnte er gefesselt an der Turmmauer, und erleichtert atmete ich auf.

Ich nickte Haze nur kurz zu, dann widmete ich mich wieder meiner Aufgabe. Ich hatte das Ziel vor Augen, und nichts konnte mich davon abbringen, es weiter zu verfolgen. Trotz der Ereignisse, die meine Hände immer noch leicht zittern ließen, und trotz der Nachmittagssonne, die mir auf den Kopf brannte, fiel es mir überraschend leicht, auf die Mondmagie zuzugreifen. Kühl und ruhig erstrahlte sie in mir und linderte all meine negativen Gefühle. Ich konnte mit geschlossenen Augen sehen, fühlte die Umrisse des Turms vor mir. Blau, weiß und grünlich schimmernd hob er sich von der Dunkelheit ab. In meinen Gedanken spann ich feine Linien aus leuchtender Energie und tastete nach ihm, legte sie wie ein Netz um die Wände und suchte so nach Lücken in der makellos scheinenden Oberfläche – bis ich fündig wurde.

Eine Reihe winziger Vertiefungen führte um den Turm herum, viel zu klein, um sie mit bloßem Auge zu sehen, doch meine Magie konnte sie durchdringen und dem filigranen Geflecht aus Gängen folgen, die das Gestein am Fuße des Turms durchzogen. Wer auch immer dieses Konstrukt erschaffen hatte, beherrschte Magie – und zwar auf einem Niveau, über das ich nur staunen konnte. Versonnen bewunderte ich die perfekte Ebenmäßigkeit der Anordnung und rümpfte dann irritiert die Nase, als mir plötzlich auffiel, dass das Muster, das die hauchdünnen Gänge im Gestein bildeten, doch nicht ganz vollkommen war.

Die Abweichungen waren so gering, dass ich sie beinahe übersehen hätte, doch nun, da ich sie bemerkt hatte, störten sie meinen Sinn für Symmetrie, den ich seit der Entdeckung meiner Magie entwickelt hatte. Die Unregelmäßigkeiten mit meinem Mondsinn zu spüren, fühlte sich an wie ein Jucken, das ich einfach nicht lindern konnte und das mir keine Ruhe ließ. Wer auch immer sich diese Konstruktion ausgedacht hatte, hatte gewiss keinen Fehler gemacht. *Das musste Absicht sein!* Und so atmete ich durch und vertiefte mich ganz in das Muster in den Wänden des Sonnenturms.

Ohne die Augen zu öffnen, zog ich die Augenbrauen hoch, als mir auffiel, dass sich manche Steine verschieben ließen. Ohne meine Hände zu benutzen, die auf meinen Knien ruhten, machte ich mich daran, die losen Elemente zu bewegen. In meinem Kopf sah ich jedes Detail der Turmmauer als Modell aus leuchtenden Formen vor mir, mit denen ich spielte, bis ich ihre vollkommene Symmetrie erreichte. Ich verlor jeglichen Sinn für die Zeit und alles um mich herum, gab mich ganz meiner Aufgabe hin und war tief in Gedanken versunken.

Es war ein befriedigender Moment, als sich schließlich jedes Stückchen an seinem Platz befand und einrastete. Ein leises Klacken war zu hören, ein Scharren, als die Teile wie Zahnräder ineinandergriffen und sich ein Steinring, der einmal um den Fuß des Turms herumführte, zu drehen begann. Strahlenförmige Linien, die vorher nicht zu erahnen gewesen waren, bildeten sich in der glatten Oberfläche, und als ich die Augen öffnete, sah ich, dass sich ein Türspalt aufgetan hatte.

Kapitel 26
Asche

Eine schier endlose Spirale wand sich über unseren Köpfen empor. Es war eine Art Wendeltreppe, deren Ende wir nicht sehen konnten, weil es sich in der Dunkelheit verlor und das flackernde Licht der Fackel, die Haze aus einem Stock improvisiert hatte, nicht so weit reichte. Während ich in meine Meditation versunken dagesessen und Magie gewirkt hatte, hatte ich überhaupt nicht bemerkt, dass die Nacht nun vollständig über uns hereingebrochen war, doch selbst bei hellstem Sonnenschein wäre es im fensterlosen Turm finster gewesen.

»Ich gehe alleine.« Meine Worte hallten als Echo vielfach von den kreisrund gekrümmten Wänden wider, klangen seltsam hohl und fremd. »Du musst dich schonen.«

Doch Haze schüttelte entschlossen den Kopf. »Das kommt gar nicht infrage. Wir sind so weit gemeinsam gekommen, da lasse ich dich nicht auf den letzten Schritten alleine. Ich bleibe bei dir, Lelani, was auch geschieht.«

Insgeheim war ich froh über seine Worte, denn er hatte recht: Niemanden wollte ich lieber an meiner Seite haben, als ihn, wenn ich die letzte Etappe meiner Reise in Angriff nahm und in die Dunkelheit des Turms eintauchte. Nun bildete ich es mir nicht nur ein: mein Amulett vibrierte ganz leicht auf meiner Haut, es gab sogar ein leises Summen von sich, das ich nur vernehmen konnte, wenn ich den Atem anhielt und ganz still war. Mit aller Gewalt zog es mich voran, und ich bezweifelte, dass ich nun überhaupt noch hätte kehrtmachen können, selbst wenn ich es versucht hätte. Der Pol, nach dem mein magischer Kompass ausgerichtet war, lag zum Greifen nah.

»Aber deine Verletzung«, begann ich dennoch.

Warm glomm Haze' Blick aus der Dunkelheit, in seinem Lächeln erkannte ich die Verwegenheit, die ich immer an ihm geschätzt hatte, schon als wir Kinder gewesen waren.

»Sei nicht albern«, sagte er. »Ich muss doch auf dich aufpassen. Stell dir vor, ich würde ohne dich nach Hause zurückkehren – Aphra würde mir, ohne zu zögern, den Kopf abreißen.«

Ich erwiderte sein Lächeln und boxte leicht gegen seinen Oberarm. »Du bist ja wohl der Einzige, der hier albern ist. Aphra weiß verdammt genau, dass ich gut auf mich selbst aufpassen kann. Und auf dich noch dazu.«

Was würde Aphra wohl denken, wenn sie uns hier sehen könnte? Was wir erlebten, war wilder als alle Geschichten, die sie mir als Kind erzählt hatte. Andererseits wurde ich den Eindruck nie so ganz los, dass meine Ziehmutter auch schon einiges in ihrem Leben erlebt hatte, bevor sie sich am Rande des Dorfs niedergelassen hatte.

Ein Flattern an meiner Wange ließ mich zusammenzucken, doch es war nur Jinx, die nach Stunden wieder aus dem Nichts aufgetaucht war und sich an meine Haut schmiegte. Heute leuchtete die Pixie in einem blassen, kühlen Blau, nicht in ihrem üblichen Rosa. Ich rechnete halb damit, dass sie sich wieder ein Nest in meinem Haar bauen würde, doch da hob sie wieder ab und flatterte in die Nacht hinaus, und ich fragte

mich, während ich dem kleinen Licht hinterherblickte, ob das
wohl gerade ein Abschied gewesen war.

»Lelani.«

Ich blickte zu Kyran, der nach wie vor mit gefesselten Armen und Beinen neben dem Turm saß und bisher kein einziges Wort gesagt hatte.

»Ja?« Ich trat vor ihn, blickte auf ihn hinab und hoffte insgeheim, er würde mir endlich erklären, was in ihn gefahren
war, doch er sah mich nur einen Moment lang an, drehte dann
den Kopf zur Seite und schwieg erbittert.

Haze berührte kurz meine Schulter, er streifte sie nur, ohne
seine Hand darauf abzulegen. Wir tauschten einen Blick miteinander aus, dann nickte ich ihm zu und wir betraten den
Turm so, wie wir auch die ganze bisherige Reise bestritten hatten: Seite an Seite.

Haze und ich sprachen kein Wort, während wir die Wendeltreppe erklommen, Schritt für Schritt, Stufe für Stufe, bis
ich zu zählen aufhörte und nur noch dem hallenden Geräusch
unserer Fußtritte lauschte. Das Echo ließ es so scheinen, als
seien da unzählige Schritte zu hören und nicht nur unsere, so
als folgten uns geisterhafte, unsichtbare Wesen. Mehrmals
blieb ich so abrupt stehen, dass Haze beinahe gegen mich
prallte, um sicherzugehen, dass das hallende Echo auch tatsächlich verstummte, wenn wir uns nicht mehr bewegten.

Die Stufen waren ebenso glatt und weiß wie die Mauer,
über die meine Hand glitt, doch der flackernde Fackelschein
zauberte geheimnisvolle Licht- und Schattenspiele auf den
Marmor, die Bewegungen vorgaukelten, wo überhaupt keine
waren.

Ich merkte Haze die Verletzung an, seine Schritte waren
schleppend, und immer wieder musste er innehalten, um kurz

zu pausieren und durchzuatmen. Mir entging nicht, dass er seine Hand mit schmerzverzerrtem Gesichtsausdruck an die Seite presste, wenn er glaubte, ich sähe es nicht.

»Ich kann es alleine schaffen«, sagte ich mehrmals leise, »du kannst zurückgehen. Sei vernünftig, Haze.«

Doch jedes Mal, wenn ich das vorschlug, schüttelte er den Kopf und behauptete, Vernunft sei eine Ausrede, die sich Feiglinge ausgedacht hätten. Obwohl ich mich für meinen Egoismus schämte, war ich froh über seine Unvernunft, die dafür sorgte, dass ich diesen Weg nicht allein gehen musste.

Ich brannte darauf, zu erfahren, was ich in diesem Turm finden würde, doch gleichzeitig fürchtete ich mich plötzlich davor. Irgendwie hatte ich die ganze Zeit über angenommen, das Amulett würde mich zu meiner Mutter führen, doch wie sollte ein Mensch in diesem fenster- und türlosen Turm, umgeben von gefährlichen Meereskreaturen, leben? Aber was, wenn nicht sie sollte hier auf mich warten? Doch Haze war bei mir, und seine Nähe gab mir die Kraft, weiterzugehen und einen Fuß vor den anderen zu setzen.

Eine schlichte Tür aus tiefschwarzem Ebenholz beendete unseren Aufstieg so abrupt, dass ich um ein Haar dagegengelaufen wäre. Das Licht der Flamme leckte über die Maserung, in der ich fratzenhafte Gesichter zu sehen glaubte – nichts als Trugbilder, die meine überreizte Fantasie mir vorgaukelte.

Meine Hand legte sich um die eiskalte Türklinke. Die Fackel tauchte Haze' Gesicht in rotes Licht, das seinen Zügen etwas Fremdartiges, Beunruhigendes verlieh, doch die kohledunklen Augen waren mir so vertraut wie fast nichts anderes auf der Welt.

»Danke, dass du bei mir bist.« Mein Flüstern hallte von den

Wänden wider, von allen Seiten wisperte meine eigene Stimme die Worte zurück zu mir.

Er zog die Mundwinkel hoch. »Immer.«

Eine Hand legte ich um mein Amulett, als ich mit der anderen schließlich die Türklinke hinunterdrückte.

*

Halb hatte ich damit gerechnet, dass die Tür mit einem komplizierten Mechanismus verschlossen sein würde, ebenso wie der Turm selbst, doch sie schwang lautlos auf. Unser Fackellicht fiel in einen Raum, dessen Wände rund wie der Rest des Turms waren und der beinahe völlig leer stand.

Keine Möbel standen hier, keinerlei Einrichtung, bis auf ein merkwürdiges Konstrukt genau im Zentrum: ein Stern aus Metall, an dessen Spitzen Ketten befestigt waren, die zu einer Gestalt in der Mitte führten.

Nicht einmal Atemzüge durchschnitten die Stille, denn sowohl Haze als auch ich hielten die Luft an. Reglos kauerte die Gestalt auf dem Boden, ein kleiner, dunkler Umriss, und einen schrecklichen Moment lang glaubte ich, sie sei tot. Sie wirkte so schmal, so schwach, als sei jegliches Leben längst aus ihrem Körper entwichen.

Der Turm schien ganz sachte im Wind zu schwanken und sich unter meinen Füßen zu drehen. Ich fühlte mich wie betäubt, als sei mein Geist von meinem Körper getrennt, den ich kaum mehr spüren konnte, bis auf das Kribbeln in meinen Fingerspitzen. Wie von selbst streckte sich meine Hand haltsuchend nach dem Türrahmen aus, stieß stattdessen gegen Haze und klammerte sich an seine Schulter. Wie hypnotisiert starrte ich die leblose Person an.

Und dann, endlich – als ich glaubte, meine Brust müsste unter meinem angehaltenen Atem bersten – hob sie ihren Kopf, das Drehen und Schwanken unter mir hielt abrupt an und die Luft strömte schmerzhaft rau in meine Lunge.

Haare, so schwarz wie das Gefieder eines Raben, bis auf die eine silberblonde Strähne, die ihr Gesicht umschmeichelte.

Haut, so weiß wie Schnee, fahl wie Asche und so durchscheinend, dass man ihre bläulichen Adern erkennen konnte.

Und Augen, die im ausgemergelten Gesicht geradezu riesig wirkten, so tiefblau wie der wolkenlose Abendhimmel. Ich glaubte sogar, Sterne darin zu sehen, doch das mochten auch einfach Reflexionen unserer brennenden Fackel sein.

Es war die Frau aus meiner Vision, ich erkannte sie sofort, und doch war sie völlig verändert. Ihre Wangen waren eingefallen, die Haut wirkte dünn wie Papier und tiefe Schatten lagen unter ihren Augen. Sie war so dünn, als könnte ein kräftiger Windstoß sie einfach umknicken. Als das Licht der Flamme auf ihr Gesicht fiel, kniff sie geblendet die Augen zu, als bereitete es ihr Schmerzen.

Mutter.

Erst als ich vor ihr auf die Knie fiel, realisierte ich, dass ich mich in Bewegung gesetzt hatte und auf sie zugerannt war. Zitternd streckte ich die Hand nach ihr aus und wagte doch nicht, sie zu berühren, aus Angst, sie könnte sich als Trugbild entpuppen und sich vor meinen Augen einfach in Luft auflösen.

In ihren Augen stand keinerlei Überraschung, als sie mich ansah, doch sie schimmerten feucht. Sie öffnete den Mund, aber über ihre trockenen, rissigen Lippen kam nur ein heiseres Krächzen.

Die Ketten lagen um ihre Hand- und Fußgelenke und mit

einem schweren Metallring um ihren Hals, ließen ihr aber so viel Bewegungsspielraum, dass sie eine Hand nach mir ausstrecken konnte. Unsere Fingerspitzen schwebten einen Augenblick lang zwischen uns, bevor sie sich berührten und wir die Distanz überbrückten. Flach lagen unsere Handflächen aneinander, dann verschränkten wir die Finger. Sommerduft und Nachtwind umfingen mich und riefen unendlich ferne Erinnerungen wach, von denen ich nicht gewusst hatte, dass sie sich in einem verborgenen, kleinen Winkel meines Gehirns befanden.

Tränen schossen mir in die Augen, und ich wusste gar nicht genau, über welche der vielen Emotionen, die mich gleichzeitig erschütterten, ich gerade weinte. Ihre eine Hand hielt die meine weiterhin fest, mit der anderen tastete sie behutsam nach meinem Gesicht, streichelte hauchzart über meine Haut und wischte die Tränen weg, die unablässig über meine Wangen kullerten.

»Man hält dich gefangen«, flüsterte ich, griff nach den dunklen, kühl schimmernden Ketten – und zuckte mit aufgerissenen Augen japsend zurück, als ich mich daran verbrannte.

Schockiert presste ich die Hand an mich, die schmerzte, als hätte ich sie abwechselnd in Feuer und Eiswasser gehalten. Die Magie in meinen Adern reagierte auf die Berührung des Metalls, schien zu kochen und zu brodeln. Ich blickte auf meine Hand hinab und erwartete, die Haut würde Blasen werfen oder sich auflösen, aber alles sah normal aus, und doch spürte ich den Schmerz ganz deutlich. Meine rauen Atemzüge glichen Schluchzern, als ich wieder hoch ins Gesicht meiner Mutter blickte.

Sie setzte zum Sprechen an, musste schlucken, unternahm einen zweiten Versuch, und es dauerte einen Augenblick, bis sie ein Wort formen konnte, leise und ungelenk, als hätte sie viel zu lange Zeit nicht mehr gesprochen und es schlussendlich fast verlernt.

»Schwarzsilber«, flüsterte sie, als sei damit alles gesagt, und obwohl ich dieses Wort nie zuvor gehört hatte, war mir auch ohne weitere Erläuterungen klar, dass ich mich davon fernhalten musste. Es war die Stimme, deren Gesang wir vernommen hatten und die die Kelpies dazu veranlasst hatte, sich zurückzuziehen.

Entsetzt ließ ich den Blick über die massiven Ringe schweifen, die meine Mutter einzwängten. Fühlte sie bei der Berührung dieses Metalls auch solche Schmerzen? Wie lange musste sie diese Fesseln schon tragen?

»Wer hat dir das angetan?«, schluchzte ich.

Doch sie schüttelte schwach den Kopf. »Keine Zeit, mein Kleines, nicht jetzt. Du musst weg, ihr beide müsst weg, müsst euch in Sicherheit bringen.«

Unter Tränen schüttelte ich den Kopf. Nie und nimmer würde ich gehen und meine Mutter zurücklassen, nachdem ich sie nach all der Zeit gefunden hatte. »Sicherheit? Wovor? Vor wem? Wer ... hält dich hier gefangen?«

Ein weiteres Kopfschütteln, diesmal eindringlicher, keinen Widerspruch duldend. »Sie weiß bereits, dass ihr hier seid!« Aufgerissene Augen, eine Stimme, die beinahe kippte. Blankes Entsetzen.

»Wer? Wer weiß davon? Von wem sprichst du?«, brachte ich erstickt hervor.

Rau atmete sie ein und aus, musste sich sichtlich zur Ruhe zwingen. Ihr eindringlicher Blick schien sich in meine Seele zu bohren. »Serpia«, wisperte sie so leise, als sei es der Name eines Dämons, dessen bloßes Aussprechen die Kreatur beschwor.

»Sie muss gemerkt haben, dass jemand den Turm betritt. Bei den fünf Monden und allem in der Welt, was kostbar ist – verschwindet!«

Serpia? High Lady Serpia? Sprach meine Mutter von der Regentin höchstpersönlich oder von einer anderen Person, die diesen Namen trug? Nichts daran ergab den geringsten Sinn, doch eines wusste ich mit unerschütterlicher Sicherheit: Ich würde nicht gehen.

»Niemals«, flüsterte ich. »Nicht ohne dich.«

Gequält verzog sie das Gesicht. »Ich weiß, dass du nicht gehen willst, mein Kleines«, flüsterte sie zärtlich, »und glaub mir: Nichts wünsche ich mir sehnlicher, als dich noch länger sehen zu können, zumindest einen Moment, einen Herzschlag lang. Aber ich kann nicht mit dir gehen.«

Haze hatte sich im Hintergrund gehalten, nun trat er neben mich, Entschlossenheit spiegelte sich auf seinem Gesicht. »Die Ketten? Ich finde einen Weg, sie zu brechen oder die Schlösser zu öffnen, ganz bestimmt.«

Kraftlos schüttelte meine Mutter den Kopf. »Nicht die Ketten. Mein Wächter. Er wird mich nicht gehen lassen. Geht, bevor Serpia hier ist. Wir werden einen Weg finden, aber nicht jetzt ... zu gefährlich ... nicht ohne Vorbereitung. Verlasse den Turm und versteck dich, mein Kleines. Ich werde dir alles erzählen – da ist so vieles, was ich dir erzählen muss, doch nicht, während Serpia auf dem Weg hierher ist.«

Selbst die Aussicht darauf, sie später wiederzusehen – irgendwann, wenn sich die Gefahr, die sie fürchtete, gelegt hatte – konnte mich nicht davon überzeugen, dieses Turmzimmer zu verlassen und meine in Ketten gelegte Mutter zurückzulassen. Von allen unmöglichen Dingen auf der Welt, die ich mir vorstellen konnte, wollte ich das am allerwenigsten tun. Haze und ich tauschten einen Blick aus, ich nickte ihm zu, und er zögerte nicht. Er nahm seinen Dolch zur Hand, und ich unterdrückte ein Schaudern, als ich daran denken musste, dass das getrocknete Blut daran von Kyran stammte. Neben meiner Mutter kniete er nieder, griff nach der Kette an ihrem linken Arm, bohrte die feine Dolchspitze in das Schloss, das den Metallring um ihr Handgelenk zusammenhielt, obwohl sich meine Mutter mit einer Energie, die ich ihrem ausgemergelten Körper nicht zugetraut hätte, aufbäumte, schrie und tobte. Nur am Rande nahm ich wahr, dass ihm das ominöse Schwarzsilber keinerlei Schmerzen zu bereiten schien.

Mit einem Mal hielt meine Mutter in ihrem Wüten inne, machte sich ganz steif, hörte auf zu atmen, starrte geradeaus an die Wand – und nachdem ich mich einen Moment lang erschrocken gefragt hatte, was mit ihr geschehen war, nahm ich es auch wahr.

»Haze«, zischte ich und tastete panisch nach seiner Schulter, auf die ich hektisch schlug, ohne den Blick von der gerundeten Turmwand abzuwenden. »*Haze!*«

Er hob ruckartig den Kopf, sah sich verwirrt um, schaute mich dann fragend an. »Was? Was ist denn los?«

Unfähig zu antworten, hob ich meine zitternde Hand und deutete auf die Wand, hinter deren glattem, schneeweißem Marmor etwas zu erkennen war – ein Gleiten, eine sich bewegende Wölbung, etwas Lebendiges – das sich allen Gesetzen der Natur zum Trotz träge *durch das Gestein* schlängelte.

»Der Wächter«, stöhnte meine Mutter entsetzt.

Kapitel 27
Gesichter

Wir drängten uns eng zusammen, folgten der Bewegung im Gemäuer mit unseren Blicken, atemlos und aus weit aufgerissenen Augen.

»Was um alles in der Welt ist das?«, hauchte Haze.

Meine Mutter lehnte sich gegen die Ketten, obwohl ihr klar sein musste, dass sie nicht die geringste Chance hatte, sie zu sprengen.

»Sie hat den Wächter erschaffen, um sicherzustellen, dass ich mein Gefängnis niemals wieder verlasse, solange ich lebe.« Sie sprach monoton, mehr zu sich selbst, als an uns gerichtet. »Menschen können den Turm betreten und verlassen, doch ich darf niemals frei sein. Diese Ketten sollen mich bis zu meinem Tod binden.« Als sie mich ansah, füllten sich die nachtblauen Augen mit Tränen. »Mein Kleines, flieh, wenn du noch kannst.«

Mein Brustkorb hob und senkte sich unter meinen Atemzügen, und ich tastete mit klammen Fingern nach dem Dolch, heilfroh darüber, ihn bei mir zu haben – ich mochte zwar nicht gut mit ihm umgehen können, aber zumindest hatte ich etwas, woran ich mich festhalten konnte und womit ich mir einreden konnte, nicht gänzlich wehrlos zu sein. Wenn ich diesen Tag überlebte, würde ich Haze inständig bitten, mit mir zu üben, bis ich den Umgang mit der Klinge im Schlaf beherrschte. Ich würde nicht ruhen, bis ich einen Apfel aus hundert Metern Entfernung durchbohren konnte, dieses Versprechen gab ich mir selbst.

»Da!«, stieß Haze hervor, hob das Messer und duckte sich wie ein Raubtier, das zum Angriffssprung ansetzte.

Ich spürte meinen Herzschlag in meinem Hals, wild und tobend, als ich herauszufinden versuchte, was er entdeckt hatte – und fühlte mit einem Mal gar kein Pochen mehr, als ich sah, was Haze bemerkt hatte. Ich schnappte nach Luft, doch diese schien jeglichen Sauerstoff verloren zu haben, sodass ich nur hilflos japsen konnte.

Die kriechende Bewegung, die ich im Gestein gesehen hatte, löste sich aus der Wand, nahm ein Gesicht an – nein, *viele Gesichter*, eine sich ständig verformende Masse aus Fratzen und Zerrbildern mit aufgerissenen Mäulern, klaffenden Mündern, scharfen Reißzähnen, von denen zäher Speichel tropfte – manche humanoid oder tierisch, andere völlig unidentifizierbare Monstrositäten, die meinen schlimmsten Albträumen entsprungen sein könnten. Ein bleiches, kühles Licht wie jenes der Monde ging von ihnen aus, ließ sie von innen heraus strahlen und die Schatten zwischen den grauenerregenden Fratzen noch tiefer und schwärzer wirken.

Todesangst griff mit eiskalten Klauen nach meinem Herz und drückte mit erbarmungsloser Gewalt zu. Mein Mund öffnete sich zu einem stummen Schrei, der meine Lunge beinahe zerbersten ließ.

Die wabernde Masse löste sich aus der Mauer, tauchte wieder in ihr ein und umkreiste uns mit der trägen Ruhe einer Bestie, die sich nicht anstrengen musste, um ihre Beute zu schlagen. Wir hatten überhaupt keine Chance, zu entkommen. Wenngleich es so viele albtraumhafte Gesichter waren, schienen sie ein großes Ganzes zu bilden, dessen Bewegungen mich an die einer riesigen Schlange erinnerten. Unzählige tote, blinde Augen blickten mich an, milchig wie Mondstein und durchscheinend wie Glas.

»Nein«, wimmerte ich, als ich meine Stimme wiederfand, »nein, nein!«

»Sieh mich an, mein Kind, sieh mich an«, drangen die verzweifelten Worte meiner Mutter durch das Chaos in meinem Kopf. Sie hielt mein Gesicht mit beiden Händen fest, lehnte ihre Stirn gegen meine, murmelte beruhigende und tröstende Worte, bis ich nicht mehr das Gefühl hatte, an meiner eigenen Angst qualvoll zu ersticken.

Ich drückte mich an sie, ließ mich in ihre Umarmung fallen wie ein kleines, verängstigtes Mädchen und gab mich einen viel zu kurzen Herzschlag lang der tröstlichen Gewissheit hin, eine Mutter zu haben. Dann nahm ich meinen Mut zusammen, löste mich aus ihren Armen und wandte mich dem Wächter zu. Hinter mir hörte ich einen Schrei und das Klirren der Ketten, in die sich meine Mutter warf, doch ich drehte mich nicht zu ihr um.

Haze hielt sein langes, gebogenes Messer in der Hand, drehte sich in geduckter Haltung im Kreis, um die Kreatur nicht aus den Augen zu lassen – und griff an. Er stieß sich ab, schnellte auf das Wesen zu, schwang sein Messer, und ich verlor ihn aus dem Blick, als er in den Strudel aus wogenden Fratzen geriet. Sein Schmerzensschrei traf mich wie ein Fausthieb in den Magen und fuhr mir in die Glieder.

Ich umfasste meinen Dolch fester, ließ alle Vorsicht und Vernunft fallen und stürzte mich auf die Albtraumgestalt. Eines der Gesichter, eine gigantische Visage mit kreisrunden, stumpfen Augen und einem klaffenden Mund, wandte sich mir zu, zog seine wulstigen Lippen hoch und entblößte fingerlange Zähne. Alles in mir schrie danach, sich in eine Ecke zu kauern, den Kopf mit den Armen zu bedecken und wimmernd darauf zu hoffen, dass das Monster mich verschonen würde, doch ich durfte die Angst nicht gewinnen lassen, sonst war ich verloren. Meine Klinge zischte durch die Luft, direkt auf das scheußliche Gesicht zu und durch sie hindurch, als sei vor mir nichts als Luft. Keuchend stolperte ich einen Schritt vorwärts, von der Wucht meines eigenen Hiebes getragen, kämpfte händerudernd um mein Gleichgewicht und schrie auf, als ein greller Schmerz durch meinen Arm schoss. Vor Unglauben weiteten sich meine Augen: Die Kreatur schien körperlos zu sein, ein durchscheinendes Nachtgespenst, nichts weiter als eine Halluzination, doch ihre Zähne waren real. Fassungslos starrte ich auf den großen, halbkreisförmigen Bissabdruck auf meinem Oberarm hinab und konnte mich gerade noch zur Seite werfen, als das Maul erneut auf mich zuschoss. Haltlos schlitterte ich über den Marmor, kam taumelnd auf die Beine, fuhr herum und schaute mich nach dem Monster um.

Mein Gefühl, es handelte sich um etwas Kriechendes, Schlängelndes, hatte mich nicht im Stich gelassen: Als die Kreatur ruhig weiter ihre Runde zog, bemerkte ich einen schlangenartigen Körper, ebenso unstet und verformbar wie die Masse aus Fratzen, der durch Mauer, Boden und Luft glitt und sich nun in zahlreichen Windungen um meine Mutter legte, um sie gegen mich und Haze abzuschirmen.

Schwer atmend und vornübergebeugt, die Hände auf die Oberschenkel gestützt, erblickte ich Haze, der dem Fratzengewirr entkommen war. Die Wunde an seiner Seite hatte sich wieder geöffnet, dunkel quoll das Blut durch sein Hemd. Der Verband musste völlig getränkt sein. Zahlreiche kleine und größere Bisse übersäten seine Haut, doch er gönnte sich nur eine kurze Verschnaufpause, dann sah er mit loderndem Blick und zusammengebissenen Zähnen hoch.

Seine Waffe war gegen dieses Geschöpf ebenso nutzlos wie mein Dolch, und doch hob er ihn, drang erneut auf das Monster ein, ließ die Klinge kreisen und durch körperlose Formen aus purem, blassem Licht schneiden.

»Deine Kräfte«, stieß er hervor.

Ich nickte, presste mein Amulett mit einer Hand ganz fest gegen meine Haut. Wenn Waffen aus Metall nichts ausrichten konnten, setzte ich meine Hoffnung auf meine Mondmagie. Verzweifelt versuchte ich sie herbeizurufen, spürte nach meinem Licht, wollte es ordnen und in Formen zwängen, doch es widersetzte sich. Wieder war ich zu aufgewühlt, hatte meine Emotionen überhaupt nicht unter Kontrolle, und ebenso wenig die Magie in mir.

Krampfhaft versuchte ich, mich zur Ruhe zu zwingen, wollte langsam ein- und ausatmen und bekam doch nur abgehackte Atemzüge zustande. Angst, Schock, Sorgen, Überraschung und unbändige Freude darüber, dass ich meine Mutter gefunden hatte, gleichzeitig aber auch Verzweiflung darüber, dass ich weder wusste, wie ich sie befreien, noch, wie ich meinen besten Freund verteidigen sollte, der nur meinetwegen in diesem Turm war – das alles bildete einen Wirbelsturm an Emotionen, der es mir nahezu unmöglich machte, die zarte Mondmagie zu beherrschen.

Haze sprang beiseite, als eine gigantische Raubkatzenschnauze nach ihm schnappte, rollte sich über die Schulter ab, wobei ihm ein dumpfer Schmerzensschrei entfuhr und mir nicht entging, wie viel seine Bewegungen von ihrer üblichen Geschmeidigkeit eingebüßt hatten. Er sah die Sinnlosigkeit seines Handelns ein, gab es auf, mit dem Jagdmesser nach der körperlosen Kreatur zu hacken, und begab sich an meine Seite.

»Du kannst es«, japste er heiser und sah mir in die Augen. »Ich glaube an dich, Lelani. Ich glaube daran, dass du es schaffen kannst.«

Und so unwahrscheinlich es angesichts dieser Monstrosität auch war: Ein Teil von mir glaubte Haze. Einen Herzschlag lang berührten sich unsere Hände, und die Berührung erfüllte mich mit einer Zuversicht, die mich selbst erstaunte. Er war hier, er war bei mir – wenn ich diese Situation überleben konnte, dann mit Haze an meiner Seite.

Ein bitterer, metallischer Geschmack breitete sich in meinem Mund aus, und ich bemerkte jetzt erst, wie fest ich mir auf die Unterlippe gebissen hatte. Die Augen weit aufgerissen, zitternd und bebend, nickte ich. Ein tiefer Atemzug, dann kniff ich die Augen zusammen und versuchte es erneut – und bekam endlich die Magie zu fassen. Es war nicht leicht, denn sie bäumte sich auf, entglitt mir immer wieder beinahe, zerfaserte in meinem Griff, doch schließlich schaffte ich es, sie zu kontrollieren.

Ein eiskalter Schreck durchfuhr mich, als ich den Wächter durch meine geschlossenen Augen sah: eine gleißende Manifestation puren Mondlichts, das jemand in diese entsetzliche Form gebracht und mit einer Aufgabe, einem Zweck erfüllt hatte. Es war eine Monstrosität, geschaffen aus Magie – eine vielgesichtige, tödliche Schlange, die sich um meine Mutter wand und ringelte, um sie daran zu hindern, dieses Gemäuer jemals wieder zu verlassen.

Ich handelte instinktiv, bündelte so viel von meiner Magie

zusammen, wie ich nur konnte – und schleuderte sie mit aller Macht in seine Richtung. Ein Beben ging durch meinen Körper und meine Seele, als ich alles gab, was ich hatte. Meine Magie war eine Waffe aus trügerisch sanftem, blassem Licht, dazu bestimmt, den Wächter ohne jede Gnade zu vernichten.

Ich hielt den Atem an, wartete und hoffte. Die vielen Köpfe wandten sich mir zu, tote Augen starrten mich an, lange Zungen leckten über scharfe Zähne, und voll Grauen bemerkte ich, dass meine magische Attacke nicht den geringsten Effekt gehabt hatte und wirkungslos im Wesen unterging, als hätte es sie einfach verschluckt. Ich riss meine Augen auf, schlug mir die Hand vor den Mund, taumelte rückwärts, bis ich mit dem Rücken an die Wand stieß: Es stimmte nicht, dass mein Angriff gar keine Wirkung gezeigt hätte – der Wächter leuchtete nun sogar noch intensiver. Er hatte meine Magie absorbiert, und ich hatte ihn nur noch stärker gemacht. Meine Kraft war absolut nutzlos.

Kapitel 28
Gleißendes Licht

»Es ist die Prinzessin!« Ihr Fauchen hallte über den Marmor, zerriss die nächtliche Stille und schreckte Möwen auf, die unterhalb der Brüstung gesessen hatten. Kreischend erhoben sich die Vögel in die Lüfte.

»Ihr seid außer euch.«

Die grenzenlose Ruhe, die der Lord an den Tag legte, trieb sie zur Weißglut. Zwei schnelle, große Schritte, dann stand sie vor ihm, die Hand mit zu Krallen geformten Fingern erhoben, bebend vor Zorn. Tiefrote Flecken flammten auf ihren Wangen, leuchteten grell aus dem blassen Gesicht. Ihre Augen waren so weit aufgerissen, dass man das Weiß rings um die wasserblaue Iris sah, und die Lippen waren zu einem schmalen, weißen Strich zusammengepresst. Alles in ihr schrie danach, zuzuschlagen und das dünne, gleichmütige Lächeln aus seinem Gesicht zu wischen.

Er verzog keine Miene. Obwohl sie hochgewachsen war, überragte der hagere Mann sie merklich. Bis zu diesem Moment hatte sie den Größenunterschied nie wirklich wahrgenommen, doch jetzt, als die blinde Wut durch ihre Adern kochte, war es ihr nur allzu deutlich bewusst. Seine blassen Augen waren undurchdringlich und kühl wie Murmeln, das schmale Gesicht zeigte keine Regung.

In früheren Zeiten hätte sie längst zugeschlagen und mit voller

358

Kraft flammend rote Kratzer auf die Wange des Mondlords gebracht. Welche Befriedigung ihr das verschafft hätte!

Solche Emotionen hatte sie seit einer Ewigkeit nicht mehr verspürt. In ihrer Jugend war sie ihren wilden Gefühlen allzu oft hilflos ausgeliefert gewesen. Sie war für ihr übles Temperament, ihre Ausbrüche berüchtigt gewesen, doch seit sie ihre Mondmagie so unermüdlich schulte, hatte sie ihre Gefühle unter Kontrolle. So gut unter Kontrolle, dass sie manchmal glaubte, überhaupt keine mehr zu besitzen. Doch was sie nun erfahren hatte, ließ jegliche Selbstbeherrschung in sich zusammenstürzen wie ein Kartenhaus.

Die Prinzessin.

Das totgeglaubte Baby.

Ashwinds Tochter.

Es kostete sie Kraft und Überwindung, die Hand zu senken und ihre gekrümmten Finger zu lockern. Schroff wandte sie sich ab, trat an die Brüstung und stützte sich mit beiden Händen darauf ab, wobei ihre Schultern vor Anspannung zitterten.

»Ja, ich bin außer mir.« Sie spuckte die Worte förmlich aus. »Sie ist tot, Heathorn, sie müsste tot sein! Umgekommen in den Flammen, vor achtzehn langen Jahren.« Sie starrte auf das ruhige Meer, das im sanften Mondschein tief unter ihr lag. »Das ergibt keinen Sinn. Sie kann es nicht sein, und doch weiß ich, dass es so ist.«

Lord Heathorn Umbra trat neben sie. »Was gedenkt Ihr zu tun, meine High Lady?«

Doch sie hatte sich schon wieder von der Brüstung abgestoßen und stürmte los, ohne sich darum zu scheren, dass es sich für Adelige eigentlich nicht ziemte, zu rennen. Ihre Wangen brannten wie Feuer, und ihre Schritte hallten über die endlos scheinenden Marmorgänge der Hallen. Trotz seiner langen Beine musste auch der Lord laufen, ein seltener Anblick, um mit der High Lady mitzuhalten. Geschriene Befehle, die keine Zweifel an ihrer Dringlichkeit ließen, rissen das Schloss aus seinem Schlaf. Männer und Frauen griffen nach ihren Waffen, Pferde wurden gesattelt. An der Spitze des Trupps ritt die High Lady durch das Tor hinaus, gefolgt von bewaffneten Soldaten auf den schnellsten Pferden Vaels.

Im gestreckten Galopp flog ihr Schimmel förmlich dahin, der dumpfe, rasante Rhythmus seiner Hufschläge glich dem Rasen ihres Herzens. Sie duckte sich eng über den Hals des Pferdes, ohne sich darum zu kümmern, dass die Mähne in ihr Gesicht peitschte, rammte ihre Fersen in die Seiten des Tieres und trieb es immer weiter an. Der Turm am Horizont war bei Nacht nicht zu sehen, aber sie wusste genau, wo er sich befand, und ihr Blick war starr und ohne zu blinzeln auf jenen fernen Punkt in der Dunkelheit gerichtet.

Hätte sie die Distanz doch nur mit Hilfe ihrer Magie verkürzen können! Ein beiläufiger Gedanke reichte aus, und der Boden glättete sich unter den Hufen der Pferde, um sie schneller vorankommen zu lassen, ein starker Rückenwind schien ihnen Flügel zu verleihen – doch das alles war ihr nicht genug. Die Ungeduld pochte rotglühend hinter ihrer Stirn, in ihrer Brust, in ihren Adern.

Wie war es möglich, dass das Mädchen noch lebte? Ein übler Duft von Verrat hing in der Luft, doch wer hatte sie hintergangen? Hatte sie ihre Schwester unterschätzt?

Was sie wusste, war, dass die Prinzessin den Turm erreicht, geöffnet und betreten hatte – ein klares Zeichen dafür, dass sie Ashwinds Kräfte geerbt hatte, sonst wäre sie nie und nimmer dazu in der Lage gewesen, den Mechanismus zu bedienen.

Und sie wusste, was zu tun war: Sie musste das Mädchen auslöschen. Das, was der Wächter noch von ihr übrig ließ, würde die Lady zermalmen und die Überreste persönlich zu Asche verbrennen, um sicherzugehen, dass die Prinzessin diesmal auch wirklich vom Erdboden verschwand.

»Flieht«, schluchzte die Frau. *Meine Mutter.* »Er wird euch nicht folgen. Seine einzige Aufgabe ist es, dafür zu sorgen, dass ich hierbleibe.«

Der lange Schlangenkörper des Wächters war in zahlreichen Windungen um sie geschlungen, so fest, dass sie sich kaum rühren konnte. Ihre Worte klangen erstickt, als sich nun die grauenhafte Masse aus Fratzen mit gefährlicher Langsamkeit auf Haze und mich zu bewegte.

Doch selbst wenn wir es versucht hätten, wäre es uns kaum geglückt, die Flucht zu ergreifen. Die Tür, durch die wir gekommen waren und die der einzige Ausweg zu sein schien, befand sich auf der gegenüberliegenden Seite des kreisrunden Raumes. Zwischen uns und der Freiheit stand nicht nur der verzweifelte Wunsch, meine Mutter zu retten, sondern auch das Monster, das uns aus unzähligen leblosen Augen anstarrte und dessen spitze Zähne Haze und ich bereits zu spüren bekommen hatten.

Mein bester Freund stellte sich vor mich, schützend, das Messer immer noch in der Hand, obwohl er genauso gut wie ich wusste, dass es nutzlos war. Die pure Verzweiflung ließ ihn seine Waffe festhalten wie ein Rettungsseil, das ihn vor dem Ertrinken bewahren sollte – aber für uns kam jede Hilfe zu spät. Und doch fand er den Mut und die Kraft, mich gegen die Gefahr abzuschirmen, seinen Körper als Schutzschild einzusetzen, wenngleich mir das vielleicht nur wenige Augenblicke verschaffen würde.

Es war aussichtslos. Unsere Waffen aus Metall fügten dem Wächter keinerlei Schaden zu, und obwohl er körperlos war, wenn man ihn attackierte, konnte er meine Mutter erdrücken und seine messerscharfen Zähne in unser Fleisch versenken. Und auch meine Mondmagie war nutzlos, denn das Wesen nährte und stärkte sich an ihr. Es gab nichts, absolut nichts, was wir gegen diese magische Kreatur ausrichten konnten. Die Hoffnungslosigkeit überschwemmte mich wie eine Woge aus dunklem Meerwasser.

»Es tut mir so leid.« Rau und gebrochen kamen mir die Worte über die Lippen, zerrissen von leisem Schluchzen. Mehr brachte ich nicht hervor, doch Haze begriff, was ich meinte: Nur meinetwegen befand er sich an diesem Ort, nur für mich hatte er diese Reise auf sich genommen. Es war meine Schuld, dass er sich in dieser ausweglosen Lage befand. Wenn das hier das Ende war – wenn wir hier starben – hatte ich meinen besten Freund auf dem Gewissen. Diese Erkenntnis ließ etwas in mir erlöschen.

Haze schaute über seine Schulter zurück zu mir, zog die Mundwinkel hoch, und in seinen dunklen Augen lag ein warmer Glanz. Er lächelte, als sei das alles halb so schlimm, als hätten meine Träume, Wünsche und meine Waghalsigkeit uns nicht in den sicheren Tod geführt. So, als seien wir zu Hause in den Wäldern ums Dorf unterwegs und alles war nur ein unschuldiges Spiel.

»Es ist okay«, sagte er, und irgendwie gelang es ihm, seine Worte überzeugend klingen zu lassen, »ich wäre nirgends lieber als hier bei dir, Lelani.«

Auf einmal schnellten die Fratzen auf uns zu, und ich hatte keine Möglichkeit mehr, auf seine Worte zu reagieren. Wir drückten uns an die Wand, um der Kreatur auszuweichen, als es mit seinem handtellergroßem Mund nach mir schnappte. Im allerletzten Moment konnte ich die Hände schützend hochreißen, als ein glühend heißer Schmerz durch mein Handgelenk schoss und sich winzige, nadelspitze Zähne in meine Haut gruben. Mit der freien Hand schlug ich wild nach vorne, traf aber nur Luft und wurde zeitgleich weiter von den Visagen des Monsters bedrängt. Verzweifelt wich ich zur Seite aus, ließ mich fallen, rollte mich ungeschickt ab, kam wieder hoch und strauchelte erneut, als ein schmales Maul auf mich zuschoss. Aus den Augenwinkeln nahm ich wahr, dass es Haze nicht viel besser erging: Er wurde immer weiter von mir weggedrängt, ließ das Jagdmesser fallen, um Gesicht und Nacken mit seinen Armen zu schützen.

Ich war so abgelenkt, dass ich nicht bemerkte, wie nah mir das Monster inzwischen gekommen war, wie sich Zähne in meine Beine gruben und mich mit einem Aufschrei stürzen ließen. Hart landete ich auf dem Marmor, mit einer Wucht, die mich flirrende Punkte sehen ließ.

»Haze«, wimmerte ich, als ich ihn ebenfalls auf dem Boden liegen sah.

Ich würde hier sterben, inmitten dieses Albtraums, fern von meinem Dorf, fern von Aphra, die ich nie wiedersehen würde. Diese Erkenntnis ließ meinen Körper zittern wie Espenlaub und trieb mir heiße Tränen in die Augen, sodass die gespenstischen Gesichter des Wächters zu einer grauenhaften Masse verschwammen, in der ich nur noch Haze klar erkannte.

Ich wollte nicht sterben, schoss es mir immer wieder durch den Kopf, nicht jetzt, nicht so jung, nicht so – und vor allem nicht allein. Ich streckte die Hand nach Haze aus, wollte um alles in der Welt zu ihm gelangen und mich an ihn klammern, um bei ihm zu sein – doch er war zu weit entfernt. Er tat es mir gleich, streckte sich mir entgegen, doch unsere Fingerspitzen berührten sich nicht.

Nicht einmal das war uns vergönnt. Nicht einmal den Trost körperlicher Nähe und einer Umarmung konnte ich mir erhoffen. Alles, was ich spürte, war der kalte Marmor an meiner

Wange, während ich meinem besten Freund in die Augen blickte.

Ich weinte nun noch hemmungsloser, schluchzte laut und war der Macht meiner Gefühle hilflos ausgeliefert. All die Emotionen – meine Verzweiflung, die grenzenlose Wut auf den Wächter und diejenige, die meiner Mutter das angetan hatte, die Angst um Haze, die paralysierende Angst vor meinem eigenen Tod – bauten sich in mir auf wie ein Sturm, bis ich glaubte, mein Körper hätte keinen Platz mehr dafür und ich müsste explodieren.

Mit allerletzter Kraft kam ich auf meine Knie, kauerte mich ganz klein zusammen und legte die Arme über meinen Kopf, als könnte ich mich so vor der grausamen Realität verbergen.

Ich hielt es nicht länger aus, riss den Mund auf, schrie – und in diesem Schrei entlud sich etwas, was plötzlich in mir aufflammte.

Ich brannte.

Mein Körper stand in Flammen. Vernichtendes Feuer loderte in meinen Augen, schoss aus meinen Händen, floss als Lava über meine Haut, und als ich schrie, war mein Schrei eine Stichflamme – und ich konnte nicht aufhören, selbst wenn ich gewollt hätte. Meine Stimme wurde höher, schriller, steigerte sich, bis sie in meinen eigenen Ohren wehtat.

Es war echt. Das alles passierte wirklich. Ich hatte keine Ahnung, was mit mir geschah, und war nicht in der Lage, es aufzuhalten.

Und dann, als wäre diese vernichtende Energie aufgebraucht, war es schlagartig vorbei, und mein Schrei riss mitten im Ton ab, als hätte ihn ein scharfes Messer durchtrennt.

Es war totenstill, bis auf wilde, geschluchzte Atemzüge, und es dauerte einen Augenblick, bis ich begriff, dass sie aus meiner eigenen Kehle stammten. Zu Tode erschrocken blickte ich an mir herab und erwartete verkohlte, Blasen schlagende Haut zu sehen – aber ich war nicht verbrannt und sah die Flammen nicht, die ich gerade noch gespürt hatte. Ich sah etwas anderes, etwas, was mich zutiefst erstaunte: ein warmes, grelles Licht, das mich einhüllte und von meiner Haut auszugehen schien.

Haze war an die Wand zurückgewichen, oder vielmehr an das, was von der Wand übrig war. Wie betäubt sah ich mich um, rappelte mich in eine sitzende Position hoch, ließ den Blick schweifen und fragte mich benommen, ob ich gerade träumte, oder ob sich alles ringsumher tatsächlich so drastisch verändert hatte. Die Spitze des Turms, die gesamte oberste Etage, auf der wir uns befanden, war verschwunden; Dach und Wände waren weggerissen, als sei etwas mit unglaublicher Wucht von innen dagegengeprallt.

Ringsumher schimmerte der endlos weite Ozean in der Tiefe, eine unglaubliche Menge silbernen Wassers, auf dem sich das Licht der Monde spiegelte. Hoch über uns am Nachthimmel leuchteten die Himmelskörper, die mir so vertraut waren und mir normalerweise in nahezu jeder Lebenslage Trost spendeten. Doch gerade fühlte ich mich einfach nur einsam, verloren und unendlich verängstigt.

Ich spürte das Mondlicht wie eine sanfte Berührung auf meiner Haut, ein vertrautes Gefühl, und ich musste daran denken, wie kühl meine Haut geschimmert hatte, nachdem ich das erste Mal Mondmagie gewirkt hatte. Mein Blick wanderte an meinen Armen hinab bis zu meinen Fingerspitzen, die immer noch golden leuchteten, und schüttelte den Kopf. Das, was hier gerade geschehen war, hatte nichts mit Mondmagie zu tun. Es war etwas völlig anderes, wild und brutal.

Haze starrte mich an, und der befremdliche Blick, den ich

in seinen Augen sah, schmerzte mich. Er begriff ebenso wenig wie ich, was das gerade gewesen war – oder *was ich war*. Ich konnte ihm keine Antworten auf all die unausgesprochenen Fragen geben, und plötzlich hatte ich Angst vor seiner Reaktion. Entsetzliche Angst, dass mein bester Freund nun vor mir zurückschrecken würde, wenn sich herausstellte, dass ich tatsächlich für diese Zerstörung verantwortlich gewesen war.

Mein Blick ging zu meiner Mutter, um deren Hals, wie auch an Hand- und Fußgelenken noch immer schwere Ringe lagen. Auch die Schwarzsilberketten waren noch daran befestigt, und doch war sie *frei*. Die Enden der Ketten lagen lose auf dem Marmorboden, da ihre Halterungen zerstört waren.

Zitternd streckte ich eine Hand nach ihr aus, nicht in der Lage, aufzustehen und zu ihr zu gehen, weil meine Beine zu schwach waren, um mich zu tragen. Ich kauerte inmitten der Vernichtung, die ich angerichtet hatte, und bebte so heftig, dass meine Zähne klappernd aufeinanderschlugen.

»Mutter«, flüsterte ich schwach und unter Tränen, doch mehr als dieses eine Wort brachte ich nicht hervor.

Ketten rasselten über den Boden, als sie zu mir stürzte, mit unsicheren, wackeligen Schritten, weil sie viel zu lange nicht mehr in der Lage gewesen war, sich richtig zu bewegen und zu gehen. Vor mir fiel sie auf die Knie und schloss mich endlich sanft in ihre Arme. *Wie dünn sie war, wie deutlich ich ihre Rippen spürte!* Sie fühlte sich schrecklich zerbrechlich an, doch ihre Umarmung war warm und fest und erlösend. Weinend kuschelte ich mich an sie, wie ich es als Kind immer bei Aphra getan hatte.

»Die Gabe deines Vaters«, murmelte sie mit belegter Stimme, »du hast sie geerbt. Wie sehr du ihm gerade geähnelt hast!«

»Gabe«, wiederholte ich und wusste gar nicht, ob ich wollte, dass sie mir mehr davon erzählte.

Behutsam hob meine Mutter mein Kinn an, sodass ich sie ansehen musste. Ich blickte in ihre großen, tiefblauen Augen, und der Anblick der Sternsprenkel darin hatte etwas Beruhigendes.

»Sonnenmagie«, sagte sie, nur dieses eine Wort, das bestätigte, was ein Teil von mir bereits geahnt hatte.

Erneut blickte ich auf meine Haut, deren warmer, goldener Schimmer in der Nacht seltsam deplatziert wirkte, dann schweifte mein Blick über die Zerstörung um uns herum, und ich kniff die Augen zu und drückte mein Gesicht in die Halsbeuge meiner Mutter. Ich hatte keine Ahnung, wie es möglich war, dass Sonnenmagie aus mir herausgebrochen war, aber an einer Tatsache konnte kein Zweifel bestehen: Sie war wirklich so gefährlich, wie jedermann sagte.

Nachdem meine Mutter mich schließlich losgelassen hatte, blieb ich einen Moment lang auf dem Boden sitzen und wartete darauf, dass sich meine Knie wieder fest genug anfühlten, um aufzustehen.

Haze.

Von all den Dingen, über die ich mir Gedanken machen musste, erschien er mir am wichtigsten. Wie würde er zu mir stehen, nachdem er gesehen hatte, dass ich etwas getan hatte, was mit der verbotenen und zerstörerischen Sonnenmagie in Zusammenhang stand? Änderte das etwas zwischen uns? Gerade hatte er mich angeschaut, als sei ich eine Fremde, und ich wagte kaum, zu ihm zu blicken. Doch da spürte ich seine Hand federleicht auf meiner Schulter, blinzelte vorsichtig hoch, sah in seine Augen und atmete erleichtert auf.

Ja, er war erschrocken über das, was er gesehen hatte.

Und ja, er war noch blasser als zuvor. Ich merkte ihm die vielen Fragen an, die ihm auf der Seele brannten, doch er war immer noch mein Haze, da stand nichts zwischen uns, was man nicht hätte überwinden können. Ganz vorsichtig lehnte er seine Stirn gegen meine, war mir so nah, dass ich seinen warmen Atem auf meinen Lippen spüren konnte, und ich musste an unseren Kuss denken, selbst jetzt, in dieser verfahrenen Situation. Einen winzigen Augenblick lang konnte ich vergessen, was gerade geschehen war und was wir durchgemacht hatten.

Ein schrilles Summen durchbrach den kurzen Moment des Friedens, den mein Herz gefunden hatte. Ich fuhr zurück, riss die Augen auf und fragte mich zuerst, ob es bloß Einbildung war, ein trügerisches Klingeln in meinen Ohren. Doch dann sah ich ein feuerrotes Licht, einen Funken, der rasant hin und her stob, in der Luft Haken schlug und abrupt seine Richtung wechselte, auf mein Gesicht zuschoss und im letzten Moment abdrehte: Jinx war zurückgekehrt, und sie wollte mir etwas mitteilen. Mein Blick folgte ihrem hektischen Flug, ich versuchte Sinn in ihrem hysterischen Piepsen, Surren und Pfeifen zu erkennen.

Sie schoss im Sturzflug auf den Boden zu, bremste im letzten Moment und stob wieder hoch. Und da sah ich, was sie mir zeigen wollte: eine Bewegung über dem schimmernden Marmor, ein Wabern, das ich einen hoffnungsvollen Moment lang bloß für eine Reflexion des Mondlichts gehalten hatte, bis ich nicht länger ignorieren konnte, dass es sich aus dem Stein erhob. Ein Mondscheinschemen, gleitend und schlängelnd: der Wächter.

*

Ich hatte ihn verletzt, geschwächt, aber nicht vernichtet. Meine Finger umklammerten krampfhaft Haze' Hand, während ich das magische Geschöpf anstarrte, das sich vor der atemberaubenden Kulisse aus Nachthimmel und Silbermeer erhob.

Er war kleiner als zuvor, sein Strahlen war blasser geworden, und die Bewegungen wirkten weniger kraftvoll, doch immer noch überragte er jeden von uns. Die unzähligen Fratzen waren verschwunden. Sie waren eine Spielerei gewesen, um uns in Todesangst zu versetzen, und eine Waffe, um uns bluten zu lassen, doch nun war der Wächter auf seine wesentliche Form reduziert: eine riesige Schlange, ähnlich einer Kobra, nur viel, viel größer. Und ebenso stark reckte sie sich empor, sodass ich den Kopf in den Nacken legen musste, um zu ihr hochzublicken. Ihre Augen, rund wie Murmeln und weißlich schimmernd, blickten ohne jeden Ausdruck auf mich, Haze und meine Mutter herab. Im Licht der fünf Monde schillerten die silbrig weißen Schuppen, die ihren durchscheinenden Körper bedeckten. Eine gespaltene Zunge fuhr blitzschnell aus dem Maul und zog sich wieder zurück.

Alles an ihrer Haltung verriet Angriffslust – sie war bereit, zuzuschlagen und uns den Todesstoß zu versetzen. Doch diesmal war ich nicht paralysiert vor Angst, nicht von Hoffnungslosigkeit erdrückt. Es war mir einmal gelungen, den Wächter zu besiegen – vielleicht konnte ich das wieder tun, ihn sogar vernichten, um meine Mutter, meinen besten Freund und mich selbst zu retten. Entschlossenheit floss durch meinen Körper, ließ mich eine aufrechte Haltung annehmen und tief durchatmen.

»Es ist anders als Mondmagie, gänzlich anders«, wisperte meine Mutter, leise wie der Nachtwind und kaum hörbar über dem Rauschen des Ozeans in der Tiefe. »Kontrolliere es nicht, mein Kleines, denn es kann nicht kontrolliert werden. Bemühe dich nicht, deine Gefühle zu beherrschen. Es geht nicht um Perfektion, nicht um Ruhe, nicht um Symmetrie. Nutze deine Emotionen, setze sie frei, je rauer und ungezügelter, desto besser.«

Ich starrte das Monster an und fragte mich, ob es eine Schwachstelle hatte. Es war kein lebendes Wesen und hatte kein Herz, das ich attackieren konnte. Doch als ich genauer hinsah, bemerkte ich zwischen seinen Augen etwas Kleines, Rundes, das im bleichen Licht schimmerte, beinahe wie ein drittes Auge: ein Mondstein, ganz ähnlich jenem in meinem Amulett.

Als ich das realisierte, dachte ich nicht weiter nach. Das musste die Schwachstelle sein, und ich spürte ein Feuer tief in mir, das wie dafür gemacht war, seine zerstörerische Kraft zu entfalten.

In dem Augenblick, in dem der gigantische Kopf des Untiers auf uns zuraste, streckte ich ihm eine Hand entgegen. Ich wusste nicht, was ich tat, aber hatte mich das bisher aufgehalten? Ich grub in meinem Herzen nach meinen leidenschaftlichsten Gefühlen, nach allem, was mich je aufgewühlt und gebeutelt hatte, nach Schmerz und Wut, unbändiger Freude und Lebenslust, nach Verlangen und Enthusiasmus. Nur eine Empfindung war nicht dabei, nicht diesmal, nicht jetzt: Angst hatte keinen Platz in mir.

Und dann ließ ich einfach los. Ein Feuersturm erhob sich in meiner Brust, flammte so heftig auf, dass ich vor mir selbst erschrak, und bahnte sich seinen Weg in die Freiheit. Geblendet musste ich die Augen zukneifen, als ein grelles Licht aus meiner Hand schoss, direkt auf den Wächter zu. Ich spürte, dass ich den eiskalten Mondstein traf, und zögerte nicht: Ich schlug zu, griff mit feurigen, körperlosen Fingern danach und bohrte die Flammen wie nadelspitze Dolche in die glatte Oberfläche. Ich kämpfte mit meinem Willen, kratzend und fauchend, wenngleich mein Körper ruhig stehen blieb, die Hand nach dem leuchtenden Wesen ausgestreckt.

Ich will leben, hämmerte es durch meinen Kopf, immer wieder. Es war der einzige Gedanke, zu dem ich fähig war. Ein Schrei entlud sich in die Nachtluft, und ich wusste nicht, ob er von mir stammte, oder von der Kreatur. War er für die anderen überhaupt hörbar gewesen, oder existierte er nur in meinem Kopf? Die Schlange bäumte sich auf, ein Zucken ging durch ihren massigen Leib und verharrte dann mit einem Mal völlig reglos. Der Mondstein auf ihrer Stirn bekam Risse, die sich immer weiter ausbreiteten und durch die ein mildes, blasses Licht drang. Ein Herzschlag noch, ein winziger Augenblick – dann platzten die Splitter in alle Richtungen, verteilten sich als hauchfeiner, glitzernder Staub in der Nachtluft. So langsam, dass ich mir erst gar nicht sicher war, ob es nur Einbildung war, verblasste der Wächter, und seine Konturen verloren an Schärfe.

Dann war er verschwunden, so, als hätte er nie existiert. Der raue Meereswind fegte über die wandlose Plattform auf dem Turm, die einst ein Raum gewesen war und auf der Haze, meine Mutter und ich Seite an Seite standen, und trug das Rauschen des Meeres zu uns empor.

Kapitel 29

Wunden

Im Nachhinein war mir völlig schleierhaft, wie wir den Abstieg über die Wendeltreppe geschafft hatten: Haze verletzt, ich zu Tode erschöpft, meine Mutter mit den schweren Ketten und schwachen Muskeln, die von der langen Gefangenschaft völlig verkümmert waren. Stufe für Stufe kämpften wir uns nach unten, stützten einander, und wann immer ich innehalten wollte, um zu verschnaufen, drängte mich meine Mutter, weiterzugehen.

»Ich weiß«, sagte sie sanft, doch unter dem weichen Tonfall verbarg sich eine Angst, die uns keinen Aufschub gewährte. Sie trieb uns zur Eile an, und so mobilisierten wir unsere letzten Kräfte, bis wir am Ende der Treppe ankamen.

Kyran, der immer noch sitzend an der Turmmauer lehnte, hob den Kopf, als wir hinausstolperten. Rings um ihn lagen Trümmer der Turmspitze verteilt, feiner Steinstaub bedeckte seine Haut, doch die Dolchwunde an seinem Oberarm war die einzige Verletzung, die ich an ihm sehen konnte. Fassungslos wanderte sein Blick über uns hinweg, blieb an meiner Mutter hängen, wanderte dann zur Spitze des Turms, die einer zerklüfteten Ruine glich, und schüttelte schließlich fassungslos den Kopf.

372

»Was ...«, brachte er hervor, »wie?«

Doch nun war nicht die Zeit, um Fragen zu beantworten.

»Sie kommt – ich weiß, dass sie kommt. Ich kenne sie schon mein Leben lang und weiß, wie sie denkt. Sie *muss* bereits unterwegs sein.« Ein Wispern, schnell und eindringlich, wie das Rascheln von Laub bei einem Herbststurm. Ihre Worte, klangen vom langen Schweigen ganz ungelenk und rau. Angstvoll starrte meine Mutter gen Horizont, dorthin, wo ich das Schloss vermutete.

Ich zögerte nicht länger und rannte zu den Reittieren, mit denen ich so ungeduldig umging, dass sie scheuten. Kyran gab einen dumpfen Laut von sich, als Haze und ich ihn mit vereinten Kräften hochhievten und quer über Sylphies Sattel legten. Haze setzte sich hinter ihn, griff nach den Zügeln und wachte mit Argusaugen darüber, dass Kyran keine Anstalten machte, sich vom Pferd fallen zu lassen.

Ich musste meiner Mutter helfen, mit ihren schweren Ketten auf das Pony zu klettern – als sie jedoch erst einmal im Sattel saß, machte ihre aufrechte, stolze Haltung deutlich, dass sie einst eine geübte Reiterin gewesen sein musste. Die Angst, die sich durch die Panik meiner Mutter in mein Herz gepflanzt hatte, verlieh mir ungeahnte Energie, als ich mich auf Wolkenfells Rücken schwang.

»Lelani«, stieß Haze hervor, nur meinen Namen, und lenkte Sylphie neben mich.

Es gab kein Zögern. Wir hatten nur diesen einen winzigen Augenblick, von dem wir nicht wussten, ob es einer unserer letzten sein würde. Ich beugte mich zu ihm, in dem Moment, als er seine Hand um meinen Hinterkopf legte, um mich näher an sich heranzuziehen. Der Blick seiner dunklen Augen loderte. Als er seine Lippen auf meine presste, schien die Zeit kurz stehenzubleiben.

Es dauerte nur einen Herzschlag lang, dann ließ Haze mich los. Seite an Seite preschten wir los, Sand stob unter den Hufen der Tiere auf. Ich trieb Wolkenfell an, als gäbe es kein Morgen. Einen letzten Blick warf ich zurück zum Turm, der leer und verlassen in den Nachthimmel emporragte und ein unheilvolles Bild darstellte – das Bild eines geborstenen Reißzahns von einem uralten Tier.

Ein leises, fernes Grollen ging durch die Luft, als ich meine Mutter entsetzt aufkeuchen hörte. Mein Kopf schnellte herum, und ich sog erschrocken die Luft ein, als ich ihrem Blick in Richtung des Schlosses folgte. Im ersten Augenblick sah ich in der Ferne lediglich eine Wolke aus Sand und Gischt, doch dann schälten sich dunkle Umrisse aus dem Dunst, die Umrisse von Reitern, die im gestreckten Galopp auf uns zuflogen. Mein Magen krampfte sich schmerzhaft zusammen, und mein Herz flatterte so schnell wie das eines verängstigten Vogels.

Sie waren noch so weit entfernt, dass ich gar keine Details hätte erkennen dürfen, schon gar nicht in der nächtlichen Dunkelheit, doch eines brannte sich tief in meine Augen. An der Spitze des Trupps, mit einigem Abstand zu den anderen, ritt eine Frau, deren weißblondes Haar im Wind peitschte wie eine silberne Flamme und deren pechschwarzes Kleid sich im Meereswind blähte. Trotz der Distanz spürte ich den stechenden Blick ihrer hellen Augen und wusste, dass sie mich direkt ansah. Eine Gänsehaut zog sich über meinen Körper, und es war mir, als hätte man einen Bottich eiskalten Wassers über mir ausgeleert.

Die High Lady.

Ich wusste, dass sie es war, und die Erkenntnis versetzte

mich weniger in Ehrfurcht, als in pure Schockstarre. Die Art und Weise, wie meine Mutter den Namen Serpia ausgesprochen hatte, erfüllte mich mit tiefer Furcht.

»Lauf, Wolkenfell«, flüsterte ich in den Wind, der mir jede Silbe von den Lippen riss, und flehte die Monde an, uns ihre Kraft zu leihen.

»Zurück zum Wald«, keuchte Haze atemlos, überschrie das Trommeln der Hufe und das Heulen des Sturms, und ich nickte, obwohl er nicht zu mir sah, sondern angestrengt geradeaus starrte. Er hatte recht, der Gitterwald war unsere beste Chance. Unsere einzige. Auf dem offenen Gelände hatten wir nicht die geringste Chance, vor der Lady und ihren Soldaten zu fliehen. Ein kurzbeiniges Pony, mein klappriger Maulesel und Kyrans Rappstute, die zwar ein hervorragendes Pferd, aber von der langen Reise erschöpft war, konnten es bei Weitem nicht mit den starken, schnellen Schlachtrössern der High Lady aufnehmen. Wenn wir aber in den Schutz der Bäume eintauchen könnten, würde es uns möglicherweise gelingen, unsere Verfolger abzuschütteln.

Wir machten uns nicht auf den Weg zurück zur Straße, die uns aus dem Wald herausgeführt hatte – einerseits, weil die Strecke dorthin einfach zu weit gewesen wäre und andererseits, weil es das Risiko erhöht hätte, dass die High Lady uns einholte. Auf direktem Wege preschten wir querfeldein und hielten auf den dunklen Schatten des Gitterwaldes zu, der in der Ferne vor unserem Auge erschien. Immer wieder blickte ich hektisch über meine Schulter zurück, und mir entfuhr ein leises Winseln, als ich sah, wie nah unsere Verfolger uns gekommen waren.

Ein Teil von mir glaubte nicht daran, dass wir es bis zum Wald schaffen würden, und wähnte sich in einem Traum, als wir in die Finsternis der Bäume eintauchten. Beim ersten Mal, als wir hier gewesen waren, hatte der Gitterwald wie ein gefährliches Gefängnis gewirkt, doch nun war er unsere einzige Rettung. Mir war bewusst, dass es lebensgefährlich war, in der fast völligen Dunkelheit blindlings draufloszupreschen – unsere Tiere hätten straucheln, sich in Gestrüpp und Dornenranken verfangen oder gegen Bäume prallen können – doch was blieb uns anderes übrig? Wir mussten weg, mussten fliehen, mussten um alles in der Welt entkommen.

Es fühlte sich seltsam surreal an, zu wissen, dass die Regentin unseres Landes, unsere allmächtige Herrscherin, unsere Verfolgung aufgenommen hatte. Nie hätte ich geglaubt, einem Menschen wie ihr zu begegnen, geschweige denn, in Konflikt mit einer so mächtigen Person zu geraten. Mein Leben hatte bisher keinerlei Berührungspunkte zu unserer Hauptstadt Navalona gehabt. Und nun? Meine Mutter musste von großer Wichtigkeit sein, so wichtig, dass der High Lady selbst daran gelegen war, sie einzusperren und zu verfolgen.

Ein Schrei entfuhr mir, als Wolkenfell einen Ausfallschritt zur Seite machte, im allerletzten Moment, um einem Baum auszuweichen, und mein Bein über die raue Borke schrammte. Ich hörte das Reißen von Stoff und spürte einen brennenden Schmerz, der mich aus meinen furchtvollen Gedanken riss. *Reiß dich zusammen, Lelani!* Ich musste mich besser konzentrieren, wenn ich eine Chance haben wollte, diese Nacht zu überleben. Angestrengt starrte ich nach vorne in die Dunkelheit, um einen Weg durch das Gewirr der Bäume zu finden.

Wie Schemen rasten sie links und rechts an uns vorbei. Etwas peitschte gegen meinen Oberschenkel, erschrocken schnappte ich nach Luft und ertastete einen Pfeil, der im Leder meines Sattels steckte.

»Lauf, Wolkenfell, lauf«, wimmerte ich immer wieder beschwörend vor mich hin.

Was, wenn einer der nächsten Pfeile mich, Haze, Kyran, oder gar meine Mutter traf? Unsere Verfolger mussten noch einmal deutlich aufgeholt haben, doch diesmal wagte ich nicht, mich umzudrehen, denn jede Unachtsamkeit hätte mein Ende sein können.

Als flammender, roter Funke tauchte auf einmal Jinx aus Wolkenfells Mähne hervor, raste durch das Labyrinth aus Bäumen und zeigte uns einen Weg, den wir ohne zu zögern einschlugen. Vielleicht war es nicht die beste Idee, sein Leben einer Pixie anzuvertrauen, doch mit ihrer Hilfe standen unsere Chancen so viel besser. Immer wieder verlor ich sie fast aus den Augen, so rasant flatterte sie hin und her, um Hindernissen auszuweichen, die wir ohne sie vermutlich übersehen hätten. Den Blick fest auf sie gerichtet, folgte ich jeder ihrer hektischen Bewegungen, vertraute ihr blind und steuerte Wolkenfell zwischen den Bäumen hindurch.

Kein weiterer Pfeil traf mich, mein Reittier oder den Sattel, und als ich zu Haze und meiner Mutter blickte, stellte ich fest, dass auch sie sich wacker im Sattel hielten. Kyran hing quer vor Haze über dem Sattel, und ich wollte mir gar nicht ausmalen, wie unangenehm er durchgeschüttelt wurde – doch dann verbot ich mir diesen Gedanken: Er hatte es nicht besser verdient, er war unser Feind! Das durfte ich keine Sekunde lang vergessen.

Als unsere Tiere nicht mehr konnten und beinahe unter uns zusammenbrachen, wurden wir langsamer, tauschten furchtsame Blicke aus, drehten uns schließlich suchend um. Waren sie weg? Niemand war hinter uns, der Wald war menschenleer, und weder Hufschläge noch Rufe waren in der Dunkelheit wahrzunehmen. Ich wagte kaum, daran zu glauben, doch wir schienen es geschafft zu haben, zumindest für den Moment. Doch ich war nicht dumm oder naiv genug, um mich auch nur einen Herzschlag lang der Illusion hinzugeben, unsere Feinde würden so schnell aufgeben. Mit Sicherheit wurde der Wald nach uns durchgekämmt, zumindest so weit das bei einem derart undurchdringlichen, gewaltigen Gebiet überhaupt möglich war.

»Was nun?«, flüsterte ich in die Finsternis der Wildnis hinein, »wohin sollen wir gehen?«

Doch die Antwort kam aus einer Richtung, mit der ich nicht gerechnet hatte. Wortlos flog Jinx noch ein kleines Stück voraus, und ich hörte plötzlich, dass sich das Geräusch von Wolkenfells Hufschlägen veränderte: Der Boden war hier fester, härter. Und als ich mich noch fragte, wo wir nun schon wieder gelandet waren, tauchte auf einmal die Taverne *Zum siebten Hügel* vor uns auf.

*

Atemlos kauerten wir zwischen Kisten voller Lebensmittel, Kleidung, Waffen und allerlei Firlefanz, die im schwachen Licht der Laterne schimmerten und von denen ich annahm, dass Snow und die sieben Räuber sie arglosen Wanderern abgenommen hatten. Es roch nach Äpfeln, Gemüse und Leder, und so abwegig das auch sein mochte, musste ich plötzlich an Gretins Apfelpasteten zu Hause im Dorf denken.

War es ein Fehler gewesen, wegzugehen, meine Heimat zu verlassen und mich in so große Gefahr zu bringen? Ich könnte gerade in Sicherheit sein, behütet, ohne das Wissen um all die gefährlichen Dinge, die mir auf unserer Reise begegnet waren.

Aber dann blickte ich zu meiner Mutter, die zusammenge-
kauert wie ein kleines, mageres Tier in einer Ecke saß und
selbst in dieser Haltung eine gewisse Eleganz ausstrahlte. Die
pechschwarzen Haare fielen wie ein Vorhang über ihre Schultern. Sie lächelte mich an, vorsichtig und scheu, und ich wusste, dass sich jedes Risiko gelohnt hatte.

Mein Blick wanderte weiter zu Kyran, der nach wie vor gefesselt war und dem wir nun zusätzlich einen Knebel angelegt
hatten, aus Angst, er könnte schreien und sich bemerkbar machen, wenn die High Lady die Taverne erreichte. Bislang jedoch verhielt er sich ganz ruhig und starrte vor sich hin, und
ich wurde einfach nicht schlau aus ihm. Was ging wohl gerade
in seinem Kopf vor? Nichts hätte ich lieber getan, als seine Gedanken zu lesen und zu begreifen, was ihn von unserem
Freund auf einmal zu unserem Feind gemacht hatte.

Snow hatte augenblicklich reagiert, als sie uns gesehen hatte. Es bedeutete ein hohes Risiko für sie, uns hier zu verste-
cken, doch sie hatte keine Sekunde lang gezögert, sondern uns
in diesen unterirdischen Lagerraum gebracht, der kaum mehr
als ein Loch im Boden war. Sein Eingang lag so gut verborgen,
dass ich ihn zwischen den dichten Sträuchern zunächst überhaupt nicht gesehen hatte. Wir konnten nur hoffen, hier nicht
entdeckt zu werden, indem wir uns ganz still verhielten.

Zwei der Räuber waren mit unseren Reittieren losgezogen
und hatten angekündigt, sich mit ihnen in die verborgensten
Tiefen des Waldes zurückzuziehen. In eine unbehagliche Gegend, in die niemand, der den Wald nicht so gut kannte wie sie
selbst, vordringen würde.

Uns allen war klar gewesen, dass die Lady und ihr Gefolge
hier auftauchen und nach uns suchen würden. Eine gefühlte
Ewigkeit hatten wir in der Dunkelheit gekauert, und tatsäch-

lich erschütterten die Schläge zahlreicher Hufe den Boden und ließen Erde auf uns niederrieseln. Was ging da oben vor sich? Stellten sie die Taverne auf den Kopf und befragten Snow und die Räuber? Würde Snow standhaft bleiben und unser Versteck wahren?

Zwanghaft vermied ich es, nachzudenken, denn sonst hätten mich all die Fragen, auf die ich keine Antworten wusste, verrückt gemacht. Mit angezogenen Beinen saß ich auf dem strohbedeckten Erdboden und starrte auf meine verschränkten Hände hinab, während sich die Zeit zähflüssig wie Honig zu dehnen schien.

»Lelani.«

Meine Augen weiteten sich, als ich sah, dass Haze einen Apfel aus einer der Lagerkisten holte. Essen war nun wirklich das Letzte, woran ich jetzt denken konnte. Doch dann lächelte er schief, und ich begriff, dass er wie so oft für mich da war: Er versuchte, meine Angst zu lindern.

Kurz befürchtete ich, er würde mir den Apfel zuwerfen – jedes Geräusch konnte unser Versteck verraten. Doch er legte ihn beiseite und flüsterte: »Erinnert mich an die Apfelpasteten zu Hause.«

Trotz der Gefahr, in der wir schwebten, musste auch ich kurz lächeln. »Mich auch«, gestand ich leise und wünschte mich in diesem Moment sehnlichst genau dorthin: in unser sicheres, beschauliches Dorf.

»Sie ist hier«, hauchte meine Mutter. »Serpia. Ich kann ihre Nähe spüren.«

Obwohl ihre Stimme kaum zu hören war, vibrierte sie förmlich vor Anspannung, und ein Schauer lief mir über den Rücken. Die Frau, der sie ihre jahrelangen Leiden verdankte, befand sich nur wenige Meter entfernt.

Haze und ich hörten schlagartig auf zu lächeln. Ich wollte irgendetwas zu meiner Mutter sagen, aber mir fehlten die Worte.

Schwere Schritte, die sich näherten, ließen uns noch enger zusammenkauern, als sich mit einem Ruck die Abdeckung über uns öffnete. Doch es war nur Snow, die vom Mondlicht beschienen im Eingang des Verstecks stand und uns mit vor der Brust verschränkten Armen ansah.

»Die High Lady persönlich in meiner Taverne«, sagte sie kopfschüttelnd. »Ich dachte ja, ich hätte eine lebhafte Fantasie, aber so etwas hätte ich mir im Traum nicht ausgemalt. Die Geschichte dahinter müsst ihr mir erzählen – aber nicht ohne eine große Schüssel meines heißen Eintopfs.«

Unendlich erleichtert folgten wir ihr leise in die Schankstube. Nur das platt getrampelte Gras und die vielen Abdrücke von Stiefeln und Hufen verrieten, dass hier gerade noch eine Schar von Soldaten gewesen war. Snow und Bark versorgten unsere Wunden und zwei weitere Räuber, Mool und Levjen, widmeten sich den Ketten meiner Mutter, die sich nach einer Weile tatsächlich knacken ließen. Es schien, als hätten sie das nicht zum ersten Mal gemacht. Keiner der Männer hatte ein Problem damit, das Metall anzufassen, doch als ich erneut versuchte, es zu berühren, entfuhr mir vor Schmerz ein scharfes Zischen, und ich riss die Hand zurück, als hätte die Kette nach mir gebissen.

»Unsere Magie reagiert darauf.« Ich hatte geglaubt, meine Mutter wäre aus purer Erschöpfung bereits eingeschlafen, doch nun sprach sie leise. Jedes Wort schien sie anzustrengen. »Es tötet uns nicht, schmerzt aber schrecklich, und vor allem blockiert es unsere Kräfte. Serpia hat mir erzählt, dass es in der Lichtsäuberung eingesetzt wurde.«

Die Lichtsäuberung. Jene Zeit, in der Sonnenmagier verfolgt und diese verhängnisvolle Kraft aus unserem Land verbannt worden war.

Snow wuselte um uns herum, säuberte und verband die Wunden und trug Heilsalben auf, hielt sich aber mit ihren Fragen zurück, bis wir schließlich alle bei Tisch saßen – so matt, dass wir kaum unsere Augen offenhalten konnten.

Nur Kyran fehlte. Auch seine Wunden waren versorgt worden, dann hatte Bark ihn in einen Raum gebracht, der ihm nun als Zelle diente. Dass Haze und ich Kyran als Gefahr einschätzten, reichte den Männern aus, um ihn in Gewahrsam zu nehmen, zumindest vorläufig, bis alle Fakten auf dem Tisch lagen.

Tensin hatte ein paar leise Worte mit Snow gewechselt und unsere kleine Truppe mit einem langen, nachdenklichen Blick bedacht. Dann jedoch hatte er auf Snows Wink hin die Schankstube verlassen, sodass sie mit mir, Haze und meiner Mutter nun allein an einem der Tische saß. In der Mitte stand ein dampfend heißer Eintopf, über den wir uns gierig hermachten, weil er so köstlich duftete.

In knappen Worten erzählte Haze von Kyrans Verrat, davon, dass wir den Turm erreicht hatten und es mir gelungen war, den verborgenen Mechanismus zu öffnen. Vor allem der Angriff durch die Kelpies faszinierte sie, und mit glänzenden Augen wollte sie jedes noch so kleinste Detail erfahren.

»Unglaublich«, meinte sie. »Die Leute erzählen viele Geschichten über gefährliche Meereskreaturen, und doch habe ich sie nie mit eigenen Augen gesehen.«

»Darüber kannst du froh sein«, entgegnete ich mit einem dünnen Lächeln. »Sie sind gefährliche, boshafte Kreaturen, die es nur darauf abgesehen haben, Menschen ins Meer zu locken und ihnen die Lebensenergie auszusaugen.«

Das Lächeln meiner Mutter war sanft und milde. »Das liegt in ihrer Natur. Sie sind weder gut noch böse, sondern tun nur, was ihnen entspricht, um zu überleben.«

Ich sah sie an und hätte ihr so gerne unzählige Fragen gestellt, doch ich wollte sie nicht bedrängen, solange sie so blass und schwach aussah, als könnte sie jeden Moment zusammenbrechen. Völlig fehl am Platz wirkte sie inmitten der warmen, feuerbeschienenen Stube – mit durchscheinend blasser Haut – wie ein Gespenst, mit hohlem Blick und eingefallenen Wangen.

»Sie haben dir gehorcht«, stellte ich fest, »haben auf deine Stimme gehört. Erst, als du gesungen hast, haben sie den Weg für uns freigemacht.«

»Gehorcht?« Langsam schüttelte sie den Kopf. »Ich kann den Kelpies keine Befehle erteilen, niemand kann das. Im Laufe der Jahre hat sich zwischen uns eine Art … Verbindung ergeben. Ich habe gesungen, so viel gesungen, weil es nichts anderes gab, was ich in meinem Verlies sonst hätte tun können. Und irgendwann haben die Kelpies mir geantwortet. Stunde um Stunde haben wir miteinander gesungen, und ich habe gelernt, darüber mit ihnen zu kommunizieren, weil da sonst niemand war, mit dem ich das tun konnte.«

Übelkeit stieg in mir hoch, als ich ihr zuhörte. Im Laufe der Jahre, hatte sie gesagt.

»Wie lange warst du eingeschlossen?« Nun hatte ich sie doch gestellt, eine der Fragen, die mir auf der Seele brannten.

Ihr Lächeln verblasste, ihr Blick ging in die Ferne und wurde seltsam leer. »Viele Jahre«, flüsterte sie so leise, dass ich sie kaum verstand. »So viele Jahre, dass ich aufgehört habe, sie zu zählen, bis du zu mir gekommen bist und ich wusste, wie viel Zeit vergangen war.«

Ich schluckte, kämpfte gegen den Kloß in meiner Kehle an und versuchte, meine Tränen zurückzudrängen. Salzig und bitter schmeckte ich sie in meinem Rachen.

»Wie viel Zeit?«, wisperte ich.

Snow und Haze sagten kein Wort, doch ich spürte den glühenden Blick meines besten Freundes und wusste, er würde mir zur Seite springen, wenn ich jetzt zusammenbrach. Ich zitterte, und der Raum begann sich leicht zu drehen. Mein einziger Fixpunkt war meine Mutter, diese zerbrechliche Person, die viel zu lange kein Sonnenlicht gesehen hatte und die eine Gefangenschaft erlitten hatte, die meine Vorstellungskraft überschritt.

Ruhig blickte sie mir in die Augen, und ich glaubte mich in ihrem Abendhimmelblau zu verlieren. »Fast achtzehn Jahre lang.«

Meine Hände schlossen sich fester um die Tischplatte – ich brauchte einfach etwas, um mich daran festzuhalten. Achtzehn Jahre. Mein gesamtes Leben lang. Wie konnte man so lange in Gefangenschaft überleben, ohne den Verstand zu verlieren?

»Die Hoffnung hat mich aufrecht gehalten«, sagte sie leise, als hätte sie meine Gedanken gelesen. »Die Hoffnung darauf, dass du die Stärke haben würdest, dem Ruf des Amuletts zu folgen, wenn es sich an deinem achtzehnten Geburtstag öffnet. Ich habe es gehofft – aber ein Teil von mir hat sich genauso gewünscht, dass du glücklich und in Sicherheit weiterlebst, ohne je mit alldem in Kontakt zu kommen.«

Ich hätte sie so gerne umarmt, doch eine seltsame Schüchternheit erfüllte mich. Das kannte ich sonst gar nicht von mir. Sie war die Frau, die mich geboren hatte, und doch war sie eine völlig Fremde für mich. In unserer verzweifelten Lage im Turm hatte ich mich noch an sie geklammert wie eine Ertrinkende, doch jetzt, in diesem warmen, gemütlichen Raum, traute ich mich das plötzlich nicht mehr. Locker lagen ihre Hände auf dem Tisch, und es gelang mir nicht einmal, diese kleine Distanz zu überbrücken und nach ihnen zu greifen.

Trotz ihres zerbrechlichen, geschundenen Zustands strahlte sie etwas Elegantes, geradezu Majestätisches aus. Ihr Körper war so schmal, dass ich mich fragte, wie sie sich aufrecht halten konnte, und doch saß sie kerzengerade auf ihrem Holzstuhl. Ihre feingliedrigen Hände, an denen die blauen Adern deutlich hervortraten, zitterten von der ungewohnten Belastung, aber sie hielt das Besteck so kultiviert wie eine echte Lady.

Trotz aller Scheu wollte ich ihr näher sein, also gab ich mir einen Ruck. Nur ein winziges Stück weit schob ich eine meiner Hände über die Tischplatte auf sie zu, sie tat es mir gleich, und plötzlich spürte ich ihre Hand auf meiner, federzart und kühl.

»Ich verstehe das alles nicht«, flüsterte ich. »Die High Lady – *sie* hat dir das angetan? Sie hat dich in einen Turm ohne Fenster gesperrt? Und warum das Amulett? Und wer ist mein Vater? Ich habe meine Magie von ihm geerbt, sagst du – das bedeutet, er muss ein Sonnenmagier sein!«

Snow stand auf, stemmte die Hände in die Hüften und räusperte sich energisch. »Lelani, ich denke, das alles kann warten. Wenn der Turm deine Mutter schon nicht getötet hat, werden es deine Fragen tun, wenn sie nicht bald eine Menge Schlaf bekommt. Ihr alle habt die Ruhe bitter nötig. All die Energie, die ihr kriegen könnt, werdet ihr in der nächsten Zeit mit Sicherheit benötigen. Ich kenne das, wenn man noch so aufgekratzt ist, dass man die Erschöpfung gar nicht mehr

385

spürt, aber früher oder später fordert sie ihren Tribut – und glaubt mir, dieser Punkt steht bei euch allen ganz kurz bevor.«

Ich wusste, dass sie recht hatte. Haze machte den Eindruck, als könne er sich nur mit Mühe auf seinem Stuhl halten. Seine Wunden waren zwar versorgt, doch er hatte viel Blut verloren, und der Kuss des Meermädchens setzte ihm noch immer zu. Meine Mutter war körperlich ausgelaugt, vermutlich grenzte es an ein Wunder, dass sie nach dieser langen Gefangenschaft überhaupt noch aus eigener Kraft gehen und aufrecht sitzen konnte. Und auch ich spürte nun, da die Wirkung des Adrenalins nachließ, jede Wunde, jede Schramme und jede Prellung. Mein ganzer Körper tat weh und sehnte sich nach Schlaf.

Und trotzdem konnte ich es nicht lassen, zumindest noch zwei letzte Fragen zu stellen, die mir seit wir sie gerettet hatten, auf der Seele brannten. »Wer *bist* du eigentlich, Mutter?«, stieß ich hervor und umfasste ihre schmale Hand fester. »Und wer bin ich?«

Ihr Blick ruhte auf mir. »Damals, in einem Leben vor meiner Gefangenschaft, nannte man mich Ashwind. High Lady Serpia ist … war … meine Schwester. Und das macht dich, mein Kleines, zur Prinzessin dieses Landes.«

Einen Herzschlag lang war es völlig still, und niemand rührte sich. Selbst das Feuer, das hier scheinbar immerzu im offenen Kamin prasselte und niemals ausging, schien den Atem anzuhalten und völlig lautlos zu brennen.

Dann kniete Snow abrupt nieder. Staunend sah ich sie an, mein Blick ging weiter zu Haze, und ich bemerkte, dass auch er den Kopf gesenkt hatte.

Langsam nickte ich. Noch immer war so vieles unklar – was zwischen Serpia und Ashwind vorgefallen war, dass meine Mutter die letzten Jahre in diesen Turm eingekerkert war – da war so unendlich vieles, was ich nicht begriff. Aber zumindest diese eine Antwort hatte meine Mutter mir gegeben.

Langsam begriff ich, was meine Mutter da gerade gesagt hatte. Es war so surreal, aber ich spürte, dass es die Wahrheit war. Die Erkenntnis raubte mir den Atem, und auf einmal hatte ich das Gefühl zu fallen.

High Lady Ashwind. Meine Mutter, die von einem ganzen Land seit achtzehn Jahren für tot gehalten wurde und dabei doch die rechtmäßige Regentin war.

Das Gefühl zu fallen verstärkte sich. Ich stürzte in einen endlos tiefen, bodenlosen Abgrund, der sich urplötzlich unter mir aufgetan hatte.

Meine Mutter – die High Lady.

Und ich, ein vermeintliches Waisenkind aus dem Dorf? Die Prinzessin von Vael.

*

»Du gehst zu ihm.«

Haze löste sich aus den Schatten neben Kyrans Tür, mit verschränkten Armen blickte er auf mich herab. Sein Gesicht lag in völliger Dunkelheit, doch ich fühlte seinen Blick, wie ich es schon immer getan hatte.

»Ja«, sagte ich leise, »ich muss es tun. Willst du nicht wissen, was los ist – warum er sich so plötzlich gegen uns gestellt hat?«

»Spielt es denn eine Rolle?« Es klang, als presste er die Worte zwischen zusammengebissenen Zähnen hervor. »Ist nicht alles, was wir wissen müssen, dass er uns verraten und angegriffen hat? Dass er dich *töten* wollte und mir seine Waffe in die Rippen gebohrt hat? Reicht dir das nicht?«

Ich atmete tief ein und aus, sah auf meine Fußspitzen hinab, schüttelte dann den Kopf. »Nein. Nein, das reicht mir nicht. Ich muss ihm ins Gesicht sehen, Haze. Ich muss von ihm hören, wieso er das getan hat, obwohl wir ihm vertraut haben.«

Er schnaubte. »Vertrauen. Das war von Anfang an unser Fehler. Er war ein Fremder, Lelani. Jemand, über den wir nichts wussten. Wir hätten ihm nicht vertrauen dürfen!«

»Vermutlich.« Es fiel mir nicht leicht, das einzugestehen. Haze hatte von Anfang an kein gutes Gefühl gehabt, doch ich war naiv genug gewesen, Kyran mein Vertrauen zu schenken – und damit waren wir auf die Nase gefallen. Noch einmal atmete ich durch. »Aber das haben wir getan, wir haben diesen Fehler begangen, und nun will ich zumindest begreifen, was geschehen ist.«

Er trat einen Schritt aus dem Dunkel hervor, sodass ich sein Gesicht sehen konnte. Sein trauriger Blick schnitt mir ins Herz. »*Er* hat uns das angetan, und immer noch suchst du seine Nähe. Immer noch willst du mit ihm sprechen, mit diesem Verräter. Er wäre dein Tod gewesen, wenn ich es nicht verhindert hätte.«

Statt zu antworten, ging ich noch einen Schritt auf ihn zu, bis ich so nah vor ihm stand, dass sich unsere Nasenspitzen beinahe berührten. Ich blickte hoch in seine dunklen Augen, streckte die Hand nach seinem Gesicht aus und ließ meine Finger sanft über seine Wange gleiten. Federleicht streifte ich dabei seine schwarzen Haare. Ich spürte, dass er unter meiner Berührung erschauderte. Haze schloss die Augen, lehnte sein Gesicht leicht gegen meine Hand.

Es gab so vieles zwischen uns, was nicht geklärt war und was wir früher oder später besprechen mussten, doch jetzt war keiner von uns in der Verfassung für diese Art von Unterhaltung. Snow hatte recht. Ich hatte eine Pause so bitter nötig, dass ich mich kaum mehr auf den Beinen halten konnte und das Gefühl hatte, beinahe im Stehen einzuschlafen. Mir war seltsam schwummrig zumute, wie das eine Mal, als Haze den Apfelwein seines Vaters geklaut hatte und wir im Schutz des Waldes, auf einem Baum sitzend, davon getrunken und uns dabei sehr verwegen gefühlt hatten.

»Ich muss es tun«, flüsterte ich in die Stille hinein und wusste selbst, dass diese Worte nicht ausreichten.

Haze legte seine warme, feste Hand auf meine und hielt sie an seinem Gesicht fest, nur ganz kurz, nur für einen winzigen Moment. Dann öffnete er seine Augen und sah mich schweigend an, bis er die Mundwinkel anhob – doch es war nur der schwache Schatten des üblichen Grinsens, das ich so gerne an ihm sah. Er drückte kurz meine Hand, ließ mich schließlich los, nickte und ging mit großen Schritten den Gang entlang zu seiner eigenen Schlafkammer.

*

Draußen dämmerte es bereits. Ich hatte nicht gemerkt, wie schnell die Nacht dem Tag gewichen war, doch nun sah ich, dass die ersten, schwachen Strahlen der Morgensonne durch die Ritzen der Fensterläden schienen und die Schatten der Nacht verdrängten.

Kyran saß auf einer schmalen Pritsche, und wenn ich nicht gewusst hätte, dass seine Hände hinter dem Körper gefesselt waren, hätte man meinen können, seine Haltung sei ganz entspannt. Über seiner engen Lederhose trug er ein weites, weißes Hemd, dessen Halsschnürung offenstand und den Blick auf seine glatte Haut freiließ, die im Sonnenlicht warm schimmerte. Seine Augen waren geschlossen, als schliefe er, doch als ich vor ihn trat, öffnete er sie und blickte mich an.

Wie flirrende Goldpartikel tanzten Staubkörnchen in den Lichtstrahlen, die durch die Lücken im Holz hereinfielen, und ebenso tanzten die Sprenkel in Kyrans Augen. Plötzlich hatte ich den honigsüßen Geschmack seines Kusses auf meinen Lippen, und wie von selbst legten sich meine Fingerspitzen auf meinem Mund. Einer seiner Mundwinkel zuckte ganz leicht, und ich fragte mich, ob er ahnte, woran ich gerade gedacht hatte, und sich insgeheim über mich lustig machte.

Abrupt nahm ich die Hand von meinen Lippen. Der Gedanke an seinen Verrat verdrängte die Erinnerung an den Kuss.

So oft hatte ich das Gefühl gehabt, er amüsierte sich über mich, und nun musste ich mich fragen, ob er all die Zeit geplant hatte, sich gegen mich zu wenden. War das alles nur ein großer Spaß für ihn gewesen? Ein perfider Plan uns in die Irre zu führen? Und unser Kuss? Hatte er währenddessen voll Vorfreude daran gedacht, mir wenig später seine blanke Klinge ins Herz zu jagen? Ich biss die Zähne fest zusammen und kämpfte gegen die Wut an, die in mir emporstieg.

»Warum?« Seidendünn hing das Wort zwischen uns in der Luft, ich konnte es beinahe greifen. »*Warum* hast du das getan?«

Er lehnte den Kopf wieder zurück, blickte durch halb geschlossene Augen ins Licht, und ich konnte nicht anders, als zu bemerken, wie schön sie aussahen: durchscheinend wie zartgrünes Glas. Ich starrte sein Profil an – wütend und fasziniert zugleich.

»Spielt doch keine Rolle.« Seine Stimme klang geradezu gelangweilt, als könnte dieses Thema gar nicht belangloser für ihn sein.

»Das hat Haze auch gesagt«, entgegnete ich bitter. »Aber doch, Kyran, es spielt sehr wohl eine Rolle. Ich will es wissen.«

Er zuckte nur gleichmütig mit den Schultern.

Die Wut schwoll in meiner Brust an wie ein Feuer, in das man frisches Holz gelegt hatte – fauchend schlugen die Flammen höher. Mit einem Satz war ich bei ihm, griff mit einer Hand in sein goldenes Haar und zerrte ihn grob nach hinten, sodass er nicht anders konnte, als zu mir hochzublicken. Seine Pupillen weiteten sich.

»Ich habe dich nett gebeten, Kyran, und das tue ich kein weiteres Mal. Ich war freundlich zu dir, obwohl du mich umbringen wolltest. Sag mir die Wahrheit, oder ich schwöre bei allen fünf Monden, du wirst dir wünschen, es getan zu haben«, zischte ich, jede Silbe messerscharf wie die Klinge des Dolchs, den Haze mir geschenkt hatte.

Mein abrupter Stimmungswandel hatte den gleichgültigen Ausdruck aus seinem Gesicht gefegt, seine Lippen öffneten sich leicht und einen endlos scheinenden Augenblick lang starrte er mich einfach nur an.

»Ein Befehl«, murmelte er dann leise. »Der Befehl, dich zu töten.«

»Wer?«, flüsterte ich, wenngleich ich es in diesem Moment bereits wusste.

Ein kurzes Zögern, er rang mit sich selbst und senkte schließlich den Blick. »Die High Lady.«

High Lady Serpia. Die Schwester meiner Mutter. Die Frau, die uns auf ihrem weißen Pferd quer durch den Gitterwald verfolgt hatte, um uns zu vernichten, und deren Blick sich wie ein glühender Dolch in mich gebohrt hatte. Eine Gänsehaut zog sich über meinen gesamten Körper.

Mir war eiskalt, doch ich schüttelte die Beklemmung ab und sah Kyran fest ins Gesicht. »Woher kam dieser Befehl? Du bist ans Ufer gegangen, warst außer Sichtweite, und als du zurückkamst, warst du wie verwandelt.« Irgendwann in dieser Zeit musste die Regentin mit ihm in Kontakt getreten sein, alles andere ergab für mich keinen Sinn. Doch wie war das möglich?

Kyran presste seine Lippen aufeinander, drehte den Kopf beiseite, und ich merkte ihm an, dass er mir nichts mehr sagen würde. Wortlos starrte ich ihn an, zerrissen zwischen Wut, Enttäuschung – und einem Gefühl, für das ich keine Worte hatte – etwas Zartem, Sehnsüchtigem, was tief in meinem Herzen stach.

Wie Seide glitt sein Haar zwischen meinen Fingern hervor, als ich meinen Griff lockerte, meine Hand noch kurz in der Luft schweben ließ und sie schließlich zurückzog. Meine Fingerspitzen kribbelten.

Ich wollte noch etwas hinzufügen, ungesagte Worte, die in meiner Lunge brannten. Würde er doch nur irgendetwas sagen – irgendetwas, was die Dinge zwischen uns änderte!

Doch er schwieg eisern, und ich wartete nicht länger. Ich verließ den Raum und schaute nicht zurück. Mein Blick war nach vorne gerichtet, in eine ungewisse Zukunft, die auf mich lauerte wie ein gefährliches Tier, das mich verschlingen wollte, und die mir doch so vieles versprach.

*

Der Wind zerrte an ihrer Robe, auf deren fließender, tinten-

schwarzer Seide die Meeresgischt weiße Schlieren und Muster aus Salzkristallen hinterlassen hatte. Ein feiner Salzfilm bedeckte auch ihre Haut, die vor Erregung glühte. Eine zornige Röte war ihr in die Wangen gestiegen, die aus dem kreidebleichen Gesicht leuchteten, und in ihren Augen lag ein fiebriger Glanz.

»Schickt mehr Männer los!«, herrschte sie den Lord an, »durchkämmt den ganzen Wald!«

Alles in ihr drängte danach, sich selbst erneut auf ihren Schimmel zu schwingen und im gestreckten Galopp durch den Wald zu jagen, bis sie ihre Beute gestellt hatte – die Beute, die ihre Familie war. Doch sie durfte nicht vergessen, wer sie war und wo sich ihr Platz befand – immerhin hatte sie für diese Position hart genug gekämpft. Sie durfte sich nicht vergessen, ihren wilden Impulsen nicht nachgeben und musste besonnen handeln, wenngleich ihr das gerade unendlich schwerfiel.

»Mehrere Spähtrupps wurden losgeschickt«, sagte der Mondlord ruhig. »Wo sie auch sein mögen, sie können sich nicht ewig verbergen. Seid unbesorgt, meine High Lady. Die Angelegenheit wird schon bald bereinigt sein.«

Ihre Schlüsselbeine stachen deutlich hervor, so angespannt war ihr Körper, jede Zelle schien von der knisternden Elektrizität eines Blitzes erfüllt. Normalerweise beruhigten seine vernünftigen Worte sie, und sie wünschte, dass es auch heute so wäre. Doch da blieb die nagende Befürchtung, er könnte sich irren, die ihr keine Ruhe ließ und sie ganz verrückt machte.

»Euer eigener Sohn ist in Gefangenschaft geraten.«

Und trotzdem blieb er so ruhig, wirkte nicht im Geringsten aufgewühlt. Seine Contenance hielt ihr ihre eigene Unzulänglichkeit vor Augen, ihre eigene Emotionalität, die sie in den vielen Jahren unter Kontrolle geglaubt hatte. Sie wünschte sich, sein dünnes Lächeln würde verrutschen, nur für einen Moment, damit seine *perfekte Fassade wenigstens einen feinen Riss bekam, doch diesen Gefallen tat er ihr nicht. Für einen winzigen Augenblick hasste sie ihn, obwohl Lord Heathorn Umbra eigentlich ihr engster Vertrauter aus dem Zirkel der Mondlords war. Der Einzige, dem sie wirklich vertraute, dessen Kompetenz und Klugheit sie anerkannte und auf dessen Rat sie Wert legte.*

Er trat mit langsamen, gemessenen Schritten an die Brüstung, unter der das Meer tobend gegen den Felsen und die Schlossmauern anstürmte. Der Wind blähte seinen schmucklosen grauen Mantel auf. »Kyran ist mein. Mein Besitz kehrt früher oder später immer zu mir zurück.« Er sagte es ohne jede Emotion, mit einer Gelassenheit, als ginge es nicht um seinen Sohn, sondern lediglich um ein Werkzeug.

Schwer und eiskalt lastete das zierliche Mondsteindiadem auf ihrem Haupt, doch sie widerstand dem Drang, es abzunehmen. Hoch erhobenen Hauptes starrte sie über den aufgewühlten Ozean, bis ihre brennende Wut einer kühlen Entschlossenheit wich. Sie hatte einen Plan.

Sie würde ihre Schwester finden, und diesmal würde nichts und niemand Ashwind aus ihrem Verlies befreien können. Ihr war unbegreiflich, wie ein Baby damals die verheerende Feuersbrunst überlebt hatte, aber sie würde das Mädchen aus dem Weg räumen, koste es, was es wolle. Und dieses Mal würde sie selbst dafür Sorge tragen, dass dabei kein Fehler unterlief. Sie würde alles und jeden vernichten, der sich ihr dabei in den Weg stellte. Und sie wusste auch schon, wie.

ISABELL MAY

SHADOW

DIE DUNKLE SEITE DER SONNE

TALES

erscheint im Dezember 2020

Danksagung

Um ein Kind großzuziehen, braucht es ein ganzes Dorf, sagen die Leute.

Damit ein Buchbaby das Licht der Welt erblickt und seinen Weg in die Buchhandlungen findet, haben mindestens genauso viele Menschen ihre Finger im Spiel, habe ich festgestellt, und jedem von ihnen bin ich aus vollstem Herzen dankbar:

Eran, für unser Ideen-Ping-Pong, als du mit mir am Plot gefeilt hast. Shadow Tales trägt an so vielen Stellen deinen Fingerabdruck. Findest du sie alle? Danke für deine Unterstützung, in jeder Hinsicht. Du bist die albernste aller Musen.

Lari und Toni, dafür, dass ihr meine unermüdlichen, superschnellen Testleserinnen seid und den Spagat schafft, mir einerseits eure gnadenlos ehrliche Meinung um die Ohren zu hauen und andererseits trotzdem irgendwie alles, was ich schreibe, aus Prinzip toll zu finden.

Basse, weil du so viele Jahre hinter mir gestanden und mir ermöglicht hast, das zu tun, was ich liebe. Ohne dich wäre ich heute keine Autorin.

Jani, weil du so tapfer unzählige kitschig-romantische Heftromane gelesen und mir damit auf meinem Weg zur Autorin zur Seite gestanden hast. Ich weiß, es war hart, aber du hast dich wacker geschlagen!

Mama und Papa, weil ihr die Nerven bewahrt und mich unterstützt habt, als ich mich für eine brotlose Kunst entschieden habe, statt vernünftig zu sein. Falls euch deswegen das ein oder andere graue Haar gewachsen ist: Hey, dafür könnt ihr jetzt meine Bücher in den Buchhandlungen sehen!

Meinen Autorinnenkolleginnen Emma Winterling und Mona Kasten, die verstehen, wie schön und nervenraubend dieser Beruf ist, und dass man sich manchmal einfach ausheulen muss. Abgabetermine sind der Teufel.

Dem ONE-Team, vor allem der lieben Annika, für die tolle Zusammenarbeit und für euer Vertrauen. Ich finde, wir haben das ganz toll gemacht!

Den Agentinnen Kristina Langenbuch und Gesa Weiß, die mir den Rücken freihalten, damit ich mich aufs Schreiben konzentrieren kann.

Meiner flauschigen, vierbeinigen Arbeitskollegin Skadi, die keine Ahnung hat, dass ich sie hier erwähne, die aber gerade so wunderbar gemütlich neben mir schlummert und mir beim Schreiben immer Gesellschaft leistet. Du bist Mamas allerliebste Babymausi und ein ganz feines Mädchen.

Und ich danke Dir, weil du Shadow Tales gekauft und gelesen hast. Für dich habe ich dieses Buch geschrieben.

Gegensätze ziehen sich an ...

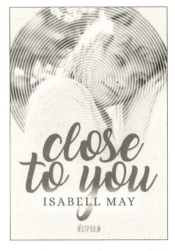

Isabell May
CLOSE TO YOU
432 Seiten
ISBN 978-3-8466-0057-3

Violet hat einen Plan: Sie will ihre Vergangenheit hinter sich lassen und neu beginnen. Ein Studium in Maine ist da genau richtig, und am College findet sie schnell Anschluss. Vor allem Aiden geht ihr bald nicht mehr aus dem Kopf. Denn auch wenn der Junge mit dem Bad-Boy-Image sich ihr gegenüber kalt und distanziert gibt, hat er etwas an sich, das Violet auf magische Weise anzieht. Aber soll sie sich wirklich auf ihn einlassen? Schließlich ist ihr Leben schon kompliziert genug. Doch ihr Herz sieht das scheinbar anders ...

one by Lübbe

Du kannst von unseren Büchern nicht genug bekommen?

Folge ONE auf Instagram!
@one_verlag
#oneverlag

SKALLARDMEER

Sonnenturm

KÖNIGREICH
VAEL

NAVALONA
(Hauptstadt)

Zum
Siebten
Hügel
(Taverne)

Gitterwald

© Markus Weber,
Guter Punkt